吳淡如紅樓夢

曹雪芹／原著　吳淡如／著

吳淡如紅樓夢

作　　者　吳淡如
發 行 人　蘇拾平
出　　版　麥田出版股份有限公司
台北市新生南路 2 段 82 號 6 樓之 5
電話：396-5698　傳眞：341-0054
郵撥帳號　1600884-9 麥田出版股份有限公司
印　　刷　凌晨企業有限公司
登 記 證　行政院新聞局局版臺業字第 5369 號
初版一刷　1995（民 84）年 11 月 1 日
初版六刷　1996（民 85）年 8 月 1 日

ISBN　957-708-325-0

售價：280 元　printed in Taiwan
（本書如有缺頁、破損、倒裝，請寄回更換）

序

你讀完紅樓夢沒有？

吳淡如

苦苓說，紅樓裡的四種女人，可代表古今所有中國女人的原型。

一種是林黛玉——敢恨不敢愛

二是薛寶釵——不敢愛不敢恨

三是襲人——敢愛不敢恨

四是晴雯——敢愛敢恨

女人對男人的態度可以分爲這四種。

我一直覺得這個四分法蠻有意思。比探討紅樓夢是不是在寫自家興衰的影射小說有意思，比誰接寫了幾回有意思，也比研究其中滿漢民族思想的比例有趣，也比爲爭辯薛寶釵和林黛玉哪個可愛有意思，比較接近作者「滿紙荒唐言，一把辛酸淚，都云作者痴，誰解其中味」的「其中味」。曹雪芹並不要大家那麼嚴肅認眞，否則他大可以做經世濟民文章，不必寫這麼一個並不忠孝節義的故事。

紅樓夢，不過是一個作者對人生的看法，不吐不快的遊戲筆墨。

女人，是它的描寫重心。它也是中國有史以來正視過女性眞實性格的小說。愛恨交織的女人，在富貴人家中雲聚煙散，花開花落。對紅樓夢的女人而言，短暫的少女時期，是她們唯一能綻放光華的時刻，過了，便是春夢如雲散，飛花逐水流。

敢恨不敢愛的黛玉含恨以終，連題滿含蓄愛意的手帕都來不及送給心愛的人；薛寶釵爲大家族忍氣求全，可以說是什麼都得到，也什麼都失落，愛恨不曾浮出她端莊的表殼；襲人算是少數得善終的一個女人，但人算不如天算，也證明習慣與依賴並不是愛；晴雯下場悲慘，但總算也不枉痛快淋漓的活過。

紅樓裡的女人，妳要說些什麼？

紅樓裡的其他女子，大約也可納入這四種類型，而下場各有千秋。賈元春迎春同是不敢愛不敢恨的，王熙鳳其實敢愛敢恨，李紈平兒、香菱敢愛不敢恨，妙玉如同黛玉，亦是敢恨不敢愛……惟史湘雲是個不受愛恨穿鑿的孩子，對世事又是天眞，她像天生平平穩穩坦坦然然的憨厚有福人。但，天道無親，未必常與善人。

紅樓的女人，在說些什麼？

你自己看去。你會有你的道理，也會在其中，看見浮世女子淡淡的影子。

紅樓裡的男人嗎？

他們愛欲交織。我說。最愛欲交織的是寶玉。

但除了寶玉之外，你讀不出他們對女人的愛。他們的愛，只停留在做愛。沒有愛的性，只剩下欲望與貪婪，支配與佔有，像一群貧血的活屍。

寶玉可愛之處就在於，他的愛與欲各站在天平兩端，正如他生命中的現實與理想也漸漸逼迫他在做拉距戰。

有血有肉。他也是中國小說裡第一個血肉紮實的、會呼吸的男人。第一個凡人也是第一個眞正的人。

眞正的人是矛盾的，因愛而苦，又苦又要愛。在愛與苦間，又追求著一點虛無縹緲的什麼，所以……

是你。

也是我。

先別談紅樓夢的問題。

說說我的大哥大吧。

一年前，因爲有朋友抗議，無論我再怎麼努力也找不到妳！所以我爲自己買了一支行動電話。

你必須承認現代科技的方便與偉大。有一支行動電話的好處如下：

塞車時間，可利用空檔交代重要事情。

遲到時，可交代自己行蹤何處。

不必掏零錢，也不必苦等別人用公共電話。

有急事，隨傳隨呼。

可以滿足小小虛榮，感覺自己是個台北都會的重要人物。因爲它使我看來很忙。

剛開始，我對它心滿意足。它進入我的日常生活，成爲一種貼身要物。我逐漸習慣它不時在背包裡發出清脆的鈴聲，習慣在晚上睡覺前將它先安置在它的充電床鋪。早晨醒來，先將它放進背包中；坐在餐廳裡，不時觀察它的收訊能力是否夠清晰。

是的，我將它馴養了。

同時，我也被它馴養（根據心理學的說法，你可以稱它為制約）。

馴養，是修伯里在《小王子》書裡的說辭。

小狐狸說，你可以馴養我。

什麼是馴養呢？小王子問。

馴養是，如果你已習慣於看見我，當有一天，我沒有在你習慣的時間及習慣地點出現，你就會感到空虛、寂寞，或少了什麼。

馴養是安全感的父親，也是失落感的母親。愛情是一種馴養關係，家庭也是，工作也是，我的大哥大和我之間的關係也是。

所有的關係都是。

不久前，我因為一句戲言，把大哥大賣給朋友。

第一日，若有所失，想贖它回來。

第二日，恍惚聽見它在背包裡發出抗議的響聲。

……事到如今，我發現無勝於有，有不如無，好處如下：

塞車時間，大可平心靜氣靜心冥想。

遲到時，只消嬉皮笑臉解釋。

不必擔心忘了充電，以致朋友白打了電話怪你。

坦坦蕩蕩到餐廳地下室吃飯，不用顧慮坐處的收訊能力足不足。

可以不必付昂貴電話費。

可以不讓別人隨傳隨呼是一種幸福。

不用歇斯底里的查看自己的行動電話是否響了。背包也輕了許多。情緒上，我得到一種釋放。隱隱約約體會到，什麼是「無爲有處有還無」，人生事事莫不如斯。有的時候，牽腸掛肚，沒有時，其實只不過憂惶一時，忍過那一時，心裡的風浪平息，換一份自由自在、開心開懷。

特別是愛情。

有的時候，患得患失。沒有的時候，悵然若失。

我看過許多「愛之欲其生，惡之欲其死」的例子。少年讀紅樓時，曾經爲寶玉在黛玉死後，仍渾渾噩噩過了一段繁華歲月，甚覺不恥，過了這麼幾年，反而能領悟他大哭之後，發現「錦繡叢中，萬綠世界」，一點也沒變的心情。是的，不管誰走了，地球還是會一樣運轉。當我們明白，自己愛的人沒那麼重要，自己更不重要，地球仍會運轉，萬物仍然生生不息時，我們的舊枷鎖死了，新的生命，或許才會油油然再生。

說不定心中少了一分滯礙呢。多事多心的林姑娘，固然有她可愛的一面，但多情多愁，何嘗不是一顆千斤重的石頭。守著她的淚，他一輩子不能求解脫。

假作眞時眞亦假，無爲有處有還無。原來如此。

如果想據此來尋眞事眞情，無異是「刻舟求劍、膠柱鼓瑟」！

在第一百二十回末了，一個叫曹雪芹的人笑著說。

可惜，多少年來，多少人，九死不悔的在做「刻舟求劍，膠柱鼓瑟」的事情。一會兒，紅學成了曹學，一會兒，賈寶玉和林黛玉被影射成了冒辟疆與董小宛，一會兒又是納蘭容若的愛情軼事——……全世界成立了不少紅學研究大會，但即使是中文系學生，看完全本紅樓夢的不到百分之五……

賈寶玉說，女兒是水作的骨肉，男人是泥作的骨肉，我見了女兒便清爽，見了男人，便覺濁臭逼人。又有人說，這其中含了一段血淚隱話，紅樓夢裡的男人，暗指滿族，女兒自是漢族人了，這一本小說，又儼然有「尊華攘夷」之大志。

關於紅樓之種種附會考據，賭你一輩子都讀不完。中國漢學家的想像力似乎全在考證學裡頭。固然有其樂趣。老實說，我非常喜歡紅樓夢，連看紅學論文，我都覺津津有味。但有多少人因而被擋在紅樓夢這層高牆外？

滿紙荒唐言，一把辛酸淚。都云作者痴，誰解其中味？

恐怕連作者的痴，也在牆外含冤未雪！

我因而嘗試做一個Story-teller。是的，我不過只想做一個說故事的人。我知作者痴，我來解其中味，叛變之處，也請作者與讀者諒解。

我企圖站在一個讓故事說得下去的地方，拿著我的攝影機錄下故事。工程浩大，秉持的是十四歲時紅樓夢第一次感動我的初心。

那一年，只比寶玉與黛玉開始玩精神戀愛時稍大一點。如今，比鳳姐繁華歷盡歸地府時還虛長幾歲。我以重溫舊夢的心情，讀紅樓，寫紅樓。

你讀完全本紅樓夢沒有？

我對自己的朋友做一調查——百分之九十九坦承沒有看完。

爲什麼？

原因不一。請問你自己。在此我不必嘮叨。(當然，你也不須汗顏，人人因有所好，你不讀紅樓夢，地球也一樣在運轉……)

So, I do it.

原因這麼簡單。

算是爲我平白拿了國家兩年中文研究所獎學金的一點「回饋」吧。若你看完此書，以爲是「辜負」，我也坦然接受。

吳·淡·如·紅·樓·夢

1

女人是水做的。

這是寶玉從前最愛說的一句話。

那男人呢？

記得秦鐘曾經這樣問他。

男人是泥做的，所以混濁不堪。

我和你呢？秦鐘不肯放棄，不斷拿這問題煩他。我們是混濁不堪的泥了？

寶玉偏著頭想了很久。事實上，說這句話的時候，他根本沒把自己算進去。那一年他十三歲，眼中看不到自己，他也還未認識秦鐘。他不曾把自己算做男人，或是女人。他對這紅塵世界未曾看透，就忙著他爲它的芸芸衆生下結論。待年紀漸長，他才發現，水與泥是混和成一氣的。

女人只是比男人多了一點兒水氣。

打從他呱呱落地，被接生婆一把放進溫暖的清水中，洗去一身紅腥時，他就已經喜歡上水了。那麼溫柔的把他包裹著，那麼深沉擁他入懷中，淙淙的聲音是最美的天籟，遠勝於所有的絲竹管絃之音。

現在，他站在山崖高聳處看金陵。金陵城和他十三歲那年一樣，紅塵滾滾，繁華依舊。但是，在一剎那的恍惚之間，金陵的雕梁畫棟全都消失了。無聲無息的消失了。所有肉眼原能瞥見的一切，化成一條泥河，漫漫的往前奔流，一直流向天邊，急急湍湍，混混濁濁，無聲的流。

他凝視著那一條無有止盡的河。愕然發現許多似曾相識的臉。

秦可卿豐美如白牡丹的臉，瞬間轉爲病逝前形容枯槁的容顏，像一朵隔夜的玉蘭頹敗的花瓣，隨濁水流去了。

秦鐘清秀如白荷的面容，也在流水中載浮載沉，輕輕巧巧的沖走了。

他也看到黛玉。黛玉最是水做的，所以終其一生，她不斷爲他流淚，爲自己流淚。她用眼淚還盡她前世的債。她的淚水滴進他心裡，打出一個又一個的窟窿，前生之債，她欲還而他難收，一點一滴都是痛。

還有寶釵如春日芙蓉的臉龐。她從不掉眼淚，但是她無淚的臉一種無言的抗議；她的淚藏在每一個認命的微笑裡。她是一股泉，深深流在堅硬泥土裡的泉，以冰冷的岩層，遮掩自己溫熱的心。

澌啦，泥河中輕微的響了一聲。他臉上的肌肉緊了一下。金釧兒，是金釧兒，她投井了。自從金釧兒投井後，幾乎每個夜裡，他都恍惚聽到這種異樣的水聲，金釧兒像水中幽靈，以看不見的嘴形對他說話……金釧兒在水中泡得浮腫的身子從他眼前流過去，像一尾死魚，毫無怨言的順水而走。他也看到父親賈政嚴厲的臉，還有他費盡力氣揮下來的鞭子，他閉起眼來，但已感覺不到從前的椎心之痛了。

眞正的痛不在肌膚之上。刻骨銘心的痛也會隨時光磨滅殆盡，繼之而起的是一種厭煩，比井中死水還滯悶的厭煩，比平靜還平靜的平靜，在死水表面下隱藏著平靜的瘋狂。他看見鳳姐的臉像一個慘白的面具，一成不變的對他笑著，她細瘦的身子則是無生命的布偶，隨著一股猩色的水流漂浮，悠悠流向遠方。

而他也看見自己了。穿著同樣的大紅色披風，在泥水中掙扎了幾下之後，消失了蹤跡，只剩蕩漾的漣漪隨著水勢遠去。風把他的披風吹得颯颯作響，他的耳中起了既熟悉又陌生的音調：

世人都曉神仙好，惟有功名忘不了。古今將相在何方？荒塚一堆草沒了！
世人都曉神仙好，只有金銀忘不了。終朝只恨聚無多，及到多時眼閉了！
世人都曉神仙好，只有姣妻忘不了。君生日日說情恩，君死又隨人去了！
世人都曉神仙好，只有兒孫忘不了。癡心父母古來多，孝順子孫誰見了！

「寶玉，寶玉……」遠處有人喚他，一跛一跛的向他走來，笑道：「世上萬般事都一樣，『好』就是『了』，『了』就是『好』，若不了就不好，若要好就須了！」

寶玉沒有回答。他已經不叫寶玉了，那個叫寶玉的人忽而在濁流之中，隨著水波從他眼裡流走，一去再也不會回頭。他對道人笑笑：「一切都好。走了，走了……事事都了！」

一去永不回。當一隻水鳥從身邊擊翅而過，唰啦剌向遠方，只剩一個小黑點的時候，黛玉不知不覺喃喃自語著。

黛玉並不知道，她人生的第一個旅程是宿命的投奔。這一去，人生再也沒有轉寰的機會，她的心，一去永不回。拜別了父親林如海，來到榮國府，正是她十一歲的那年冬天。距母親賈敏去世已有五年。

林家在姑蘇世襲爵祿，書香鼎盛。但家中人丁一直不旺，傳到林如海這一代，只剩黛玉一個女兒，自小體弱多病，即使不遇風寒，也要咳得掏心掏肺。

黛玉十一歲這年，外祖母派人來接，林如海心想，自己的身子已大不如前，而女兒又如此體弱，既無母親，又無姐妹，不如到金陵依傍財大勢大的賈家，可以有個照應，也省去自己的內顧之憂。

於是黛玉含淚揮別父親，由奶娘陪伴，與榮府的老媽媽們登舟往金陵。

十一歲前，黛玉不曾出遠門，這回要到金陵這個繁華的城市，和從未謀面的親人過日子，心中免不了惴惴不安。

孤零零的船隻劃過靜靜的河水，夾岸樹葉落盡，只見枯枝在寒風中顫抖，黛玉為自己的身世飄零落下眼淚。

船未到岸，榮國府的轎子和行李車已在岸上等候。黛玉上轎後不久，即聽見人聲嘈雜。她掀開紗簾一角往外瞧，果然街市繁華。不時有好奇的行人對著轎子指指點點。

她想，這幾天和她在一起的嬷嬷，雖然自稱是賈府的下下人，但看她們的打扮、舉止，都像一般富貴人家。想起母親常說榮國府的場面、氣派，臨行時父親又叮嚀她處處留心，時時在意，不要多說一句話，不可多行一步路。這賈府想來，侯門深似海。叫人生畏。

忐忐忑忑又走了半天，轎子總算緩下來。只見街北蹲著兩隻石獅子，一座堂皇的大門落入眼簾，門前坐著一群衣著華麗的人，她原以為這就是了。但轎子只是打這三間大門掠過，門上的匾額寫著「敕造寧國府」五個大字。

轎頭往西不遠，照樣也是三間大門，這才是榮國府。轉過正門，由西門而進，轎子又走了好一會兒，換上四個眉清目秀的僕人接過轎子，往裡頭抬進去。到一座被盛開桃花遮掩的大門前，抬轎的僕人全畢恭畢敬的退下，嬤嬤們上前打起轎簾子，扶黛玉下轎。

黛玉扶著嬤嬤的手，小心翼翼的往前走，過了桃樹蔭，便是迴廊，迴廊盡處有個穿堂，由一座以紫檀木架子托著的大理石屏風擋著，繞過屏風，還有小小的三間廳房，廳後才是正宅大院。大院中處處雕梁畫棟，走廊上掛著各色的鸚鵡和畫眉等鳥雀，幾個穿紅戴綠的丫頭一見他們來了，笑臉相迎，吱吱喳喳的說：「剛剛老太太才正唸著呢，這麼巧，你們就到了。」

「林姑娘來了，林姑娘來了！」頓時丫頭們像一群報春的雀鳥，爭相走告。

黛玉才進房門，兩個婦人扶著一個白髮如銀的老太太，一臉和氣的迎上來。黛玉心想，這一定是外祖母了。正想下拜時，已被外祖母摟進懷中。

「我的心肝肉呀！」賈母見了孫女，也想起早死的女兒，悲從中來，涕淚縱橫。黛玉的淚水也一發不可收拾。她從來愛哭，沒來由的，清淚就可以成河，何況經多日舟車勞頓，離鄉背井，又見到親人。

眾人勸了好一陣子，賈母才擦乾了眼淚。賈母為她介紹了眼前的幾個婦人。一個是她的大舅母邢夫人，一個是二舅母王夫人；另一個年輕的婦人，應該是賈珠的遺孀李紈了；黛玉一一鞠了躬。

「去把姑娘們都請來吧，說今天有遠客到，不必上學！」

賈母一吩咐，幾個丫頭爭先恐後的請人去。不一會兒，幾個表姐妹都已到齊。那個不高不矮、身材豐腴、看來溫柔端莊的，是二小姐，大舅舅賈赦庶出的女兒，叫做迎春；個子高䠷、削肩細腰、眉目之間有一股英氣的，是三小姐探春，也是二舅舅賈政庶出的女兒；四小姐惜春，是寧國府當家賈珍的妹妹，還是個身量還沒長足的小女孩呢。待丫頭們送上熱茶後，賈母又問起當時黛玉的母親如何得病、如何請醫生和如何發喪的經過，白髮人送黑髮人的傷感又勾起；眾人又是手忙腳亂一番勸慰，賈母好不容易才又收住淚水。

「唉呀，我來遲了！沒來得及迎接遠客，失敬失敬……」

忽然間，後院傳來一陣銀鈴般的笑語聲，黛玉心驚膽跳。她納悶著：賈府的人在外祖母面前畢恭畢敬，一句話都不敢多說，偏偏這人人還沒到，便笑得肆無忌憚，到底是何方神聖！頓時，幾個僕婦擁著一個衣著華麗的婦人走了進來。那人不僅衣著華麗，也生得雍容華貴：鵝蛋臉上兩彎柳葉眉，一雙丹鳳眼，即使盈盈帶笑，仍一派威風。

賈母一見來人，笑開了臉，向黛玉介紹：「她是我們府裡有名的潑辣貨，妳管她叫鳳辣子便是。」黛玉不知究竟該如何稱呼，愣在一旁，探春趕緊補充：「她是璉二嫂子。」原來她是表哥賈璉之妻，也是二舅母王夫人的內姪女王熙鳳。聽說，王熙鳳自幼被當成男孩教養，言行舉止帶著幾分豪放，不是傳統的女人家，今日一見，果不虛傳。

王熙鳳含笑站在黛玉跟前，慢慢的將黛玉打量了一會兒，才牽著黛玉的手，走到賈母身邊，對賈母說道：「老祖宗！打從我出生到現在，還沒見過這麼標緻的人兒呢！怪不得您老天天掛在嘴邊，放不下心……只可惜我這妹妹命苦，年紀輕輕，母親就去世了……」說完淚珠如泉湧，掏出手帕，不停拭淚。

賈母見鳳姐掉淚，反而笑出聲來：「妳這鬼怪靈精的東西，怎麼我才剛哭完，妳就來了？妳妹妹身子弱，又打遠道來，妳別淨惹她傷心！」

鳳姐收了帕子，立刻便能破涕為笑：「老祖宗說得對，我該打，眞該打！」

說著牽了黛玉的手，連珠炮般的問道：「妹妹幾歲了？上過學沒有？要什麼吃的，什麼玩的？儘管告訴我！丫頭嬤嬤有什麼服侍不周到的地方，也儘管對我說！」黛玉還來不及回話，鳳姐已連聲差人爲她打掃屋子和安頓東西去了。

吃完鳳姐親手佈置的茶果，賈母要人帶黛玉見兩位舅舅，黛玉便隨著邢夫人走了。但賈赦說是身子不好，沒有出來見客，只說怕見了彼此傷心，暫且不忍相見；到王夫人那裡，二舅舅也齋戒去了。王夫人坐在炕上和她閒聊，等著賈母傳令開飯。

「妳剛剛認識的三個表姐妹，人都極好，以後妳跟她們一起讀書、認字、學針線，我十分放心，但有件事非得先叮嚀妳不可！」

「舅母有什麼吩咐，儘管說就是了。」

「妳知不知道我們家有個禍胎？他是家裡的混世魔王，現在他到廟裡還願去了，所以還沒見著人，晚上妳就會見到他了。他……唉，家裡的這些姐妹，沒人敢惹他，都怕他發起瘋來……妳以後少理他便是了。」

黛玉約略明白，王夫人說的混世魔王，大概是指她的表哥寶玉。聽說是他啣玉而生，自小受她外祖母鍾愛，所以難免有紈褲子弟的習氣……

誰理誰呢？黛玉的心眼，向來比人多一竅，聽了這話，心裡不太暢快，接了話道：「舅母不必擔心，我在這裡，自然和姐妹們共處一室，弟兄們住在別院，豈有惹他之理？」

王夫人聞言笑了：「這妳就不知道緣故了。他自幼得老太太寵愛，從來就喜歡和姐妹們廝混，如果姐妹們不理他，他還安靜些，萬一讓他太稱心愜意，他就會發起瘋來，惹出許多事端，所以我才囑咐妳別理他。不管是甜言蜜語或瘋言瘋語，妳且都不要相信。」

黛玉點頭答應了。心中卻大大的警惕，可要躲得他遠遠的才好。

「吃晚飯了。」丫頭來報，王夫人帶著她，東繞西走，通過了幾扇門，又回到了賈母的房間，原來這府上每一間正房都有曲徑相通。賈母房間好不熱鬧，許多婢女，忙著安放桌椅，賈母在正面的榻上獨坐，兩旁有四隻空椅子。熙鳳要黛玉坐在賈母左邊的第一張椅子上。黛玉一直推讓，直到賈母說，她的舅母和嫂子不在這裡吃飯，她才安心坐定。三個春字輩的姐妹也跟著坐定下來。每人旁邊都有一個丫頭捧著擦手的巾子和漱口杯伺候。李紈和鳳姐則在旁佈置碗筷後，兩人各自回房吃飯。

才吃了一口鵪鶉蛋，賈母又開口，問黛玉問她讀了什麼書？黛玉說：「剛剛讀了四書。」話剛說完，丫頭來報：「寶玉來了！」黛玉心想，這人不知長成什麼無賴樣子？

進來的，卻是一個標緻的年輕公子。戴著紫金冠，穿著一件大紅箭袖袍子，氣色紅潤，濃眉如畫，一雙眼睛卻如秋日的潭水一般嫵媚。男子的眉目，沒有生得這樣澄澈而有情的。

黛玉看了心驚，心下狐疑：「哪裡見過這個人？」只覺得他十分眼熟，似曾相識，暗暗心驚。他就那個混世魔王嗎？

寶玉一雙眼睛，生來專愛看年輕女孩兒。沒等賈母介紹來客，賈寶玉早已注意到座中有個婷婷嬝嬝的陌生人。心想，這大概是姑蘇城來的林姑媽之女了。他已走到黛玉跟前，喜盈盈的作揖相見。回了自己的座位，還目不轉睛的看她。好像座中只有她一人似的，其他的人都成了不重要的陪襯物。她是活的，其他都是死的。

這個妹妹，連笑的時候也像在蹙著眉頭，眼睛裡似乎隨時淚光晶瑩閃爍。整個人像一株水邊的柳樹，周邊被淡淡的霧靄籠罩著，有一分不於這繁華人間的清新。

看夠了，寶玉不自覺的笑了笑：「這個妹妹，我是見過的。」

「又胡說八道了，」賈母笑說：「你打從娘胎，未到過姑蘇；你妹妹也是第一次來金陵城，你何曾見過她？」

寶玉認眞的想了想：「雖然沒見過，看著卻挺面善，像是很久以前就認識的一樣，好像……好像……久別後才重逢一般！」

「好，好，但願以後你跟林妹妹和睦相處才好！」賈母這天見了從未謀面的外孫女，分外開心，胃口也好了起來。

寶玉索性走到黛玉身旁坐下，又把林妹妹打量了一番，問：「妹妹，妳可曾經讀過書？」

「只上了一年的學，識了幾個字。」黛玉想起父親要她來此謙遜待人的。

寶玉又問：「妹妹叫什麼名字？」

林黛玉報上姓名後，他又問：「有沒有字？」

黛玉答說沒有。正中寶玉下懷，他開心的笑了：「那我送妹妹一個字好不好？」平日幫家裡的姑娘們改名取號本是他的樂趣，他素日讀書的文采全集中在這裡，聽說林妹妹沒有字，他便做起文章來：「妹妹如果要取個字號，沒有比『顰顰』這兩個字好的了。」

「這兩個字出自哪一個典故？」探春插嘴道。

「這個妹妹，每天皺著眉頭，取這個名字，不是很恰當嗎？」寶玉理所當然的回答，想想又問黛玉：「妹妹，那妳有沒有玉？」

這話問得突然，眾人都不知道他葫蘆裡賣什麼膏藥，黛玉心想，那一定是他生來便含玉，所以才故意問我有沒有，炫耀一番，於是便答道：「你那玉是個稀罕的寶貝東西，哪能人人都有？」

隨口一答，沒料到寶玉聽了，忽然像發瘋了一樣，馬上就摘下了胸前戴的玉，往牆角摜了過去：「那我也不要這個東西，有什麼好稀罕的！」

人人都沒料到他有此一招，紛紛擁上前去幫他拾玉。賈母也氣急敗壞的摟著寶玉，又搓又揉：「你這可萬使不得，你在家裡，如何罵人打人都可以，千萬不要摔你的命根子！」

寶玉哭得淚痕滿面，爭辯道：「家裡的姐姐妹妹都沒有這玩意兒，這個長得像神仙似的妹妹也沒，可以見得這不是什麼好東西！」

賈母哄孫子早有一套：「胡說，你這妹妹原來是有玉的，因爲你姑媽去世時，你妹妹爲了表示孝心，所以拿玉陪你姑媽去了，你娘如今好好的在這裡，你怎麼可以把玉亂丟！」說著，接過了玉，又親手把它戴在寶玉胸前。

吃了晚飯後，黛玉的奶娘問住處在哪裡，賈母疼惜這個沒了娘的外孫，捨不得她住遠了，要管家們把黛玉安置在自己房中的碧紗櫥裡，待來年春天再幫她收拾新房舍。寶玉聽了，也堅持住在臨碧紗櫥外頭的大床。每人由一個奶娘和一個丫頭照管，其他的服侍丫頭就在外頭的房間聽從使喚。

黛玉從姑蘇城來到這裡，身邊只帶了兩個人。一個是自己的奶娘王氏，一個是只有十歲的丫頭雪雁，賈母看那一個老一個小都不怎麼靈巧妥貼，料想她們皆不順黛玉的心，於是把自己身邊一個二等丫頭叫做鸚哥的給了黛玉，除了奶娘外，又給了她四個嬷嬷供使喚，還有兩個丫頭，管她穿戴和沐浴，還有四、五個灑掃房屋和供使喚的丫頭，一切和迎春姐妹沒什麼不同。

王氏和後來改名爲紫鵑的鸚哥陪著黛玉住在碧紗櫥中，寶玉則和奶媽李嬷嬷和一個叫襲人的大丫頭陪侍在外頭的大床上。

襲人本來不叫襲人，她姓花，叫做蕊珠，是賈母旁邊的婢女，賈母因愛寶玉，於是把身邊這最好使喚又心地良善的婢女給了寶玉，由她來料理寶玉的生活起居。寶玉嫌蕊珠的這個名字俗氣，知道她本姓花，又曾在陸游的詩句裡讀過「花氣襲人知晝暖」的句子，自做主張把名字改爲襲人。襲人是個性子死忠的人，跟著賈母時，心中只有賈母，跟著寶玉時，心中又只有寶玉，在寶玉身邊那麼多日子，見他做人乖僻，屢勸不聽，心裡實在煩惱，又不知如何是好。寶玉摔玉的那晚，她見寶玉和李嬷嬷已經睡著了，而黛玉房裡的燈還亮著，自己卸了粧後，逕自往黛玉的碧紗櫥裡來了。黛玉一隻眼睛紅腫，見她進來了，連忙要讓坐。「林姑娘怎麼不休息？想家麼？」襲人輕輕的在床緣上坐了下來。

鸚哥笑道：「林姑娘正在掉眼淚呢。她今天才來，就惹出妳那公子哥兒的病來怕他萬一把玉摔壞了，豈不是她的錯？她傷心老半天，我好不容易勸好了。」

襲人柔言柔語勸說：「姑娘快別這樣，只怕將來比這更奇怪的笑話還有呢。如果為了這區區的一件小事，妳就如此傷感，只怕一輩子傷感不完。」

黛玉心中雖然不解，口裡卻答道：「既然姐姐們這麼說，我記住便是了。」

第二天一早，幾個姐妹來訪她，一齊到賈母跟前問了安，再到王夫人房中請安時，王夫人房裡已有熙鳳在，幾個人圍著正在讀一封信，王夫人一臉嚴肅。黛玉固然不曉得發生了什麼事，但探春稍一聽便明白，她們議論的是金陵城的薛家姨母——也就是王夫人的胞妹。不久前，她們的表兄薛蟠，仗勢打死了人，犯了大案，現正在官府裡受審。

自從林黛玉來到榮國府，賈寶玉即和林黛玉同處在賈母房中，白天一起讀書吃飯，晚上同時休息。賈寶玉向來和姐妹們共處慣了，一直到十多歲，眼中仍無男女之別，對女孩兒還特別的親近。他常說：「女孩兒是水做的骨肉，男人則是泥做的骨肉，我見了女孩兒就覺得神清氣爽，看了男人就覺得濁臭逼人！」

在眾姐妹中，他對黛玉又特別親密，有什麼好東西，總沒忘了先給黛玉一份；若在口頭上得罪了她，害她掉眼淚，更是百般的委屈求全，又哄又騙，非得要黛玉心回意轉才甘休。

她的日子裡，從此多了一個人，讓她歡喜讓她憂愁，似乎是前世見過，欠君一缽淚，今世今生，須爲他流淚，爲他消瘦。

3

審理薛蟠官司的不是別人，正是林黛玉在老家時的教書先生賈雨村，新上任的應天府執法。

賈雨村在年輕時十分落魄，曾住在一間葫蘆廟裡，靠賣字畫維生，後來得一個叫甄士隱的人支持，赴京趕考，中了進士第，做到了縣太爺的官職；這人雖然有才幹，但生性恃才傲上，而且施法嚴酷，上任不到一年，就被人參奏，只好解了官，四處遊山玩水；黛玉赴金陵時，他帶了兩個小童，一齊赴京，先到了賈府，拿出了林黛玉的父親林如海的推薦信，以賈氏的「宗姪」之名見了賈政。不到兩個月的時間，就接任了金陵應天府的執法這個缺。

這件案子，是因人口販子將一個女孩兒賣了兩次所引起的。人口販子將女孩賣給了馮淵，又再收了薛蟠銀子。薛蟠知道了，先把這名喚英蓮的女孩子搶走，當馮淵到薛家要人，被薛蟠不分青紅皂白打死。這件案子，由馮淵的僕人呈上去一年多了，卻無人敢審。

賈雨村聽了原告的話，勃然大怒：「天下哪有這種事情？打死人的人白白跑了，沒人敢拿他，那天下還有公理嗎？」他立刻發令將凶犯拿來拷問。但身旁一個差役卻面有難色的盯著他看，似乎在暗示他什麼。賈雨村心下存疑，把這名差役喚到後堂去，問他究竟葫蘆裡賣什麼膏藥。

「老爺！你陞官發財後，就不記得我了？」

賈雨村再次打量這名差役，覺得他十分面善，但就是想不起他在哪裡見過。

賈雨村仔細想，才記起這人的形貌，原來這名差役就是八、九年前在葫蘆廟的小和尚，如今他人長大了，又蓄了長髮，難怪他不認得。這一認出故人來，趕緊要他坐下，敘了一些舊事後，賈雨村問道：「剛剛你為什麼一直對我使眼色？」

「老爺新官上任時，難道沒有抄一張本處的護官符麼？」

「什麼叫做護官符？」賈雨村還大惑不解。

「凡是做官的，總會先打聽打聽，這裡有哪幾家是不能得罪的，否則，只怕這官位難保。」

「哦？」賈雨村確不知情，暗自怪自己粗心，上回他丟官，不就是因為得罪了一些不該得罪的人麼？

這差役馬上從口袋裡掏出一張紙，給賈雨村看。上頭寫著四句爲官訣：

賈不假，白玉爲堂金作馬。
阿房宮，三百里，住不下金陵一個史。
東海缺少白玉床，龍王來請金陵王。
豐年好大雪，珍珠如土金如鐵。

「這是什麼意思？」賈雨村問。

「這裡有四大家族，賈、史、王、薛，這四家彼此之間都有一些裙帶關係，四大族共存共榮，得罪一家，就是得罪四家！這一牽連，事情恐怕就鬧大了，從前的大人不辦此案，就是因爲這個原因。」

賈雨村捋鬚深思。那麼，「你對案的來龍去脈一定知之甚詳了？」

差役笑了：「不瞞老爺說，這案從頭到尾我再清楚也不過了。它還跟老爺有些牽連呢。」

「這話怎麼說？」賈雨村又愣住了。

「您且聽我說。這被打死的倒楣鬼是一個小地方官的兒子，名叫馮淵，他父母雙亡，又無兄弟，只守著一些薄產度日，這個人當時大概十八、九歲，從來喜歡男色，對女色並無興趣，一眼看見了這被拐賣的丫頭，便有意買來做妾，也算是機緣了。誰知這販賣人口的又把女孩偷偷賣給薛家公子，本想拿了兩家的錢逃走，被發現之後，打了半死，兩家都向他要人。薛家先搶走了，馮淵去討人，薛蟠便將馮淵打了半死，抬回去三天後，一命嗚呼！薛公子打死了人，像個沒事人似的，那個丫頭從此也不知下落了。老爺，您猜這被賣的丫頭是誰？」

「是誰？」

「她的父親還是老爺的大恩人呢！您還記得從前您在葫蘆廟的事嗎？有一位甄老爺……」

「難道是甄爺的女兒？」賈雨村回想往事，眉毛一跳：「聽說他的女兒五歲時就被拐走了……」

「老爺您不知道，這種人專拐幼女，養到十二、三歲，帶到他鄉轉賣。偏偏他租了我的房子住，我一看女孩眉心有一顆痣，心想，這不是我們從小哄著玩的英蓮嗎？」

「孽帳，眞是孽帳！」賈雨村感嘆道，這事還眞麻煩，被拐的是恩人之女，而殺人的又是另一個恩人的親戚……小官難爲，自古皆然！「這該怎麼判才好？」他越發猶豫了。

「老爺素來果決，今天怎麼沒了主意？」差役笑道：「有句話叫順水推舟……」

「順水推舟？可是這件事事關人命，怎麼能因私枉法……」

「老爺，識時務者爲俊傑，趨吉避凶才是爲官之道！」

賈雨村想了一夜。第二天，他抓了幾個馮家和薛家的下人來問，他發現馮家不過想多要些銀子，而薛家卻丈勢不肯多給，所以一直沒有了結。於是他便多判些銀子給馮家，就此結案。事情辦完，他還興沖沖的寫了兩封信給薛家的姻親——賈政和京營節度使王子騰，向他們報告，請他們不必費心。

至於那個差役嘛……賈雨村怕他說出自己貧賤時的事，面子上可掛不住，乾脆找個藉口把他給調走。小差役一時好心，卻沒好報。

這案子如此輕易就發落完畢，著實讓薛家喘了一口氣。薛氏是賈府王夫人的親妹妹，已守寡多年，全心全意守著薛家產業撫養一雙兒女。這回鬧出人命的薛蟠正是薛家的獨子。正因爲薛氏的百般縱容，薛蟠不但性情奢侈，做人也毫不知禮數，雖然薛家佔著「皇商」的名號，專門供應宮庭所用的日常物品，因而累聚了百萬家財，但薛蟠卻是個不學無術的浪蕩子，對從商概無所知。反正諸事都有老家人和夥計們籌辦，不干他的事。但薛蟠父親死後，其他承辦買賣的商家，看他如此年輕而不懂事，也都暗暗欺起薛家來，養老鼠咬布袋，十年一晃眼，家產漸削減薛家的盛況已大不如前。

薛氏對時時惹事生非的獨子頭痛已極，但一點辦法也沒有，所幸還有一個知書達禮的女兒寶釵，不時爲她分憂解勞。

薛蟠在惹事後，還是將人命官司當作兒戲，不過，爲了怕麻煩，他堅持母親和妹妹一起和他到京中去，美其名是盤查京中生意，實則想遊歷京府的繁華風光。當一行人到賈家拜會以後，賈政爲免外甥薛蟠再次惹事生非，便要王夫人勸妹妹住進賈家。

薛蟠生性最怕有人管，對住進姨父府上一事，當然不表贊同，但他母親這回卻執意住在這裡，他只好勉強住下，找機會再搬走。但不消數月，薛蟠和賈家那些年輕的紈褲子弟便混熟了，今天喝酒、明天看花，吃喝嫖賭都有人陪，薛蟠已樂不思蜀。

美麗溫婉又懂得體恤人情的薛寶釵住進了賈府之後，受盡賈府上下的歡迎，都稱讚她是不可多得的好孩子，人人偷偷拿黛玉和寶釵比較，都說黛玉有所不及，連小丫頭們也喜歡跟寶釵親近。這惹得黛玉心裡老大不舒服，而生性隨和的寶釵卻渾然不覺。

這年春天未到，寧國府中的千株梅花迫不及待的爭相綻放。寧國府主事的賈珍之妻尤氏，帶了兒子賈蓉和兒媳秦可卿前來請賈母、王夫人、邢夫人賞花，寶玉這天碰巧沒課，賈母便要他作陪。

寶玉只有和姐妹在一起才會精神奕奕，姐妹們都沒來，寶玉看花自然越看越是無趣，到了中午，便覺得睏了。賈母愛孫心切，要下人帶他午睡。秦可卿笑道：「老祖宗，只管交給我就是了。」於是帶著寶玉的丫頭和奶媽，到了事先準備好的房舍去，但寶玉卻不肯在該處休息。只因那房室中掛著一幅對聯，寫著：世事洞明皆學問，人情練達皆文章；他嫌俗氣，斷斷不肯和它共處一室。

秦可卿拗不過他，只好說：「要不，你就到我房內睡覺便是了。」

賈寶玉素來喜歡秦可卿的溫柔嫻雅，這個建議正合他的心意，當下點頭微笑。奶媽插嘴說：「哪有叔叔往姪兒媳婦房裡睡覺的道理呢？」

秦可卿笑道：「唉呀，他才多大，就忌諱起這個來了？我弟弟和他同年，站起來恐怕還比他高呢？」

聽秦可卿這麼說，賈寶玉又吵著要見秦可卿的弟弟。

一進秦可卿的房裡，賈寶玉就聞到一股甜香，沁人心鼻，他舒服得連骨頭都軟了。沒想到秦可卿的房裡擺設如此考究，一點不俗，寶玉稍稍打量了一下，即連聲稱讚：「這裡好，這裡好！」秦可卿見他滿意，也不謙讓，笑道：「你再不滿意，我就沒辦法了，我這裡，連神仙也不敢嫌呢。」說著，親自鋪好了枕被。只留寶玉的四個大丫頭襲人、晴雯、麝月和秋紋在外看守。

寶玉才剛合上了眼睛，迷迷糊糊便進入夢境。彷彿之間，跟著秦可卿到了一個人跡罕至的世外桃源，青山綠樹，流水淙淙。寶玉心裡正歡喜：「如果能在這裡過一輩子，我才不願意回家呢。」忽然背後有個女孩唱道：

春夢隨雲散，飛花逐水流……

寶玉回頭看，原來是個美麗纖細、仙風道骨的女孩子。寶玉聽完她的歌，回過神來時，秦可卿已然不見。他趕緊向走過來的這個女孩作揖：「神仙姐姐，請妳告訴我該往哪裡去？」女孩打量了他一會兒，說：「我那兒有茶有酒，也有歌姬演唱曲子，你若沒地方可去，不如到我那邊歇一會兒！」

聽她這麼說，寶玉興奮異常，不知不覺間，隨她走到一座刻著「太虛幻境」四個字的石碑前。兩邊的對聯寫著：「假作眞時眞亦假，無爲有處有還無。」是什麼意思呢？寶玉正在發呆，那仙姑又喚他往前走，進了一座叫做「孽海情天」的宮門。宮門裡頭又有幾個小房間，上頭掛著「癡情司」「結怨司」等匾額，他隨處兜走遊覽，一抬頭走進一座「薄命司」裡頭。寶玉覺得好玩，走進裡頭，看見幾個大櫥，封條上還有各省的字樣，他取了金陵的冊子翻了起來。當中一本寫著「十二金釵正册」，又有一本寫著「十二金釵副册」。

「你不用看了，像你這樣的凡夫俗子，看了也是不懂的。」不知何時，女子又出現在他身後。

寶玉不依，繼續看下去，果然裡頭的詩文都像一句一句謎語，他如墜五里霧中，只知那些詩文之中都透著顫顫哀音。什麼「玉帶林中掛，金釵雪裡埋」，什麼「三春怎及初春景？虎兕相逢大夢歸。」詩旁還有畫，但連畫中景象都蕭條無比。

雖不知其中的眞意是什麼，只隱隱覺得這詩文中寫的人和家中那些姐妹們有關，還想細細看下去時，女子卻搶過畫册，對寶玉笑道：「你再看下去，可要洩露天機了，走吧，我帶你別處玩去，別在這裡打啞謎！」

寶玉恍恍惚惚的跟著走，來到一個華麗的大殿前。只見雕梁畫棟，珠簾繡幕，而殿前的花園裡長滿了奇珍異草，香味撲鼻。聽得女子一聲笑語：「喂，妳們快點出來看看新客人！」

話未說完，房子裡翩翩走出了幾個仙子模樣的女孩，個個嬌若春花、媚如秋月，走路的樣子輕盈如荷葉迎風。看見了寶玉，臉上卻露出了不悅的神色，埋怨道：「警幻姐姐，妳不是說今天會有個絳珠妹妹的靈魂會到這裡來玩呢？怎麼來了這樣的俗物，來汚染我們這淸淨的女兒國？」

原來這女子名叫警幻。警幻笑著向衆姐妹說明了偶遇的經過。衆姐妹們才對他稍稍和顏悅色，請他入座奉茶。寶玉喝了茶，只覺得氣味清香，是他從未喝過的極品，就問警幻：「這茶叫什麼名字？改天也叫人幫我買去。」

警幻笑道：「這茶是你買不到的，茶葉出自仙山中，又收集仙花靈葉上的隔夜露珠才烹調成的，叫『千紅一窟』。」

喝完後不久又有小丫頭來擺設酒席，琥珀杯裡的酒也香冽異常，他不禁問了名字。警幻又說，這是集百花萬木的精髓而成，叫做「萬豔同盃」。寶玉又是一番衷心的稱讚。

接著，十二個舞女上來，警幻命她們演奏紅樓夢的十二支新曲，舞女們輕輕敲著檀板、款款按著銀箏，唱的又是哀歌。

寶玉已醉眼朦朧，平板哀怨的曲調又令他昏昏欲睡。恍惚間只聽得幾句詞兒：

為官的，家業凋零；富貴的，金銀散盡；有恩的，死裡逃生；無情的，分明報應；欠命的，命已還；欠淚的，淚已盡；冤冤相報自非輕，分離聚合皆前定。欲知命短問前生，老來富貴也真僥倖。看破的，遁入空門；癡迷的，枉送了性命；好似食盡鳥投林，落了片白茫茫大地真乾淨。

不及聽完全曲，寶玉已醉得失去知覺，要求警幻為他找個地方休息。警幻牽著寶玉的手，將他送到一個女子的閨閣中。待寶玉全身躺到了床上，才發現身旁竟有一個貌美的女子，她的明豔嫵媚像寶釵，風流嬝娜又像黛玉！寶玉看得呆了，竟不知該如何是好。警幻笑道：「這是我的妹妹兼美，字可卿，今天，就將她許配給你……」

「這……為什麼……」

「因為你是天下古今第一淫人！」

聽到淫字，寶玉駭然大驚，忙於分辯，卻被警幻打斷了他的話：「我說你是淫人，可不是一句俗話！凡是天性中別有一番痴情的，我叫它意淫，這兩個字，只可心領神會，不可以用凡人的言語解釋。」說著，臉上帶笑，將男女之間如何翻雲覆雨的事約略告訴了寶玉，便掩門離去了。

寶玉依舊恍恍惚惚，將警幻教的和兼美依樣做了，這一纏綿便沒有止時，從黑夜到天明，一直難分難解，在床上軟語溫存……直到床上的軟玉溫香頓然變成另一個所在！但見荊棘滿地，虎狼叫聲不絕於耳，迎面一道黑色的湍流擋住了去路。他正徊徘時，警幻追了過來，大叫：「別再往前走，回頭要緊！」

「這是哪裡？」

未聽見警幻回話，前面黑色溪流中忽然伸出許多隻手來，要將他拖下水去，寶玉冷汗如雨，不知不覺脫口大叫：「可卿救我！」

守在外頭的幾個丫頭聽到了他的叫喚，湧了進來：「寶玉別怕，我們在這裡呢！」寶玉睜眼一瞧，外頭仍是春光明媚，飄落的梅花瓣如雨雪紛飛，仍是一個靜謐無擾的午後。沒有警幻兼美，沒有幻境，沒亭台樓閣，沒有哀歌怨曲。

秦可卿本來在外頭和丫頭們說話，忽然聽見寶玉口口聲聲叫著她的閨名，心裡好不納悶，卻又不好問明緣由，又招待賈母等人去了。

寶玉醒來，若有所失，一時神情茫然，麝月端來桂圓湯，他只喝了兩口，便沒有再喝下去，一逕發著呆。襲人替他整理衣服，爲他繫褲帶時，不小心摸到了他大腿內側一片粘溼冰涼，嚇得把手抽了回來，問：「你怎麼了？」

寶玉漲紅了臉，捏了襲人的手一下，示意她別張揚。襲人雖然不知什麼男女滋味，年紀到底比寶玉大上兩歲，過去也曾聽聞一些人人都說是「不可告人」的情事，看寶玉難得如此羞澀，心中明白大半，不知不覺羞紅了臉。寶玉託說身子累，不和大家吃晚飯，仍舊待在秦可卿房裡。襲人胡亂隨賈母吃過晚飯，趁奶媽和其他丫頭都不注意時，回榮府拿了一件乾淨的中衣，又回來看寶玉。

寶玉腦海裡仍是警幻教他的那些事，一刻也沒安歇過，看襲人來，含羞求她：「好姐姐，妳千萬別告訴別人。」

襲人卻掩不住好奇，見四下無人，笑問：「你夢見什麼？那個……是哪裡流下來的？」

寶玉紅著臉，不肯回答，襲人看著他直笑。兩人不言不語對看了一會兒，寶玉才把夢中的事情告訴襲人，襲人掩面不停的笑。眼看旁邊並沒有其他人，此情溫柔此景旖旎，哪裡輸給他夢中幻境？寶玉黏纏著襲人，非要她陪著，照夢裡情景試一試。

襲人半推半卻想了想，當初寶母將她給了寶玉，雖爲主僕，畢竟是他的人。現在推拖，將來必也無可推拖，瞄瞍一番，看四下無人，決意把自己給了寶玉。

這年寶玉十二歲，在寧府秦可卿的房裡，第一次試得男女滋味。秦可卿房裡一幅唐伯虎畫的海棠春睡圖，靜靜的覷著他們，桌上寶鏡也端端映著一對少年男女的漫漫春情。

忘情的那一瞬間，他的身體像一彎水流，湍湍流向母性的幽冥大海，一個溫暖而柔軟的空間。他任身體帶領著他，到他的意識從未探入的世界，在那兒，他得以暫時解脫於萬事萬物的束縛；母親的叮嚀消失，父親的苛責也不重要，他只是一個漂浮物。心是空的，身子是飄忽無繫的。

那種解脫只是靈光一現的幻想，比朝陽探出頭的那一剎那還短。末了，他睜開眼睛，海棠春睡圖仍是海棠春睡圖，鏡子裡，剩他自己。

不知何時，襲人已不在身邊。他惶恐起來，第一次明白自己的孤獨。榮寧二府人人視他爲稀世之珍，美婢成羣，陪他打發漫漫長日，但他原來是孤獨的。他閉起眼睛，感覺自己的身子像茫茫大海中的一顆露珠，完全摸不到邊際的虛無，只有虛無。

王熙鳳不過二十歲，在榮國府管事卻有五年歷史。榮國府人口上下約有三百人，每天少說有一、二十件事情要忙，這些事情雖然都只是榮國府內財務或人事上的瑣事，但日日也有千百樣。虧得鳳姐做人俐落，大大小小的事情，沒有不當機立斷。

樹大總招風。除了家中的內務外，鳳姐還要應付那些因貪財而來求財的遠親或族人，這些人像爛瘡上的蒼蠅，揮走一批，總會迅速的再黏一批。

劉姥姥第一次進榮國府，爲了錢。

劉姥姥當寡婦多年，膝下無子，只得跟著女婿過活，幫務農的女兒女婿看顧孫兒。有女婿養活，當然勝過自己一個人孤苦過日。但寄人籬下也有它的難處，少不了要看人臉色。這年秋末冬初，眼見寒氣一天濃過一天，而家中的餘糧已經不多，劉姥姥的女婿狗兒憂煩在心，成天就在家中喝悶酒耍脾氣實在難過，吃人的嘴軟，劉姥姥忍了幾天，後來實在憋不住了開口勸女婿：

「姑爺，我們這些做莊稼的，哪一家不是年年難過年年過？像你這樣，從小不過過了幾天好日子，心性就把持不定──有了錢時顧頭不顧尾，沒了錢就瞎生氣，算什麼男子漢大丈夫？我們住的地方雖然離城裡遠了點，但到底還是在天子腳下，人家說這京城中，遍地都是錢，只可惜沒人去拿，光在家裡跳腳有什麼用？」

狗兒給她這麼一說，老大不高興，橫眉豎目：

「妳坐著說倒容易，難道叫我出去打劫不成？」

「誰叫你去打劫來著？」劉姥姥沒好氣的看了狗兒一眼：「大家可以想想法子，不然，難道銀子會長腳跑到咱們家？」

狗兒冷笑道：「有辦法還等到今天？我又沒有做官的朋友，也沒有收稅的親戚！就是有，也不見得會理我！」

說到做官的劉姥姥心中靈光一閃：「嘿，我到替你想出一個主意來了，你們家祖上為官時，不是和金陵的王家結成了親嗎？誰叫你們家道中衰，和人家疏遠了？想當年我和女兒還曾上過王家一趟，他們家的二小姐，做人倒是爽快，一點驕氣也沒有，如今，聽說她是榮國府二老爺的夫人呢！不久前我聽得人家說，賈家因爲老太太已上了年紀，越發憐老恤貧，慷慨佈施，如果厚著臉皮去求求王家二小姐……或許她還認得咱們呢。」劉姥姥越說越高興：「只要他肯發一點善心，拔一根汗毛，恐怕比我們的腰還粗！」

「說得容易，」女兒劉氏插嘴道：「像妳我這副模樣，怎好上人家的大門？只怕連門房都不肯通報！」

狗兒一聽說此事，已經動了心，原本冷笑的嘴開始討好起岳母來：「既然您見過人家太太……不管如何，您就去活動活動吧！」

劉姥姥一聽又畏縮起來：「嗳喲，俗話說，人窮狗都怕！恐怕人家現在已經不認得我，去了也是白去！」

狗兒腦袋一轉，又想起一個人：「……我記得王二小姐嫁到賈府時，帶了個周大爺，他是我老爹的朋友……他買田時，我爹曾幫過他忙。您去找他準沒錯！」

劉姥姥心想，人老臉皮也自然厚，爲了好過年就端著一張老臉去碰碰運氣吧，省得成天看女婿嘴臉過日子。第二天一大清早，她便起來梳洗，帶了孫兒板兒進了城。怕板兒還沒見過世面，還特地教他幾句應酬，到榮國府門邊，自己卻被這偌大的門面嚇著了，遲遲不敢過去。瞧了老半天，才硬著頭皮要門房找周大爺。

原本沒人理她，過了半響，有個年紀大的門房看她年事已高，才說：「那周大爺到南方辦事去了，只他娘子在家，妳繞到後街去找她就是了。」

劉姥姥到了後門，只見幾個生意擔子歇在那裡正熱鬧呢！有賣吃的，也有賣玩的，二、三十個孩子正在那裡嬉戲。她趕緊拉住了一個：

「哥兒，你可知道周大娘住在哪裡呢？」

孩子瞪著她：「哪個周大娘？我們這裡的周大娘就有好幾個！」

「就是……陪王夫人嫁過來那位……」

「哦，這個容易，跟我來。」他拉劉姥姥進了一個院子，往裡頭大叫：「周大媽，有個老奶奶來找妳！」

周媽連忙迎了出來，將來人看了兩眼，認不出是誰：「您哪位？」

「周嫂子，您好呀。」劉姥姥滿臉笑容的向她作揖。周媽認了半天，才笑出聲來：「原來是劉姥姥，您好呀，這幾年沒見，差點把您忘了……不嫌棄的話，請到我家裡坐坐。」

劉姥姥一邊走一邊笑：「您是貴人多忘事，哪還記得我們？」周媽拍拍板兒的頭，說光陰容易過，沒想到連板兒都長這麼大了。兩人寒喧幾句，見多識廣的周媽問起客人的來意：

「您這次來，是路過的，還是特地來看太太的？」

劉姥姥說：「這次來，一來是看看您可安好，再來是想請太太的安；如果您方便的話，領我見太太一面，最好不過，若不能……也不打緊，就……幫我問聲好也行。」

周媽這麼一聽，已知道了劉姥姥的來意。想當初自己丈夫買地一事，確實得了狗兒父親的幫忙，不好讓劉姥姥空手而歸；再來，也想在故舊面前顯示，自己雖是下人，倒還算賈府中有頭有臉的人物，笑說：

「姥姥，您放心，您大老遠跑來，沒理由叫您這樣空手回去。但您可能就有所不知：我們府中人人各有職守，替來客傳話原與我不相干！但……您老既是太太的親戚，又這麼將我當人看，我就破個例爲你通個信兒也好。」周媽想了想，又說：「有件事您可要先明白，五年前，我們太太已不管事，早由璉二奶奶當家。您倒猜猜，這璉二奶奶是誰來著？她就是太太的內姪女，小名叫鳳哥的。」

劉姥姥聽了，又記起了許多事，趕忙堆出笑臉說：「原來是她呢，從前她還小時，我就覺得她跟別人不一樣，將來必能當家……今天我可見得了她？」

「這是當然，如今，見鳳姑娘勝過見太太，絕不枉走這一遭。」

「阿彌陀佛，全仗嫂子引見了！」

周媽也沒耽擱時間，叫小丫頭去打聽，老太太房裡擺飯了沒？擺完飯，鳳姐便會回自個兒房裡，此時找她，她才得空。兩人說了幾句閒話，全繞著鳳姐打轉。「這位鳳姑娘如今不過二十歲上下吧？」劉姥姥屈指一算：「能有本事當這麼大一個家，眞是難得！」

「姥姥，說了您可不信，這鳳姑娘年紀雖小，做事可比任何人都強！如今她出落得美人兒似的，心眼和口齒都不是一般男人比得上——你見了就知道了。就只一件事不妙——」周媽小聲說道：「……不是我多嘴……她待下人未免嚴苛了些。」

過了一會兒，小丫頭來報：「老太太房裡擺完了飯，二奶奶已回到自己屋裡。」周媽忙催劉姥姥：「現在快走！鳳姑娘吃飯時才有空，我們趕快去，否則，待會兒向她回報的人多了，她可沒空理咱們！」

兩人往賈璉的住處奔去，周媽先要劉姥姥在外頭等一會兒，自己進了院門，找到鳳姐身邊最得力的大丫頭平兒，將劉姥姥的來歷稟明了，力陳劉姥姥大老遠來請安，當日因王夫人常見，到底算是老親戚，所以鳳姐也最好一見，以免日後夫人知道了，說咱們待客不周。

平兒素來是鳳姐調教出來的機伶丫頭，不久前讓賈璉收平兒為妾，也是鳳姐的主意。一聽此事，不敢怠慢：「叫他們先進來等就是了。」

劉姥姥帶著板兒，戰戰兢兢的跟著周媽上了正房的台階，丫頭們打起了猩紅色的氈子，讓他們走入廳裡，一進到廳裡，劉姥姥就聞到一股奇香撲鼻而來，不知道是什麼氣味，聞了之後，只覺身子像在雲端一樣的舒服；屋子的擺設，件件耀眼爭輝，劉姥姥看得頭暈目眩，不由得唸了一句：「阿彌陀佛！」

走到東邊屋裡，劉姥姥看見一個遍身綾羅、穿金戴銀、花容月貌的女子，差點就要叩頭稱「姑奶奶」了。只見周媽告訴她：「這是平姑娘。」才知道那不過只是個體面的丫頭。平兒起身讓劉姥姥和板兒上炕坐著，自己和周媽坐在炕沿上，要小丫頭倒了茶來。

正喝著茶，忽聽到鑼鼓般的聲響，只見幾個小丫頭滿屋子跑來跑去，說：「奶奶來了。」平兒和周媽也急忙起身，平兒說：「姥姥只管坐著，我們到了時候便來請妳。」

劉姥姥屏息以待，遠遠聽到有人笑著走來。又聽到「擺飯」兩個字肚子都餓了，不久有兩個人抬了一張桌子放在這炕桌上，桌上滿滿的都是大魚大肉。板兒看了流下了口水，咕咕噥噥吵著要吃肉，劉姥姥一急一巴掌打了下去！此時周媽進來，笑嘻嘻的向她招手，劉姥姥會意，帶板兒下炕去。

劉姥姥拖著板兒，亦步亦趨的隨著周媽走進另一座富麗堂皇的大屋子裡，見到一個脂光粉豔的玉人兒，心下不免驚嘆：天底下有這麼樣的富貴角色！

鳳姐穿著桃紅色的棉襖和銀貂皮裙，披著灰鼠皮做的披風，手裡拿著銅筷子撥著手爐裡的灰。平兒坐在炕邊，捧著一個茶盤。待他們走到跟前，鳳姐還沒來得及起身迎客，便滿面春風的問好。劉姥姥早已在地下拜了數拜，嘴裡一直說：「問姑奶奶安，問姑奶奶安……」

鳳姐連忙要周媽扶起劉姥姥，一邊說：「您可要原諒我年輕不懂事，不知——該怎麼稱呼您才好？」

劉姥姥要板兒向鳳姐作揖，板兒卻躲在她身後死也不肯出來。鳳姐笑道：「親戚們不太走動，都疏遠了，知道的呢，會說你們嫌棄我們，所以不肯常來；不知道的，還以爲我們眼中無人呢。」

劉姥姥聽了這話，唸道：「阿彌陀佛！我們是家道艱難，不好意思登門拜訪，怕管家爺們看我們不像親戚哩！」

鳳姐笑道：「這樣說可就見外了！俗話說，就是朝廷也有三門窮親戚，何況我們呢。」說著，已知對方來意，一邊含笑應付就打發周媽傳話，問太太的意思去。

鳳姐抓了些糖給板兒吃，又聊了幾句閒話，就有許多管事的來做例行報告。鳳姐要平兒代理了。不一會兒，平兒進來，說是沒什麼要緊的事，請他們散了可好？鳳姐點頭同意，不久，周媽回來報告：「太太那邊沒空，說是有二奶奶陪著也一樣，如果有什麼事，只管告訴二奶奶就行。」

說完，周媽傳了個眼色給劉姥姥。劉姥姥會了意，臉卻先紅了，吞吞吐吐的說：「照道理，今天剛見著姑奶奶，本來不該說的，只是大老遠跑到您這兒，不說又不對……」好不容易正話要出口又有人來報：「東府的小太爺來了。」鳳姐即要劉姥姥打住。

劉姥姥聽得一陣靴子響，一個十七、八歲的清秀少年走了進來。多了個生人，劉姥姥頓覺坐立難安，鳳姐笑道：「這是我姪兒賈蓉，自己人，您只管坐著。」劉姥姥才扭扭捏捏的在炕邊側坐了。

賈蓉向鳳姐請了安，說是父親要他來借一座玻璃炕屏。鳳姐眼睛一拋，只把白眼給他看，脆聲說道：「你可來遲了，昨天已經給了人。」

賈蓉不信，笑嘻嘻半跪在鳳姐跟前：「嬸子若不借，我父親必會嫌我不會說話，怪我惹惱嬸子，晚輩少不了要挨一陣打了。好嬸子，妳還是可憐可憐我吧。」

鳳姐眉開眼笑：「你們就這麼愛我的東西？以爲我們王家的東西都是好的？」

賈蓉陪著笑：「只求嬸娘開恩！」

「若碰壞了，我可就要剝你的皮！」鳳姐一邊這麼說，一邊要平兒拿了鑰匙去取。賈蓉才剛出去，鳳姐又想起了一件事，向窗外叫：「喂，蓉兒回來！」這一叫，外面便有幾個小廝接著傳聲，迴迴盪盪：「請蓉大爺回來！」賈蓉又急忙轉回來，站著聽鳳姐有何指示，鳳姐只管慢慢的喝茶，好像出了神似的，忽然臉蛋一紅，揮手笑道：「算了，你先走吧，等我吃過晚飯再來說也不遲，現在我有客人呢……」

賈蓉恭敬答了是，抿嘴一笑，又慢慢走了出去。

陌生人一走，劉姥姥才覺得身心安頓，說：「我今天帶著你姪兒來，不爲別的，只因他爹娘在家裡連吃的都沒有了……」說完推推板兒，要他說話：「別只顧吃糖！你爹在家裡教你說什麼來著？」板兒塞了滿嘴糖，一句話也說不出來。鳳姐笑了：「不用叫他說了，我都知道。」問明劉姥姥還未吃過飯，便傳了飯在東屋裡擱著，要劉姥姥過去吃了。私下問周媽：「太太交代了什麼？」周媽答道，太太要二奶奶裁奪，只說不可怠慢。待劉姥姥用過飯後，鳳姐又請她上座，笑著對她說：「您的來意，我已經知道了。不過您可能不明白，我們家看來氣派大，但裡頭其實有難處……說給外人聽，外人也不相信。」一怕所有的遠親一齊來借錢，不得不把話講在前頭。話鋒一轉，笑得春風蕩漾：「不過，您大老遠來，我也不好讓您空手而回，剛好昨天太太給我丫頭們做衣裳的二十兩銀子還沒動呢！如果您不嫌少，就先拿了去吧。」

劉姥姥聽到鳳姐說到難處，以為已無希望，後來聽到二十兩銀子，笑得嘴合不攏：「我們也知道難處的，但俗話說：瘦死的駱駝比馬還大……不管怎樣，您的一根汗毛，比我們的腰還壯呢。」

周媽聽她說的話粗鄙，在旁使眼色阻止，但劉姥姥喜出望外，哪裡看得見周媽的暗示？鳳姐笑笑，不予理睬，叫平兒拿了二十兩來，又多取了一串錢，都送到劉姥姥面前，說：「這是二十兩銀子，暫且給孩子做冬衣吧。改天沒事，別忘來逛逛。」

劉姥姥千謝萬謝，捧著銀子，隨著周媽走了出來，又到周媽家坐了坐，硬要留一兩銀子給周媽的孩子買糖吃，以表謝意。周媽哪裡將一兩銀子放在眼裡？執意不肯收。讓劉姥姥感激不盡的走了。討錢過冬，自是下不為例，可不能再來丟老臉。劉姥姥絕沒想到，後來還有機會大搖大擺踏進賈府大觀園。精明如鳳姐也想不到，一念之慈，賺得日後福報。

送走了劉姥姥，周媽又到王夫人處報消息。王夫人不在房裡，丫頭金釧兒說，她往薛姨媽那兒聊天去了。自從王夫人的妹妹薛姨媽，搬到賈府來暫住後，一向不多話的王夫人，多了個說話對象，除了在佛堂唸經外，不時來看自己的親妹子。因薛姨媽借住在梨香院裡，於是周媽馬不停蹄，又往梨香院趕來。

周媽輕輕抓起簾子，只見王夫人正和妹妹薛姨媽閒話家常。她沒敢驚動她們，逕自進了裡頭的房間，只見薛寶釵穿著家居衣服，正和丫頭鶯兒坐在炕上描繡花的花樣。寶釵看她進來，滿臉是笑：「周姐姐請坐。」周媽也忙陪笑，問寶釵好。因爲看寶釵的氣色不佳，便問起：「這兩三天沒看見姑娘出來，是不是妳寶兄弟又惹妳生氣？」

「哪裡的話？」寶釵笑著說：「是因爲我的病發了，所以在家靜養。」

「什麼病？」這話挑起了周媽的好奇心。

「也沒什麼。」寶釵淡淡的說：「不過是打從娘胎帶來的咳咳喘喘，沒什麼大礙。」

「那得趁早治好才是。」周媽問：「有沒有請大夫？」

「請大夫總不見效。倒是從前有個禿頭和尙替我開了一個怪藥方，還有點用處。」

「什麼怪藥方？」周媽看看外頭，王夫人還在和薛姨媽高談闊論呢，所以又和寶釵繼續聊下去。

「這藥方叫冷香丸，」不管對長輩或是對下人，寶釵說起話來，總是慢條斯理，委婉親切，使人如沐春風，人人佩服她的氣度，都說她不遜於做皇妃的賈元春。「說是要春天開的白牡丹花蕊十二兩，夏天開的白荷花花蕊十二兩，秋天的白芙蓉十二兩，冬天的白梅花蕊十二兩……」這一串怪藥，已把周媽聽得一愣一愣，待說到還要把這許多藥方集中在次年春分這一天曬乾，周媽大嘆：「我到老才開了這眼界！等十年未必等得到這一帖藥呢。」

「偏巧我哥哥已經將各色藥方給我等齊了，如今帶來埋在梨花樹下……」

周媽還要再問話，忽然聽王夫人問道：「誰在裡面？」周媽忙回來答應了，回了劉姥姥的事。

王夫人不置可否，周媽才要告退，被薛姨媽叫住了：「妳等一下，我有東西要託妳分送。」說完叫道：「香菱，香菱！」一個約莫十二、三歲的小丫頭出來答應：「奶奶，叫我嗎？」

薛姨媽吩咐：「把我放宮花兒的匣子拿來。」叫香菱的丫頭捧了個小錦匣來。薛姨媽說：「這是宮裡頭做的新花樣，我幾次想要請人送給姑娘們，都忘記了，妳來的巧，就勞煩幫我跑個腿。妳們家的三位姑娘每人兩枝，林姑娘兩枝，另外四枝送給鳳姐兒。」

「怎不留給寶丫頭戴？」王夫人問。

「說也奇怪，」薛姨媽笑道：「雖是女孩兒家，我們家寶丫頭，從小不愛這些花兒粉兒的。」

周媽拿了匣子走出房門，看見王夫人的丫頭金釧兒還坐在門外納涼，又搭了幾句話：「薛姨媽那邊那個叫香菱的小丫頭，是不是讓薛爺爲她打人命官司的那個？」

「可不就是她？」金釧兒瞇著眼，懶洋洋的說。

此時香菱又笑嘻嘻的走來，周媽拉著她的手將她上上下下打量了一回，對金釧兒說：「她的模樣兒，可像極我們寧府裡頭的蓉奶奶呢。」

周媽說的是秦可卿。金釧兒點了點頭。

「香菱，妳可記得自己是哪個地方人？今年幾歲？父母在何處？」周媽把香菱的手拉得緊緊的問了一串問題，香菱不斷搖頭，能答的也答不詳細，說是不記得了。周媽又為她感傷了一回：「這女孩兒的命怎麼這麼薄呢？」

說了半天話，才走到迎春、探春和惜春住的地方把宮花分送。惜春正和水月庵裡的尼姑智能兒一同玩耍，接了花，笑說：「我正跟智能兒說，明年要和她一起去做尼姑哩，妳正好就送花來——若明年真剃了頭，就不必戴花了！」

周媽是個處處捨不得不聊天的人，又和智能兒嘀咕了一回，才往鳳姐這邊來。丫頭豐兒見周媽來了，忙搖手要她走輕一點，因為鳳姐的女兒睡著了。周媽悄悄的問：「二奶奶睡午覺嗎？現在也該醒了……」才剛說完話，聽見賈璉房裡傳來一陣膩笑，平兒要豐兒舀盆水進去。周媽當下明白，鳳姐必也在那房裡。於是把四枝宮花呈給平兒代轉。不多久，平兒從房裡出來，手裡拿著兩支，叫一個丫頭送到寧府給秦可卿。

送完黛玉的，事情便了。周媽尋聲在寶玉房裡找到黛玉，她正跟寶玉在玩解「九連環」的遊戲，周媽笑著說：「薛姨媽要我來送兩枝宮花給林姑娘。」

黛玉正在玩解連環遊戲，寶玉先搶過宮花看，放在手裡把玩。黛玉抬頭，只往寶玉手上看了一眼，問：「這是單送我一個人的，還是別的姑娘也有？」

周媽順口答道：「別的姑娘都有了，剩這兩枝是林姑娘的。」

黛玉低眉冷笑了一聲：「我就知道，如果不是別人挑剩的，也不會給我。」周媽聽了雖覺刺耳，卻也不好說什麼。寶玉見周媽剛從薛姨媽處來，接過話去，問：「寶姐姐在家裡做什麼？好幾天沒看見她了。」

「寶姑娘身體不太舒服。」周媽勉強擠出笑容答道。寶玉聽了，打發自己房裡的丫頭去問安：「就說是我和林姑娘要妳來問安，問寶姑娘吃了藥沒？就說我自己也著了涼，改天再登門拜訪。」

寶玉雖然自己想去看看寶釵，但知道此時若去，多心的黛玉一定要生氣。這麼說，不過討黛玉高興。

第二天，寧府的尤氏和秦可卿又請鳳姐過去做客。寶玉聽說也要跟，鳳姐只得帶著他一齊走。巧的是，秦可卿的弟弟也正在寧府當客人。秦可卿記得寶玉曾吵著見她弟弟，於是說：「我弟弟正在書房裡坐著，你要不要瞧瞧？」

寶玉一聽，就要下炕。鳳姐笑道：「怎麼不叫他來呢？難道我見不得他的？」

尤氏聽了，故意嘲弄鳳姐：「別人家的孩子，可不像我們家公子們這般胡搞瞎鬧，見了妳這樣的潑辣貨，恐怕要給妳嚇死！」鳳姐微笑，故意裝出慈眉善目狀，輕聲笑道：「多說沒用，我不嚇他便是了，趕快叫人請他去！」

賈蓉接著說：「他從小害臊，沒見過大場面，嫂子見了，可別嫌他不會說話。」

「少跟我胡扯！」鳳姐又翻起臉：「再不帶來，我就賞你一頓嘴巴！」

不一會兒賈蓉領了一個怯生生的年輕人進來。這人比寶玉略瘦，舉止斯文，面目清秀，長相還在寶玉之上，只是膽怯得像個見生人的女孩子；鳳姐推推寶玉：「喂，人家一出來，你就被比下去了！」鳳姐彎腰牽了他的手，要他在身旁坐下。鳳姐帶來的幾個嬷嬷，見鳳姐第一次見秦鐘，並沒有準備見面禮，暗暗傳話回去要平兒準備，平兒因鳳姐平時和秦可卿交情深厚，心想這禮數絕不能寒酸，拿了一匹好綢布和兩個金鎖片兒，要人趕快送了過去，鳳姐嘴裡嫌道：「這禮未免太單薄了些。」

吃過了飯，鳳姐和尤氏玩骨牌，寶玉便過去和秦鐘攀談。一看見秦鐘的斯文清秀，便惺惺相惜，講了幾句話，更覺投機。秦可卿起初還怕寶玉和自己的弟弟處不來，一邊張羅，一邊不忘過來叮嚀：「寶二叔，我兄弟年輕不懂事，說話如有冒犯之處，請你萬萬看在我面子上包容他。你別看他害羞，他個性可強呢。」

寶玉說：「我知道了，妳忙妳的吧。」

兩人一見如故，秦可卿白擔了心。寶玉聽聞秦鐘目前沒有老師授課讀書，就求他一起上榮國府的家塾。秦鐘聽了，高興萬分，兩人便說定了。「待會兒，我們先告訴你姐夫、姐姐和璉二嫂子，我再回去稟報祖母，一定成的，你放心。」

天一晚，尤氏要人先送秦鐘回家，秦鐘依依不捨的向寶玉和衆人告辭。等了半天，送人的車馬卻始終沒來。

尤氏問：「到底派了誰？」

外頭的婢女答道：「派了焦大，可是焦大爛醉如泥。」

尤氏有些不高興：「派他做什麼？難道你們不知道他派不得？幹嘛惹他？」

鳳姐是個好管事的，聽了這話，忍不住插嘴：「難怪有人說妳太軟弱了，連一個僕人都管不住，那還得了？」

尤氏說：「妳沒聽說這焦大的來歷？在我們這裡，沒人敢理他！只因他年輕時跟著我們老太爺出生入死，曾經從死人堆裡把老太爺背了出來。自己挨餓，留東西給主子吃；兩天沒水，得了半碗水，也給主子喝，自己喝馬尿！老太爺在時，別人都對他另眼相看，誰知他老了，一點也不知道自重，一喝醉酒就開始罵人鬧事，我早叫他們當他是個死人，以後別派事給他做！」

鳳姐眼波一轉：「我何嘗不知道這人的來頭？倒是你們太裝好人，打發他出去不就行了？」說完，牽了寶玉的手走出大廳，焦大還在大廳裡開罵。這回，他罵的是管家賴二：「你做事不公道！好事就先派別人，三更半夜要送人，就想支使我？沒良心的王八羔子！你們想想，二十年前，我蹺起一隻腿，比你的頭還高呢。那時我眼裡哪看得見你們這一批狗雜種！」

賈蓉正送鳳姐出來，聽不下去，隨口說了一句：「把他綑了，明天酒醒再放他！」

焦大眼裡哪有賈蓉呢？一聽賈蓉說話，他衝著賈蓉大叫：「你別在我面前便威風！就是你爺爺你爸爸也不敢在我面前大聲說話！你算什麼東西！再跟我耍派頭，老子看你不順眼，一樣白刀子進，紅刀子出！」

上了車，鳳姐才對賈蓉說：「這個沒王法的東西，不趁早叫他滾了，豈不是禍害？讓人家笑我們家一點規矩都沒有！」

焦大越罵越張狂，幾個壯丁拿了繩子上來綑他，拖往馬槽去。焦大一氣，索性連賈珍也罵了，亂叫亂喊，說要到祠堂裡向太爺告狀：

「家門不幸，生下了這些畜生！每天只知偷雞摸狗，偷媳婦的偷媳婦，養小叔子的養小叔子，別以為我不知道！」

鳳姐和賈蓉在遠遠的地方都聽見了，卻假裝聽不見。寶玉聽了，卻問鳳姐：「偷媳婦和養小叔子是什麼意思？」

鳳姐忙喝止他問下去：「少胡說，連醉漢胡謅你也要聽嗎？回去我跟你娘說，看她搥你不搥你！」

這些日子來府內無事，只以酬庸唱和爲要事。寧府的尤氏又來請賈母等人過去看戲。王夫人、寶玉和黛玉等人都過去湊了熱鬧。中午時間，賈母回府休息，便由寶玉送了回來，等賈母睡午覺時，寶玉想起：寶釵正在家裡養病呢。趁著大家看戲的當兒，正好看寶釵去。他又不要丫頭和奶媽們跟著，過了穿堂，自己偷偷拐了個彎，擺脫後頭的人，往梨香院走。

寶玉到了梨香院，先進薛姨媽屋裡，薛姨媽正在做針線活兒。寶玉先問：「薛哥哥不在家？」薛姨媽嘆息道：「他呀，像隻野馬似的，哪裡肯在家裡待上一天？」

寶玉又問：「寶姐姐身體好了沒？」

「就在裡面房間，你進去看她吧。」

寶玉走到了裡面的房間，抓起一條半舊的紅綢軟簾，看見寶釵也坐在炕上做針線。頭上的髻兒黑不溜丟，身上穿的蜜色棉襖和葱黃色棉裙子，別具淡雅之美。寶釵臉上一點粧也沒有，純粹天然，但唇不點而紅，眉不畫而翠，一雙水杏般眼睛不笑而媚，寶玉不由得看得目不轉睛。

「姐姐身子好了嗎？」看了好一晌，寶玉才想起自己是爲探病來的。寶釵含笑起身迎接：「已經好了，多謝你掛念。」

難得坐得這麼近，旁邊又沒有別人，寶玉傻著眼多看寶釵幾分，寶釵看見寶玉胸前掛著他那塊「命根子」，笑道：「成天聽說你這塊玉的神妙，就是沒有好好鑒賞過，今天我倒要好好瞧瞧了。」寶玉便從脖子上摘了下來，遞給寶釵。

寶釵將它托在掌上看，只見這玉有雀卵般大小，光亮滑潤，異於一般玉石。正面寫著：莫失莫忘，仙壽恆昌。寶釵輕聲唸著這幾個字，不知何時，她的丫頭鶯兒走了進來，笑道：「姑娘，這和妳項圈上的那兩句話，好像是……一對兒的呢。」

寶玉聽了，好奇不已，「姐姐，我可要瞧瞧妳的項圈！」

寶釵原來不肯，被他纏不過，只好解了外衣的排扣，將裡頭的大紅襖兒上那串晶瑩燦爛的黃金瓔珞取了出來。寶玉一看，上頭果然有兩句吉讖：

不離不棄，芳齡永繼。

寶玉唸了兩遍，又把自己的唸了兩遍，笑著說：「姐姐這八個字，果然跟我的是一對兒。」

鶯兒說道：「這是一個癩痢頭和尚送給姑娘的字，他說，一定要刻在金器上才行。」

話未說完，寶釵低聲罵鶯兒：「妳不去倒茶，在這裡胡說些什麼？」

因爲坐得近，寶玉從寶釵身上聞到一股香氣，不知道是什麼味道，又開口問：「姐姐燻的是什麼香？我從沒聞過這種味道……」

「我從來不燻香，好好的衣服，燻什麼香？」

「那這是什麼味道？」除了讀書不求甚解外，若有疑惑，寶玉向來問到底。

「我想起來了，」寶釵笑道，「是我早上吃了『冷香丸』，才有這種香氣。」

「什麼冷香丸？我也要吃！」

「胡說，藥也有吃著好玩的？」

正胡鬧著，外頭傳報：「林姑娘來了。」不是冤家不聚頭，話聲未了，黛玉已走進房間裡，一看兩人坐得甚近，狀似親膩，笑道：「唉呀，我來得眞不巧！」寶玉連忙起身讓坐。寶釵偏正色問：「這話怎麼說？」

黛玉回答：「早知道他來，我就不來了。」

「這話又怎麼說？」寶釵又問。

黛玉解釋：「如果今天他來，明天我來，錯了開來，那豈不是天天有人來看姐姐？不會太冷落，也不會太熱鬧，豈不正好？姐姐有什麼聽不懂的？」

寶釵明知她強詞奪理，只淡淡一笑，不與她分辯。

此時薛姨媽已準備好了幾樣茶點，留他們一起喝茶，伴茶的還有薛姨媽做的鵝掌，寶玉吵著要拿鵝掌配酒喝才夠味。偏偏此時寶玉的奶媽也找到寶釵這兒，寶玉要喝酒，她老人家急忙阻止。「你每喝一口酒，我可要討兩天的罵！薛姨媽，你可不知道他的性子呢，他喝了酒，就瘋瘋癲癲的……」李嬤嬤說。

薛姨媽笑道：「老東西！妳不用擔心，有我在這裡，哪准他喝多？妳也跟衆人吃酒去吧！」

李媽媽走後，寶玉又說：「不必溫酒，我只愛喝冷的。」薛姨媽見天氣寒，當然不肯，勸道：「這可使不得，喝了冷酒，寫字要發抖的。」

寶釵也說：「寶兄弟，虧你懂得那麼多雜學，你難道不知道，酒性最熱。熱熱的喝下去，發散的快，喝冷的，就凝結在身體裏頭，難不成拿五臟六腑去暖它！」

寶玉一聽，覺得這話有道理，便不吃冷的了。黛玉在一旁聽了，看他那麼聽寶釵的話，只是抿著嘴笑他。碰巧黛玉的丫頭雪雁來給黛玉送小火爐，黛玉便借題發揮：「誰叫妳送來的？眞難爲有人爲我費心！」

雪雁說：「剛剛下了雪，紫鵑姐姐怕姑娘冷了，叫我送來。」

黛玉接了暖爐，揣在懷中，揶揄道：「眞虧妳聽她的話，平時我跟妳說什麼，妳都當耳邊風，怎麼她說話，比聖旨還管用？」

寶玉聽見了，知道黛玉指桑罵槐，只是一味傻笑，也不回嘴。寶釵自然明白其中意思，素知黛玉愛拐彎抹角嘲笑人的個性，也沒有理她。

轉眼間，寶玉已吃了三杯酒，李嬤嬤轉頭回來，一看不得了，又上來阻攔硬不許他喝。寶玉央求：「好嬤嬤，我再喝兩杯就不喝了嘛。」李嬤嬤卻得理不饒人：「你可要小心點！今天老爺在家，提防他又來問你讀了哪些書！」

寶玉聽了這話，心裡頭不高興，慢慢放下酒來。黛玉見狀，悄悄推寶玉：「別掃了大家的興。舅舅若找人，只說在姨媽這裡不就得了？」接著小聲道：「別理那老東西，咱們樂咱們的！」

奶媽耳朵雖聾，倒還聽得見黛玉嘀咕，說道：「林姐兒，妳別幫他了，妳要勸他才對！」

黛玉一陣冷笑：「我爲什麼幫他？又爲什麼要勸他？妳這奶媽也當得太小心了。以前老太太也賞他酒喝，可沒聽見有人說什麼話！難道在姨媽這裡多吃了一口就礙事？難不成……妳把姨媽當成了外人！」

這話，使得李嬤嬤聽了急得跳腳，陪笑作揖了好一陣子：「林姐兒說話，比刀子還厲害呢！」寶釵也忍不住往黛玉臉上擰一把，打圓場：「說的也是，這顰丫頭的一張嘴，眞叫人恨也不是，愛也不是！」

當下李嬤嬤不敢再說話，只敢悄悄和薛姨媽說：「姨太太，別讓他喝多！」自討沒趣的走了。掃興的奶媽離去後，寶玉酒興更佳，但薛姨媽千哄萬哄，也只容他再多喝兩三杯，收了酒具，替他煮了酸筍雞皮湯來。寶玉一連喝了幾碗，多吃了半碗碧粳粥。林黛玉吃完飯，問寶玉：「你走不走？」寶玉心知，不跟她走，又會惹她多心，立即說道：「妳要走，我就跟妳一齊走。」

外頭正下著雪，寶玉的丫頭爲他拿來大紅猩氈斗笠。丫頭動作粗了些，黛玉看不過去，拎過斗笠來，親手爲他戴上了。兩人默默走著，穿過雪花飄舞的小徑，來到賈母房中問安。一路上兩人雖然一句話也沒說，寶玉心裡倒覺得自己說了許多話，不知是酒暖了他的心，還是因爲有人在身旁。兩人雖然偶爾會鬧些小口角，但他到底知道她的心向著他，依然心融意洽。

回到房裡，只見桌上擺著筆墨。他問是誰在他桌上寫字來著？晴雯探過頭來，笑道：「眞是的！你一早叫我起來研了墨，只寫了三個字，丟了筆就走了，害我等了一整天！趕快來給我寫完！」

寶玉才想起早上的事，問：「那我早上寫的三個字在哪裡？」

晴雯說：「我看你眞是喝醉了！分明是你叫我貼在門上的——我怕別人貼壞了，自己爬上去，貼了老半天，手都凍僵了！」

「我替妳握著手，妳的手不就不冷了？」

於是兩個人手牽手，一同欣賞門上新寫的三個字。偏此時黛玉又走過來，看寶玉與晴雯如此親密，心頭難免又不是滋味，只是不好說什麼，怕別人笑話她吃醋。寶玉一點不知她的心事，一派天眞，問道：「林妹妹，妳說說看，哪一個字好看？」

黛玉慢慢抬起頭，看見了斗大的「絳芸軒」三字，抿嘴笑說：「個個都寫得好極了，改天有空，也替我寫個匾額！」

寶玉說：「妳又來哄我！」

忽然間，酒意醒了，想起一件事，問晴雯：「早上我在那邊吃飯，看見一碟豆腐皮做的包子，我想到妳一定愛吃，就叫人送過來了，妳看見了沒？」

「別提這回事，」晴雯說：「一送來，我就知道是給我的，擱在那邊，原來要等有胃口了才吃，沒想到李奶奶來，看見了，帶回去給她孫子享受。」

說著，茜雪爲他送上茶來。寶玉隨口說：「林妹妹喝茶！」

黛玉卻已飄然走遠。

寶玉獨自吃了這盞茶，忽又想起早上沏的茶，問茜雪道：「早上沏了一碗楓露茶，我說那茶要泡三四次才最好，怎麼端上這個來？」

茜雪：「本來替你留著……但李奶奶來，一口氣喝乾了。」

又是他那無趣的奶媽！寶玉一聽不由得發了火，手上茶杯往地上一摜，頓時跌個粉碎，茶水灑了茜雪一裙子。他又跳起來問茜雪：「她是妳哪一門子的奶奶？你們這麼孝敬她？我不過小時候吃了她幾口奶，她就慣得比老祖宗還大？我偏要叫她滾！」茜雪莫名其妙遭了波及，一臉不高興，和寶玉生起氣來，寶玉又吵著要回稟賈母攆茜雪。

襲人本來在炕上裝睡，有意逗寶玉來吵她玩，冷不防聽到寶玉摔茶杯，忙起身來勸解。賈母那邊的人聽到茶杯落地聲，走過來問，襲人說是自己倒茶不小心砸了杯子，沒事，又勸寶玉：「你若要攆她，不如連我們一起攆了，反正你也不愁沒有更好的來服侍你。」

寶玉聽了這話，才閉了嘴，由襲人扶到炕上休息。待寶玉躺下了，襲人摘下他那塊「通靈寶玉」，用絹子包好，塞在床褥下，恐怕第二天戴時，冰了他的脖子。

攆茜雪事，襲人原本打算不了了之，不知哪個婆子舌頭長了些，又傳到賈母那邊，說茜雪服侍不周，惹寶玉嫌。賈母愛孫心切，還是將茜雪遣走了。寶玉的奶媽李嬷嬷本來好不容易還有個對她恭敬的丫頭，可以佔幾分便宜，攆了茜雪，寶玉房裡還有誰買她的帳？爲此叨叨不休，喋喋咒罵，但也莫可奈何。

進賈府家塾讀書，自然可以為家裡省一些開支，這天，秦鐘由姐夫賈蓉帶著前來賈府。寶玉一聽他來，興高采烈出去迎接，將秦鐘帶到賈母跟前。賈母看見秦鐘舉止斯文，讓他來和寶玉讀書，自然放心，挽留他下來吃飯。衆人都喜歡寧府的秦可卿，見她弟弟竟和她一樣的溫文閒靜，對他也十分殷勤。賈母囑咐他：「你家住得遠，若一時不方便回去，只管住在我們這裡。不過，最好跟你寶二叔住在一處，可別給其他不長進的東西給帶壞了。」

秦鐘和秦可卿並非親姐弟。秦鐘的父親秦邦業，年紀已近七十，曾任營繕司郎中，素來和賈家有來往；當初因年近五十而無兒女，便抱了一兒一女來養，誰知連養子也養死了，幸而不久，新買的妾生下秦鐘，使秦家有子傳香火。原先抱養的，只剩一個女兒，取名秦可卿，官名兼美，漸漸長成了個美人，一顰一笑間，萬種風情。憑媒妁之言，嫁給了賈珍的兒子賈蓉。

因有秦鐘陪伴，原本只在家請老師的寶玉，興致勃勃的要到家塾上學去。到了那個黃道吉日，寶玉一睜開眼，看見襲人已把他的書筆文物收拾妥當，自己一個人坐在床沿發愣。寶玉以爲襲人不高興他上學，輕聲問：「好姐姐，妳怎麼了？難道怕我上學去以後冷落妳們不成？」

襲人笑了：「哪兒的話？上學讀書是很好的事，不讀書，可要潦倒一輩子的。不過，我可要說一句話兒：你唸書的時候心裡要想著書，不唸的時候可得想著家，別和那些人一起玩鬧，萬一給老爺知道了，那可就大大不好！」

襲人叮嚀一句，寶玉便答一句：「是。」沒有多說話。接著襲人又千叮百囑：「你那件白狐皮衣服，我也交李貴他們給你帶去了，冷的時候可要記得添換；你可記得說，否則那一群懶賊，要不說他們，他們可樂得不動！那邊可比不得這裡有我們照料……」

「妳放心，」寶玉說：「我在外頭的事，自己都會料理；妳也別老悶在屋裡，沒事的話，到我林妹妹、薛姐姐那邊走動走動。」

穿戴齊全後，照例要見祖母和父母。賈政和一班清客正在書房說閒話，寶玉硬著頭皮進去請安，稟明要上家塾去。當著衆人的面，賈政偏冷笑道：「你去上學？連我也陪你臉紅！我看你是去玩玩罷了……有你這樣的人，站在我的書房裡，我都嫌你站髒了我的地方！」

寶玉戰戰兢兢的站在一旁，賈政養的幾個清客，素來知道賈政的脾氣，牽了寶玉的手出去。賈政罵得意猶未盡，又問：「誰跟著寶玉唸書去？」

外面應了一聲，傳來了三四個大漢，其中帶頭的，是寶玉奶媽的兒子李貴。

賈政劈頭又罵：「你們這些人，每天跟著他唸書，到底唸了什麼東西？依我看，他書沒唸好也就算了，還學了一些混話！等我閒了，先剝了你們的皮，再跟那不長進的東西算帳！」

這話嚇得李貴等人雙膝跪地，摘了帽子，連磕響頭，回答道：「哥兒現在已經唸到第三本《詩經》，我聽他唸過什麼：『攸攸鹿鳴，荷葉浮萍。』……小的絕對不敢撒謊！」

李貴本來想為寶玉說情，但滿座的人聽見他把「食野之苹」唸成「荷葉浮萍」，不由得哈哈大笑，連賈政也忍不住笑出聲來，說：「恐怕再唸三十本《詩經》，也是『掩耳盜鈴』！你替我到家塾裡告訴教書先生，就說我講的，什麼《詩經》、古文，都不用讀，把四書講明背熟最要緊！」

李貴出來，看見寶玉還站在門外等他們，邊撣衣服邊說：「哥兒，剛剛你聽見了吧，老爺子要剝我們的皮呢！別人的奴才跟著主子總賺點面子，我們這些奴才，白白陪著你挨打受罵！你也可憐可憐我們吧！」

寶玉自己覺得好笑：「好哥哥，你別覺得委屈，我明天請你就是！」說著，又回到賈母那邊，秦鐘已經來了，正聽賈母叮嚀。寶玉想起沒跟黛玉告辭，又跑到黛玉房門，黛玉正在對鏡梳粧，笑說：「你上學去，可要學月宮裡吳剛伐桂？」

寶玉還依依不捨，和黛玉嘮嘮叨叨了老半天：「妹妹，妳可要等我放學再吃晚飯……還有，胭脂膏子也要等我回來再調……」告辭後，黛玉又把他叫住：「你怎麼不去辭你寶姐姐呢？」

寶玉笑而不答，轉身走了。

秦鐘便在賈府裡住熟後，賈母也把他當孫子看，分外疼愛。論輩分，兩人雖是叔姪，但寶玉嫌稱呼起來麻煩，跟他私自約定：「我們兩個人一樣年紀，又是同窗，稱兄弟就好了。」

見寶玉和族中的幾個兄弟先後進了家塾，薛寶釵的哥哥薛蟠，也動了上學的念頭。不過，他這人雖自願上學，卻是三天打漁、兩天曬網，並不圖學業進益，只求多些玩伴。薛蟠生性好色，除了女色之外還喜孌童。由於花錢闊氣，上學不久，已勾引了兩個長得有女孩子氣的學生，一個取綽號叫香憐，一個叫玉愛，日日左擁右抱，好不得意。

這天授業老師賈代儒有事回家，命令長孫賈瑞管理大家做功課。這下可好，學堂裡馬上鬧出事來。原來是秦鐘和香憐兩個人跑到後園說話，給一個叫金榮的刺激了幾句，秦鐘和香憐跑去和賈瑞告狀，賈瑞反而斥責他們多事。金榮得意回座，嘴裡不乾不淨。玉愛聽見了，又和他起了口角。

金榮唯恐天下不亂，一說到興頭上，硬說：「剛剛我在後園，明明看見他們兩個人在親嘴摸屁股！」

這話一說，又得罪了一個人。這人名叫賈薔。賈薔原屬寧府裡的嫡系，因爲父母早亡，從小就在賈珍的照料下過活，然目前自立門戶，不住在寧府，但和賈蓉素來有交情。

金榮欺負賈蓉的小舅子秦鐘，等於是欺負了他，這口氣哪裡能不出？不過，因爲金榮和薛蟠交情甚好，他也不想得罪薛蟠，心裡盤旋了一下，走到後院，悄悄把寶玉的書僮茗煙叫到身旁，吩咐了幾句話。

茗煙年輕，又愛好管閒事。一看有人欺負了寶玉的朋友，就聽賈薔的話，要觸那人霉頭。走進教室裡，一把抓住金榮：「人家親嘴摸屁股，跟你何干？沒操你爹已經很好了，有本領的話，出來和我茗大爺比本事！」

一番話嚇得學生們呆若木雞。賈瑞忙喝道：「茗煙，不要撒野！」金榮一看茗煙如此，頓時把氣出在寶玉身上：「奴才都敢如此，看我怎樣對待你主子！」說完，伸手去抓寶玉。金榮的同黨也丟來一塊硯台，差點打中了秦鐘的後腦勺，掉在賈藍和賈菌的桌子上。

賈菌年紀小，向來卻天不怕地不怕，拿起了硯台，就要回扔過去，但人長得不夠高，力氣也不大，硯台反而扔到賈寶玉和秦鐘的桌上，把他們的東西打落了一地。沒打著，又跳出來想揪打金榮。大夥兒於是一起動手，寶玉的幾個小廝：茗煙、鋤藥、墨雨、掃紅齊助陣，門閂、掃把、馬鞭都成兵器。賈瑞此時再喝阻也沒用。

等到李貴這幾個家僕聽到聲響衝進來時，已經打了許久，幾個大漢費了一番力氣才暫止事端。秦鐘的頭被金榮一把打中，寶玉正幫他搓揉。寶玉看見李貴，要他回稟賈代儒去。李貴知道這事查起來，賈政恐眞要剝他的皮，極力阻止；寶玉卻又吵著，如果學堂裡有金榮這種人，從這天起，打死他他也不上學。

「叫金榮的到底是哪門親戚？」寶玉問。

李貴遲遲不敢答，茗煙在外頭大聲應道：「他是寧府裡璜大奶奶的姪兒！沒什麼人撐腰，還敢來嚇大家！他那姑媽，只會跟我們璉二奶奶跪著借錢呢！」

寶玉氣在頭上，冷笑說：「我還以爲是誰的親戚！我這就到他家問去！」

說完便要走了，叫茗煙進來拿書包。茗煙又出了主意：「爺，你也不必親自問他，我替你到他家去，就說老太太有話要問他，雇一輛車子把他們拉到老太太那裡去，豈不省事多了？」

「你要死了？」李貴一聽，心裡更急：「我這就去回太太和老爺，就說今天全是你教唆的！還敢加油添醋？」

賈瑞看事情鬧大了，這才勸金榮：「俗話說：忍得一時忿，終身無惱悶！你既惹出事端，磕個頭便沒事了。」強迫金榮向秦鐘做了一個揖，就此不歡而散。

雖然向秦鐘賠了不是，金榮心裡著實不服氣，回家跟母親胡氏說了事由，再三強調人非己是，說起秦鐘，更是氣冒三丈：

「秦鐘跟我一樣，又不是賈家的子孫，只不過附著賈家讀書而已；仗著寶玉和他相好，就目中無人！他平時和寶玉鬼鬼祟祟的，當人家是瞎子，看不見，也就算了，今天他又去勾搭別人，給我撞見！是他不對！還要我給他道歉！這有天理嗎？」

胡氏素來雖喜歡多管閒事，卻知道賈家的閒事自己管不起，叮嚀兒子：「你幹嘛惹事生非！我費了千辛萬苦跟你姑媽說情，你姑媽又費盡千辛萬苦跟西府裡的璉二奶奶說情，才幫你掙得這麼一個唸書的地方？在人家那裡唸書，茶飯都是現成的，家裡可省了不少錢……如果不是在那裡唸書，你也不會認得薛大爺，就看在他給你的銀子上，你也不該鬧學！」

既然母親這麼說，金榮只有忍氣吞聲，第二天，硬著頭皮上學去，就當沒這回事。偏偏在這天，金榮的姑媽帶了個婆子到金榮家串門子來，胡氏一時多嘴，偏又說起金榮昨天在學堂裡被欺負的事。這姑媽嫁的是賈府「玉」字輩嫡派賈璜，家裡卻只有些微的產業，只因常常到寧、榮二府去請安，又會對當家的鳳姐和尤氏說好聽話兒，所以不時得到鳳姐和尤氏的資助，才能過點日子闊綽。

不聽還好，一聽之下，賈璜的妻子金氏怒氣沖天，說：「秦鐘這小雜種是賈府的親戚，難道榮兒不是賈府的親戚？待我到東府去，跟我們珍大奶奶和秦鐘的姐姐說，叫他們評評理！」

金榮的母親聽了，急得不得了，連忙阻止：「都是我多嘴！求求姑奶奶別說罷，如果鬧出事來，恐怕我們榮兒上不了課！」

金氏正在氣頭上，急著為自己的親戚爭回顏面，未免錯估自己在賈府的重量。她不聽嫂子勸，便叫老婆子叫過車來，往寧府去，到了寧府，先拜見賈珍的妻子尤氏，說了一些寒喧話，才問：「怎麼沒看見蓉大奶奶？」

本想找秦可卿，在她們面前討個公道，沒想到尤氏卻嘆了口氣：「這些日子，她不知道犯了什麼病，經期有兩個多月沒來，叫大夫看了，又說沒有害喜，人一天一天虛下來，我叫蓉哥兒不許勞動她，看看她靜養幾天會不會好。妳知道，我這媳婦兒不但模樣好，個性也是沒話說的，再找她這樣的人，恐怕打燈籠都找不到，爲了她的病，我心裡煩死了！沒想到今天早上，她弟弟來瞧她，還說他在學堂裡給人欺負了——我那媳婦雖然跟每個人都有說有笑的，其實心細得很，一件小事也要想個三、五天，一聽他弟弟這麼說，又是氣，又是惱，今天連早飯也沒吃了，看她這樣，我的心比針扎還難過！」

金氏一聽這話，哪敢替自家人討公道？剛才那一股盛氣早已拋到九霄雲外。急忙向剛進來的賈珍問了安，飛快坐車離開。

我曾經一直在想一個問題。

離開繁華城市越來越遠的時候，走在前頭的寶玉忽而回頭看跛足道人。道人只是微笑著，彷彿沒有聽見他在說話。

我曾經一直想著兩個字，情與欲，想得自己的腦袋發疼。寶玉自顧自的說著。我曾說女人是水，男人是泥，女孩是珍珠，成了婆子就成魚目，這清與濁的區別，我原以爲是情與慾的差等。女子多情故清，男子多慾故濁；女孩兒多天眞之情所以輕巧，婆子們多物慾，所以討人厭。

現在呢？

風撩起道人衣角。道人似乎以詢問的眼神探他。

仍不分明。想想都是字障罷了。

那什麼是苦，什麼是樂？風也吹得他耳朵颯颯有聲。

多情是苦，多慾，終究也苦。他忽而想起跛足道人袖裡的那面鏡子，風月寶鑑。道人曾說，之於我，這鏡子不過是鏡子，之於許多人，卻是妖魔邪物，色不迷人人自迷，一入鏡中，永難出來，除非身毀骨埋。

他喃喃念道：正如年輕女子終必變成他昔時所惡的婆子，情終歸於慾。情與慾，文字障而已。現今還有區別否？

不，不。如清晨草葉上露珠與濁潭泥沼中之一滴污水，曲曲折折流入大海，已不可復分。寶玉笑道。

那麼，你叫什麼名字？

我已無名無姓，如涓流流入大海，不可復分……

臘梅未謝，榮寧二府便出了兩條人命。

秦可卿無緣無故的得了怪病，寧府上下全為之憂心。在寧、榮二府，秦可卿都是最受稱讚的媳婦兒，個性溫和有禮，模樣又脫俗，上上下下的人，沒有不喜歡她的。她的公公賈珍爲請醫生也費了不少心神，只是一直沒找到好醫生，連得了什麼病都不知道。

這天，在朋友的介紹下，請了個深通醫學的張大夫。

張大夫隨賈蓉進了內室，看了秦可卿的脈，不過伸手按在秦可卿的右手脈上半刻，又換了左手把脈，診斷完，坐在炕上用完了茶，對賈蓉分析了病情，說她是因心氣虛而導致經期不調、夜間不能睡，又因血氣虧滯腎臟而脅下痛腫、胸口發熱，肺虛而頭暈目眩。話未說完，旁邊服侍秦可卿的婆子已搶答：「沒錯！就是這個症狀。」

張大夫皺皺眉頭說：「這病是被你們耽擱了！如果是在第一次經期過期時用藥，此時已可痊癒，拖到現在，恐怕只有三分機會。」

當下開了養心調氣的藥方。賈蓉還問：「這個病要不要緊？」張大夫說，這病非一朝一夕，吃了藥能不能好，得看看有沒有醫緣。賈蓉是聰明人，沒有再往下問，急忙抓藥去了。

不久便是寧府大家長賈敬的壽誕。雖然賈敬近年來已經志於修道，不管世事，叫這些子子孫孫不要打擾他的清淨，但身爲長子的賈珍仍然不敢怠忽，一大早便叫賈蓉帶領了家裡的下人，將十六個大捧盒送到父親那裡去。在家裡，又擺上兩桌筵席，請榮府的人過來坐坐。

不一會兒，邢夫人、王夫人、鳳姐、寶玉先後到了。愛看熱鬧的賈母卻沒來，鳳姐兒說是老人家昨夜嘴饞，吃了桃子瀉肚子，因而沒能賞光。榮府的人早聽說秦可卿病得不輕，這回來到寧府，沒看見秦可卿的影子，說話又繞著她的病情打轉。鳳姐素來和秦可卿交情深厚，一聽尤氏這麼說，眼睛便紅了，說道：「這麼好的人，又這麼年輕，如果她有個三長兩短，我活著，還有什麼趣味？」

吃完了飯，賈蓉邀大夥兒看戲去，鳳姐說：「我先瞧瞧蓉哥兒他媳婦再過去吧！」話說完，王夫人、邢夫人和寶玉都想一起探秦可卿。尤氏帶他們悄悄的進了房門。秦可卿醒著，看到大家來了，掙扎著要起身。鳳姐走過去拉了秦可卿的手，說：「才幾天不見，妳怎麼瘦成這個樣子？」

秦可卿連笑容都極疲憊，勉強擠出幾句話來：「是我自己沒福氣！我嫁到這樣的人家，公婆把我當自己的女兒看待，妳姪兒又和我相敬如賓！這個家裡，每個人都和嬸子一樣疼我……我自己卻知道，未必熬得過今年，這一輩子恐怕不能夠盡我們的一分孝心了……。」

秦可卿的房間，寶玉是熟悉的，在這裡，他曾有一場無邊春夢……此時寶玉兩眼瞪著唐伯虎的「海棠春睡圖」，愣愣的發著呆。聽到秦可卿那翻話，心頭如萬箭攢心，眼淚不知不覺的流下來。

鳳姐怕秦可卿看了寶玉掉眼淚反添心酸，對寶玉說：

「寶玉，少這麼婆婆媽媽的！依我看，不多久就會好了。」又對秦可卿說：「妳別胡思亂想，再想下去，病情又會加重！」說著，要賈蓉帶著寶玉先到會芳園看戲，自己還坐在秦可卿的床褥上，說了一些心裡的話，要她好好靜養。

這麼多年，鳳姐在偌大的榮、寧二府裡頭，屈指算來，也只有秦可卿一個，算是朋友。

秦可卿笑得淒慘：「任憑是神仙，恐怕也治不了我！我現在，只是在拖日子。」鳳姐聽她這麼說，眼眶又紅了。怕王夫人他們等太久，依依不捨的和秦可卿告辭，說：「只要有空，我一定常來看妳！」

一個人繞過花園，加快腳步趕往會芳園。正是深秋，院子裡的楓樹一片血紅，菊花也開了滿地，鳳姐走著走著，不禁緩了腳步，欣賞起寧府花園的景致來。

正出神時，冷不防從假山背後走出一個人，對鳳姐說道：「嫂子，我向您請安！」

鳳姐嚇了一跳，連忙後退一步，打量來人：「你是瑞大爺吧？」

來人正是賈瑞。賈瑞笑道：「嫂子連我也不認了？」

「不是不認得，只是你……嚇了我一跳。」

賈瑞聽了這話，兩隻眼睛不停的往鳳姐身上瞧。「那也是我和嫂子有緣！我剛剛偷偷溜出來，想找個清淨地方走一走，沒想到就遇到嫂子在這裡賞花，這可不是有緣麼？」

鳳姐一看他的眼神，已將賈瑞的意圖猜了八九分。對他假意笑道：「我現在正往太太們那邊去，沒有空和你多說話，有空時，到我們那邊坐坐吧。」

賈瑞卻不肯放人，說：「我常想到嫂子家請安，又怕嫂子年輕，不肯見人。」

鳳姐說：「我們都是一家親，跟年不年輕有什麼關係？」

賈瑞以爲鳳姐這話內含暗示，心中暗喜：「想不到今天得到這個機緣！」心中一片酥麻，人都走了，一邊還回過頭頻頻望鳳姐。鳳姐也故意逗他一逗，將腳步放緩了，心裡卻罵：「畜牲！」

人還沒走到會芳園，一群婆子已經奉尤氏之命來迎接她。邢夫人和王夫人看見鳳姐，要她點幾齣好戲給她們聽聽，鳳姐點了「談詞」和「還魂」，卻沒心聽戲，往樓下男客席一望，看不到自己的丈夫，便問：「爺兒們到哪兒去了？」婆子應道：「爺兒們到凝曦軒喝酒。」鳳姐眼睛一瞪，嘀咕道：「哼，誰知道他背地裡去幹什麼正經事呢？」耐著性子，和尤氏說說笑笑間，不知不覺間也聽完了戲。

接著這幾個月，鳳姐往寧府走得勤，都是去看秦可卿去的。秦可卿的病雖未轉壞，但也不見起色；到了冬至，有人傳話來說，不好了，奉賈母之命，鳳姐又急急的到寧府探病，只見秦可卿臉上的肉都風乾了。說了幾句話後，鳳姐走到了尤氏房裡。尤氏問：「依妳看，我媳婦的病如何呢？」

鳳姐低頭老半天，才抬起頭來神色默然道：「我看是眞沒辦法了。」尤氏說：「我也知道，所以我已經叫人暗暗預備後事去了。」

鳳姐喝完茶，便說要回賈母的話。尤氏叮嚀：「可別嚇著老人家。」鳳姐當然知道這道理，回去稟報賈母，說是暫且無妨。回到家裡，問得力助手平兒，有什麼事沒有？平兒說，有個瑞大爺來打聽奶奶在不在家。

鳳姐哼了一聲：「畜牲眞是該死！」平兒聽了，問：「瑞大爺是爲什麼來的？」鳳姐於是把九月時在寧府花園裡遇見賈瑞的事情說了。平兒開口罵道：「癩蛤蟆想吃天鵝肉！沒人倫的混帳東西，叫他不得好死！」

鳳姐只是冷笑：「他萬一再來，我自有處置！」偏偏她正和平兒講話時，賈瑞又來了。

剎那間鳳姐又是一臉笑，鳳姐命人請賈瑞進來，讓座又讓茶，十分殷勤。賈瑞看了鳳姐，滿臉都是笑，連聲問好，眼睛一瞄瞜，知道賈璉不在屋裡，悄悄問道：「二哥哥怎麼不回來？」

鳳姐說：「我倒不知道上哪裡去了，爺兒們的事，我可管不著。」

賈瑞接口說：「可能是路上被人絆住了腳，捨不得回來。」這話說得輕薄。鳳姐故意順著他的意思，笑道：「男人嘛，總是看一個愛一個！」

賈瑞聽見鳳姐這麼說，又笑道：「嫂子話說錯了，我偏偏就不是這樣的人。」

「像你這樣的人品，能有幾個？十個也挑不出一個來的。」

賈瑞並不知道鳳姐在諷刺他，反而高興得要命，問：「嫂子天天悶得很吧？」

「正是，就盼望有個人來說話解解悶呢。」鳳姐說。

「我天天閒著，每天過來替嫂子解悶如何？」賈瑞信以爲眞。

「你哄我吧？」鳳姐有意無意把媚眼拋。

「我在嫂子面前，若有一句謊話，天打雷劈！從前聽說嫂子是個厲害人，所以唬住了我，今天見了嫂子這麼標緻，我怎會不來看妳呢？我死了也情願！」

過一會兒，賈瑞又湊近，問：「我想看看嫂子帶什麼戒指？」

鳳姐悄悄說，有丫頭看著，要他放尊重些。笑著下逐客令，賈瑞卻不走，鳳姐又悄悄說：「大白天，人來人往，你坐在這裡，別人看了可要說閒話，不如晚上一更時，到西邊穿堂等我！」

賈瑞聽了，如獲至寶，忙說：「嫂子，妳可不能騙我！……可是那邊往來的人不少，怎能躲人耳目呢？」

鳳姐答：「你放心，我讓守夜的小廝放假，再把穿堂兩邊的門一關，不就行了？」

賈瑞聽了，高興萬分，心裡以爲必定得手，好不容易等到了晚上，摸黑進了榮府，趁掩門時進入穿堂，那裡果然已經一片漆黑，沒人來往，向西的門鎖了，向東的門本來還沒有關，賈瑞躲在角落裡，眼巴巴的望著東門，等鳳姐來，沒看到鳳姐人影也就算了，東邊的門忽然嘩啦一聲關上！這會兒，他像隻被關在籠子中的猴子，東西南北全被封住，這一天寒風刺骨，夜晚又漫長，他被關了一夜，差點沒凍死。直到早上，才有個婆子把東門開了；他只好趁老婆子沒注意，一溜煙跑了出來。

回到家，偏又難向祖父賈代儒交代。父親早亡，祖父對他期望甚殷，所以管教甚嚴，見賈瑞一夜未歸，又沒有交代去處，以爲他吃喝嫖賭去了，氣了一夜。賈瑞捏了一把冷汗向祖父撒謊，說是舅舅賈政留了他一晚，賈代儒不信，發狠打了他三、四十大板，還不許他吃飯，罰他跪在院子裡讀聖賢文章。

但賈瑞並沒有因此學乖，過了兩天，休養生息夠了，又找鳳姐去。鳳姐故意抱怨他失信，賈瑞不疑有他，連忙對天發誓。鳳姐又約他：

「今晚，你就別上原先那裡去了。到我這房間後面的空屋子等我，比較妥當。」

賈瑞喜上眉稍：「嫂子這話可是眞的？」

「不信，就別來！」鳳姐嬌嗔。

「不，不，不，」賈瑞急道：「我死也會去！」

賈瑞一告辭後，鳳姐又派兵遣將。可憐的賈瑞苦等他祖父安歇，才像隻老鼠般鑽進榮府，在空屋裡等著，像熱鍋裡的螞蟻一樣，左等不到人，右聽不見聲響，心裡旣著急又害怕，正擔心鳳姐不來時，忽然有個黑影悄悄的摸進了屋子，他斷定此人必是鳳姐，便像貓兒捕老鼠般撲了過去，叫道：「好嫂子，等死我了！」不分靑紅皀白，扯到屋裡的炕子上就要親嘴扯褲子。等他扯下自己的褲子，就要挿入，忽然燈光一閃，屋子裡又出現另一個人，竟是賈薔！自己懷裡那人也笑道：「瑞大叔正要搞我呢！」

原來懷裡的不是鳳姐，是賈蓉！賈瑞轉身就要逃走，又被賈薔一把抓住：「別走！璉二嫂子已經告到太太那裡去了，說你調戲她，太太特地命我來抓你！」

賈瑞嚇得魂不附體，求情道：「好姪兒，你就說沒看到我好不好？我明天一定重重謝你！」

「謝我什麼？口說無憑，寫張借據來！」賈薔老早準備好了紙筆，就等他寫字。賈瑞知道中了圈套，也來不及了，說好說歹寫了欠五十兩，並畫了押，賈蓉也依樣畫葫蘆又逼他寫了五十兩。

他想溜出去，又被兩人叫住，說，外頭門早就關了，他們先去為他探路，要他蹲在台階上的一個隱閉處等。賈瑞照做，但沒多久，只聽得頭上一響，一桶尿糞淋得他一頭一臉。回到家只得告訴家人，自己一不小心掉進茅坑裡。

從此以後，賈蓉和賈薔常來找他索欠銀，又因想念鳳姐的標緻模樣，每夜相思難奈，只好自己解決，不知節制日久便虧了身體；加上祖父逼他做功課逼得緊，沒多久，賈瑞就病倒了。這病內外夾攻，無論吃什麼藥總不見效。

病入膏肓。有一天，有個跛腳道士到他家門口化齋，聲稱專治疑難雜症，賈瑞在內室聽了，要家人請道士入內看病。道士看了他，直搖頭，說：「你這病沒藥可醫，不過，我有個寶貝借你，你天天看著它，或者可以保命。」

道士掏出了一面鑲著「風月寶鑑」的鏡子遞給賈瑞，叮嚀他：「只可以照背面，萬萬不可照正面！」說完，便又飄然遠去。

賈瑞接了鏡子，往反面一照，只看見一個骷髏站在那裡，嚇得掩住鏡子，暗罵那道士混蛋騙子，於是又照了正面，只見鳳姐笑盈盈的站著對他招手，賈瑞一高興，魂魄悠悠蕩蕩，進了鏡子裡去，摟住鳳姐，翻雲覆雨了一番，一而再，再而三，沒事就往正面照，和鏡子裡的鳳姐相好，樂此不疲。

一直到死，賈瑞手裡都牢牢拿著鏡子。忽然有一天，鏡子叮噹一聲掉下來，僕人一看，賈瑞正嚥下最後一口氣，身子底下，一灘黏答答的精水。賈代儒夫婦哭得死去活來，已回天乏術。

衆人以爲妖鏡害死了他，要燒那面鏡子，鏡子卻像乘了風似的，往空中飛去。賈代儒奔出去看時，只聽到原來那個跛腳道人的聲音：「凡人自作自受，毀我的風月寶鑑做什麼？」

聲音在風中迴盪，只是看不見任何人的影子，正月難得的好日當空，藍天無雲。賈瑞的身子，逐漸冷去。

賈瑞一命歸陰，賈家的親人也噩耗頻傳。秦可卿的病，眼看也不久了，而林黛玉的父親林如海又叫人寫信來，說是他身染重疾，要黛玉回揚州，好看看親女。這些消息，都像一塊又一塊的石頭壓在賈母的胸口上。賈母要賈璉帶黛玉返鄉，又叮嚀賈璉，事情完，還要帶黛玉回來。

賈璉帶著黛玉一走，最百無聊賴的，要數寶玉和鳳姐。鳳姐每晚獨守空閨，沒事時便和平兒說說話便睡了，心裡一直盼望賈璉早日回來。這一天，如平時一樣早早上了床，睡到打三更鼓時，恍惚之間，看到秦可卿走了進來，對她含笑，輕聲說話：「嬸娘，我今天就要走了。但還有一件心願未了，非告訴妳不可。」

鳳姐也恍恍惚惚的說：「有什麼心願，只管託我就是了。」

「俗話說，月滿則虧，水滿則溢，我們家，顯顯赫赫已近百年，不知將來有一天，會不會樹倒猢猻散？」

鳳姐聽了這句話，胸口好像挨了一記悶拳，茫茫問道：「那可怎麼辦？」

秦可卿說一些理定財務的道理，要鳳姐多多購置房舍，以備不時之需。又說，不久之後，會有一件非常的喜事臨門，但這喜事不過是瞬間繁華。鳳姐還要問是什麼喜事，秦可卿卻不肯答，臨別時口中唸著兩句話：

「三春去後諸芳盡，各自須尋各自門！」待鳳姐還要問時，只聽得一陣刺耳的聲響，家中報事的鐵板敲了四下。她驚坐而起，脖子上已淌了一層冷汗，外頭守夜人在門外傳呼：「蓉大奶奶走了！」

喪音一響，賈府遠遠近近一片哭聲。秦可卿向來孝上慈下，又憐貧惜賤，她一走，沒有人不傷心。寶玉在夢中聽見秦氏死了，心裡好像被捅了一刀似的，哇的一聲吐出血來。襲人等都嚇壞了。寶玉沒顧自己安危，硬要趕到寧府去，衆人怎麼勸都沒用。一到寧府，燈火已如白晝，賈氏男丁皆已到齊。寶玉直奔停靈室，痛哭了一場。秦氏的公公賈珍，哭得比誰都傷心，對來人說：「遠近親友，誰不知道我這媳婦比兒子還強十倍！她一走，我們家，沒人了！」

這喪禮備極哀榮，除了請五十個高僧、五十個道士來做七，賈珍又爲她找到了一副千年不壞的棺木。又因賈蓉並無功名，賈珍怕靈旛上寫的謚號不好看，特地替兒子花了一千兩銀子買了「龍禁尉」一職。此外，秦氏的婢女有個叫瑞珠，見秦氏死了，竟然觸柱而亡，也和秦可卿一起安葬。

秦氏一去，尤氏又因胃病病倒在床。家務頓時無人料理。賈珍便到榮府請王夫人要鳳姐順便料理寧府的家務。王夫人本來怕鳳姐擔當不起，不肯馬上答應，但因賈珍苦苦哀求，便問鳳姐的意思。鳳姐素來愛賣弄能幹，喜多管閒事，見賈珍如此求她，心裡早就答應了：這麼一來，鳳姐肩上又多了寧府的大印。賈珍說：「妹妹要怎麼辦，就怎麼辦，不必問我。別爲我省錢，也別怕人抱怨。」

自此忙完本家，還要忙寧府。

鳳姐倒底是個腦袋清明的人，屈指一算，便算清了寧府家務的大敗筆：一是人口混雜，動不動就有人丟東丟西；二是，每個人都沒專管的事務，有事就互相推拖；第三，濫支冒領，費用超支；第四，任務大小分配不平均；第五，不懂得管束家僕，任他們胡作非爲！

寧國府的總管賴陞聽說鳳姐已答應來持家，誠惶誠恐召集了所有家人，說：「現在我們暫時換了主子，大家可要辛苦一點，早點來，晚點走，別爲我們寧府丟臉！聽說她是有出名的難纏，臉酸心硬，惹不起的，萬一她翻臉不認人，自己看著辦！」

鳳姐命令賴陞的老婆拿家裡僕人的名冊來看，第二天一大早，就把家人傳到府裡聽候差遣，說道：「既然你們老爺把家裡的事情託給我管，我就得先說幾句討你們嫌的話，我可不像你們奶奶一樣好脾氣，凡事隨便你們，現在不管你們過去規矩如何，一切要照著我的意思做！做錯事，一律由我處置，我可不管你有沒有面子！」然後把寧府的家僕一一叫進房間裡看，將他們分爲若干批，有的負責守靈，有的負責供茶供飯，有的負責管杯碟碗筷，鉅細靡遺，並下令不准他們賭錢、喝酒、打架、拌嘴，也不許有人遲到。領取任何東西，都要登記，數目上沒有問題，才准核發。這命令一下，沒有人敢吭氣，果然寧府的雞鳴狗盜一時銷聲匿跡。鳳姐見自己威重令行，十分得意。

做「五七」這一天，需高僧延請地藏王、開金橋渡幽魂。鳳姐仍如平常時間到了寧府，寧府的家僕們已經都穿上白衣，在大門一字排開等候她。鳳姐先到靈前供茶燒紙後，放聲大哭，衆家人也都隨她嚎啕大哭，悲不可抑，待賈珍和尤氏上來勸止，鳳姐才停了哭聲。進房間後，馬上板起臉來按名簿查點各項人數。家人全都恭敬應答，唯有一個僕人沒到，鳳姐馬上命人將那人傳來。

那人一臉惶恐，說：「小的天天都早到，只有今天稍微遲了丁點，請奶奶饒我第一次！」但哪知鳳姐正愁沒人可以殺雞儆猴，怎肯放過他？一邊看著家人來領東西，一邊盤算怎麼處置，那人只得臉色灰敗的站在一旁。待大部分事情都發落完畢後，才開口道：「如果每個人都像你這樣，今天有人遲來，明天也有人遲來，哪天……說不定大家都不來了呢？本來我是想饒你的，但是饒了你第一次，下一次我就難管其他人！這事，我可不能開恩！」說後，馬上拉下臉來，厲聲說：「帶出去打他二十板！」那人怎樣請饒都沒用，衆人看鳳姐生了氣，不敢怠慢，拉出去照打了。打完，鳳姐還要賴陞革了他一個月的錢糧，以示懲戒。

眼看這人不過稍稍來遲，就受到這種嚴厲的懲罰，大家更是兢兢業業，哪裡敢偷懶？

發完寧府大大小小的事後，鳳姐正趕回榮府處理家務，忽然有人來報：「到揚州去的昭兒回來了！」鳳姐急忙叫她進來。昭兒捎的是噩耗，說是林如海在他們未趕到時已經死了，賈璉將林如海的靈柩送回他老家，不多久就要帶黛玉回來。此時寶玉就在鳳姐身旁，鳳姐便向寶玉笑道：「這下可好，你林妹妹可以在我們家長住了。」

寶玉聽了，皺著眉頭嘆氣：「這可不得了，不知道林妹妹會哭成什麼樣呢？」

鳳姐也關心賈璉，但因人多，不好細問昭兒，到了晚上，才把昭兒再傳進來，細問她一路上的事。連夜整理了幾件皮裘，要昭兒回去覆命時帶著，怕賈璉冷了，又吩咐昭兒：「在外頭，可得好好服侍妳二爺，不要惹二爺生氣，平時勸他少喝酒，還有，不要讓他認得那些不三不四的女人！否則要讓我知道，就打斷妳的腿！」

昭兒笑著答應了。鳳姐吩咐了老半天，已是四更，睡沒多久天就亮了，又匆匆忙忙的梳洗打扮，到寧府去。

出殯的日子就要到了。由於秦可卿的靈柩已決定寄在鐵檻寺，於是賈珍帶了風水師，先到鐵檻寺來料理，連夜修整停靈之處，安排接靈的人口。出殯的那一夜，寧府燈火通明，人們熙來攘往，熱鬧至極，一切擺設都是新趕做出來的，光彩奪目，雖是喪禮，倒像在接待王孫公子，一百多頂轎子浩浩蕩蕩出發，前後長達數十里，路旁看熱鬧的更是人山人海。沒走多久，就看到路上搭著各色彩棚，棚裡擺設著筵席，樂聲處處聞：東平郡王、南安郡王、西寧郡王、北靜郡王都設了棚子路祭，北靜王還親自來祭。賈珍、賈赦和賈政聽說王爺駕到，連忙停了行進隊伍，以國禮迎接北靜王世榮。寶玉本來也想出去看看傳說中俊美異常的北靜王，礙於父親也在，不敢貿然行動，只在轎內偷偷瞧著外頭。不一會兒，卻聽見父親來傳他，心裡好生歡喜。

北靜王年紀大概還不到二十歲，白衣白帽，腰上繫著碧玉色的帶子，面如白玉、目如明星，氣度出類拔萃。北靜王見了清秀的寶玉，也讚嘆不已，問他：「你的寶玉在哪裡？」

寶玉把那玉從衣服裡面掏出來，遞給北靜王看。北靜王端詳了好一會兒，才親手將寶玉爲他繫上，對賈政說：「令郎眞是龍駒鳳雛！」賈政陪笑：「犬子哪裡值得您這樣誇獎……」北靜王邀請寶玉常到他王府和當世高人與飽學之士會合，以增進學問外，又將腕上的一串念珠取下，當做見面禮。

告別了北靜王，這一路上仍然熱鬧，出了城，衆人便坐上了馬和轎子，直奔鐵檻寺。鳳姐怕寶玉騎馬亂跑，就要他和自己同車。車子走了不久，便是村郊野地，鄉下人從沒有看過富貴人家，見到這些人的衣著人品，直以爲天人下凡。寶玉和秦鐘沒到過鄉下，也覺得村子裡的東西處處都新鮮，樣樣要問名目，要玩耍，差點把人家姑娘的紡車弄壞了。

到鐵檻寺，法鼓金鐃聲大響，內內外外法事做得熱鬧騰騰，諸家親友都已到齊，由鳳姐陪伴接待。這道場要做三天，邢夫人和王夫人在第一天中午便要打道回府，想帶寶玉一起回去，寶玉剛到鄉下，覺得事事新鮮，哪裡肯依？硬要跟著鳳姐留下來，王夫人只好把他託管給鳳姐。族中的人都在鐵檻寺下榻，鳳姐不願和衆人一起住，派人和附近水月庵的住持說了，要尼姑靜虛挪出兩間空房來。

水月庵又稱饅頭庵，因爲廟裡做的饅頭好吃，所以給人取了這個渾名。當晚法事做畢後，鳳姐帶著幾個女眷和寶玉、秦鐘到水月庵。

靜虛的兩個徒弟，一個喚智能，一個叫智善。智能兒從小就常到榮府走動，和惜春成爲知心好友，所以寶玉和秦鐘都認得她。智能長大後，出落得十分標緻，縱然削髮爲尼，另有一番嫵媚風流，秦鐘對她情有獨鍾，一見就不能忘，寶玉素知此事，因而兩人在殿上玩耍時，一看智能兒走過來，寶玉故意提醒秦鐘。

秦鐘嘴裡說不關他的事，兩眼卻盯著智能兒走路。寶玉說：「你別裝了，那一天在老太太房裡，沒有人在的時候，我看你偷偷摟著她呢，別想騙我！」

秦鐘辯道：「你胡說！」

寶玉說：「你有沒有怎樣，才不關我的事呢，我只是想要你去叫住她，替我跟她討杯茶喝。」

「這才奇怪，你自己沒嘴？我叫你叫有什麼不一樣？」

寶玉說：「我叫她是『無情』，你叫她才『有情』，不一樣的。」

秦鐘拿他沒辦法，只好開口：「能兒，倒碗茶來！」

智能兒去倒了茶來，這回兩個人搶著要，都說：「給我！」智能兒看他們這樣，抿著嘴笑：

「一碗茶也要爭？難道我的手上有蜜？」

寶玉一個箭步向前搶了那碗茶，才要跟智能兒說話，智能又被智善叫走了。

尼姑庵雖是出家人的清淨地，但也不免俗世之爭。另一邊，靜虛尼姑正乘機與鳳姐商量。

「從前我在長安縣出家時，有個施主姓張，是個大財主，他女兒名叫金哥，每年都在我廟裡進香，進香時遇到了長安府太爺的小舅子李衙內，這李衙內看上了金哥，非娶她不可，但金哥已經許了原長安守備的公子。李家硬要娶，守備家也不肯退，和張家打起官司來，這下子，女家賭氣非退不可了……這事原與您不相關，但我知道您府上和長安節度使雲老爺相好，只要雲老爺說一聲，那守備家不會不依，金哥改親家就不成問題……就請奶奶做主。」

鳳姐聽完，笑得神祕：「我可不缺錢，不必做這樣的事。」

老尼無奈，嘆口氣道：「話雖如此，但張家千拜託萬拜託，要我來求府上；府上雖不缺他們的謝禮，但……就怕他們認為，府上連這點子事也沒辦法。」

鳳姐給她這麼一說，臉上忽視笑意：「這樣吧，妳叫他拿三千兩銀子來，我就替他做主。」

老尼聽了，喜出望外，說：「有，有，這個不難。」

鳳姐補充道：「這三千兩銀子不是我要的，不過是給小廝做盤纏；就是三萬兩，我現在還拿的出來呢。」

老尼連忙答應：「既然如此，請奶奶快快開恩。」又說了許多奉承的話稱讚鳳姐，鳳姐高興得嘴合不攏，一整天的勞頓彷彿都一洗而空，樂得引靜虛爲知己。

10

雖然是自己姐姐的喪禮，秦鐘心裡的悲哀之情，早被這熱熱鬧鬧的喪禮場面沖淡，心裡只想著智能兒的巧笑倩兮。這個晚上，大夥兒一歇息，他就到後面廚房找智能兒去，眼見四下無人，只有智能兒一個人在那裡洗碗，就摟著她要親嘴。

智能兒急得跳腳，叫道：「你這是做什麼？我可要叫人了。」秦鐘已向天借膽，堵了她的嘴說道：「好妹妹，我已經急死了，妳今天再不依著我，我就死在這裡給妳看！」

智能兒聽他這麼一說，將他推開的手減了力道：「你想怎麼樣，也得等我出了這牢坑再說呀……」秦鐘說，「我當然願意等妳，但是，只怕現在……已經是遠水救不了近火！」說完，一口氣把燈吹熄了，趁著滿屋子的漆黑，將智能兒抱到炕上，解開她的衣褲。智能兒一邊兒怕，一邊兒肯，怕驚擾了別人，稍稍掙扎了一番，便依了他。

誰知道正在渾然忘我時，秦鐘背後出現了一隻手，將他牢牢按住，兩個人都動不了，嚇得魂飛魄散。不多久，那個人撲嗤一聲笑了，原來是寶玉。秦鐘驚魂甫定，翻起身來，向寶玉抱怨：「你這算什麼，太不夠意思！」

寶玉說：「你要是有什麼不滿，我們就叫人來評評理。」這時，智能兒趁機逃走，留下兩人在那裡理論。到底是秦鐘理虧，陪笑道：「好哥哥，你只要不告訴別人，我什麼都依你！」

秦鐘老大不情願的回到自己的被窩裡，心裡卻老惦念著智能兒還有他未完的好事。次日一早，賈母和王夫人命令人來看寶玉，叫他沒事就回家，秦鐘便唆使寶玉求鳳姐再留一天。寶玉自己也沒玩夠，哪裡肯馬上打道回府？鳳姐爲了處理尼姑靜虛拜託的那件事，也同意再住一夜。

鳳姐拿了三千兩銀子，做的事卻簡單。她找了寧府的管家來旺處理，來旺找了個專門幫人家寫信的相公，假託賈璉之名，送到長安縣給節度使，不到兩天功夫，已經把事情擺平。果然在節度使的勸說下，守備家忍氣呑聲，同意金哥家退聘。但結果卻是重然諾的姑娘張金哥得知退了前夫，悄悄上吊自殺，守備公子聽說金哥自縊，也投河而死。最後張家人財兩空，唯鳳姐獲利，安安然然的拿了三千兩銀子。自此以後，鳳姐嚐了甜頭，這一類的事，越做越上手了。

辦完喪事不久，就是賈政的壽辰。寧、榮二府人正聚集慶賀時，忽然看門的來報：「六宮都太監夏老爺特來降旨！」賈府的人嚇得撤去了酒席，擺香案接旨。夏太監笑盈盈的宣佈，皇帝宣賈政入朝。因爲不知底細，一家人人心惶惶，不知如何是好。賈母率衆子孫戰戰兢兢的等了許久，管家們才氣喘吁吁的衝進來，說是：「喜事！喜事！速請老太太率領太太們進宮謝恩！」

原來，寶玉的大姐元春，剛被晉封爲鳳藻宮尚書，加封賢德妃。賈家於是都按照品秩換上朝服，魚貫入朝，人人喜形於色。全家上下歡歡喜喜，卻只有寶玉一個人不開心。自從水月庵回來後，秦鐘便生了病，病未好時，秦鐘家裡又噩運加身：智能兒私逃入城找秦鐘，被秦鐘的父親秦邦業發現，狠狠打了兒子一頓，將智能兒趕走，自己氣死了。秦鐘受了笞杖，又見老父被他氣死，病情更是一發不可收拾，使得寶玉擔心不已。姐姐受封，就要回來省親，全家上下爲了整修房舍忙成一片，他雖是個愛新鮮好玩的，卻一點也沒能解除他的愁悶。一個人日日發呆，沒人知道他在想什麼。直到聽說黛玉就要回來，他才高興起來。

賈璉和黛玉一踏進賈府，寶玉聞聲趕忙迎接。看著黛玉，他的眼淚竟像斷線的珍珠一樣，嘩啦啦的掉了下來。哭完了，他又目不轉睛的打量黛玉，只覺得黛玉越發標緻了。他喜孜孜的把北靜王送給他的寶貝念珠拿出來，要送給黛玉，黛玉卻說：「我才不要什麼臭男人拿過的東西！」

一見面就換得自討沒趣。

秦鐘的病，一天比一天沉重。這一天，賈寶玉有了空，想去探望秦鐘，沒想到他的書僮茗煙來報：「秦相公……不中用了。」

寶玉聽了，以為茗煙騙他：「前幾天看他還好好的，怎麼會不中用了？」

寶玉稟報賈母後，帶了李貴和茗煙，急急忙忙的往秦府來了。秦鐘已昏迷一整天，面如蠟色，呼吸微弱，寶玉一見了他，失聲痛哭。這一哭，秦鐘僅餘的一口氣也離他軀殼去了。寶玉再怎麼也喚不回他的七魂六魄了。衆人忙著為貴妃省親蓋新園、訓練歌妓，寶玉日日傷懷，心裡悼念不已，根本不掛心家中諸事。

時光荏苒，新園內的工程大部分竣工後，獨缺花柳亭園的匾額與對聯，賈政想來考考兒子的學問，趁天氣暖和，帶了賈府養的一些清客逛新園，命令寶玉也跟著出出主意。

賈政踏入正門，對這五間式正門的式樣即讚賞不已。它的門窗上都是精心雕琢的新花樣，牆上不塗朱粉，設色清淡，下面是白石台階，左右是雪白粉牆，不落俗套，賈政素喜淡雅，看了甚爲歡喜，開門進去，只見一座假山，擋在前頭。衆清客都稱讚這山擋得好。賈政也說：「如果不是有座山擋著，一進來，一眼就把這園裡的東西收進眼簾，就無趣了。」山後正是一條羊腸小徑，賈政命令賈珍爲前導，寶玉在旁，逶迤走進山口，抬頭忽然看見山上有面光滑的白石，想必是該留題的地方了。

賈政於是回頭看看衆清客們，問：「各位先生請看看，這裡題什麼字好？」一下子衆說紛紜，有說該題「疊翠」的，也有說應該題「錦嶂」，又有說該題「賽香爐」或「小終南」。不過，這些清客也都聰明人，深知賈政想借此試試寶玉的才氣，大多拿些俗套來敷衍，讓寶玉有機會在父親面前表現。

賈政對這些俗套並不滿意，於是問寶玉意見。寶玉說：「這裡並非主要景致，不過是探景的路途而已，不如就用古人的句子爲題，叫『曲徑通幽』如何？」

清客們聽了，紛紛讚美：「妙極了，妙極了，公子果然有才情，不像我們這些死讀書的！」賈政雖然也十分滿意，嘴裡卻要大家不要誇獎寶玉，只說他運氣。

走完了小徑，通過一個石洞，石洞外綠樹葱翠、奇花怒放，有一條小溪蜿蜒其中，再走幾步，只見一個亭子，座落在綠樹的懷抱中，站在亭子上俯視，可以看見清澈的小溪在白石中川流，水聲淙淙。

賈政和衆人到了亭子裡，問：「這亭子該叫什麼名字？」

有人說該以歐陽修醉翁亭記中「有亭翼然」的「翼然」，賈政想了想，總覺此亭應該和水有關。有個清客就發話，說是用「瀉玉」二字爲佳。賈政還是不太滿意，也命寶玉想個新詞，寶玉說，省親別墅用「瀉」字似乎不夠雅，不如叫做「沁芳」亭，既新又雅。賈政聽了，拈鬚不語，而衆人則又讚美寶玉才情不凡，別具巧思。賈政想了想，說：「取名字容易，如果你有能耐，再做一副七言的對聯來！」

寶玉雖然不喜讀書，但對詩賦素長才，四顧左右之後，靈感便湧上心頭，唸道：

「繞隄柳借三篙翠，隔岸花分一脈香。」

賈政聽了，點頭微笑。不消說，衆人又一片讚嘆如水。

出了亭子，繞過池塘，走了不多久，前頭出現了一座白牆，牆邊種著千百枝翠綠的竹子，進了門，順著曲折的迴廊通往三間房舍，房中又有一個小門通往後園，後園種著大株梨花和闊葉芭蕉，中間一脈泉水湧出，繞著園子流出。

賈政倚著窗子，笑道：「若能挑個月夜在此窗下讀書，也就不枉此生！」看來賈政對這後園甚爲滿意，有建議叫「淇水遺風」，賈政搖頭說俗，又有取名叫「睢園遺跡」，賈政也覺落了俗套。賈珍插了嘴：「不如請寶兄弟取一個吧。」

「別慣壞他了！」賈政嘴裡這麼說，倒想聽聽寶玉意見，問：「這該題什麼？」

寶玉已有準備，道：「不如叫做『有鳳來儀』！」

衆人叫好，賈政也忍不住點頭，嘴裡罵道：「畜牲，畜牲……」心中其實欣喜，又要他再吟一聯來題詠。

再向前走，有一座人造的青山擋在前面，繞過山，隱隱看見一帶黃泥牆，牆上以稻莖爲飾，幾百株杏花一起從矮牆上探出頭來，與晚霞比燦亮，裡頭僅有幾棟茅屋，院子裡植著桑樹和槿花，兩道青籬外有青翠的菜圃，一入其中，儼然一副農家景象。

賈政慨嘆：「這幅景象，未免勾引我歸田之念！」正要率衆人進去休息，又看見籬外有一方供留題用的石頭，他又徵詢大家意見。有人說：「就取個現成的杏花村好了。」

賈政聽了，叮嚀賈珍：「就叫這名字。你要人做一個酒幌來，用竹竿挑在樹梢頭，更相稱了。」

賈珍正要答應，寶玉卻忍不住插嘴：「村名用杏花，眞是俗陋不堪。」

賈政聽他語出不遜，大罵：「無知的業障！」寶玉卻說：「唐人詩裡有句話：『柴門臨水稻花香』——『稻香村』豈不比『杏花村』來得雅？」

大家拍手叫好，賈政雖已息怒，口裡仍叨叨唸著：「你不過記得幾首舊詩，就在老先生前賣弄起來了？」

進了內室，裡頭紙窗木榻，一點富貴景象也沒有。賈政看了心中歡喜，瞅著寶玉問：「你覺得這裡如何？」

清客們素知賈政喜歡以儉樸爲風雅，暗暗推寶玉，示意他也讚美一番。寶玉卻不以爲然說：「這裡可比『有鳳來儀』差多了！」

賈政咳了一聲，不以爲然的說：「無知的畜牲！只喜歡富麗堂皇，一點也不懂得什麼叫清幽氣象，都是你平日不讀書的緣故！」

寶玉也不服：「老爺教訓的當然有道理，但不知道您了不了解『天然』這兩字的意思？」賈政默不做聲，清客中有人替他回答：「所謂天然，就是天生自然，非人力造作。」

寶玉說：「這就對了，這裡的田莊風致，分明就是人力造作！」賈政無言以對，氣鼓鼓的，好半天，不拿正眼瞧寶玉。

轉過山坡，穿過柳樹，順著小溪的方向走到了花園。寶玉為這擁有荼蘼架、牡丹亭、芭蕉塢、芍藥圃的花園，取了名叫「蓼汀花溆」；賈政問及草木之名，他也都有問有答，什麼藤蘿薜荔、杜若蘅芷，那些尋常難見的奇花異草，寶玉在在都認得。正講得津津有味，賈政忽然喝道：「誰又問你了？」嚇得他不敢再多說，到嘴邊的長篇大論活生生吞回去。

但賈政也知兒子不是真正的蠢才。當眾人要他也吟一聯來歌詠面前清幽風景，他見寶玉還在身旁，想了想，還是不開口的好，又罵寶玉道：「怎麼該你說話就不說話了？還要等人請教你不成？」

不多遠處就是迎接貴妃——貴妃省親的正殿。高樓巍峨，青松拂簷，金碧輝煌。又一路經過一些雅舍、佛寺和道士丹房，還有種植異色奇花的花園和遊廊，每一個小地方都精雕細琢，各有特色，眾人雖紛紛取了名字，但多數還是寶玉設想的精巧。

逛了大半天，賈政怕自己的母親太久沒看到寶玉，未免掛心，便叫寶玉拜見賈母去。寶玉逃之唯恐不及，高高興興的告退了。一走到院，就被一群小廝團團圍住，說：「你今天好不容易讓老爺滿意，算是得了好彩頭，該賞我們！」

寶玉笑說：「那我給你們每人一弔錢。」

眾人罵他小氣，一片噓聲。有個小廝說：「你以為我們沒見過一弔錢呀？那麼一點錢，我們才不要呢！我們要你身上帶的這個荷包！」說著，小廝們一哄而上，解荷包，拿扇袋，把他身上佩的東西，全分了去。寶玉只是傻笑。

回到房裡，襲人幫他換衣裳時，看他身上帶的東西都不見了，又好氣又好笑說：「又是那些不要臉的東西搶走了？」住在隔壁房間的黛玉素來耳朵尖，聽見襲人這麼說，走過來瞧一瞧，寶玉身上的佩飾果然一件也沒有，頓時發起脾氣來：「我給你的荷包也不見了？好，明天起我再也不幫你做東西！」

說完，氣沖沖的走進房裡，要把前幾天寶玉要她做的香袋剪了。寶玉看她氣成那樣，趕忙衝過來搶，黛玉卻已經快了一步，將香袋剪個大開口。寶玉氣鼓鼓的解開衣領，拿出放在裡面衣服裡的荷包，遞給黛玉：「妳瞧瞧，這是什麼東西？我怎麼會把妳的東西給人？我連看都不給他們看呢！」

黛玉一看，自己知道錯怪他了，低著頭，一句話也不說。寶玉氣未消，說道：「妳如果懶得再給我做東西，我連這個荷包也還妳！」

一說完，把舊的荷包往黛玉懷裡擲去。黛玉氣哭了，又拿起剪刀，要把這個荷包剪碎，寶玉一看不得了，趕忙回身搶過來，陪笑道：「好妹妹，妳就饒了它吧！」黛玉將剪刀一摔，賭氣把臉背過去，不斷拭淚。

寶玉看見黛玉哭得這麼傷心，早已六神無主，哪裡還敢跟她說道理？拚命的向她賠不是，妹妹長，妹妹短的，好話都說盡了。叫他滾他不滾，黛玉也給纏得掉不出眼淚來，但又不甘心放他干休，還要氣他，「你不走，我走好了。」要往外走，寶玉又拿了荷包跟上來，嘻皮笑臉：「妳到哪裡，我就跟妳到哪裡，這一輩子，妳甩不開我！」一邊當著她的面，把那劫後餘生的荷包戴在脖子上，黛玉偏不讓他戴，一把抓了下來：「剛剛是你說不要的，現在又要戴上，我可替你難為情！」說著，卻已破涕為笑。

元春奉旨回家省親，不到一天的光陰，賈家為此忙了一年。除了興建省親新園之外，還請人到處採買小尼姑、小道姑，教她們誦經；各色的古董、文具不可缺，每個園裡該飼養的鳥雀鹿鵝也必須考究，忙壞了負責辦事的人。賈薔因此奉命到蘇州採買十二個女孩子，安置在薛姨媽已經遷出的梨香院中，延請老師來教這些女孩演戲。一年之間，日日夜夜不得閒。

轉眼到元宵，貴妃省親之日，宮裡先打發了太監到賈府巡視，看看一切是否準備妥當。元月十五前一夜，全家上下都不曾合眼，下人忙著焚香插花，賈母這些受有爵位者即穿上各品的官服，一大早即在大門外等候。人數雖衆多，但連一點咳嗽聲音也沒有。

忽然間，馬蹄聲迢遞而來，一對又一對的太監到了榮府門前下了馬，面西而立。來了十幾對太監後，才隱隱聽到遠方鼓樂之聲，不久，華麗的鳳翣龍旌、雉羽宮扇隨檀香味慢慢行來，一隊隊太監捧著香巾、繡帕、漱盂和拂塵，緩緩走近，最後才是八個太監抬著一頂以黃金爲頂、鵝黃色繡鳳絲簾的轎子。轎子一到，衆人跪下迎接。轎子進了大門口後，身爲貴妃的賈元春由昭容彩嬪扶下轎子。

元春自入宮後，從未出過宮門，這一次省親，已是聖上隆恩，過去宮中的妃嬪，不管品級如何，終其一生，哪曾回過自己家裡？賈元春強忍住眼淚，靜靜的打量陌生的園子，只見園中香煙繚繞、燈影繽紛、絲竹合影，四處一片銀光雪浪一般的景致，哪裡是記憶裡的家呢？她點頭嘆息道：「太奢華了！」

照例更衣之後，太監請她登舟。人在舟上望去，兩邊都是水晶玻璃製的各色風燈；每一棵夾岸的柳樹上，也繫著各色綢綾紙絹做的假花，水中還有各種仿荷花、水鳥燈籠，人行舟上，彷彿置身琉璃世界中。

元春一路靜賞這些燦麗的景致，忽看見燈匾上有「蓼汀花漵」四字。元春問，是誰題的字？太監忙過去問話。元春聽說是寶玉擬的題，心裡十分歡喜，笑說：「『花漵』就好，何必『蓼汀』？」太監忙著下登岸，傳給賈政知道，賈政立刻依令命人換掉。

元春入宮時，寶玉才三、四歲，當時他啓蒙讀書的人，其實就是這個長姐，俗話說，長姐如母，元春入宮後最唸唸不忘的也就是這個小弟，怕父親管得太嚴，又怕祖母太過寵愛，常常捎信回家，問寶玉學習狀況。十年不見，親竟成疏，心中激動難平。

至省親正殿，樂聲大起，太監們引賈政、賈赦及家眷等人上殿行禮，元春下諭免了。又更了一次衣，這才坐上省親車駕，換她到祖母處行家禮。雙膝還未下跪，賈母和王夫人已先跪地將她扶起。元春一手扶著賈母，一手挽著母親王夫人，三個人心裡都有許多話要講，但一時之間，只是嗚咽對泣。

過了許久，賈妃才強忍悲傷，擠出笑容來，安慰祖母和母親：「你們送我到那見不得親人的地方，好不容易才回家，卻拿大好光陰掉眼淚，可不是浪費麼？過一會兒，我一離家，不知道還要多久才能見面？」說完，多少年久居深宮的酸楚卻都上了心坎，不禁哽咽。邢夫人連忙過來勸，請女眷們一一參見。

和衆人一一答禮罷，賈妃因還沒看見寶玉，心中懸念，問賈母：「寶玉呢？」

賈母答：「依禮數，沒有官職的男子，沒有貴妃口諭，不得擅入。」賈妃趕緊下令太監們將寶玉帶進來。待他行完國禮後，就將他攬在懷中，摸摸他的脖子，說，「長得越來越好了……」話未說完，淚如雨下。

這時尤氏和鳳姐上來，說：「筵席已經備好。」賈妃起身，要寶玉走在前面，隨著衆人步入花園中，欣賞園內的亭台樓閣和小山清流，眼看處處華麗新奇，讚不絕口，但又勸阻衆人不可過分奢華，到了正殿，下令大家免禮歸座，大開筵席。

餐畢，賈妃命人準備筆墨，爲這個省親新園題名爲「大觀園」，並作了一副對聯，又將剛剛看的幾個燈匾改了名字：

叫「有鳳來儀」的地方題名爲瀟湘館，「紅香綠玉」一匾改爲「怡紅快綠」，題名爲怡紅院，又親自取了一些院名，如：蘅蕪院、浣葛山莊、大觀樓、綴綿閣、含芳閣、蓼風軒、藕香榭、紫菱洲、荇葉渚等名。題畢，要寶玉爲四個大院落各做一首五言律詩，幾個姐妹則各擇一個匾額之名做一首詩，試試他們的詩才。

大約一盞茶的時間，衆人已先後做好詩，送到賈妃面前。賈妃依次看姐妹們的題詠，各別稱了一番，笑著對迎春、探春、惜春笑道：「到底還是薛、林兩個妹妹才氣出衆，勝過我們家姐妹。」

雖然受了賈妃讚美，黛玉心中卻不是滋味。原來，黛玉有心在今夜大展詩才，將衆人壓倒，但賈妃只命一人做一首，她便不好違命多做，只胡亂拼湊一首覆命。

賈妃評斷完，寶玉還在忙呢。做「怡紅院」一詩，起稿裡有「綠玉春猶捲」一句。寶釵瞄到了，說：「剛剛貴妃才把紅香綠玉改爲怡紅快綠，你這會兒偏又要用『綠玉』，不是和你姐姐過不去麼？」

寶玉聽她這麼說，心想也對，但偏偏又想不到一個詞來形容芭蕉，急得忙擦汗，寶釵又悄悄提醒：「你把玉字改成蠟字不就對了？」

「綠蠟可有出處？」寶玉問。

寶釵對他嘮嘮嘴：「看你一急，什麼都不記得了呢？將來有一天到皇帝跟前殿試，恐怕連『趙錢孫李』都忘了。唐朝韓翃詠芭蕉頭一句，不是『冷燭無煙綠蠟乾』嗎？」

寶玉這才想起來，抓著頭笑道：「該死，該死，連這都不記得了，姐姐眞是我的好老師。以後只叫妳師傅，不叫妳姐姐了。」

寶釵笑道：「還不敢快做，在那裡姐姐妹妹的？誰是你姐姐？上頭那個穿黃袍的才是你姐姐！」怕他再多說話耽誤時間，趕忙抽身走開。走了寶釵，又來了黛玉，看他絞盡腦汁只完成三首，自己剛剛又沒寫過癮，決心要幫他，吟成一首「杏帘在望」，寫在紙條上，搓成團子，丟到寶玉跟前，寶玉打開一看，這一首果然比自己做的高明許多，興高采烈的交卷去了。

賈妃一一細讀了，喜形於色，說：「果然有進步！」又指出，詠澼葛山莊的「杏帘在望」是四首詩中最好的。

「杏帘招客飲，在望有山莊，菱荇鵝兒水，桑榆燕子梁。一畦春韭綠，十里稻花香。盛世無饑餒，何須耕織忙？」

賈妃將此詩吟了一遍，下令把自己剛剛題的澼葛山莊改為稻香村，正合寶玉原意。

衆人試詩才時，賈薔和樓下一班待命的戲子已等得不耐煩，好不容易看到一名太監飛快的跑下來，說，「詩做完了，快拿戲單來！」賈薔忙把準備好的戲單和戲子的花名冊呈上。貴妃點了「豪宴」、「乞巧」、「仙緣」、「離魂」四齣戲。養兵千日，用在一朝，戲子們賣力演出，做盡悲歡離合情狀。不久，有太監手捧金盤，端著糕點進來賞齡官，說：「貴妃有諭，齡官極好，要齡官再做兩齣。」齡官又演了「相約」和「相罵」，丫頭和老夫人拌嘴的戲，都唯妙唯肖，賈妃看了十分歡喜，額外又賞了兩疋綢和兩個荷包。聽完戲，到了佛寺道庵，又賞了一班女尼和女道。

最後回到省親別墅，太監將按例行賞的禮物拿出來，分發完衆親友，就到了離別時刻，衆人謝恩完畢，賈妃啓駕回宮，滿眼的淚水又忍不住流下來，嘴上勉強笑著，手裡卻拉住賈母和王夫人的手不肯放，說道：「萬萬不許牽掛我，好好保養身子要緊！」又說聖上隆恩，現今准許家人一個月到內宮省視一次，見面已經容易多了。賈母已經哭得連話都說不出來了，但皇恩難違，只得忍著心看賈元春上轎，越行越遠。

12

爲了賈妃回家省親，近日來，榮寧二府人仰馬翻，身心俱疲；賈妃走後，府裡家人由於沒正事可做，家中才有一點過年的氣氛，丫頭們不是在園子裡放花燈、看戲，就是擠在房內下圍棋、擲骰子，這些東西，一玩久了就沒興頭，偏偏襲人又被家裡的人接回去喝茶，晚上才會回來，寶玉更是百無聊賴。賈母要人端了賈妃昨天賜的糖蒸酥酪給寶玉吃，寶玉沒啥胃口，想起襲人素來喜歡吃這種零嘴，就要丫頭們把它留給襲人。

大家忙著玩的忙著玩，休息的休息，沒人有空管他，寶玉一個人在家裡閒逛，走著走著便到寧府來了，到了一個小房間前，忽然想到，這裡以前是個小書房，裡頭有一幅美人圖，畫的很傳神，不禁想再看她一眼。

「今天家裡這麼熱鬧，房子裡一定沒有人，想必美人兒跟我一樣寂寞，去看她一下也好。」剛走到窗前，卻聽到有人在裡頭呻吟，他嚇了一跳，本想掉頭走，卻又掩不住好奇，大著膽子，用舌頭舔破窗紙，瞇著眼向裡頭看。一看，不得了！他的書僮茗煙正按著一個小丫頭，正在得意風流……

寶玉一看不得了！他以爲茗煙在欺負那個丫頭，便見義勇爲，一腳把門踹開，闖了進去！那兩個人一見有人來了，嚇得馬上拆了對，一邊穿衣服一邊顫抖。茗煙定睛一看，竟是寶玉，兩腿跪下來哀哀切切的求。

寶玉已知是自己破壞了人家好事，一邊看得臉紅心跳，嘴裡還得理不饒人：「青天白日之下，你敢在人家家裡做這種事，萬一珍大爺知道了，你還有命嗎？」一面說，一面打量那個丫頭，長得白白淨淨的人兒，在那裡羞得滿臉通紅，又不敢走遠。寶玉覺得有趣，故意嚇她：「妳還不快跑！」這句話提醒了那個丫頭，飛也似的跑出去了，寶玉又在後頭追，大喊：「妳別怕，我不會告訴別人的！」

茗煙氣得直跺腳：「小祖宗，你叫那麼大聲——這不是等於告訴別人了嗎？」

寶玉笑著回過頭來瞅著茗煙：「喂，她幾歲？」

茗煙說：「大概十六、七吧！」

「連人家的確實歲數也不知道，就欺負人家？我看她是白認識你了！」寶玉搖頭嘆息，過一會兒又問：「她叫什麼名字？」

「叫萬兒。」茗煙岔開了話題：「二爺您爲什麼不去看戲？」

寶玉說：「不是在演孫悟空大鬧天宮，就是姜太公斬將封神，一點也不好玩。我煩得要命，出來逛逛，沒想到就遇到你了。喂，現在，咱們去哪兒好？」

茗煙微微一笑：「反正沒人留意，我們乾脆到城外逛逛好了。」

這倒新鮮，但私出家門？寶玉有些猶豫，「又不能走太遠，否則，一定有人以爲我被拐走了，惹得雞犬不寧。有沒有比較近的地方去？」茗煙正搔頭想，寶玉已有點子：「照我看來，不如到襲人家去找她，看她在家裡做什麼，可好？」

兩人神不知鬼不知的牽著馬走了。不一會兒就到襲人家。茗煙先下馬，往門內大叫：「花大哥！」

襲人本姓花，哥哥名叫花自芳，名字皆按姓而取，甚爲典雅。

這時，襲人的母親和兒女及幾個外甥女和姪女，正在家裡喝茶吃果子，聽有人叫「花大哥」，花自芳和襲人趕忙跑出去看，見到寶玉和茗煙，嚇了一大跳：「你們怎麼來了？」

寶玉見到襲人，眉眼都是笑：「大半天沒看見妳，怪悶的，就來瞧瞧妳在做什麼！」

襲人又是喜又是憂，怪他胡鬧，又問茗煙：「還有誰跟來？」

茗煙答：「沒有了，就是我們兩個人。」

襲人知道必是茗煙唆使寶玉混出來的，對茗煙說：「街上人擠馬碰，萬一有什麼閃失，可不是鬧著玩的，你敢帶二爺出來？好大膽子！我回去就告訴老祖宗，把你打個半死！」

茗煙辯道：「是二爺要我帶他來看妳的，我來妳家做什麼？不然，我們現在回去好了。」

花自芳來打圓場：「好了好了，來都來了，何必多說？」

襲人的母親也迎了出來，請寶玉進屋裡坐。屋子裡的幾個女孩，見到陌生男子進來，都低了頭，羞得臉上通紅，寶玉覺得新鮮有趣，一逕打量著人家。花自芳怕寶玉冷，扶他坐到炕上，他母親則忙著倒茶擺果子。襲人笑道：「你們不用白忙了，我可不敢給他亂吃我們家的東西。」她把自己的坐墊拿來，要寶玉坐在上頭，又用自己的茶杯斟了茶，才遞給寶玉喝。

這時她母親已經整整齊齊的擺上一桌零嘴，襲人雖然知道家裡的東西不比賈府，怕寶玉吃不習慣，但不吃又不成敬意，隨手拿了幾松子，吹去細皮，用手帕托給寶玉，笑道：「既然來我們家，好歹嚐一點兒，才不算白來一趟。」

寶玉一抬頭，俄然發現襲人兩眼通紅：「好端端的，哭什麼呢？」

「誰哭了？是砂子飛進眼睛裡。」

寶玉沒有再多問，笑說：「你趕快回家，我替妳留了好吃的東西哩。」

襲人的姐妹們見他這麼體貼，都掩嘴偷笑。襲人也笑道：「這種話，何必說給別人聽見？」伸手從寶玉脖子上摘下了「通靈寶玉」給百聞而不見的姐妹們看。看了一遍，就要她哥哥僱一輛乾淨的車子送寶玉回去。花自芳說：「有我送護，把馬騎回去也不妨！」但襲人生性謹愼，怕有人看見寶玉私自出來了，萬一有人追究起來不好擔待，執意要僱車將他送回去。

寶玉回來之後，第一件事就是叫人去接襲人。滿屋子的丫頭都在玩圍棋、抹骨牌，只有晴雯一個人懶洋洋的躺在床上，不知又再生什麼氣。襲人回來之後，寶玉命人將他早上藏的酥酪拿來，丫頭們答說：「李奶奶吃了。」

又是李奶奶！眼看寶玉要發火，襲人馬上說：「原來你爲我留了這個，多謝你費心。我前些日子就是吃了那個東西鬧肚子疼呢。現在我只想吃風乾栗子，你幫我剝，我鋪床去。」

寶玉信以爲眞，丟開酥酪的事，到燈前剝栗子了。一邊剝，一邊問道：「今天那個穿紅衣服的女孩子是妳什麼人？」

襲人答：「那是我姨媽的女兒。」寶玉聽了，嘆了兩口氣。襲人問：「嘆什麼氣？難道她不配穿紅的？」

「不是不是，」寶玉笑道：「她不配穿，誰配穿？我只是覺得，她長得好呢，爲什麼不到我們家來？」

襲人聽了這話，心裡有些疙瘩，冷笑著頂回去：「我一個人是奴才命就算了，難道連我的親戚也得做奴才不成？」

襲人很少發脾氣，這一聲冷笑，寶玉便慌了，連忙解釋道：「妳又多心了，我說到我們家，難道一定要做奴才嗎？做親戚也成呀。」

襲人說：「那倒是高攀不上。」

寶玉不敢多說話，一逕剝栗子。一會兒襲人又輕聲道：「怎麼不說話了？我冒犯你了？你要不高興，花幾兩銀子買她進來就是了？」

寶玉委屈萬分：「妳說這種話，叫人怎麼答呢？我不過想稱讚她長得好，配生在這深宅大院裡當小姐罷了。」

襲人說：「她雖然沒有這個福分，倒也是我姨父嬌生慣養的，今年十七歲，嫁粧都備齊了，明年就要出嫁。」接著又嘆息道：「可惜我們這麼多年來，姐妹都不能在一起，如今我要回去，她們又都要出閣！」

寶玉一聽，這話裡大有文章，吃了一驚，丟下栗子問：「什麼叫妳要回去？」

襲人說：「今天我媽媽和哥哥在商議，教我再等一年，他們就來贖我出去。」

「爲什麼他們要贖妳？我可不許妳走！」寶玉愈發慌張了。

因爲家境清寒，襲人自小被賣斷進賈府，近幾年來，哥哥做成了買賣，家境轉好，更覺得對不起這個女兒，便想贖她回去，嫁個好人家。

「做奴才也沒有做一輩子的，即使是皇宮裡，也要幾年一選、幾年一放，哪有叫人家做一輩子奴才的道理？」襲人說。

「如果老太太不讓妳走呢？」

「怎麼會不讓我走？我是個最平凡不過的奴才，我走了還有別人來替。這麼多年來，我先服侍史大姑娘，又服侍你，分內的事，該做的都做了。老太太爲人寬大，若我們家要來贖我，她一定會開恩叫我回去。」

寶玉說：「如果我一心要妳留下，怕要老太太跟妳母親說，給妳母親多些銀子呢？」

「我媽當然不敢不依，既使一個錢不給她，她又能怎樣？只是你們家一向體恤下人，不會做這種強梁硬上弓的事。」

寶玉發了半晌呆，說：「聽妳這麼講，妳是非走不可了？」

襲人說：「是。」

寶玉嘆了一口氣，低聲說：「沒想到妳是個這無情無義的人。早知道妳要走，當初就不該來服侍我，走走走，走得乾淨好了，剩我一個孤魂野鬼最好。」

這時襲人已到別處忙去了。寶玉見她不理他，只好賭氣上床睡覺。

其實襲人倒是一千萬個不願意走。方才母親和哥哥要買她回去，她還下了重誓，說是寧死也不願回家。「當初因為你們沒飯吃，剩我還值幾兩銀子，就把我賣了。現在，我在那裡過得好好的，你們贖我做什麼？難道拿我再賣一次，讓你們拿我多掏點錢？」她母親和哥哥看她這麼堅持，便打消了這個念頭；忽然間，寶玉又來家裡看襲人，兩個人親親愛愛的模樣，也使花家母子倆心中明白襲人和寶玉的關係，就不再提為她贖身的事。襲人剛剛說這一番話，不過是故意試探寶玉的心意而已。

和丫頭們說了幾句話，轉身回房，見寶玉背過身睡覺，知道他在生悶氣，心中又不忍，輕輕推推寶玉。寶玉竟然淚容滿面。襲人笑道：「別傷心了，如果你眞心留我，我當然不會走。」

寶玉問：「我怎麼樣才能留妳？」

襲人溫柔款款的說：「你依我三件事就行。如果你眞做得到，就是拿刀子架在我脖子上，我也不肯走。」

「好姐姐，三百件我都依！」寶玉笑了，「只求妳在我旁邊看著我，直到我有一天變成了飛灰——不，不，灰還有形有跡，變成輕煙好了，等風一追散，我看不到妳，妳管不到我時，妳愛去那裡就去哪裡，我也管不著……」

襲人忙掩住了他的嘴：「不許說這些狠話！這就是頭一件我要你改的事！」

寶玉說：「好，好，我一定會改的，再說，妳可以擰我嘴巴罰我！」

「第二件，不管你眞愛唸書也好，假愛唸書也好，至少在老爺或先生面前，裝出愛唸書的樣子。不要天天叫那些讀書人祿蠹，好不好？」

「好好好，我不再信口胡說。」

「還有，不要再弄花弄粉，玩那些女孩子的東西，偷吃人家嘴上的胭脂！」

「都改，都改。」寶玉笑著說：

「還有什麼，好姐姐妳快說吧。」

「沒有了，你自己事事檢點些，不要太任性就是。如果我說的你都依了，就是拿八人轎抬我，我也絕對不肯出去。」

兩人叨叨絮絮說到午夜，才肯上床睡覺。

第二天起床，襲人偏偏病了，請了醫生來看，醫生說是感染了風寒。寶玉怕吵了她，到外頭找別的丫頭們玩，玩膩後，便想看看黛玉在做什麼。

13

黛玉房裡的丫頭都出去玩了，只剩黛玉在睡午覺，寶玉推了推黛玉，硬將她喚醒，說：「好妹妹，剛吃完飯就睡覺，對身體不好。」

黛玉說：「你且出去逛逛，別來吵我，我現在渾身酸痛，睏得很呢。」

「酸疼事小，萬一睡出病來，那就不好了，來，我和妳說話解悶，一下子就不睏了。」說著，挨著床緣，不請自坐。黛玉並不打算理他，仍舊閉上了眼睛，說：「我不睏，只想休息一會兒，你還是到別處鬧吧。」

寶玉偏不要，又伸手推黛玉，「不要，我沒地方去了……我——見了別人久了，就覺得煩。」

黛玉聽了，噗嗤一聲笑了出來，心知趕不走他，便說：「你既然要待在我這兒，就到那邊老老實實坐著，我們說說話兒。」

「不要，我也要跟妳一樣躺著。」黛玉沒好氣的說。

「那你要躺就躺吧。」

「我沒枕頭，」寶玉說：「我們躺在一個枕頭上好不好。」

「放屁，」黛玉瞪了他一眼：「外頭不是枕頭？自己去拿一個來枕著！」

寶玉到外走了一圈又回來，嬉皮笑臉的說：「外面的我不要，不知道是哪個骯髒老婆子用過的。」

黛玉只好睜開眼，坐起身來，說，「你眞是我命中的天魔星！我把我的讓給你好了！」說著，就把自己枕的推給寶玉，又拿了自己的另一個枕頭枕上，兩個人面對面躺著說話。一近看，看見寶玉臉上有鈕扣一般大的一塊血跡。黛玉湊近寶玉，用手指細細摸那傷口，才要問：是誰的指甲劃破了？寶玉卻羞怯的笑道：「是剛剛替丫頭們調弄胭脂膏子濺上的。」自己找絹子要擦，黛玉先用絹子幫他擦乾淨了。

「你呀，就是喜歡做這些事！做了就算了，還這麼不小心！萬一讓舅舅看見，不知道有多少人要跟著你倒楣！」

寶玉聽而不見，隱隱聞到一股銷魂幽香從黛玉袖子裡傳來，便一把將黛玉的衣袖拉住，要一探究竟。

「這香是哪裡來的？」

「哪有什麼香？」黛玉說：「大概只是櫃子裡頭的香氣染上衣服罷了。」

寶玉搖搖頭：「不是，這香味奇怪得很，不是一般香味。」

黛玉又找到了話題消遣：「難道我也有哥哥去為我籌謀，找什麼花兒朵兒泡的冷香不成？我有的也只不過是俗香。」

她又暗裡譏誚寶釵的冷香丸。寶玉笑道：「我才說了一句，妳就東拉西扯了這些？非給妳看看我的厲害不可！」說著，就翻身起來，兩手伸去搔黛玉的胳肢窩。

黛玉素來最怕癢，見他兩隻手過來亂撓，已經笑得喘不過氣來，嘴裡警告著他：「寶玉，你再鬧，我就生氣了！」

寶玉放手，笑問：「那妳還說這種話不？」

黛玉一邊喘氣一邊笑：「我……再也不敢了……」不久卻又說：「好吧，就算我有奇香好了，那你可有『暖香』？」

「什麼暖香?」寶玉一時不解。

黛玉笑嘆:「真是蠢才!你有玉,人家就有金來配;人家有冷香,你就沒有暖香去配她?」拐彎抹角說的還是同一件事!寶玉這下子才聽出意思來:「好,好,剛剛才跟我求饒,現在又來了?」說著,又要伸手過去。黛玉趕緊躲人:「好哥哥,不要這樣,這回眞的不敢了!」

寶玉看她怕成這樣,心裡暗暗好笑,說:「要我饒妳也可以,只要把袖子給我聞聞!」不等黛玉同意,拉著她的袖子,一逕聞個不停。黛玉難爲情,又趕他:「你該走了!」寶玉卻說:「不急,我們還是斯斯文文躺著說話好了。」

黛玉用絹子蓋住臉,聽寶玉有一搭沒一搭的閒扯著。寶玉看她不大來勁,故意哄她:「唉呀,妳可知道妳們揚州衙門曾發生過一件大事?」

黛玉問:「什麼事?」

寶玉順口胡謅:「揚州有座黛山,山上有座林子洞……」

「胡說,哪有這座山?」

「天下的山多的是,難道每座山妳都曉得?等我說完,妳再批評不遲!」寶玉說:「……這林子洞裡有一群耗子精。有一年,正月初八,最老的那隻耗子召集大夥兒開會,說,這會兒我們沒東西熬臘八粥，現在得下山打劫，你們知道哪裡的米糧最多嗎？有個能幹的小耗子說，山下廟裡的米糧最多，共有五樣東西，一是紅棗，二是栗子，三是落花生，四是菱角，五是香芋。

老耗子聽了十分高興，開始分派任務。問，誰去偷紅棗，誰去偷栗子，都有人拿了令箭偷去了。就剩香芋一種沒人偷。問了好久，才有一隻又小又弱的小耗子回答：『我願意去偷香芋。』

大家看她這麼小，沒有力氣，怎麼可能抬得動香芋？都不准她去。但這小耗子卻說：『我雖然年紀小，身體弱，但是法力無邊，口齒伶俐，而且深謀遠慮，一定偷得比別人好。』大家就問她：妳怎麼偷呢？

小耗子說：『我不直接偷。我只要搖身一變，就可以變成一個香芋，混在香芋堆裡，慢慢搬光它。』

所有的耗子都覺得這個提議不錯，要她先變一下給大家看。小耗子搖身一變——妳猜她變成什麼？」

「變成什麼？」

「——變成一個最標緻美貌的小姐。耗子們搖頭說：『錯了，錯了，怎麼變成小姐了？』這小耗子說，你們不是說要搬香『玉』嗎？眞是沒見過世面，難道你們不知道，山下林老爺的小姐，才是眞正的香『玉』……」

話沒說完，黛玉已翻起身來，把寶玉的身子按住，笑道：「你是故意取笑我！看我把你的嘴撕爛！」說完，用力擰他的嘴。寶玉笑著求饒：「好妹妹，我再也不敢了，我只是因爲聞到妳的香氣，才想起這個典故來！」

黛玉又好氣又好笑：「你罵了人，還說是典故！」

兩人正拌嘴，寶釵走過來了，笑說：「你們在說什麼典故，我也要聽……」

黛玉分辯道：「他用話來罵我，還硬說是典故。」

寶釵笑道：「寶兄弟肚子裡的典故本來就比別人多，就可惜，該用典故的時候，他卻要忘記，像昨兒晚上，他就不記得芭蕉詩的典故，急得一身冷汗，現在，他偏偏就有了記性！」原來寶釵也是來取笑寶玉的。寶玉還來不及答辯，一陣嘈雜的聲音從自己房裡傳來，三個人豎起耳朵聽。

黛玉先開口說：「是你那老糊塗奶媽正在跟襲人生氣呢。」

寶玉走回房裡，只見李嬤嬤拄著杖罵襲人：

「忘了本的小娼婦！你不過是花了幾兩銀子買來的毛丫頭罷了。妳以爲有人幫妳撐腰，妳就可以騎到我頭上來？」

襲人明白李嬷嬷發這麼大脾氣，不過因爲她因病躺在炕上，沒起來迎接，正要分辯，卻聽到這一連串不入耳的話，既羞憤又委屈，忍不住哭了。

寶玉聽了李嬷嬷的罵，脫口就替襲人說話：「她生了病，剛才吃藥，妳不要欺負她！如果不信，就問其他丫頭去！」

這話卻使李嬷嬷更加惱火，又罵起來：「好，你現在大了，只懂得護著那隻狐狸精！他早就不吃我的奶了，眼裡哪裡還有我在！」一面咬牙切齒，一面涕淚交織。黛玉和寶釵兩人見情勢不對，走過來勸李嬷嬷，反而掏出李嬷嬷的一腔委屈，把當日寶玉爲她吃了茶要攆走茜雪這些事情翻來覆去，說個沒完沒了。

還好在賈母房裡擲骰子的鳳姐，聽聞了吵鬧聲，趕過來看。一到，就知道是李嬷嬷老病發了。鳳姐笑盈盈的上前拉住李嬷嬷的手，說：「嬷嬷，看在老太太今天心情不錯的分上，妳就別生氣了。照理說，這些晚輩吵鬧，妳還該管管他們才是，現在您還在這裡大吵大嚷，驚動老太太不高興，就是妳不懂規矩了。妳嫌誰不好，跟我說就是了，何必動氣呢？」

鳳姐一邊說話，一邊拉著李嬷嬷往外走，「我房裡現在正燉著一鍋雞，等著孝敬妳呢，快跟我喝酒去！」又叫丫頭豐兒替李嬷嬷拿枴杖。

鳳姐說話如連珠炮般，李嬷嬷哪有插話的餘地？眼睜睜被鳳姐拉出門檻，才又覺得萬分委屈，嘴裡不停咕嘀：「如果不是這些小娼婦叫我生氣，我哪會不懂規矩？讓這些狐狸精騎到我頭上，我不如不要這老命算了！」

待鳳姐一陣風似的把老太婆帶走了，寶釵和黛玉才拍手叫好。寶玉嘆息道：「她倒懂得揀軟的欺負！不知道是哪個丫頭得罪了她，她來找襲人算帳！」

話未說完，剛剛被李嬷嬷「這些娼婦」話鋒掃到的晴雯，聽見寶玉的話，覺得無限刺耳，馬上接口：「誰得罪她？得罪她做什麼？……既然把她得罪了，也得有本事承擔，不要連累別人！」

襲人一聽，淚水又掉了兩頰，拉著寶玉說：「我一個人得罪老奶奶就罷了，你幹嘛為我得罪別人？我受的罪還不夠麼？」

寶玉見她額頭燙熱，病得不輕，忍氣吞聲的要她躺下，不敢再多說話。不一會兒做雜役的老婆子為襲人端了藥來，他又在炕上餵她吃。見襲人睡著了，才放心的到賈母房中吃晚飯。晚飯吃完，衆人仍要聚著玩牌說笑。他心裡惦記著襲人，又往自己房裡踱過來。房裡的丫頭貪著過年的閒散光陰，全到外頭去玩了，只剩麝月一個人獨坐燈下玩骨牌。

寶玉笑問：「妳怎麼不跟她們出去玩？」

麝月隨口說：「沒錢。」

寶玉瞄了瞄床底下，還有一堆銅錢呢。「那些還不夠妳輸？」

麝月笑著說：「襲人病了，其他人全跑去玩了，誰看屋子？滿屋子燈火，沒人看行嗎？」

寶玉心想，這個麝月，倒有八分像襲人，什麼事都要往自己肩上攬。想到一早曾聽麝月說她頭上癢，就說：「我們兩個人在房子裡對看多沒意思，我幫妳梳頭好不好？」

於是麝月搬來鏡匣，把頭上的釵釧卸了，一頭烏絲流水一般散瀉了開來。寶玉拿起梳子，坐在麝月身後，讓鏡子映著麝月的臉，在燈下仔仔細細的爲她梳起頭，梳了三五下，晴雯慌慌忙忙的衝進來取錢，一見他們兩人的樣子，就對寶玉冷笑道：

「交杯酒還沒喝？就爲新嫁娘梳頭了？」

寶玉帶笑回她：「妳過來，我也替妳梳頭，好不好？」

晴雯卻拉下臉，道：「我可沒這種福氣！」把簾子摔得格格響，快步出去。

寶玉素知晴雯一張刀子嘴，並沒把她的氣話放在心上，只向鏡中麝月的臉微笑：「這整個屋子裡，就只有她愛磨牙！」忽然間，簾子又嘎啦嘎啦響了一陣，進來的人又是晴雯。

「你倒說說，我怎麼愛磨牙來著？」

麝月苦笑：「妳去賭妳的吧，何苦來這兒折磨人？」

晴雯眼珠一轉，冷笑道：「妳也是護著他的。妳們平日和他在搞什麼鬼，當我不知道？」

晴雯冷笑一聲，又揚長而去。

女人是水。

寶玉日日淌在水中。時而看著清流淺淺，時而瞥見渣滓濁沫。

無論如何，他如魚得水。

男人是泥。

他天生不喜歡跟濁泥親近。自小，他對父親避之唯恐不及，而他同父異母的兄弟賈環對於他，還不如房裡任何一個丫頭親近。

賈環是賈政的妾趙姨娘所生，也是探春的親弟弟。衆人喜歡探春勝於賈環一百倍，寶玉自然也不例外。

「同一個娘胎出來，怎麼看卻不像姐弟。」賈府的下人私底下都這麼說道。探春是女兒身，做人做事端莊大氣，從小討王夫人歡喜，賈環從小卻生得猥瑣。人人暗嘆：「和趙姨娘是一個樣兒！」

趙姨娘從來就是個不受歡迎的人物，三天兩頭便要生事。

元春省親完，府中無大事。照習俗而言，正月內不宜做針線活兒，學堂中又放年假，榮寧二府一片閒散氣象。

這天，在薛姨媽住處，寶釵和已被薛蟠收在房裡的香菱，以及丫頭鶯兒三個人擲骰子賭錢，賈環剛好逛了過來，吵著要玩，寶釵便讓他加入。

賈環起先贏了幾回，好生歡喜，後來輸了幾盤，臉色便難看了。這盤，只要擲個三以上的數字就贏定了，骰子偏偏轉呀轉的，轉出個「一」來。賈環一急，伸手就抓起骰子，硬說是四點：「我贏了，拿錢來！」

寶釵和香菱原要讓他，丫頭鶯兒卻不高興，一把護住籌碼：「分明是個么，怎麼說是你贏？」

寶釵明知賈環作弊，卻也無可奈何：心想輸錢事小，傷了和氣事大，瞪了鶯兒一眼，說：「妳別越大越沒規矩？難道少爺還會賴妳不成？還不放下錢來？」

鶯兒滿心委屈，捨不得放下，嘴裡咕嘀：「當個少爺還賴我們，眞是……前幾天和寶二爺玩──寶二爺贏的錢被小丫頭搶光，他還笑呵呵的……」

話未講完，雖被寶釵喝止，賈環聽得一淸二楚：「我哪能跟寶玉比？妳們欺負我不是太太生的，就不理我，只會對他好！」

賈環一氣，眼淚鼻涕掉了滿臉。寶玉正好也走進薛姨媽家，見寶釵正在罵鶯兒，就問：「怎麼回事？」寶釵反而替賈環說話，說是鶯兒該死，得罪賈環。

寶玉卻取笑賈環說：「連玩也要哭？嫌這裡不好，就到別處玩好了，哭什麼？還不趕快走！」

賈環聽了話，滿腹委曲的回家。趙姨娘見他一臉怒氣，問：「誰踹了你一腳呀？幹嘛擺臉色給我看？」

賈環說：「剛才我到寶姐姐家玩，鶯兒欺負我，賴我的錢，寶哥哥還不分靑紅皀白的趕我出來！」

趙姨娘呸了一聲，道：「活該你自討沒趣？下流東西也想上枱面，難怪人家看不起你！」

臭罵著賈環，其實是爲一洩心中之憤。鳳姐從窗外經過，把話收在耳內，隔著窗戶向裡頭說：「正月裡罵孩子做什麼？說這種話，也教不好他──環兄弟，出來吧，我帶你去玩！」

賈環最怕的人就是鳳姐。聽見鳳姐叫他，馬上移動腳步向外走，趙姨娘也不敢再吭聲。鳳姐問明緣由，笑道：「才輸一兩百錢就值得這樣？下一次再給我知道，我就剝了你的皮！」又叫豐兒拿一吊錢給賈環，賈環唯唯諾諾的接了。

寶玉驅走了賈環，自己留在那兒跟寶釵談笑。有人來報：「史大姑娘來了！」寶玉便和寶釵趕到賈母房裡看她。還沒進屋裡，已聽見史湘雲的朗朗笑語。

黛玉也在賈母房中。大半日沒看到寶玉，見他姍姍而遲，問道：「你從哪兒來？」

寶玉不假思索：「從寶姐姐家來。」黛玉挑了挑眉毛，冷笑道：「原來是在那裡絆住了，不然，早就飛來了呢。」

寶玉愣了一下，出口回嘴：「難道我只能跟妳玩，為妳解悶而已？說這種閒話做什麼！」

黛玉聽他這麼一說，氣馬上湧上來了：「你去哪裡關我什麼事？」賭氣甩頭便進了房裡。寶玉心知不妙，跟了上去：「大家好好的，幹嘛又生氣了？我就是說錯話了，妳也多少給大家一點面子，這樣……不是讓大夥兒看笑話嘛！」

「你管我？」

寶玉陪笑：「我當然不敢管妳，只是怕妳氣壞了身子。」

「我氣壞了身子，我死我的，跟你又何干？」黛玉一張開嘴就不退讓。

「何苦這麼說呢？正月裡說死，多不吉利？」

「我偏要說死，就是要死！你怕死，就自己長命百歲活下去，與我何干！」

「妳要這樣鬧下去，我也不怕死了！」寶玉氣鼓鼓的看著黛玉。黛玉生起氣來，倒眞像一隻張牙呲嘴的老虎！偏他又不是武松！寶玉索性道：「大家一起死了乾淨倒好！」

「你說得有理，你這樣跟我鬧，我確不如死了乾淨！」黛玉氣咻咻的，淚水在眼眶中打轉。

「我可沒叫妳死！」寶玉分辯道：「我是說，我自己死了乾淨……」

兩人正拌嘴，寶釵忽而走過來叫寶玉：「史大妹妹要找你！」說完，就把寶玉拉走了。黛玉站在窗前，越想越是生氣，先是默默的流淚，後來抽抽噎噎的哭了起來，待寶玉再回找她，已經哭成了個淚人兒。

寶玉想安慰她，卻不知如何開口，張了嘴愣愣站在一旁。黛玉一陣搶白：「你回來做什麼？就讓我一個人去死好了！此處有人比我會說會笑又會和你玩，還會哄你……」

寶玉未聽完，即湊上前對黛玉悄悄說道：「妳這麼冰雪聰明的人，難道連『疏不隔親，後不僭先』的道理都不知道麼？我倆從小一塊兒長大，同一桌吃，同一床睡，我哪有爲她疏遠妳的道理？妳偏還跟我生氣！」

黛玉眼中淚光又閃，嘴裡說：「我又沒叫你疏遠誰，我只是心裡難過！」嘴裡雖然這麼咕噥，笑意卻已輕輕染上兩頰，轉憂爲喜。

「妳就知道妳心裡難過，難道不知道我的心會跟著妳一道難過？」

這麼一說，黛玉低頭不語。過了好久，才抬起頭來，問：「今兒可冷著，爲什麼不肯披斗蓬？傷風怎麼辦？不是教人替你操心麼？」

寶玉笑了：「我本來是披著斗蓬的——只是看你一惱火，我的心裡就躁悶起來，身子熱得難受，剛才乾脆脫了。」

兩人正輕聲說話，那邊走進史湘雲，笑聲如銀鈴：「二哥哥，林姐姐，你們平常在一起玩還玩不夠？我好不容易來這兒，你們卻不理我！」湘雲舌頭短，一不小心把「二哥哥」念成「愛哥哥」。林黛玉忙不迭取笑她：「短舌頭還愛說話！連『二哥哥』都叫不上來，只能『愛』哥哥……擲起骰子來，又是『么愛三』……」寶玉聽了直笑。湘雲嘟著嘴對寶玉說：「你瞧瞧！她這人什麼都好，就是愛拿人家毛病嚼舌根，看一個挑一個。不過……有一個人，她若挑得出毛病來，我就服了她！」

黛玉賭氣問：「那人是誰？，我就不信天下有沒毛病的人——」

湘雲理直氣壯答說道：「寶姐姐就是個沒毛病的人。」

聽湘雲在寶玉跟前這般稱許薛寶釵，黛玉又萬般不是滋味，冷笑道：「原來妳是說她呀——我哪裡敢挑她！」

寶玉怕黛玉心病復發，趕忙用話岔開。湘雲卻不放過黛玉，繼續說：「這輩子我比不上妳，妳挑我，我沒話說，不過，我倒要請上天保佑，賜我一個短舌頭的林姐夫，妳就可以常聽到他『愛呀愛呀』的……」

黛玉追著她打，湘雲手腳快，立即跑了。寶玉擋在門框邊，不讓黛玉追過去，笑著說：「就饒她這一回吧。」

黛玉說：「饒了她我就不活了！」

不知情的寶釵踱過步來，見寶玉將一人擋在門內，一人隔在門外，笑盈盈的替寶玉勸架：「看在寶兄弟面子上，別鬧了。」

黛玉仍要寶玉讓開路：「我才不管呢，你們分明是講好了來戲弄我！」鬧得難分難解，直到賈母叫人傳他們吃晚飯才作罷。湘雲和黛玉鬧過了，不一會兒又和好如初，晚上湘雲留在黛玉房裡過夜，兩人睡同一張床。

有自己喜歡的姐妹來湊熱鬧，寶玉一夜睡不安穩。第二天天才亮，寶玉迫不及待的往黛玉房裡來。黛玉和湘雲還在安睡。黛玉密密的裹在杏紅色的被子裡，睡得安安穩穩，湘雲的睡相就不規矩了：長長的黑髮散在枕邊，齊胸蓋著一條桃紅色被子，襯得被子外的手臂肌膚勝雪。寶玉看了好一會兒，不敢驚動她們，悄悄的靠近，幫湘雲蓋好被，怕她給風吹了肩膀發疼。心想：「睡覺還是不老實！」

一向淺眠的黛玉，還是給這躡手躡腳的不速之客吵醒了，翻起身來，說：「這麼早，你跑來做什麼？」寶玉硬說不早了，要她們快起來。黛玉把他趕到外頭房間等著，才叫醒湘雲，穿好衣服，叫紫鵑、翠縷兩個丫頭服侍梳洗。寶玉豈肯閒著？湘雲洗過臉的水，他也要玩，說：「我也還沒洗臉呢，不如一起洗算了。」

呆呆看湘雲梳好頭，他又纏著湘雲：「好妹妹，幫我梳頭吧。」小時候，湘雲和他玩，曾幫他梳理頭髮，他從沒忘記。湘雲不肯，他又千求萬求，湘雲才抓過他的頭來，幫他打辮子，把四邊的短髮編成子辮，往頭頂中間打了個結，再編成一條大辮，用紅絲帶繫住，髮頂到辮梢繫上四顆珍珠，末端又加上黃金髮飾。

湘雲幫寶玉梳頭時，寶玉沒忘翻玩黛玉的梳妝台，順手拿起一盒胭脂。他自小就愛玩女人的胭脂，不知不覺就要往嘴裡抹，冷不防湘雲手腳比他快，一個巴掌把胭脂打落在地，笑道：

「沒出息！你什麼時候才要改這習慣呢？」

話沒說完，襲人探頭進來，看寶玉的樣子，知道他已經梳洗過了，不勞自己動手，嘴裡沒說什麼，心裡卻倒了一桶醋。寶玉回房時，看出襲人臉色不對，卻不知道她生什麼悶氣，小心翼翼問：「一早又生氣了？」

襲人冷笑：「我哪裡敢生氣？」背過身子去，冷冷的說：「反正已經有人服侍你，你用不著我，我還是回去服侍老太太乾脆！」說完，倒在炕上，閤著眼，任寶玉怎麼叫都不理。

寶玉千道歉萬道歉，襲人仍然一聲也不吭。看麝月進來，寶玉知麝月同襲人好，便悄悄問她：「妳姐姐怎麼了？」

麝月把一切看在眼裡，心知肚明，抿著嘴笑道：「我怎麼知道？你問你自己！」

兩人都不理他，寶玉自討了沒趣，說：「不理我，我不如睡回頭覺。」

襲人聽他老半天沒動靜，還微微的打鼾，料他已經睡著，怕他著涼輕輕的拎了個斗蓬幫他蓋上。寶玉卻忽一聲把斗蓬推開，閉上眼睛繼續裝睡。襲人知道他在生悶氣，這一次卻不安慰他，冷笑說：「你不用生氣。從今以後，就當我是個啞巴，一聲也不勸你，這樣大家耳根清靜！」

寶玉雖然日日同這些女孩兒在一起，可也不懂女子細密的心思，到底襲人生什麼氣，他還是一頭霧水，起身對襲人說：「我又怎麼了？剛才妳莫名其妙就不理我，哪有勸我什麼？」

他也跟著生起氣來，賭定這一整天不出房門，也故意不同襲人麝月說話，所有雜役只叫一個名喚四兒的小丫頭來做。到了晚上，斟了兩杯酒喝，一個人面對一室冷清，雖覺沒意思，卻也不肯和襲人她們說好話兒。怕她們一心滿意足，每天都來勸他，這可怎麼得了？酒酣耳熱後，叫四兒點燭煮茶，自己拿《莊子》出來讀，讀到莊子外篇〈胠篋〉，趁著酒興做起狗尾續貂的事來。寫完呼呼大睡，一醒來，已是天明，睜眼一看，襲人和衣睡在旁邊的被子上。過了一夜，寶玉早把昨天賭氣的事忘得乾淨，推推襲人說：「妳還是起來好好睡著吧，這樣會受涼的。」

和寶玉生了一天的氣，襲人哪裡睡得好？不過是裝睡而已。寶玉見她一會兒沒反應，伸手就幫她解開衣服。才剛解了第一個扣子，襲人又把它扣上了。寶玉才想起昨天的事，心頭一點氣也沒有了，笑問襲人：「妳怎麼了？」

襲人說：「我沒怎麼？待會兒你還是去那邊房裡梳洗吧，我可不幫你了。」

寶玉恍然大悟，原來她爲這個計較昨兒一天！女孩子的心思太細，一個人一樣想法，料他再聰明也忖度不出來。又聽襲人說：「你以後愛上哪兒去，就上哪兒去，儘管沒日沒夜的和姐妹們鬧！我再也不跟你鬥嘴，免得大家看笑話！」

寶玉笑道：「原來妳到今天還記得這事兒！」

「一百年都記得！我才不像你，專把別人的話當耳邊風！」

寶玉看她一臉怒容，卻另有一番嬌美動人，反而心中暗笑，有意逗她，伸手拿起枕邊一支玉簪，折成兩半，對襲人說：「好，如果我以後不聽妳話，就跟這簪子一樣！」

襲人這下急了，慌忙拾起簪子，說：「一大早起來，幹嘛這樣呢？就是不聽我的話也不要緊，這種話說不得……」

女人到底是需要哄的，玉簪一折，襲人心裡的不高興也煙消雲散，又殷殷勤勤的起身幫寶玉洗臉梳頭了。

過幾天就是寶釵的生日，也是她到榮府暫住之後的第一個生日，精明如鳳姐，當然沒有把它忘了的道理，何況賈母又特別提起，寶釵年將及笄，這生日可不能省著過。爲了此事，鳳姐還特地找丈夫賈璉商量。

「再大的生日，妳都料理過了，這種小事，哪裡還要問我？」賈璉不懂鳳姐的意思，只覺她多此一問。

鳳姐說：「大生日有大生日的處理法，小生日隨便可打發，偏偏這生日要大不大，要小不小，所以和你商量。」

賈璉低頭想了想，說：「妳糊塗啦？照著林妹妹的生日辦不就是了？」

鳳姐可不糊塗：「我也知道照林妹妹的給她做就可以了，但是，薛妹妹今年可滿十五歲，老太太又特別叮嚀過，要找人來唱戲，熱鬧一番……」

「那就比往年給林妹妹過的多加一點。」

鳳姐：「我也是這麼想，可是……就怕給她辦得比林妹妹往年熱鬧的話，你要不高興。」對賈璉來說，論血緣，當然是黛玉較親，原來鳳姐是怕賈璉怪她厚此薄彼，故有此一問。

賈璉這才懂，笑道：「妳自己不要整日多心，來盤查我的行蹤就好，我哪裡會那麼多心呢？」

鳳姐管丈夫的多心，可是裡外上下都知道的，但是，賈璉還是有他一套方法。平常鳳姐不許他近女色，他就玩孌童，賈府裡頭長得清秀的小廝，多半和他有些牽扯；若奉命出京，離開鳳姐的跟前，他也沒忘利用機會嚐盡花街柳巷溫存。鳳姐防他像防賊，道高一尺卻是魔高一丈。

到了寶釵生日那天，賈母內院搭起了小巧的戲台，定了一班新出道的戲班子，又在賈母客廳中擺了幾桌酒席，請的都是自己人。寶釵倒底懂得老人家的心意，她知道年紀大的人喜歡熱鬧，賈母要她點戲，她就挑千篇一律的熱鬧戲，指定的點心，也是賈母素來吃的甜甜軟軟的東西。

說是過自己的生日，寶釵處處知道討賈母的歡喜。點完「西遊記」，待又輪她點戲時，又選了一齣熱熱鬧鬧的「魯智深醉鬧五台山」。寶玉哪裡有寶釵的心細，一聽她又點了這吵鬧不堪的戲，就在寶釵耳邊抱怨道：「妳就會點這種戲！」

寶釵反而嘲笑他：「虧你白聽了許多年戲，哪裡懂得這齣戲的好處？它不但排場好，詞藻更妙呢。」

寶玉說：「我從來就怕這些熱鬧戲。」

寶釵不以為然：「誰說這是熱鬧戲？你過來，我告訴你，這一套戲是北點絳唇，音律鏗鏘有致說，詞藻中有一支『寄生草』，寫得眞妙。」

寶玉好奇了，央求寶釵唸給他聽。寶釵便把詞唸了一遍：

漫搵英雄淚，相離處士家，謝慈悲，剃度在蓮台下。沒緣法，轉眼分離乍。
赤條條，來去無牽掛。那裡討煙簑雨笠捲單行？
一任俺芒鞋破缽隨緣化！

寶玉聽了，覺得詞意不俗，好像觸動了心裡的那根絃，歡喜的將這支詞一唸再唸，稱賞不已，又稱讚寶釵無書不知。黛玉看他那樣，把嘴一撇，要他安靜些，不許他裝瘋賣傻。聽完戲，賈母要鳳姐把演得好的那個小旦和小丑帶進來賞錢。問他們多大年紀？一個十一歲，一個才九歲。

賈母嘆了一口氣，要人拿了糖果和兩弔錢給他們。鳳姐打量了小旦兩眼，越發覺得面熟，笑道：「喂，你們可覺得，這孩子長得像一個人呢？你們看不看得出來？」

寶釵和寶玉都知道她指誰，但都識趣，懂得含笑不開口。沒心眼的史湘雲，肆無忌憚的說出口：「我知道，她像林姐姐的模樣。」湘雲一說，衆人都跑上來看，全笑了起來，說：「沒錯，像得很，像得很！」寶玉心知黛玉會不高興，狠狠瞅了湘雲一眼，使眼色叫她打住。

沒想到就因這一眼，他得罪了湘雲，不巧又讓黛玉牽怒於他，弄得兩邊不是人。

湘雲命令丫頭翠縷當寶玉的面把包袱收了，氣沖沖說：「明早我們就走，不要留在這裡看別人臉色！」

寶玉向前求情，解釋道：「好妹妹，妳錯怪我了。……妳也知道林妹妹是個多心的人，別人知道了不說，都怕她生氣，只有妳口沒遮攔，一下子就說出來，我是怕妳得罪人，才對妳使眼色！」湘雲更不高興了：「拿她暗暗取笑跟說出來有什麼不一樣？爲什麼我不能說？難道我不配和她說話？」說完，一臉氣忿，跑到賈母房裡歇息去了。

寶玉自討沒趣，又想安慰黛玉去。一進了黛玉的門，即被黛玉推了出來，把門關上。寶玉在外頭，又是一聲一聲「好妹妹」「好妹妹」的叫。黛玉她把所有的氣都算在他頭上，怎麼也不理他。

寶玉站在門口呆等，卻也沒有離開，好半天沒說話，黛玉以爲他已經走了，要丫頭紫鵑開門，沒料到寶玉還站在那裡，一副可憐相。黛玉這回不好意思再將他推出門外，寶玉一跨進來，便問：「生氣總該有個緣故，好好的妳怎麼生起我的氣來？」

黛玉冷笑：「你們沒事拿我比戲子取笑，我難道還不能生氣？」

寶玉說：「又不是我拿妳比戲子……」

黛玉說：「那你爲什麼對雲兒使眼色？我知道你怕我對她生氣——難道我肚量就這麼小，這麼多心，容不下別人取笑嚒？我氣她，跟你何干，她得罪我，又跟你何干？」

寶玉聽黛玉的口氣，就明白，剛剛他和湘雲說的話，黛玉都聽見了。想想自己本來一番好心，怕兩個人生嫌隙，在中間調停，反而落得如此下場，兩邊都數落他，眞是一百個不值得。前幾天是襲人不理他，已經夠叫他難過，現在更糟了，又惹惱了兩個最和他要好的姐妹！他越想越覺得做人沒意思，不再分辯，轉身回房。在黛玉房裡，黛玉不高興，一轉身，黛玉更不高興，在他身後說：「這一走，一輩子都別來！」

回房之後，襲人看他臉色不對，大致知道原委，想逗他開心，寶玉回話口氣卻一句壞過一句。襲人說，「正月裡，姐妹們都歡歡喜喜，你怎麼這樣了？」

寶玉答：「她們歡不歡喜，與我何干？」

「你就隨和點兒，讓大家歡喜，不好嗎？」

「我……什麼大家不大家！大家與我何干，我──我一個人赤條條來去無牽掛！」

他隨口便謅出剛剛才學到的戲文，越咀嚼它的意思越覺凄涼，不禁大哭起來，坐在書桌前胡亂塡了一支「寄生草」，倒頭又睡了。

黛玉雖然把狠話說在前頭，心裡倒是懸在寶玉身上，不久，假意來看襲人，悄悄踱到寶玉房裡來。襲人笑道：「寶玉已經睡了，但這裡有一張字帖兒，姑娘要不要看看，寫的是什麼話？」

誰知不一會兒，黛玉和湘雲已言歸於好，湘雲和寶釵正坐在她的房裡說笑呢。只剩寶玉這倒楣的中間人在生悶氣。黛玉拿給湘雲和寶釵看了。寶釵正正經經的把寶玉塡的詞唸了一遍：

無我原非你，從他不解伊，肆行無礙憑來去。茫茫著啥悲愁喜？紛紛說啥親疏密？從前碌碌卻何因？到如今，回頭試想眞無趣！

看完，寶釵嘆了口氣，說：「都是我不好，告訴他一支曲子，沒事惹出他這些話來！」三人於是決定治他的病根，第二天，一起來找寶玉說禪的道理。

寶玉哪裡辯得過口齒伶俐的黛玉和博學多聞的寶釵？一下子就讓兩個姐妹問得啞口無言，只好認自己學藝不精，寫什麼看破世事的禪語還嫌太早。湘雲在一旁拍手叫好：「寶哥哥可輸了！」寶玉倒是輸得心服口服，心想：「原來她們還比我有知有覺！」，笑道：「我不參禪了，妳們饒了我吧！」

這一笑，四人又和好如初。偶爾的不愉快，不過是湖面的小小漣漪，雨過天青後，不著痕跡。過不久，元春差人送燈謎來，四人又高高興興的到賈母房裡猜燈謎。

元春出燈謎，有意考考弟弟妹妹們的聰明機巧。太監拿了一盞四角平頭白紗燈，下諭道：「娘娘要每個人把謎底暗暗寫在紙條上，一起交給我，帶進宮裡，由娘娘親自驗看。」

寶釵一看，是一首七言絕句，意思並不新奇，她一看便猜中了，口裡卻直說難猜。寶玉、黛玉、湘雲和探春心裡把答案解了，默默寫在紙條上，賈母又將賈環、賈蘭和迎春、惜春傳來。各人寫完後，又各自做了一個燈謎，懸在四角白紗燈上，由太監帶進宮裡給元春猜，因應她的惜家之情。

第二天，太監又出來傳諭，道：「昨天娘娘所做的燈謎，大家都已猜著，只有賈迎春和賈環猜得不對，娘娘也將你們的燈謎猜了，只有賈環的這個詩不通，看不懂，叫我來問三爺，謎底到底是什麼？」

大家好奇的擠上前來看賈環的燈謎：

大哥有角只八個，二哥有角只兩根。大哥只在床上坐，二哥愛在房上蹲。

眾人看了都哈哈一笑，賈環搔搔頭，告訴太監：「大哥是枕頭，二哥是獸頭。」太監將元春賜的禮物送給猜對的人，只迎春和賈環沒有。迎春一向沒啥心機，對此並不在意，但賈環又是一臉晦氣，老大不高興。

看元春這麼有興致，賈母高興起來，叫全家大小聚集一堂繼續猜燈謎，晚輩們一起承歡膝下。

但由於賈政也在，寶玉和姐妹們只知唯唯諾諾，反而弄得氣氛嚴肅，賈母也知道這個道理，酒過三巡，賈母便開口要賈政休息去。賈政陪笑道：「老太太設燈謎大會，難道只用來疼孫子孫女，一點都不肯分兒子半點？」

賈母笑道：「你在這裡，他們都噤若寒蟬，教我悶得發慌。」

賈政難得輕鬆：「不敢不敢，今天我也是來猜燈謎的，不是來教訓人的，大家儘管放鬆心情。」「好吧，那我就說一個謎給你猜。」賈母眉開眼笑：「猜不著，就要受罰！」

賈政笑道：「這個當然，不過，如果我猜著了，也要領賞！」

賈母於是唸道：

「猴子身輕站樹梢，猜一種水果。」

賈政早知道是荔枝，故意亂猜，只爲討賈母高興，猜了幾次，才將答案說出來。「我也做個燈謎給您猜！」說著，賈政唸道：

「身自端方，體自堅硬，雖不能言，有言必應。打一個日常用品。」

說完，將謎底悄悄的告訴寶玉，寶玉知道父親的意思，馬上貼近賈母的耳朵，將答案說給賈母。賈母一想，可不是硯台嗎？

賈政說：「老太太果然一猜就猜到了。」回頭要人把賀綵送上來。大盒小盒的賀禮一齊送到賈母面前，原來是早準備好討賈母開心的。賈母看看那些精巧的玩意兒，心裡當然高興，命孫兒們給賈政斟酒。又說：「你再去將他們幾個做的猜一猜給我聽！」

第一個是元妃做的燈謎，寫的是：

能使妖魔膽盡摧，身如束帛氣如雷。一聲震得人方恐，回首相看已成灰。

猜一個玩物。

賈政笑道：「是爆竹！」

下一個是迎春的：

天運無功理不窮，有功無運也難逢，因何鎮日紛紛亂？只爲陰陽數不通。

賈政不假思索，說：「是算盤！」又往下看，是探春的。一看到「游絲一斷渾無力，莫向東風怨別離」，賈政便知是風箏。再來一首格律整齊的，是黛玉的作品：

朝罷誰攜兩袖煙？琴邊衾裡兩無緣。曉籌不用雞人報，五夜無煩侍女添。焦首朝朝還暮暮，煎心日日復年年。光陰荏苒須當惜，風雨陰晴任變遷。

賈政笑道：「這是守夜燈時燒的香。」寶玉說：「對了。」再看下一首，只有短短十六字：

南面而坐，北面而朝。象憂亦憂，象喜亦喜。

「是鏡子！」賈政笑問：「這一個謎做得巧，只是沒有署名，是誰做的？」

眾人說是寶玉所作。賈政頓時不再言語。再往下看寶釵的：

有眼無珠腹內空，荷花出水喜相逢。梧桐葉落分離別，恩愛夫妻不到冬。

賈政讀完，臉色倏然一變，心想：「小小年紀，就寫出這種不祥的句子，到底不是福壽俱全的命！」這個謎猜的是夏天的竹枕，但賈政噤口不言，只是垂頭發愣。賈母看他忽然不高興起來，以爲他累了，要他回去安歇。

待賈政走了，賈母一聲令下：「我們大家現在可以輕鬆玩玩。」寶玉像活了過來一樣，馬上變了一個人，跑到貼著謎語的燈前，比手劃腳，批評別人的燈謎這句不好、那句不對。鳳姐剛好也過來湊熱鬧，笑說：「我剛剛該在老爺面前，要你即席做燈謎，讓你流一桶汗才是！」

16

照規矩，元春省親之後，大觀園理當封鎖，等待貴妃下一次幸臨。但賈元春省親之後，念念不忘大觀園的景致，又心懸家中這些可以作詩填詞的姐妹們，就命太監到榮府下了一道諭令，要寶玉和姐妹們搬入大觀園中，一起讀書做功課。

寶玉聽了這消息，喜不自勝，直和賈母盤算，要在新家中裝這個安那個。正興高采烈時，丫頭忽然來報：「老爺叫寶玉！」又嚇得他面如土灰，死黏著賈母，說什麼也不肯去見自己的父親。賈母安慰了老半天，還是兩個老嬷嬷陪著寶玉見賈政，寶玉只得母親王夫人房中見父親，這一路行來，舉步艱難，心裡忖度著如何應付難關。

到了王夫人房前，見一排丫頭都站在簷下。賈府的丫頭們人人都知道寶玉怕父親如貓怕老鼠，看見他那狼狽樣子，都偷偷抿著嘴笑。王夫人的丫頭金釧兒故意逗他：「寶玉，我嘴上的胭脂是剛剛才擦的呢，這一回——你敢不敢吃？」

彩雲一把推開金釧兒，笑道：「人家心裡正不自在，你何苦作弄他？趕快進去吧！」寶玉低頭進了房裡，看見賈政正和母親坐在炕上說話，而迎春、探春、惜春和賈環四人已經坐在那裡，心想，父親這回不是單獨叫他來教訓的，這才略略安了心。

原來賈政這天只是要把賈姓的嫡孫叫來，訓戒他們，不久後可以搬進大觀園，得好好讀書，不可疏懶功課而已。

賈政每叮嚀一句，賈寶玉便恭恭敬敬的答一句是，待賈政說完，他便疾疾想溜走，王夫人又拉他坐下，問一些日常的事。「前不久要你吃的藥可按規矩吃？」

寶玉答道：「天天臨睡前，襲人都沒忘記讓我吃。」不巧，賈政耳尖的很，聽到襲人兩字，馬上問：「誰叫襲人？」

王夫人說：「是寶玉房裡的丫頭。」

賈政皺著眉頭，又問：「誰爲丫頭取這麼刁鑽古怪的名字？」

賈母如何想出這種名字？賈政並不相信，轉身瞪了寶玉一眼，寶玉知道瞞不過，起身回答：

「我……我從前讀書，記得……記得古人有句詩說，花氣襲人知晝暖……因為她姓花，所以我……為她取這名字……」

王夫人連忙說：「你父親不喜歡，你就回去改了吧。」

賈政怒斥一聲，說：「不用了！以後給我多讀正經的書，別老是在這些豔詞上下功夫！」

王夫人知道，賈政說著說著又要挑寶玉的毛病了，催寶玉快走：「老太太等著你吃飯呢。」

寶玉安然離開，慢慢退出房去，走到門口，向金釧兒伸伸舌頭，就一溜煙的跑了，跟著他的兩個老嬤嬤，被他遠遠拋在後頭怎麼跟得上？

這個春天，賈府的年輕一輩們擇了好日子，歡歡喜喜的搬進大觀園去。寶玉選了怡紅院，為的是離黛玉的瀟湘館近些，寶釵則住進蘅蕪院，迎春是綴錦樓，探春住秋爽書齋，惜春是蓼風軒，李紈搬進稻香村。每一處地方除了各人的奶娘和隨身丫頭外，又多了兩個老嬤嬤和四個丫頭，頓時園內一片熱鬧，花舞春風，柳撫溪水，不再寂寥。

住進大觀園後，寶玉天天見著賞心悅目的景致，更無心讀聖賢書了。趁著春光爛漫，他寫了不少父親最討厭的豔詞。才不過過了一個月，他已玩厭，園內的景致不能再吸引他的注意。若不是怕父親責怪，眞想到外頭的花花世界走一遭。

書僮茗煙倒懂得投他所好，看他百般無聊，就從外頭的書坊買了本許多古今小說，像《飛燕外傳》、《武則天外傳》、《楊玉環野史》那樣的雜書，獻給寶玉看，叮嚀他：「你可小心點看，否則我可吃不了兜著走！」寶玉如獲至寶，把書藏在床上，一沒有人在，就拿出來讀，比看什麼書都認眞。

三月桃花開，寶玉拿了一套西廂，坐在沁芳閘附近的一棵桃花樹下，細細讀了起來。正看到「落紅成陣」一句，一陣風吹過，樹上粉紅色的桃花瓣紛紛散落，不但落得滿地都是，也撒得他一頭一臉。寶玉想要將身上的花瓣抖下來，又不忍踐踏了花瓣，就將身上的花瓣兜著，走到池邊才散了，讓它們逐水而流，看著花瓣兒漂漂盪盪的流出沁芳閘去。

寶玉正望著水中的落花發愣，忽然聽到背後有人問：「喂，你在這裡做什麼？」寶玉一回頭，看見黛玉肩上荷著花鋤，花鋤上又掛著紗囊，一隻手中持著花帚，婷婷嬝嬝的向他走來。寶玉笑道：「妳就幫我把地上的花瓣都掃起來，撂在水裡去吧。」

黛玉說：「誰說我要丟到水裡？丟到水裡，不知道它該漂到什麼地方，到頭來還不是一樣把它們糟蹋了？我在那邊有一個花塚，叫它們隨土化了，乾乾淨淨。」

寶玉想想也對，說：「那我來幫妳。」黛玉看見他手上拿著書，便問：「你手上是什麼書？」

寶玉連忙藏在袖裡，說：「……是《中庸》《大學》一類的書。」

黛玉冷笑道：「別想在我面前裝神弄鬼，給我瞧瞧！」

寶玉猶豫了一下子，悄悄說：「妹妹，我倒不怕妳知道……但是，妳可不要告訴別人……這是好文章，包準妳看了連飯都不想吃！」

黛玉放了花鋤，把書接過去看，從頭翻起，越看越是愛不釋手，索性坐在石頭上，把十六齣戲都看完，仍意猶未盡。寶玉默默站在一旁，待她看完，小心翼翼的問：「妹妹，妳說好不好？」黛玉笑著說：「果然有趣。」

寶玉一聽黛玉說，揀起《西廂》裡頭的句子，逗起黛玉：「妹妹，我就是那個『多愁多病身，妳就是個『傾國傾城』貌！」

黛玉一聽，耳根都紅了，一雙眼睛圓睜，怒斥寶玉：「你這個該死的糊塗蟲，沒事搬淫詞豔曲裡的渾帳話來戲弄我……我要告訴舅舅、舅媽去！」

寶玉趕忙向前攔阻，說：「好妹妹，對不起，好歹饒了我這一遭吧！我又不是有意欺負妳的……如果我有意欺負妳，我就掉進池子裡變成王八烏龜……等妳以後做了一品夫人，病老歸西，我就到妳墳上馱一輩子墓碑！」

這話說得順口無比，黛玉聽了撲嗤一笑，道：「你倒胡說得眞順口！」又拿《西廂記》中的一句回他：「我看你只會胡說，是個『銀樣蠟槍頭』！」

黛玉引的也是書中典故。寶玉笑道：「那我也要告訴別人去！」

「你過目不忘，難道我就不能？」黛玉笑著把書還給寶玉。寶玉說：「我們正正經經收拾落花去吧，別告訴別人我們看了這書。」

男不讀《水滸》，女不讀《西廂》，這書可見不得天日。正將花瓣掩埋妥當，襲人因事來喚寶玉去了。黛玉一個人無事做，想回房裡休息，走過唱戲女孩子住的梨香院，隱隱聽見其中笛韻悠揚，歌聲婉轉，不由得靜靜的聽了一響。那裡頭唱的是《遊園驚夢》的詞兒，有幾句話明明白白飄進黛玉的耳邊：

原來是姹紫嫣紅開遍，似這般，都付與斷井頹垣……

良辰美景奈何天，賞心樂事誰家院？……只為你如花美眷，似水流年……流水落花春去也，天上人間……

細聽著那詞中的意思，竟然覺得心中蕭索，悲不可抑，眼裡的淚水，又像珍珠一樣湧出。心想，這大觀園裡的繁華，不過只如春天裡落英繽紛的桃花，終究會歸於塵土罷。就像她的父親母親，歸於塵土，終於不可追尋。眼前一切，有朝一日將成斷井殘垣；富貴榮華，本將成夢幻泡影……

風一吹，滿院的桃花瓣又如落雪，拂不勝拂，掃不勝掃，黛玉看著滿天飛花，輕輕的用袖子抹去了眼淚。

這一傷起春來，黛玉許久悶悶不樂，第二天又整天不見寶玉，更無精打采，打發了雪雁問去，傳回來的話卻說：「姑娘，不好了，二爺給燙得一臉油！」

黛玉趕緊過去探問，只瞧見寶玉正拿著鏡子照著自己的臉，臉上則厚厚的抹了一層膏藥。黛玉想過去看個仔細，寶玉卻別過臉去，偏不叫她看見，心知，黛玉這個人，生來不喜歡看不堪的東西。

原來，一早王夫人叫了寶玉和賈環到她房裡來，賈環正抄寫著《金剛經》，而寶玉多喝了一杯酒，倒在炕上休息，看王夫人的丫頭彩霞沒事，就要她來拍背。彩霞素來和賈環合得來，不太愛搭理寶玉，寶玉跟她說話，她愛搭不搭的，偏偏寶玉一定要逗彩霞，拉起她的手，故意糾纏：「好姐姐，妳就多理我一點兒也好。」賈環素來和彩霞好，實在嚥不下這口氣，故做失手將寶玉身旁那盞蠟燭往寶玉臉上一推，寶玉應聲「唉呀」叫了出來。

滿屋子的人嚇了一跳，跑過來看時，寶玉滿臉已全是蠟油。王夫人又氣又急，一邊要人幫寶玉擦洗，一邊罵賈環。鳳姐也在，邊收拾邊說：「這老三怎麼這麼毛毛躁躁！趙姨娘平常是怎麼教的！」王夫人聽了更加光火，派人叫趙姨娘過來，劈頭就是一頓罵！

趙姨娘在王夫人面前，只得忍氣吞聲，一句話也不敢回。只在一旁低聲下氣陪罪。還好寶玉並沒燙傷眼睛，只是左臉起了水泡，又腫又痛。寶玉怕賈母生氣，見了賈母，卻又說是自己不小心燙著了，賈母便把寶玉的丫頭都罵過一頓，人人頭上都頂了不白之冤，卻也不敢說出實情。

爲了這個小災厄，賈母特別請常到家裡來的道婆，在廟裡爲寶玉點平安燈，保佑他平安無事。可是一波未平，一波又起，懂得一些巫術的馬道婆，卻是個不安好心的。一路逛到舊識的趙姨娘房裡來，向趙姨娘討了些零星綢緞做鞋面，聽趙姨娘說起這多年在賈府受的苦，又極盡挑撥之能事來。

「不是我愛說閒話，你們今天會到這步田地，完全是你們不長進，難怪會到處給人家欺負，其實——明裡雖不敢怎樣，暗裡也該算計他一下，好叫他們不要如此囂張！」

聽馬道婆這麼說，趙姨娘精神一振，問：「怎麼暗裡算計？我倒也有心，只是不知道方法……

妳若知道，就告訴我吧，我一定會大大的謝妳！」

「我……阿彌陀佛，我哪裡知道，這……別問我好了……」馬道婆面有難色的說。趙姨娘知道這馬道婆是最貪小便宜、又經不起央求的，便笑著說：「妳別來這一套，妳一向是最肯濟弱扶傾的，妳會眼睜睜的看別人整死我們娘兒兩個不成！」又對她使臉色：「難道我會忘了謝妳？」

馬道婆說：「謝是不用講了，但我……我可不忍心讓你們娘兒兩個繼續受委屈！」

趙姨娘一聽，即知馬道婆這閒事是管定了，又慫恿她道：「妳這麼一個聰明人，怎麼糊塗了？如果法子靈驗，把他們兩人斷了根……到時候，這一家子還怕不落在我們手裡嚒？那時候妳要什麼沒有？」

馬道婆低頭想了一會兒，說：「……把事情辦妥當了，又沒有憑據，萬一妳不認帳怎麼辦？」

趙姨娘滿臉笑：「這不難，我這裡有些私房錢，還有些衣服首飾，妳先拿去；然後，我再寫張欠條給妳，到時候，妳再來討，好不好？」

不消趙姨娘再多說話，馬道婆一看眼前的東西，哪裡移得開眼睛？於是慷慨答應幫這個忙。她伸手將東西拿了，又收了欠條；接著，向趙姨娘要了兩張紙。

「要紙做什麼？」

「妳且慢慢看著。」馬道婆拿剪刀剪了兩個人形，叫趙姨娘在紙人身上寫了鳳姐和寶玉的年庚，又找了一張藍紙，剪了五個青面鬼的樣子，叫趙姨娘釘在一起。

「這就完了？」趙姨娘半信半疑，不知道馬道婆搞的是什麼鬼，可有效否？

寶玉由於燙傷了臉，大半時間在家靜養，黛玉天天陪他，兩人反而比平常多了時間說話。這一天，寶玉的傷口好得差不多了，又逢一個春陽和煦的好日子，黛玉看了兩篇文章，便和丫頭紫鵑一起出來，在大觀園內走走逛逛，順便欣賞花香鳥語，不知不覺的又走到怡紅院。幾個丫頭正在廊上看畫眉洗澡，品頭論足，房內傳出陣陣笑聲，原來李紈、鳳姐、寶釵都已早來一步看寶玉。黛玉笑道：「今兒全部都來了，是誰下帖子請的？」

鳳姐看到黛玉，便想起前兩天打發人送給黛玉的兩瓶茶葉，問：「姑娘可喝得上口？」

黛玉這才想起自己忘了叫人謝鳳姐，趕忙道謝。寶玉插嘴道：「我可覺得味道不好。」寶釵則說：「我倒覺得味道還不錯呢！只是沒有一般茶葉的顏色。」

黛玉卻愛那種淡淡的茶味。鳳姐便說：「我那裡還多著，改天有事要請妳幫個忙，順便打發了人給妳送去。」

黛玉一聽鳳姐這麼說，不自覺的和鳳姐逗起伶牙俐齒，笑道：「唉呀，大家聽聽，才吃了她一點茶葉，就要還她人情！」

鳳姐也不甘示弱，接過話去：「那妳既然吃了我們家的茶葉，爲什麼不做我們家的媳婦兒！」

眾人大笑，黛玉臉都紅了，別過頭去，一句話也不說。寶釵笑道：「還是二嫂子會說話。」

黛玉急了，回頭說：「什麼會說話？不過是貧嘴賤舌，討人厭！」

鳳姐笑著指寶玉：「妳看看，我們這個人，論長相論門第，哪一件配不上妳！」

這一說，黛玉更是害臊，轉身就走，不理人了。

寶玉同寶釵追向前去，硬生生把她攔住了。不久王夫人有事喚鳳姐，大家也散了，寶玉還捨不得讓黛玉走，拉住黛玉的手說，「林妹妹，等一下，我還有話跟妳說呢。」黛玉停了步子，但這回，寶玉緊緊拉住了她的手，卻不說話，像個呆子。

「你再不說，我可要走了……」黛玉話還未完，寶玉即雙手抱頭，喊著頭疼。黛玉原以爲他只是跟她鬧，沒想到寶玉竟拿著自己的頭猛撞牆！眾丫頭慌了，有的忙著拉住寶玉，有的忙著通報賈母，幾乎一家的主子奴僕都趕來了，寶玉還是尋死尋活的，瘋瘋癲癲。正忙成一團，鳳姐也來湊熱鬧，手裡持著一把亮晃晃的菜刀，見雞砍雞，見狗就要殺狗，見了人，又瞪著眼睛要殺人！幾個力氣大的女人趕忙上前將鳳姐抱住，搶下她的刀來。

不多久，兩人不發瘋了，渾身上下卻如火炭燃燒，躺在床上，嘴裡胡言亂語。一連三天，喝遍了各式藥方和符水，一點效也沒有，一連三天，兩人都給這怪病整得氣如游絲。賈母看得心如刀割，罵起賈政來：

「都是你們平日逼他讀書寫字，逼得太急，把膽子嚇破，才會這樣！」眼看寶玉只剩一口氣，賈母幾乎也發起狂來，哭道：「他如果有個三長兩短，我就要你們的命來抵！」

賈母正傷心時，家裡有人來報，「兩口棺木都做好了！」賈母更是震怒，大鬧：「誰吩咐做棺材的？給我叫過來打死！」一時，家中天翻地覆，而人人卻束手無策。黛玉和寶釵及諸姐妹的懸心更不用說。

就在這危急時候，家裡卻不請自來了一僧一道，口口聲聲說是來治妖孽的。賈母和王夫人叫人請人進來，其中的和尚說：「你們無需多話，我們都知道了。」道士要人把寶玉的「通靈寶玉」帶來，放在手掌上，摩娑了一陣子，說：「這玉原來能除兇邪，只是爲聲色所迷，所以不靈，唉……」和尚誦了幾句經，長嘆一聲，喃喃自語：「這玉，本是女媧補天剩的最後一塊石頭，放在青梗峰下，竟跑到人間來惹事生非……塵緣未斷，無可奈何！」

之後，吩咐賈家人把玉懸在寶玉臥室門檻上，說是三十三天後，兩人自然會好。

賈政眼看無其他方法，即按照那一僧一道所說的做了，果然，當天夜裡，寶玉和鳳姐高燒退盡，都有起色，一日好過一日。這場劫難，總算平安度過。黛玉卻已經把眼睛哭腫了一百回，爲他默唸成千上萬次個阿彌陀佛！

賈家財大勢大，不知有多少近親遠親眼巴巴的望著，想分一杯羹。這回又來了一門賈姓的遠親，算來和賈蓉同輩，名叫賈芸，到賈府謀差事來了。賈芸天生懂得人情事故，憑著一包孝敬鳳姐的麝香和冰片，以及三寸不爛之舌，在鳳姐跟前討到了一個管花管樹的肥缺。

賈芸一進賈府，除了本分工作外也不肯閒著，又來拜訪寶玉牽關係。寶玉難得見賈家親戚中有這麼一個懂事又俊秀的人物，對他也甚具好感，隨口要賈芸有空就到怡紅院玩。賈芸並沒把寶玉的話當做富貴公子的一句客氣寒喧，信以爲眞，三番兩次拜訪寶玉，偏偏寶玉都不在家，只有一個叫小紅的丫頭肯幫他帶信兒。這帶信兒的丫頭原叫紅玉，因爲「玉」字犯了寶玉和黛玉的名，就改爲小紅，不過十四歲。

小紅仗著自已有幾分姿色，幾番想在寶玉跟前表現表現，但怡紅院裡的大丫頭已有許多，襲人之外，還有麝月、晴雯、秋紋、碧痕等人專寵當權，她一步也近不了寶玉身邊。因而，她在怡紅院許久了，寶玉還沒跟她說過話。

這回得了賈芸要她捎口信的差事，又逢寶玉一個人從後門回來，小紅才有機會接近寶玉，同他說話：「寶二爺，有個叫賈芸的找你。」

寶玉倒不在意小紅說什麼，一面喝著小紅端上來的茶，一面仔細打量著眼前這個俏丫頭，笑問：「妳也是我這屋子裡的人嗎？怎麼我從來沒見過妳？」

小紅皺著眉頭，趁機訴苦道：「你不認得可多呢，豈止我一個人而已。我又不遞茶水，也沒機會在你面前拿東拿西，你怎會認得我？」

寶玉問：「那妳怎麼不到我眼前做事，讓我認得妳呢？」

小紅這可就有口難言了，那麼多大丫頭在鬥心眼，爭著寶玉的寵，她要硬擠上前去，不怕她們用利爪撕成碎片才怪？才在心裡盤算怎麼答才妥當，秋紋和碧痕正嘻嘻哈哈的共提著一桶洗澡水回來。她們見小紅一個人和寶玉在屋裡，心中大大不自在。趁寶玉在洗的當兒，把小紅找到跟前，問她剛才在屋裡做什麼？小紅一臉委屈，說：「我哪有進二爺屋裡？只不過是我的手帕不見了，我往後園找去，剛碰上二爺要茶喝，姐姐們又一個都不在，所以我才幫二爺倒茶。」這些大丫頭們在寶玉面前畢恭畢敬，斯文得體，在小丫頭跟前可耀武揚威呢。話沒說完，秋紋已啐了一口痰在地上，說：「不要臉的下流東西！誰不知道妳老想搶這種好事做？也不拿鏡子照照，看妳配爲他倒茶不配？」

碧痕也一口惡言：「妳這麼喜歡倒茶，以後二爺跟前的茶，都叫妳倒，讓妳倒得高興，好不？」二人妳一句我一句，說得小紅面紅耳赤，又不敢頂嘴。直到一個老嬤嬤來傳鳳姐的話，說是明天有個叫賈芸監工帶花匠來種樹的事，她們才作罷。

小紅好不容易有個機會在寶玉跟前做點事，就遭到這一場惡言惡語，心裡悶得難受，心想，以後還是少沾惹寶二爺的好。不知不覺，又想起要她傳話的賈芸，那人面目清秀，算來也是賈家的親戚，不知對自己的印象如何？胡亂想著，便朦朦朧朧的睡著了，夢中，賈芸撿了她的手帕，還來拉她衣袖。她驚得花容失色，冷不防被門檻絆了一跤，嚇得醒了過來，再也睡不著了。翻來覆去，不再成眠。

大觀園裡丫頭衆多，全然是陰盛陽衰的局面，好不容易有幾個面目清秀的公子，看在這些芳心寂寞的丫頭眼裡，便勝於稀世珠寶。賈芸尋寶玉不遇，遇小紅正著，又問了她的名字，在小紅心中，已值得魂縈夢繫了。

因寶玉受了巫蠱害病，聽了一僧一道的話，要修養三十三日。原本受種花的賈芸，在這期間內奉命為怡紅院外的守衛，帶著賈家的一些家丁和小廝，連夜看守，和紅玉等丫頭日日相看，漸漸混熟，但只能說說公事，私事卻不好啓口，小紅偶爾瞥見賈芸手中的絹子，果眞像自己不久前丟掉的那條，想要問他，卻不好開口，心裡百般糾纏，好不苦惱。

這一天，怡紅院裡的小丫頭佳蕙從黛玉那邊回來，正遇著老太太送錢給黛玉的丫頭，佳蕙也分了一串錢，要心思細密的小紅幫她收著。話說著說著，發現小紅精神不濟，臉色也比平常蒼白，她：「是不是病了呢？要不要回妳自己家裡住兩天，好好休息休息？」

說穿了不過是心病而已，小紅嘆了口氣：「我好好的，回家做什麼？」

佳蕙又建議：「我看妳這種懶懶散散的樣子，和林姑娘的病差不多，不如向林姑娘要點藥吃！」

小紅又好氣又好笑：「藥是可以借來吃的嗎？妳胡說八道什麼？」

佳蕙說：「可是，妳這樣元氣一天壞過一天，也不是辦法……」

小紅只覺心頭一片鬱悶，不由嘆了一口氣，說：「唉，妳哪裡明白我心裡的事？」

佳蕙聽出她話中有話，想了想，說：「說得也是，我們院裡，上頭一向是壓下頭的，不說襲人好了，她做人做事當然是沒話說的，最可氣的就是晴雯、麝月、綺霞那幾個，她們哪能算是上等人？仗著寶玉疼她們，一個一個目中無人……」

小紅的心事卻不是這個。她悄悄說：「也不用氣她們，俗話說，天下沒有不散的筵席，誰能在這裡一輩子呢？我們在這裡，再長也不過多待個三年五年，不久，各人做各人的去了，誰還管得了誰呢？」

佳蕙是個心腸軟的丫頭，聽小紅這麼一說，眼圈兒都紅了。忽然有丫頭跑來，交代小紅，又是綺霞有事，交代她描兩個繡花樣兒。「大家都是丫頭，偏偏得主子寵愛的，就成了小姐。」小紅心裡一時難以平靜，又不能不應聲做事。心裡卻想，總有一天要讓她們有的瞧——但用什麼方法呢？她倒想不出來。伸手往抽屜裡一摸，筆都禿了，就往寶釵那邊借筆去。路上遇到了怡紅院裡跑腿的丫頭墜兒——墜兒身後跟著的，可不是她朝思暮想的人？

小紅不好直接跟賈芸說話，問墜兒：「妳往哪裡去？」

墜兒說：「寶二爺有事傳芸二爺呢。」

小紅見機不可失，故意吩咐墜兒說：「前些日子，我丟了手帕，不知妳撿到了沒！」賈芸在一旁打量小紅，眼裡含笑，不知在想些什麼。小紅臉一紅，便閃開了。一直到走遠了，才回過頭看賈芸的背影，不知他可聽見自己說的話？

帕子果然是賈芸撿走的。他對小紅本有幾分好印象，一聽她問起帕子的事，心中喜不自勝，問了墜兒叫什麼名字，多少月錢，父母在何處這些瑣事做引子，東扯西牽，只是想要墜兒做個傳信人。「剛剛和妳說話的，是不是叫小紅？」

墜兒笑道：「你問她做什麼？」

賈芸把絹子的事情說了。墜兒說：「那你就拿來給我吧。我倒要看看她怎麼謝我來著。」賈芸把絹子給了墜兒，要墜兒千萬告訴小紅，是他拾到的，又逗墜兒：「如果她謝了妳，可別忘了我這一份！」

本是一件芝麻綠豆的小事兒，但在大觀園的丫頭心中，就是天大消息。墜兒喜孜孜的向小紅討功勞去了。怕怡紅院裡說話隔牆有耳，選了地處偏僻的滴翠亭。這亭子四面的雕花窗子都貼著窗紙，十分隱密，兩人在亭裡頭吱吱喳喳的說著話。

「妳看看，這絹子是不是妳丟的那塊，不然，我還芸二爺去。」

小紅一看，果然是她丟的那條，馬上搶了過去。墜兒不服，說：「妳拿什麼來謝我呢？芸二爺還特地叮嚀我，妳也不可以忘了謝他！」

「謝妳自然是應該的，我哪會食言，只是，芸二爺好歹是個『爺』們，撿了我們的東西，自然要還，說什麼謝不謝的？」

「不行！芸二爺再三跟我說……妳若不謝他，他可不願把帕子還給妳！」墜兒是受人之託，忠人之事；而小紅心裡也不是沒意思，再三猶豫下，掏出了隨身的繡囊給了墜兒：「也罷，把我這東西給他，算是謝他的——但妳可不能告訴別人！先給我起個誓！」

「好，我要是告訴別人，嘴上就會長疔，不得好死！」

小紅忙掩住墜兒的嘴。想了想說：「噯呀，我們只顧說話，都不怕外頭有人偷聽，我們該把這些窗子都推開了才是……」

沒想到，在外頭把這些話盡收耳裡的，就是寶釵。她方才爲了撲一對玉色的蝴蝶，不知不覺走到滴翠亭來，不巧聽到這一段話。一聽小紅要開窗，一時來不及躲；爲了避嫌，馬上想到一個金蟬脫殼之計，故意放重了腳步，輕呼道：「林妹妹，看妳往哪裡藏！」一面說，一面往前頭假裝找人。

小紅和墜兒萬萬沒想到外頭正有人，見到寶釵不免心虛，嚇了一跳。寶釵反而泰然自若的向她們兩個人笑道：「林姑娘可躲到裡頭去了？」兩人都搖頭說沒看見。寶釵又說：「我剛在那邊，看見林姑娘在這頭玩水，想過來嚇她一跳，沒想到她一溜煙就不見了！」

一邊說，一邊往前走，心裡暗暗好笑，沒想到這一個謊話，反而使這兩個丫頭更加心驚肉跳。小紅心下以爲，黛玉一定把話聽去了；墜兒心裡也這麼擔心，大半天不言語，只望著一湖春色發呆。小紅說：「如果是寶姑娘聽見，也就算了；那林姑娘又多心，又愛刻薄人，給她一走露了風聲，那可怎麼好？」

雖說黛玉是少見的多心與伶牙俐齒，但這多心，倒多因寶玉而起。其他人的風花雪月，關她何事？雖自然說是和寶玉一起長大，寶玉的癖性她明白九分，但是，仍丟不下對他的多心，惟恐他昨天明白了她的心意，第二天，又忘得一乾二淨，不把她的牽掛放他心裡。

過了三十三天，寶玉的精神已恢復平常，臉上的傷卸了膏藥後，甚至連疤痕也沒留下，身子反而比從前健壯一些。這天，他在大觀園中閒逛，順著路又走到瀟湘館來。黛玉好靜，瀟湘館多半時候也悄無人聲，寶玉無意驚擾丫頭們，放輕了步子，像隻貓似的溜進屋裡，頓時聞到一股幽香從碧紗窗裡傳出，於是就把臉貼在紗窗上往裡頭瞄，裡頭暗，還沒看見什麼，只聽得細聲長嘆：

「每日家，情思睡昏昏！」

寶玉再往裡頭瞧，只見黛玉正在伸懶腰。他在窗外笑道：「什麼叫『每日家，情思睡昏昏』？」

一說，一面掀簾子進來。黛玉羞得一臉通紅，拿袖子遮住臉，又翻身朝裡頭裝睡。

寶玉才走過來，要把黛玉的身子扳過來，黛玉的奶娘和兩個婆子卻進來阻止他，說：「你妹妹在睡覺，等她醒了再來吧。」剛說完，黛玉卻翻身而起，「誰在睡覺？」一臉惺忪笑意，深怕婆子們把寶玉趕走。

寶玉看她睡眼朦朧，別有一種脫俗之美，臉上又帶著一片紅暈，不覺得看得痴了，神魂蕩漾，又想起她剛剛唸的句子，心都酥了。整個人歪著身子坐在椅子上，笑問：「剛剛說的，可不可以再唸一遍給我聽？什麼叫『每日家，情思睡昏昏？』」

紫鵑正好進來，要服侍黛玉洗臉梳頭，寶玉藉口要先喝茶，把紫鵑支開。然後笑著對黛玉唸了一段豔詞：「若共你多情小姐同鴛帳，怎捨得叫你疊被鋪床？」

黛玉知他有意調戲，一聽便急了，拉下臉來，說：「你胡說些什麼？」

寶玉笑道：「我哪有說什麼？妳聽見了？」

黛玉氣得連眼淚都掉下來，說：「你在外頭看了渾帳書，專門拿我來解悶！」轉身下床，扭頭就走。寶玉這才知道黛玉眞翻了臉，又手忙腳亂的過來拉黛玉：「好妹妹，妳別生氣，我再說這種話……嘴邊一定長疔，爛了舌頭！」

正要再軟語相勸，襲人匆匆忙忙找來，說：「老爺找你呢！」這一召喚如天打雷霹，嚇得寶玉冷汗直流，再也顧不得黛玉脾氣，一逕往怡紅院走，換了衣服，便要去見賈政，他的書僮焙茗見他神色慌張，卻站在路旁竊笑。

焙茗正是茗煙。前些時候，寶玉嫌原來的名字不夠雅，便把他的名字改了。寶玉問焙茗：「你笑什麼？」卻有個躲在一旁的人衝出來，哈哈大笑道：「要不是我叫他告訴你，你父親找人，你怎會出來這麼快？」

來人原來是寶釵的哥哥薛蟠。此時焙茗已笑跪寶玉跟前求饒，寶玉才知兩人串通來騙他。薛蟠也向他作揖賠不是：「別難爲他，是我要他這麼做的。」

寶玉雖被戲耍，但也不生氣，薛蟠找他總比父親叫他要好過一百倍，只是嚷著說要向薛姨媽告狀。薛蟠說：「這樣好了，下次你要嚇我，就說我父親找我便成了！」

薛蟠天不怕地不怕，連死去的父親都可以拿來開玩笑。寶玉笑道：「再說就不像話了！」

薛蟠找他，不爲別的，只有吃喝玩樂而已。原來第二天是薛蟠生日，附和他的一黨人，早早搜刮了天下的奇珍異品來投其所好，有暹羅國進貢的暹羅豬、洋鐘大的西瓜、比手臂還長的蓮藕，薛蟠便來邀寶玉和好友馮紫英等來共享。

有東西玩，寶玉的腳程比任何人都快，這一天，待在薛蟠那裡喝了許多杯，叫任何人都尋他不著。黛玉一早和他說話，還說得意猶未盡，聽他給舅舅叫走了，不知要受什麼罰，惦著他一整天，他卻又沒來，心中著實爲他擔心，這天吃完晚飯後，慢慢走到怡紅院來尋寶玉。走到沁芳橋，眼見寶釵在她之前走進怡紅院。她稍稍停下步子，在沁芳橋上觀看各色水禽，在夜色下，隻隻色彩斑斕，靜靜的站在橋上看了一回兒，才到怡紅院輕輕叩門。

誰知怡紅院內，晴雯和碧痕兩個丫頭拌了一天嘴，晴雯悶了一肚子氣，忽然看寶釵來了，就把氣移到寶釵身上，背地裡抱怨道：「有事沒事就來坐著，叫我們三更半夜睡不著覺！」

正抱怨著，又聽見外頭有人敲門，不分三七二十一，應道：「全部都睡了，明天再來吧！」

黛玉怕丫頭沒有聽見她的聲音，又提高了音量叫道：「是我呀，還不開門嗎？」

晴雯在氣頭上，索性說：「管妳是誰！二爺吩咐，一概不准放人進來！」

黛玉一聽，氣得傻了。呆呆站在門外，兩串眼淚便掉了下來，自言自語：「雖然說，外祖母要我把這裡當自己家，但我在這裡，到底是客，如今父母雙亡，無依無靠，人家自然有道理欺負我，跟這些下人慪氣，不過自討沒趣！」

這麼一想，心情更激動難安，站著也不是，回去也不是，但聽聞怡紅院中發出串串笑語，仔細一聽，就是寶釵和寶玉兩人的聲音，越發傷感起來。顧不得夜裡露冷風寒，就站在牆角花蔭之下，悲切嗚咽。

哭了老半天，見寶玉和襲人送寶釵出來，急忙閃過一旁。像個木雕泥塑般的站在花蔭下，他們的歡聲笑語湧入她耳窩裡，一聲一聲彷彿針刺。

回到了瀟湘館，黛玉又含淚到天明。紫鵑和雪雁素知黛玉性子，她沒事悶坐，不是愁眉，就是長嘆，好端端便會如此，心想：這一次也未必眞。爲了什麼兩人早已習慣不上來勸話，任由黛玉一夕不成眠。

18

芒種一過，便是夏天。風俗相傳，此日花神退位，閨中的女孩們，須向花神餞行。大觀園的女孩子們都起了大早，用花朵和柳枝編成東轎駿守，或以綾羅綵線做成旌旗，結在樹頭和花枝上，日出時，只見滿園花枝招展，和女孩們的燦燦笑容相映。

一早寶玉見寶釵，迎春、探春、惜春幾個姐妹及李紈、鳳姐，集在一起做餞花會，獨不見黛玉，便走到瀟湘館尋她。黛玉因前一夜被晴雯關在怡紅院外挨寒受凍，夜裡又失眠，所以起得特別遲，正梳洗完準備出去，卻看見寶玉笑嘻嘻的進來，說：「好妹妹，妳昨天告了我的狀沒？我可擔了一整天的心！」

本來是一句玩笑話，又使黛玉多心。昨夜晴雯將黛玉關在門外，黛玉左右思量，正以爲是寶玉唆使，黛玉想來，必是因寶玉說了一句「若共你多情小姐共鴛帳」的渾話，被她罵了一句，所以生了氣，才不要晴雯開門，只顧和寶釵在裡頭嘻笑。一聽寶玉對她開這玩笑，她更加惱火，只顧和紫鵑說話，全然不理會寶玉。寶玉再三打恭作揖，黛玉連正眼也不瞧他一眼兒，寶玉哪裡知道，她又為哪件事不開心？

他滿腹狐疑的隨著冷冰冰的黛玉跨出瀟湘館，加入衆姐妹們看鶴舞。先和探春說了些話，一轉頭，黛玉又不見了。寶玉心想，她生兩日氣就會好，也就任她走開，不再相纏，自己卻再無心思和姐妹們談笑，一個人走走逛逛，踱到昔日與黛玉葬花的所在來。

到了花塚，竟聽見山坡的那頭有嗚咽之聲，哭聲中還夾帶著話語。他煞住了腳步，心想：「不知是哪房的丫頭受了委屈，跑到這裡躲著哭？」豎起耳朵一聽，原來是黛玉一邊嗚咽一邊吟詩：

花謝花飛飛滿天，紅消香斷有誰憐？

遊絲軟繫飄春榭，落絮輕沾撲繡簾，

閨中女兒惜春暮，愁緒滿懷無釋處，

手把花鋤出繡簾，忍踏落花來復去。

柳絲榆莢自芳菲，不管桃飄與李飛。
桃李明年能再發，明年閨中知有誰？
三月香巢初壘成，樑間燕子太無情；
明年花發雖可啄，卻不道人去樑空巢已傾？
一年三百六十日，風刀霜劍嚴相逼。
明媚鮮妍能幾時？一朝飄泊難尋覓。
花開易見落難尋，階前悶殺葬花人，
獨把花鋤淚暗灑，灑上空枝見血痕。
杜鵑無語正黃昏，荷鋤歸去掩重門。
青燈照壁人初睡，冷雨敲窗被未溫！
怪儂底事倍傷神？半為憐春半惱春。
憐春忽至惱忽去，至又無言去不聞。
昨宵庭外悲歌發，知是花魂與鳥魂？
花魂鳥魂總難留，鳥自無言花自羞。

願儂此日生雙翼，隨花飛到天盡頭！

——天盡頭，何處有香坵？

未若錦囊收豔骨，一坏淨土掩風流。

質本潔來還潔去，強於汚淖陷渠溝。

爾今死去儂收葬，未卜儂身何日喪！

儂今葬花人笑癡，他年葬儂知是誰？

試看春殘花漸落，便是紅顏老死時。

一朝春盡紅顏老，花落人亡兩不知！

黛玉昨夜的一腔怨氣無處發洩，趁這春光明媚的花神餞別之日，全都傾吐給滿地的落花枯葉。本是隨口唸幾句，豈料自己越唸越順口，竟然逶迤成了長詩。黛玉唸到「一朝春盡紅顏老，花落人亡兩不知」時，靜靜躲在一旁聽著的寶玉已經上氣不接下氣，哭倒在山坡旁了。

他心想，黛玉的月貌花顏，終有一天，隨韶光流轉形銷骨毀，終於無可尋覓，而園裡所有美麗的女孩子，又哪一個能逃於落花凋零的命運？斯園斯花斯柳，畢將流於虛無，而今日歷歷美景，也不過是夢幻泡影！

黛玉正傷感，忽而聽見附近山坡處，也有人哭得淒風慘雨。心中暗想：「人人都笑我有癡病，難道那邊還有個更癡的不成！」繞過去一看，原來就是惹她生氣的寶玉。她冷冷瞪了他一眼，啐道：「呸，我還以爲是誰呢，原來是你這個狠心短命的——」說到「短命」二字，不覺掩了口，甩袖子走了。

寶玉連忙趕上前去，說：「妹妹，我知道妳不理我，但妳且聽我說一句話再走？」。

黛玉果然停住腳步冷眼看他。寶玉說：「那有兩句話妳聽不聽？」黛玉以爲他又要耍賴，轉頭又走，聽得寶玉在她背後嘆息道：「既有今日，何必當初？」

黛玉聽得這兩句話，不由得站住了，回頭問：「當初怎麼樣，今日又怎麼樣？」

寶玉又嘆了一口氣，道：「當初，妳來這兒，一開始就是由我陪妳玩的，我心愛的，妳要就給妳；妳我都愛吃的，一定等妳回來吃，一個桌子吃飯，一張床睡覺，天天提防不懂事的丫頭們惹妳生氣……誰知道妳長大了，就不把我放在眼裡……」雖然不明白黛玉在生什麼大氣，但黛玉的心思，他素來是一清二楚的。寶玉看黛玉認眞聽，他便更認眞說了：「妳不把我放在眼裡，反而把什麼外四路兒的寶姐姐鳳姐姐的放在心裡，三日不理，四日不見……我白白爲妳操了一番心，有冤無處訴！」

說著說著，不知不覺眼睛又紅了。黛玉也默默滴下淚來，站在他面前，一逕低頭不語，寶玉又說：「我也知道自己一定有什麼不好，才會惹妳生氣，妳若不高興，打我幾下罵我幾句都可以，可是妳若不理我，我就像少了魂少了魄似的，萬一我這樣不明不白的死了，也是個冤死鬼，任憑高僧怎樣幫我唸經超渡，都不能超脫……妹妹，妳還是明明白白的把話說清楚！」

黛玉聽了他這一連串殷勤誠懇的話，不覺得把所有的氣都丟到九霄雲外去了，說：「話既然這麼說，為什麼昨晚我到你那兒，你偏不開門？」

這原非寶玉意想中事，他十分詫異：「這話打哪兒說起？我要敢這樣，現在就死在妳面前！」「你別死啊、活啊亂講，一點也不避諱！」黛玉啐道：「你說有就有，說沒有就沒有，何必賭什麼誓！」

此時黛玉的心已經寬了，心想，必是丫頭們懶得動，做事疏失而已。寶玉說：「想必是丫頭們太懶，待我回去，問是誰這樣，教訓教訓她們。」「雖然我不該管你們家的事——但你那些姑娘也該教訓教訓，今兒得罪我事小，明兒如果連寶姑娘來，什麼『貝姑娘』來也得罪了，事情可就大了。」說著說著，眼裡還含著眼淚的黛玉，竟抿著嘴笑出聲來。寶玉知她又故意取笑自己了。

這一說開，兩人又和好如初，反而將彼此比往日更繫在心裡。這晚寶玉在母親王夫人處吃飯，黛玉偏要到賈母處去。寶釵笑著催寶玉跟著去，否則怕黛玉心裡不舒服，寶玉當著衆人的面，不好跟黛玉走，隨口說：「理她呢，過一會兒就好。」但心中老大不自在，一頓飯吃得索然乏味，急忙吃完，要茶漱口。探春和惜春笑他：「二哥哥，你整天到底在忙什麼呀？連吃飯喝茶也要這麼匆忙？」只寶釵看出他的心事，笑道：「妳們留他在這裡胡鬧什麼？讓他早點看黛玉妹妹才是正經事兒！」

急忙走到黛玉屋裡，只見一個丫頭在吹熨斗，兩個丫頭在炕上打粉線，黛玉彎著身子，不知在裁些什麼。寶玉一進來，便笑著問：「妳在做什麼？才吃完飯，就這樣彎腰低頭，小心頭疼！」

黛玉卻不理他，只管做她的事。有個丫頭進來報告：「剛剛那塊綢子的角兒還彎彎翹翹的，得再燙一下才行。」黛玉把剪刀一擱，冷言冷語說：「理他呢，過一會兒就好？」

寶玉知道方才隨口跟寶釵說的話又給黛玉聽去了，臉色一沉，訕訕的不知該說什麼。得要想些話再向黛玉賠罪，焙茗又來找他，說：「馮大爺有請。」寶玉知是昨天信口與馮紫英和薛蟠約定要碰頭的，不好讓他們久等，趕快從瀟湘館撤身出來。

寶玉到了馮紫英家，只見薛蟠已在那裡等得不耐煩了。除了薛蟠外，還有一些唱曲兒的小廝，和京城裡以唱小旦聞名的蔣玉函，以及正與薛蟠打得火熱的妓女雲兒。大家介紹過了之後，就吃茶喝酒。薛蟠三杯酒下肚，不覺忘情，接著雲兒的手，要她唱曲子。雲兒唱了一曲後，激起寶玉唱歌的雅興來，說：「他們光喝酒容易醉，沒啥意思，我們不如來作新詞，唱新鮮曲子……這樣吧，要說悲、愁、喜、樂四個字，但開頭都要說出『女兒』這個詞來，做不出來，罰十杯酒，再唱一首新歌，再以古人詩詞作結……」

薛蟠不等他說完，站起來吵著要走：「我不跟你們玩這個文謅謅的遊戲！你們這指明了是要捉弄我！」

雲兒笑瞇瞇的推薛蟠坐下，說：「你大不了多喝幾杯，難道怕醉死不成？」薛蟠不得已坐了下來。寶玉早已胸有成竹，當即唱道：

女兒悲，青春已大守空閨；

女兒愁，悔教夫婿覓封侯；

女兒喜，對鏡晨粧顏色美；

女兒樂，秋千架上春衫薄。

大家聽了，都拍手叫好，只有薛蟠板著臉說：「不好，不好，該罰酒！」

馮紫英笑問：「爲什麼該罰？」

薛蟠說：「他說的我全不懂，爲什麼不該罰？」

寶玉興致甚佳，要雲兒拿起琵琶，清清喉嚨，便唱起了一首新詞：

滴不盡相思淚拋紅豆；開不完春柳春花滿畫樓。睡不穩紗窗風雨黃昏後；忘不了新愁與舊愁。嚥不下玉粒金波噎滿喉，照不盡菱花鏡裡形容瘦。展不開的眉頭，捱不明的更漏。呀，恰便似遮不住的青山隱隱，流不斷的綠水悠悠。

再下來，馮紫英、雲兒都即興做詞交了差，大抵差強人意。當衆人的眼光投到薛蟠身上，薛蟠急得眼大如銅鈴，說：「看我幹什麼，我就要說了，你們別急……女兒悲……」接著咳嗽了兩聲，才說：

女兒悲，嫁了個男人是烏龜！

眾人聽了都大笑起來。薛蟠瞪了瞪眼說：「笑什麼？難道我說錯了？嫁了烏龜不該悲嗎？」

接著，靈機一動，又說了下一句：

女兒愁——女兒愁——

「怎麼，說不出來了？」雲兒故意揶揄他。薛蟠四平八穩的唸道：

繡房鑽出個大馬猴！

「該罰，該罰！」蔣玉函笑道：「剛剛那句讓你混過去也就算了，這句完全不通！」

寶玉笑著說：「押韻就好。」解他的危，薛蟠也順水推舟：「他都說可以了，你們還鬧什麼？」

雲兒說：「我看你是做不出下兩句來的，就讓我替你說好了。」

不料薛蟠卻堅持自己獨立完成：「胡說，我早就想好了，這第三句是——『女兒喜，洞房花燭朝慵起。』」

眾人呆若木雞。馮紫英拍案道：「這一句太雅了，薛兄眞是深藏不露……」

話未說完，薛蟠的第四句已迸了出來：

女兒樂，一根雞巴往裡戳……

「該死，該死！」雲兒說：「你這眞是天壤之別……唉！還是唱個歌來謝過吧。薛蟠耍寶耍到興頭上，拉開嗓子大唱：

一個蚊子哼哼哼，兩個蒼蠅嗡嗡嗡……

「好了，好了，也別唱了！」寶玉也給逗得前俯後仰，這兩天因黛玉不理他而來的悶氣，在瞬間也一掃而空。

接著輪到蔣玉函，他說了一首新詞，又唱了歌。蔣玉函是知名乾旦，藝名琪官，聲音清脆如銀鈴，在座的人皆屛息靜聽，不敢喧鬧。唱完依例以詩詞作結，拿了一朵木樨花，唸道，「花氣襲人知晝暖。」

剛說完，薛蟠跳起來鬧道：「該罰，該罰，這花氣襲人的句子，可犯了我們寶二爺的諱！」

寶玉笑道，沒關係。但不明究理的蔣玉函問到底，才知襲人是寶玉身邊大丫頭的名字，連忙起身陪罪。寶玉和他一乾爲敬，笑道：「不知者不罪。」

此時大膽打量蔣玉函，看他雖是男兒身，但行止嫵媚溫柔，眼中又柔情似水，不知不覺忘了移開眼睛，寶玉約他有空時候到榮府坐坐，讓他盡待客之道。順手拿起袖裡一個玉玦扇墜，遞給蔣玉函，以表今日之誼。蔣玉函不願無功受祿，也把裡頭繫的一條大紅色汗巾解下來做爲回禮，說：「這是北靜王昔日賞給我的，我一直帶在身邊，夏天繫著，肌膚生香，不生汗漬。寶二爺若不嫌棄，就收了吧。」

寶玉十分高興，連忙接了，把自己的松花汗巾也解給蔣玉函。

寶玉酒酣飯飽而歸，回家寬了衣，準備入眠時，眼尖的襲人立刻發現玉玦扇墜沒了。寶玉說：「不知道什麼時候丟啦。」襲人待要再問，又看見他腰裡繫著一條陌生的大紅汗巾，心下明白，自己的那條松花汗巾，八成也給寶玉換掉了，於是問：「你有了新的巾子，就把我舊的那條還我吧！」

寶玉才想起，方才給蔣玉函那條松花汗巾，原來是襲人的，心下好生後悔，卻又不敢實言，笑道：「我賠你一條好了。」

襲人不依，但唸了他幾句，只得作罷，陪他入睡。第二天，襲人一夢醒來，竟發現昨天寶玉那條大紅汗巾，繫在自己的腰上，忙解下來丟給寶玉：「我不稀罕混帳人的東西，你拿去！」

寶玉知道自己錯了，只好又施展柔言柔語，勸襲人收了下來。襲人本是好說話的，哪裡會爲一條巾子再和他計較？只得將這條陌生的大紅汗巾收進自己箱子裡。沒想到一條大紅汗巾，冥冥牽住她的今世姻緣，讓她深深嘆服，姻緣，原來天命注定。

19

不是冤家不聚頭，黛玉忙著對寶玉生氣，試探他的眞心；寶玉忙著對黛玉陪罪，表示他的在乎——這麼幾來幾往，寶玉已經忙不可支，偏偏兩人之間，新事端層出不窮。

這天，元春打發夏太監出宮來，送了一百二十兩到清虛觀，打三天的「平安醮」，爲家人祈福，唱戲供奉，要賈珍帶領著賈姓子孫跪拜禮佛。又要太監將送給衆姐妹的端午節禮物，一併帶了出來。襲人代寶玉收了兩柄宮扇、二串紅麝香珠、二端鳳尾羅、一領芙蓉簟。寶玉見了新的玩意兒，喜不自勝，又不知黛玉有沒有，問襲人：「別人可都收到一樣的東西？」

心細如髮的襲人，早將各人收到的東西打聽得一清二楚，說：「老太太多了一個玉如意，一個瑪瑙枕，老爺、太太、姨太太，各多了一個香玉如意，你的和寶姑娘一樣，林姑娘和其他姐妹們，只有宮扇和香珠，其他都沒有。」

寶玉心下狐疑，問：「怎麼我和林姑娘的不一樣？是不是給錯了？」

「條子裡寫得一清二楚，怎麼會錯？」

襲人倒是猜著了貴妃的意思，只是不想多話，只叫他第二天別忘了入宮謝恩。寶玉心想，他有，黛玉沒有，說不過去，忙拿了黛玉沒有的東西，要紫鵑送到黛玉跟前給她選。正洗臉時，紫鵑將東西原封不動的拿了回來，說：「姑娘自己也有，二爺留著吧。」

寶玉正準備往賈母那邊請安，黛玉卻進了他房裡來。寶玉連忙迎上去，笑問：「妹妹，妳爲什麼不要我的東西？」黛玉笑也不笑，道：「我沒福氣消受！比不上寶姑娘戴金佩玉的，我們只不過是個草木般的人兒！擔待不起！」

原來他的多此一舉反而惹起黛玉的多心，氣上加氣。論親，寶釵沒有她和賈家親，爲什麼賈元春偏要送寶釵和寶玉一樣的東西？這其中必有文章，她這麼樣的人，哪裡不猜疑？寶玉愣在一旁，不知該說什麼才好。他可是從未往深一層想。這回聽黛玉這麼說，怕她多心，急忙起誓道：「我心裡若有什麼金哪玉啊的念頭，一定天誅地滅！」

黛玉看他忽然起這麼重的誓，反覺不是，忙分辯道：「沒事你又起什麼誓呢？誰管你什麼金什麼玉的？」

寶玉接口說：「我的心事也很難對妳說清楚，不過，妳要記著，我心裡除了老太太和我爹娘外，第四個人，就是妹妹，再下來，便沒有了。」

黛玉一聽，心又寬了，但嘴裡又說：「我知道你心裡有妹妹在，只是見了姐姐……就把妹妹忘了。」

「那是妳多心，我可不是這種人。」正說著，見寶釵遠遠的從另一邊走來，兩人便閉口不說話，寶釵知道他們兩人又再說悄悄話，只裝做沒看見他們。

到了賈母這邊請安，寶玉遇見寶釵，才跟寶玉打了第一聲招呼。忽聽寶玉對她說：「寶姐姐，讓我瞧瞧妳手上的香珠串兒。」

寶釵生得肌膚豐腴，一時竟褪不下來，偏偏寶玉又眼睜睜的瞧著她的臂膀，使她更急了。寶玉看著她雪白的手臂，心想：「這個膀子如果是長在林姑娘身上，將來或許還可以摸它一摸，長在她身上，我就沒福氣了。」當下看得兩眼發直，順著她的手，看到她臉上，只見她唇不點而丹，眉不畫而翠，比黛玉更多一種嫵媚風韻，不知不覺就看呆了。寶釵眞把香串褪下來給他，他竟忘了接過去。

這一幕情景，全給站在門檻那邊的黛玉看在眼裡。黛玉正咬著絹子笑呢。

寶釵聽到笑聲，回過頭：「妳禁不起風吹，爲什麼偏偏要站在風口裡？」

黛玉笑說：「我剛從房裡走到這邊，只聽到天上傳來一陣叫聲，探頭一瞧，原來是隻呆雁！」

寶釵一時沒反應過來，問：「那雁在哪裡？我也要瞧瞧！」

黛玉說：「可惜，我剛出來，他就呱啦一聲飛走了。」嘴裡說著，順手把絹子一甩，擲向寶玉的臉上。寶玉沒注意她有這一招，手絹打在臉上，猛然發出唉呀一聲叫。

「誰？」寶玉這才從綺想中回過神來。黛玉冷笑道：「對不住，是我失了手！因爲寶姐姐要看呆雁，我就比給她看，竟打到你臉上！」寶玉又是一陣啞口無言，只怕黛玉又生起氣來，自己挨這麼一下，倒是沒關係。

「大家到清虛觀看戲不？」

解危的是快步走進來的鳳姐。說是賈母要親自到清虛觀拈香，要家裡的小姐丫頭們一律同行。到五月初一這一天，家裡人都乘車往清虛觀，珠轎如雲，黑壓壓的佔了一路。丫頭們很少出門，一出了大門，便如出了籠的鳥兒，吱吱喳喳，好不熱鬧。害寧府的管家周瑞老婆好不忙碌，走過來，走過去，要丫頭們別吵：「姑娘們，這是街上，別叫人看笑話！」

到了清虛觀門口，鐘鼓齊鳴，法師執香披衣，率領衆道士在路旁迎接。鳳姐正要上前攙扶賈母時，冷不防一個十二、三歲的小道士，撞了她滿懷。鳳姐揚手一個巴掌打過去，那小道士跌了個筋斗。鳳姐氣急敗壞，大叫：「小野雜種，往哪裡跑？」喊得小道士心慌，只想逃命，但鳳姐率領下的衆婆娘一聽鳳姐動氣，早把他圍得密不透風，喝道：「打，打，打……」小道士如入閻王殿，腿都軟了，跪在地上直磕響頭。

賈母聽見喧嚷，問明什麼事，忙要人把那可憐的小東西叫到跟前，說：「小門小戶裡的孩子，也是人家父母疼大的，哪裡見過這麼多人的場面，若把他嚇壞了，可就罪過。」

賈珍拉了孩子到賈母跟前，那孩子只知跪在地下亂顫。賈母令賈珍拉他起來，叫他不要怕，問他什麼，他卻還是嚇得答不出來。賈母唸了聲阿彌陀佛，要賈珍帶出去，給小道士一些錢買果子吃。

清虛觀住持張道士早已在此等候多時。這皇親國戚的祈福盛事，豈可怠慢？他笑盈盈的向賈母問安：「無量壽佛！老祖宗身體可康泰？這麼久沒向您府上請安，您的氣色可是越來越好了！」

賈母要寶玉向前問張爺爺好，張道士也抱住了寶玉，問好，說：「哥兒長得越來越有福氣了！」

「他外頭好，裡頭弱。」賈母說道：「都是他父親逼他唸書，把他的身子逼壞了。」

「我在好幾個地方看過哥兒為人寫的字，做的詩，都好得不得了呢。」又嘆息道：「我看哥兒這個形容身段，言談舉止，怎麼跟當初國公爺一個樣兒。」

忽而聽人說起自己的丈夫，賈母忍不住涕淚滿腮，哽咽道：「正是！我養的這些兒子、孫子，只有玉兒還像他爺爺！」

張道士在衆人面前，將榮國公年輕時的英姿仔仔細細的描述了一遍，說：「國公爺英年早逝，恐怕連大老爺、二老爺都記不得國公爺當年的模樣兒！」接著，又將寶玉端詳了一遍，笑道：「哥兒年紀也不小了，我記得前不久曾在一個人家裡看見一位小姐，今年十五歲，生得好模樣兒，又冰雪聰明，根基家當也配得過你們家，不知老太太是否有意為哥兒說親？」

賈母婉轉回絕：「只要是模樣好，性格好，哪管她家當根基如何？只不過，上回有個和尚到家裡來幫這孩子看相，說他命中不該早娶，等大一點兒再定吧。」

張道士說：「這倒是寧可信之的好。對了，今天哥兒難得來一趟，我們這裡的道士們早聽說哥兒有塊通靈寶玉，可否傳給我們見見世面？」

賈母便命寶玉摘下他的通靈寶玉，放在張道士端來的鋪錦茶盤上。不一會兒，回來的盤子上滿是珠翠金銀。張道士說：「衆人託小道的福，見識了這通靈寶物，實在稀罕，沒什麼可資謝意，便將各人配在身上的傳道法器送給公子祈福。」

只見裡頭有金璜、玉玦等物共少說有三、五十件，寶玉訝然道：「這禮萬萬不能收！」

張道士笑道：「這不過是他們的一點敬意，小道也不能阻擋。老太太若不收下，他們可要看不起我了！」

賈母只好命寶玉點收。寶玉找到了自己的通靈玉戴上後，隨手在茶盤子裡翻翻撿撿。賈母看到其中有個赤金麒麟，看來好生面熟，便挑了起來說：「這樣東西，我好像看過。」

寶釵在一旁立即應道：「是史大妹妹有一個，只是比這個小一些。」

賈母這才想到。寶玉笑說：「怎麼她到我們家這麼多次，我卻沒看見她有這個東西？」探春也道：「寶姐姐眞是有心，什麼都記得。」

黛玉聽了，卻冷笑道：「她在別人的東西上，放的心還有限，偏在這人帶的東西上，最留心不過！」寶釵知道黛玉對自己有個金鎖，恰巧和寶玉配金玉良緣耿耿於懷，不同她計較，假裝沒聽見。

寶玉一知道湘雲有同樣的東西，便對那金麒麟別生好感。但怕有人說閒話，只好趁衆人不注意時偷偷揣在懷裡。但黛玉還是看見了，直拿眼睛瞟著他。寶玉只好又將金麒麟掏了出來，對黛玉笑道：「這個東西好玩得很，我替你留著，以後穿了穗子替妳戴上，好不好？」黛玉將頭一扭，道：「我不稀罕！」便不理他了。他哪裡想得到，黛玉因張道士要幫他說親一事，心裡又老大不舒服，一回去，又中了暑。寶玉到瀟湘館去探她，她偏拿張道士的話相譏，把寶玉折騰了一番。

寶玉因張道士要為他說親，害黛玉錯怪他，於是向賈母說，張道士討厭，再也不見張道士！不料黛玉卻不懂他的心，兩人相見，她偏連聲道說，死了算了，以免阻攔了他的好姻緣。他一卯起性子來，活像頭蠻牛，賭氣摘下脖子上的通靈玉，咬牙往地下重重一摔，道：「什麼勞什子，把你摔碎了，什麼事都沒有！」

那塊玉十分堅硬，被狠狠摜在地上後，竟毫髮無損，文風不動的躺著。黛玉見他忽而做起蠻事來，早就哭得不成人樣，說：「你幹嘛砸那啞吧東西？要砸它，不如來砸我！」寶玉聽了更氣，又死勁的砸，非把它砸碎不可。

兩人正鬧著，紫鵑、雪雁都勸不動，小丫頭們趕緊喚了襲人來。襲人一到，伸手搶下他的玉。寶玉怒斥：「我砸我的東西，關妳們什麼事？」

襲人知道他跟黛玉拌嘴已是常事，但氣成這樣，還是空前的，臉氣青了，眼眉的樣子也都變了樣，心裡著實害怕。但還是上前拉他的手，道：「你同妹妹拌嘴，也不用砸它！你若把它砸壞了，叫妹妹心裡怎麼過得去？」

這話說到黛玉心坎上，黛玉哇的一聲哭。剛剛喝的湯藥，全吐出來。紫鵑忙拿絹子給她，說：「姑娘再生氣也該保重，否則因而壞了身子，寶二爺心裡怎麼過得去呢？」一句話又說到寶玉心坎上，寶玉見黛玉一邊哭一邊氣喘，一副弱不禁風的樣子，心裡萬分懊惱，實在不該跟她生氣。寶玉一靜，淚水也不由得滴下來了。襲人和紫鵑見主子們哭得如是傷心，也在鴉雀無聲中輕輕啜泣了起來。

老婆子們見寶玉和黛玉在瀟湘館裡大吵大鬧，已有人通風報信到賈母、王夫人那裡去。惹得賈母和王夫人連袂進瀟湘館來瞧。賈母和王夫人來，看寶玉和黛玉兩人已相對無言，悄然無事，只得把襲人、紫鵑兩個大丫頭叫來，將她們連說帶罵，教訓了一頓。

寶玉和黛玉卻都沒肯善罷干休，過了幾天，兩人誰也沒說道歉，天天都無精打采，家裡有人生日擺酒唱戲，兩人都託病不去。賈母見他們兩人這樣，心下也猜出七八分來，同王夫人抱怨道：「我這老冤家，不知是哪世造的孽，偏遇著這兩個不懂事的小冤家！不是冤家不聚頭，沒有一天不叫我操心！恐怕等我閉了眼、斷了氣，這兩個冤家還要鬧上天去！」

不是冤家不聚頭——這一句話，讓丫頭們傳到了怡紅院，也傳到了瀟湘館，黛玉和寶玉聽了，都彷彿參禪般，將此話細細咀嚼，潸然淚下。一個在瀟湘館臨風洒淚，一個在怡紅院對月長嘆。鬧到了端午，到底還是寶玉先上瀟湘館陪罪。

紫鵑一聽便知是寶玉叫門，笑對黛玉說：「二爺想必是來陪不是了。」黛玉心喜，口裡偏嚷：「不許開門！」紫鵑心頭暗喜，逕自開了門，笑道：「寶二爺，我還以為你再也不來了！」

寶玉一進門，料黛玉必在裡頭豎起耳朵聽，大聲說道：「一件小事，倒被妳說成大事了！我好好的，為什麼不來？就是死了，魂也要一日來一百遭！妹妹好了沒？」

紫鵑悄悄說：「身上好了，只是心裡還不舒服呢。」

寶玉跨進了內室，只見黛玉又伏在床上哭。寶玉開口便說：「妹妹，我知道妳已經不生我氣了，對不對？」黛玉不答，寶玉又說：「我們可別因一時拌嘴生分了，叫人家看笑話來勸我們。」又是好妹妹、好妹妹，一聲一聲，招魂似的叫。

黛玉說：「別來哄我！你就當我走了！」

寶玉笑道：「妳要走去哪裡？」

「我回家去！」

「那我就跟了妳回去！」

「如果我死了呢？」

寶玉不假思索：「妳死了，我做和尚！」

黛玉一聽到他又說了狠話，頓時將臉拉了下來，道：「你要是再胡說八道，我就把這話告訴老祖宗！」

寶玉自知話說得又過分了，漲紅了臉，低了頭，不敢作聲。黛玉兩隻眼睛瞪了他老半天，只嘆了一氣，咬著牙，用手指在寶玉額頭上戳了兩下，哼了一聲，說：「你這個……」

本來打算說，你這個狠心短命的東西！又怕說了這句玩笑話，不小心折了寶玉的壽，那自己豈不成了大大的罪人？心裡忽有不祥之感，萬一自己和寶玉的玩笑話都有神明聽見，全成了真，該怎麼辦？原盼望與他廝守，地久天長，不怕他瘋瘋傻傻，嬉笑怒罵，但，眼前這一切是不是會待良辰美景一過，皆成斷井殘垣？昏昏茫茫想了一遭她又嘆了一口氣，拿起手帕來擦眼淚。

寶玉也陪著她哭。哭了半晌，想想又心有未甘，笑著拉黛玉的手說：「我的五臟六腑都給妳哭碎了，妳還哭？我們出去走走……」

黛玉將手一摔，說：「不要拉拉扯扯！你已經這麼大了，還這麼涎皮賴臉的，不羞人嘜？」

一個是隨口開出玩笑隨風散，一個是事事放心上估量，他的一兩有她的十斤重，叫她怎好輕輕鬆鬆過重重難關？

「好了，好了！」兩人都給這突來的聲音嚇了一跳，原來是鳳姐跑了進來，笑道：「老太太天天擔心你們兩個，叫我來看看你們好了沒有，我說，不過三天，一定歡歡喜喜了，看你們，手拉手哭成烏眼雞，做什麼？跟我到老太太那裡去！」

20

「不是我，不是我！」那個仲夏，寶玉常從噩夢中驚醒過來。襲人問：「你怎麼了？」他只是撫著胸口，答不上一句話來。他夢見了金釧兒，不是昔日巧笑倩兮的金釧兒，而是投井後，渾身浮腫，睜著一雙死魚般不瞑目的眼睛，在看他。似乎在說什麼，在說：寶玉，你別害我！寶玉只覺整個人給她飄飄茫茫的眼神釘住了，動彈不得，脖子上，冷汗涔涔。「夢見什麼？告訴我？」襲人頻頻問。

告訴她有什麼用呢？他明知她會怎麼安慰他。她是個有軌道的人，一切都在軌道中，像一尾魚缸裡養的金魚，再怎麼優雅美麗，賞心悅目，也跳不脫那個缸子。他永遠明白她要說什麼，但她卻看不到他的恐懼。

最難言的，只怕都是心裡最怕碰觸的所在。若要說出，就是再一次的摧心掏肺。

說者無心，聽者有意。寶玉不知道自己一句玩笑話兒，會惹來一條人命。

轉眼是盛暑。這天人像坐在火爐裡似的，在賈母這兒，他隨口說寶釵像楊貴妃，體胖怯熱，惹得寶釵大大的生氣。但寶釵畢竟是寶釵，再生氣也不隨意罵人，只是抑壓滿腔怒火，冷笑了兩聲，說：「多謝你誇我像楊貴妃，只可惜沒有一個好兄弟可以做楊國忠呢。」又把怒氣發在一個撿錯時間跟她開玩笑的丫頭靚兒身上，使得寶玉大大的無趣。連黛玉想幫寶玉的腔，也被寶釵冷言冷語的嘲笑了一頓。寶釵平日心胸寬大，但一得罪，伶牙俐齒，何人能比？不但不帶髒字兒罵了人，還帶歷史掌故旁徵博引。

鳳姐又來插話：

「這麼大熱天，誰吃了生薑呢？」

衆人不解其意。鳳姐故作詫異道：「既然沒有人吃生薑，爲什麼場面這麼熱辣辣的呢？」

寶釵也就不再同寶玉和黛玉兩人鬥嘴，一笑收場。

寶釵走後，黛玉還笑寶玉：「今天你可看見嘴巴比我厲害的人了吧？你以爲每個人都像我，心拙口劣，由你戲弄？」寶玉剛給寶釵取笑了一頓，已經忍氣吞聲，又見黛玉也來譏笑，更覺沒趣，是怕黛玉多心，不敢頂嘴。這天午後，他乾脆一個人從賈母那裡出來，頂著大太陽，在大觀園裡閒逛。走進王夫人的院落，見幾個丫頭正在打盹兒，而金釧兒丫頭瞇著眼幫睡午覺的王夫人搥腿，就想過去逗金釧兒玩玩。

寶玉輕輕走到金釧兒跟前，悄悄的拉她的耳墜兒，便把本來半睡半醒的金釧兒給扯醒了。因旁邊睡著王夫人，金釧兒怕吵醒了主子，抿嘴一笑，擺手要寶玉出去。寶玉好不容易見到一個可以和他說說笑笑的人，怎麼肯走？走了幾步，就戀戀不捨的踱回來，將自己荷包裡帶的「香雪潤津丹」掏了一丸出來，往金釧兒口裡送，金釧兒伸出舌頭捲進去。

他有意尋她開心，悄悄上來拉住金釧兒的手：「我向我娘討了妳，放在我那裡，如何？」

金釧兒也隨口回答：「你沒聽過一句俗話嚒？金釧兒掉在井裡頭——該你的，遲早也是你的，你這麼猴急幹什麼？我倒有個該急的祕密要告訴你！環哥兒現在正和彩雲在東邊院子裡說悄悄話兒呢，你趕快抓他們去！」

寶玉涎臉耍賴，接著金釧兒的手不放，說：「我管他們做什麼？我只要守著妳！」話未說完，只見王夫人突然翻起身來，猛然打了金釧兒一個巴掌，罵道：

「妳這不要臉的小娼婦，他們都給妳們教壞了！」

見母親發這麼大脾氣，寶玉大吃一驚，急忙一溜煙逃走。金釧兒挨了火熱的一巴掌，一聲也不敢吭。王夫人甚少發脾氣，這回卻怎麼也收不住；本來在打瞌睡的丫頭們聽見王夫人的咆哮，都嚇醒了，跑進來看究竟。盛怒的王夫人喚進金釧兒的妹妹玉釧兒：「馬上把妳媽叫進來，帶妳姐姐出去！」

金釧兒見事態嚴重，雙膝跪下，苦苦求情：「我再也不敢造次了！太太要打要罵，只管發落，別攆我出去！我跟了太太十年，這回攆我出去，我是做不得人的！」

王夫人在氣頭上，哪裡肯聽？還是把金釧兒的母親叫了來，帶金釧兒走了。寶玉自討了沒趣，以爲躲一陣子，母親脾氣一過便沒事了，怎知他母親爲一件尋常小事攆了金釧兒？他在大觀園裡晃蕩，專挑沒有人的地方走，不知不覺走到了薔薇架下。赤日當空，滿耳都是蟬鳴噪噪，園內薔薇花正開得如火燎原，忽然間，有女孩子的哭聲從薔薇花下傳來。寶玉悄悄的探過花叢看，只見一個女孩子蹲在花樹下，手裡拿著簪子在地上摳土，獨自流淚。

寶玉心想：「難道這丫頭也想學林妹妹葬花不成？那就是東施效顰了！」細看來，卻不是，那個女孩子用簪子寫了一地的「薔」，將自己站著的地方團團圍住。她還一點一劃在寫同樣的字兒。寶玉癡癡的打那個女孩兒，只知是大觀園裡十三個學戲的丫頭之一——便是上回湘雲說她長得像黛玉，而惹得黛玉大大生氣的那一個。她畫薔字做什麼？寶玉呆呆看著，沒有打擾她。

俄而一陣涼風吹來，颯颯飄落一陣豆大的雨。那女孩卻渾然不覺，一逕兒畫「薔」字，而寶玉看得可心疼了，忍不住出聲：「妳身上都淋溼了，別再寫了！」

那女孩嚇了一大跳，猛一抬頭，只見枝葉繁茂中，掩住一個俊秀的臉龐，正在對她說話。一下子沒看清楚，以為是一個丫頭，便笑道：「多謝姐姐提醒！難道姐姐站在那裡，有什麼可遮雨的？」

寶玉聞言才意識到自己全身冰涼，滿身雨珠兒，一溜煙跑回怡紅院去。正急著換乾衣服，怡紅院的門卻緊緊的關了起來，把門拍得震山響，也沒人來應。襲人正和幾個丫頭們關了門在裡頭玩水，嘻嘻笑笑正開心，因而沒聽見敲門聲。但他中午被母親一罵，心中本有一股鬱悶之氣沒得發洩，這下子，更冒出無名火，大半天後，聽得有人才姍姍開門，不分青紅皂白，便把那人狠狠的踢了一腳！

嘴裡正罵著：「妳們這些下流東西！虧我平日待妳們好，妳們便得意得連門也不開！」一低頭，才知道踢的是襲人，心頭涼了半截，早就悔不當初，話沒罵完，便忙著賠罪，道：「噯呀，我可不知道是妳……踢到哪裡了？」

襲人自進賈府以來，多面玲瓏，從沒受過主子的一句罵，這回，寶玉當著那麼多人的面踢她，她自然羞憤難當，但少不得也忍了脾氣，說：「沒，沒……沒踢著，你趕快換衣服去吧。」

寶玉一邊更衣，一邊還跟襲人陪笑臉道：「我長了這麼大，今天是第一次生氣踢人，沒想到踢著了妳……」襲人口裡雖說是無礙，胸口可是疼得五臟翻湧，晚飯一點也沒吃。半夜起身，咳個不停，把寶玉吵醒了，悄悄的拿著燈過來，想要安慰襲人，卻見襲人咳出一口鮮血。襲人心裡忖道，人說年少吐血，年壽不長，不覺心灰意冷，流下眼淚來。寶玉急得不得了，連忙要叫人燙黃酒、要丸藥，也被襲人擋了：「你這一叫人，又要勞駕多少人來？只換得人家說我不懂事罷了。」第二天天亮，寶玉顧不梳洗，親自爲襲人請醫生去了。

轉眼間已到端陽佳節了，但接二連三發生了許多不稱心的事，使寶玉幾日來精神潰潰散散，提不起勁兒來，連去王夫人那裡同姐妹們喝酒也沒了興致。心頭好像有重重烏鴉嗚繞一般，每日醒來悶悶不樂，日日長吁短嘆。夏日炎炎，潮溼的天色下，不時吹起一陣燙人的風，或偶爾便下起一陣沒頭沒腦的雨，叫人怎麼躲也措手不及。寶玉待在書房裡，守著襲人，餵她湯藥，以消滅自己心中的愧疚。他本想以靜自處，但看在下人眼裡，只覺院裡氣氛陰沉沉的，人人都不敢惹他。

唯有晴雯，天不怕地不怕。

這天她搧扇子時不小心失了手，將扇骨跌斷，被寶玉看見，寶玉罵她蠢才，說了她幾句，她便冷笑吐了一串話：「二爺，你近來脾氣可大得很，幾天前，連襲人都踢了，今天，又犯了我惹到你，你要踢還是要打？只不過，從前我們不知弄壞了你多少瑪瑙杯、玻璃缸，也沒見你吭一聲，怎麼今天爲一把扇子，就對我說起教來？分明是看我們不順眼了，想換一批新的……」

話未說完，寶玉已氣得渾身亂顫。襲人看見了，又過來勸：「怎麼，我閃開一會兒，又有事了？」

女人圈中，事故一向多，晴雯又是個心胸窄嘴巴尖的，襲人此話不免又使她冷嘲熱諷起來：「是呀姐姐，妳當然早該來了，我們之間，只有妳會服侍，我們都不會服侍的。但既然妳那麼會服侍，怎麼昨兒還會挨一腳呢？」

襲人固然氣惱，但知晴雯是話中有話，她那個脾氣，也惹不得，少不了忍她一些，但寶玉已氣得說不出話來，她便溫言款語的想先支開晴雯，再安撫寶玉，於是說道：「好妹妹，你出去逛逛吧，是我們的不對。」

「我們」兩字，又讓晴雯覺得好生刺耳，不知不覺間，深埋在肚子裡的一缸醋又打翻，哼了一聲，說：「我倒不知道『你們』是誰！你們不害臊，我倒替你們害臊！你們平日鬼鬼祟祟幹的那些事，瞞不過我的眼睛！」她目中冷光一閃，像一把利刃刺向襲人來：「我倒跟妳說正經的，妳現在跟我們一樣，不過是個丫頭罷了，怎麼就稱起『我們』來？」原來夜闌人靜時襲人和寶玉間的男女情事，並非神不知鬼不覺。晴雯一陣搶白，羞得襲人一臉紫漲。寶玉惱羞成怒道：「明天我回太太去，打發妳出去，妳也不用生氣了！」

襲人知寶玉不是開玩笑，便又來勸：「她一時糊塗，你和她計較什麼？」

晴雯聽寶玉說要攆她，一時傷心，更是尖牙利齒的鬧了下去！寶玉吵著要馬上回王夫人，將晴雯趕走。襲人提醒他，這一鬧，太太必然起疑，再深想一層，萬一晴雯口不擇言自己也擔待不了罪名，此事豈可外揚？登時跪在寶玉跟前求他不要攆晴雯。碧痕、秋紋、麝月等丫頭，看事態嚴重，也一起跪在地上爲姐妹求情。不久黛玉來了，看這副光景，笑道：「怎麼大家哭成一團呢？難道是爲了爭粽子吃，吵成一團？」

一句話說得寶玉和襲人都笑了。寶玉一聽，氣消大半。黛玉這才問，方才發生了什麼事？偏偏衆人都知道，對林姑娘不能說眞話，面面相覷。偏偏黛玉今兒個心情不惡，拍著襲人的肩膀，笑問：「好嫂子，是不是你們兩口子拌嘴了？何不讓妹妹幫你們調停？」

哪壺不開提哪壺！不經心的玩笑話又聽得襲人心驚膽顫：「姑娘，妳鬧什麼？我一個丫頭，妳怎麼這樣隨便叫我呢？」

「我偏要拿妳當嫂子看。」黛玉橫眼看寶玉。寶玉是個沉不住氣的，即刻說：「剛剛有人說閒話招罵，妳現在又來開玩笑！」襲人忙正色道：「姑娘，我若有這個心，今天就死在妳面前！」

黛玉笑道：「妳若死了，我就爲妳哭死！」

說得寶玉噗嗤一聲笑了：「妳如果死了，我做和尚去！」

黛玉於是伸出兩根指頭來，抿嘴笑道：「這是你第二次說要做和尚了，我可會一直記得！」前日和黛玉拌嘴，他也說要做和尚的，黛玉倒將他說的話一一記在心裡。

他說話不經心，她卻事事掂在心上，千廻百轉。

大觀園裡沒有時間，吵嘴拌舌就是日子裡的苦辣酸甜，沒有了女孩子們的七嘴八舌，寶玉的日子還眞難以爲濟。當晚喝了薛蟠的酒後，寶玉的心早寬了，早先和晴雯氣得臉色發青的事情，也幾乎忘得一乾二淨，踉踉蹌蹌回怡紅院時，見有個丫頭躺在乘涼的榻子上睡覺，他便沿著榻子坐下來，推那人道：「夜裡這樣睡，會著涼的！」那人翻身起來，說：「何苦再來招惹我！」原來是晴雯。

這天看黛玉一寬心，寶玉的好脾氣又回來，說好說歹把她拉在身旁坐下，道：「妳的性子越發嬌慣了，今天明明沒什麼事兒，妳偏偏要鬧得大家不得安寧。」

晴雯原也怕寶玉撻她——嘴裡不怕，心頭可是七上八下，現在聽寶玉這麼說，知道他已經消氣了，轉憂爲喜，卻又嬌嗔道：「別拉拉扯扯的，我這個身子，本來不配坐在這裡！」

寶玉笑道：「妳既知不配，爲何在這邊躺得四平八穩的？」

晴雯給他逗笑了，說她正等著要洗澡，要喚襲人、麝月來陪寶玉。寶玉笑說：「我也還沒洗，我們一起洗不是頂好？」晴雯連忙搖手，不禁翻起舊帳來：「罷了，罷了，我才不敢招惹你呢！我還記得前幾天碧痕打發你洗澡，足足洗了三個時辰，我們都不好進去打擾！洗完了，一瞧，桶子的水都跑到床上來，連蓆子上都汪著水……」

寶玉滿臉通紅，並不回話，笑著要她端果子來吃。晴雯還回嘴：「我這麼一個蠢才，端了果子來，搞不好還會砸碎盤子呢。」分明晴雯心頭還記得早上摔斷扇子一事。寶玉笑道：「如果喜歡，妳愛砸就砸，沒啥可惜！」

晴雯說：「既然這麼說，你就把你的扇子拿來給我撕著玩，我就愛聽撕的聲音！」

寶玉果然含笑將自己的扇子遞給她。晴雯手下不留情，嗤嗤兩聲，扇子便裂了兩半。麝月走來，說：「你們少做點孽！」沒想到手裡的扇子也一把被寶玉奪了，交給晴雯，撕成了殘屍。晴耍這才開心，倒在床上眞心笑了。寶玉看她笑得舒服，嘆道：「古人說，千金難買一笑，幾把扇子還便宜呢。」

第二日史湘雲來訪正逗得大家神清氣爽之際，忽然間一個老婆子慌慌張張的走來，說道：「金釧兒投井了，金釧兒……昨兒好好的……今兒就投井了。」

金釧兒投井的水聲，彷彿響在他的耳邊。一時之間，只覺天旋地轉，大好晴空忽來黑雲壓頂，全身忍不住顫抖。

不，不，寶玉頓時陷入一伸手不見五指的陰暗中……一陣黑色的迷霧將他層層包圍，他聽見黛玉、寶釵和鳳姐在外頭喊他，卻怎麼也看不清楚他們的臉，唯有金釧兒含糊的面目向他慢慢逼來，說：「該你的總是你的！」

他彷彿看到金釧兒那張嬌俏的鵝蛋臉和她嫵媚的細長眼睛，被一潭黑水泡得浮腫，像一個饅頭掉進水溝裡，泡得面目模糊……那些變了形的五官在對他慘笑，說：「反正，金釧兒掉在井裡頭，該你的遲早也是你的……」

清晰的水聲就響在他耳際。他像初生嬰孩般，想全力衝出令他窒息的黑暗，遊遊蕩蕩，一點力氣也使不出來。「救我，救我……」

忽然間，有人拉了他一把，他來到另外一個天地，朦朧間，看見襲人和晴雯向他走來。寶玉對她們揮手，道：「我在這裡呢！」襲人卻似沒聽見，只顧與晴雯說話，道：「妳身為下賤，心比天高也是枉然……」晴雯也回嘴譏笑襲人：「妳辛辛苦苦，死怕連個名分都掙不到，為他白操什麼心？」說完，襲人一彎腰，吐出一口鮮血來，正吐在他的襟上，他想上前扶住襲人，安慰她，這原不是他故意犯的錯，下輩子換他為她服侍，好償這一世欠她的照顧。伸手，什麼也沒抓著，一把空，冷冷的風從他的指間溜過。

他發現他也在一座井裡。大觀園，一座華麗的井，她們和他，都在井中，金釧兒的身體也依然在，以一股若有似無的腐味與他伴隨。那水聲，嘩啦啦投井的水聲，自此偶爾出現在他午夜夢迴時不眠的耳朵裡，在很多年以後，甚且日漸清晰，變成他的夢中不可或缺的一部分。

金釧兒投井自盡？

已潛心向佛的王夫人絕沒想到攆金釧兒分明不是大事，怎麼就鬧出了人命來。「這傻丫頭，好好的怎麼投井了……我不過說了她幾句……前些日子，她把我一件東西弄壞了，我一時生氣，打了她兩下，說了她幾句不是，她偏偏這麼想不開……」

大觀園中沒有祕密。薛寶釵早已深諳其中事理。人在他人屋簷下，須識得時務，才不致動不動就犯了忌諱。她從不用嘴探事情的眞相，永遠用一雙冷靜的眼睛安安靜靜的看事情變遷，不管如何人多嘴雜，如何衆說紛紜，她只管用她的眼睛看，看這台戲，聽這齣曲。不到半天光陰，金釧兒的事已傳遍大觀園所有男女老少的嘴，只有她，裝作什麼也不知道。

王夫人不肯承認她因金釧兒與寶玉調情而攆金釧兒，那也不關薛寶釵的事。人人心中的祕密自成體統，與她何干呢？她永遠穩如泰山。

「姨媽，您快別再往裡頭想，」寶釵款款安慰道：「姨媽慈悲為懷，未免把事情攬在自己身上。據我看來，她並不是賭氣投井，多半是在井邊玩耍，失足掉下去的罷了……她豈會跟您生這麼大的氣？」

此話正合王夫人心意，王夫人於是點頭嘆息道：「雖是如此……我倒底心裡不安。」

寶釵笑著勸道：「姨娘也不勞費心，跟自己過不去，依我看，不妨多送幾兩銀子到她家去，也算盡了主僕之情。」

「剛才我已送了五十兩銀子給她媽，本來……還要把妳們姐妹的新衣服拿兩件給她，可巧都沒什麼新做的衣服，只有妳林妹妹生日，前些日子為她訂作了兩套。但妳林妹妹素來是多心的，豈不忌諱這個？叫裁縫趕做，又沒這麼快，這可怎麼辦才好？」

說著，竟流下淚來。寶釵忙勸道：「姨娘不必叫人趕做了，我前日才做了兩套，拿來給她，不就省事了？」

「妳不忌諱？」

寶釵笑道：「姨娘放心，我從來不計較這些。」

王夫人又多加了幾件首飾給了金釧兒家。她母親原是賈府世襲老僕，多要一點，至少不辜負女兒枉死，磕了頭千恩萬謝的出去了。沒再橫生枝節。

寶玉從傷心欲絕中悠悠轉醒，早已五內俱摧，又被王夫人挪了脾氣教訓了一頓，他亦無話可說。剛走出王夫人的居處，低頭背手，雙眼茫茫，一路嘆氣，忽然與一個人撞個滿懷。他連抬頭的心情都沒有，正要避走，一聲「站住！」如雷貫耳！

原來是他父親賈政，正氣鼓鼓的瞪著眼瞧著他。他抽了一口冷氣，垂手站在一旁。

「好端端的，你垂頭喪氣做什麼？」賈政厲色道。

寶玉已無心情回答，只是怔怔的站著。

賈政見他口齒不似往昔伶俐，應對全無往日機警，反而多生了三分氣。正要開口訓示一番，忠順府卻打發了人來見賈政。寶玉原以為天上掉下來救星，叫他避過小難，沒想到不多久又被賈政傳了進去。這回，賈政已氣得一臉青。「該死的奴才！你不讀書也就罷了，為什麼還做出這無法無天的事來？你去惹王爺跟前的人做什麼？」

「什麼王爺跟前的人？」寶玉完全聽不懂這話。

「你說，你說！認不認得一個叫琪官的？」賈政咆哮。

寶玉被嚇得哭了：「我實在不知道琪官是什麼人！」賈政未及開口，只見那名忠順府派來的人冷笑道：「你既然不認得他，怎麼有人說，他那條紅汗巾子到了公子的腰裡？」

寶玉聽了這話，剎那間彷彿被轟出魂魄，不由得目瞪口呆。細想來，原來這琪官就是蔣玉函。他本不願父親知道自己曾與伶人來往，唯恐父親細究，訓斥他一番，但看今日情況，已然不對，只好將所知全盤托出：

「大人既然連這樣的小事都知道，怎麼會不曉得連他在東郊買房舍的事？我聽說他在離城二十里外，買了幾畝田，說不定他就在那裡。」

那人有了答案，才笑開來：「我且去找一找，如果找不到，再到府上向公子請教。」

賈政在一旁早也氣得目瞪口呆，他一邊送客後，一邊回頭喝斥：「不許動！我回來還有話要問你！」送完客欲回頭責罵寶玉，忽然又看見賈環莽莽撞撞跑來，想到兩個兒子都不成材，又一陣怒火上升，叫道：「成天野馬一般亂跑，像什麼話？你給我站住，領一頓打再走！」

賈環和寶玉一樣，見父親如見閻王，不禁嚇得筋酥骨軟，忙解釋道：「我不是沒來由的亂跑……只是剛剛從那邊一座井裡過來，看見有人撈起了一個淹死的丫頭，腦袋這麼大，身子這麼粗，泡得實在可怕……所以才嚇得跑過來！」

賈政一驚：「好端端的，誰跳井？」連忙叫人喚賈璉過來問清楚。賈環見機不可失，上前跪下，悄悄說：「父親大人，我倒知道原因，我聽見我母親說——」

「說什麼？」

賈環眼睛骨碌一轉，說道：「我母親告訴我，前些日子寶玉哥哥在太太屋裡，拉著金釧兒強姦不遂，還把金釧兒打了一頓，所以……她就賭氣投井死了！」

話未說完，賈政已氣得面如銀紙，氣沖沖的往書房走去，大叫：「拿寶玉來！」又吩咐衆門客：「你們拿大棍和繩子給我！誰給我亂通風報信，就一起打死！」

寶玉哪知情勢又急轉直下？原本怕賈政爲琪官一事打他，正站在廳內徘徊，想叫人捎信給賈母救他，偏偏周遭一個人也沒有。正翹首鵠望，只見一個老媽媽慢吞吞走來。寶玉如獲珍寶，將老媽媽叫住，急聲道：

「快進去傳話，說老爺要打我了。快去！快去，這事要緊！」

沒想到老媽媽是半個聾子，把「要緊」聽成「跳井」，笑道：「要跳井就讓她跳，二爺怕什麼？」

寶玉更急了，大聲說：「……你……你出去叫我的小廝來！」

老媽媽依然不急不徐的說：「有什麼大不了的，老早就『了事』了。太太已經賞了銀子，怎麼不了事？」

正想再說話，賈政的小廝已來喚他，通知他快到書房。賈政已是兩眼血絲，一見寶玉便叫道：「給我堵起嘴來打死！」

小廝們把寶玉按在凳子上，輕輕打了十幾下！寶玉自知討饒無益，只有咬緊牙根嗚嗚的哭。賈政怕小廝們包庇他，打的輕，一腳踢開那執刑的，自己奪過板子，咬牙切齒的打了幾十板！

在場的清客怕他眞把兒子打死了，膽小的噤若寒蟬，大膽的還是怯怯上來勸，賈政反而將他打得更兇，一邊氣喘如牛的說：「你們問問他，幹了什麼勾當，可不可饒恕？平常都是你們把他慣壞了，現在到這步田地，你們還敢來勸！明日待他弒父弒君，看你們勸得成功不成！」

已有人見苗頭不對，到王夫人那兒通風報信，王夫人一急，趕不及叫人通知賈母，就匆匆扶了個丫頭就趕到書房來。賈政見王夫人衝了進來，心頭氣惱更是火上加油，板子打得又狠又快，嚇得幫忙按住寶玉的小廝鬆手走開。此時寶玉早已動彈不得，奄奄一息。

王夫人護子心切，上前抱住板子，哭道：「寶玉雖然該打，老爺也要保重！最近老太太身子不太好……打死寶玉事小，如果老太太生大氣，一時怎麼樣了，事情可就大了！」

賈政哼了一聲：「妳還說這種話！我養了這種孽障出來，已經罪大惡極！不如趁今天結束了他的狗命，以絕後患！拿繩子來！」

看這態勢，賈政果眞非要勒死寶玉不可。王夫人大哭：「老爺管教兒子，也要看在夫妻分上！如果要勒死他，不如先勒死我！我們娘兒同一天死，在陰司裡也有個倚靠！」便緊緊抱住寶玉，死也不肯放。

賈政長嘆一聲，向後一靠癱軟在椅子上，淚如雨下。王夫人抱著寶玉，摸他身子，摸出了一手的血漬，不覺失聲大哭道：「苦命的兒……」，忽又想起早夭的賈珠，口口聲聲呼喚：「珠兒珠兒，如果有你在，現在就是死一百個我也不管了。」

此時鳳姐和李紈也聞風進來探看。早孀的李紈聽見有人喊亡夫的名字，忍不住抽抽搭搭哭起來。賈政在一旁聽了，更是淚如泉湧。

一群人哭的哭、愣的愣，窗外顫巍巍的沙啞聲音伴著檀木杖響傳進來：「先打死我，再打死他，就一乾二淨！」

賈政心一縮，忙躬身出迎，陪笑道：「天氣這麼熱，老太太有何吩咐，何必自己走來？只要叫兒子我便行了。」賈母停下腳步，一邊喘氣，一邊厲色疾言：「你可是在對我說話？我倒是有話要說——我這一生，沒養出個好兒子，跟誰吩咐去？」

賈政噗通跪下道：「老太太息怒。兒子管他，是爲光宗耀祖……老太太這話，兒子如何擔當得起？」

話未說完，賈母一口痰啐在地上，說：「我說了一句話，你就禁不起；你下手那麼重，他就擔當得起？」見賈政噤然無語，賈母命左右人道：「去看轎，我們明兒個就搬走！」又叫住哭哭啼啼的王夫人：「妳也不必哭了。妳疼他，他將來長大做了官，還未必記得妳是他母親呢？不疼他，只怕將來還少生一口氣！」

這話使賈政如坐針氈，叩頭道：「母親這樣說，兒子罪該萬死！」又聽王夫人左一聲「肉」，右一聲「兒」的哭嚷，心頭冷了大半，不覺懊惱自已下手太重。

寶玉給衆人手忙腳亂的架進怡紅院，請了醫生療傷。襲人早已知情，反是在一旁殷勤伺候。衆人散去後，寶釵先來探看，手裡拿著一個丸藥，要襲人加酒研開，敷到傷口上就會好了。看寶玉睜開眼睛，寶釵嘆了一口氣說：「早聽別人的話，也不會有今天！別說老太太、太太看了心疼，就是我們看著，心裡也……」眼圈一紅，就說不下去了。寶玉看寶釵低眉斂首，含羞帶憂的模樣，疼痛早已拋到九霄雲外。還想多說一些道謝的話，腦子卻不聽使喚，昏昏沉沉掉進夢裡……

恍恍惚惚中，只見琪官一臉含冤來指責他，責備他不該將自己的所在說出來，一會兒，又是金釧兒那張五官模糊的臉，在黝暗無聲的井中與他隔水相望，漸漸逼來。他嚇得大叫：「不是我，不是我，不是我……」

嘩啦，一片水意打得他臉頰冰涼。他猛然睜開眼睛，眼前卻站著林黛玉。他怕還在夢中，急忙想坐起來，不禁碰到了身上傷口，大叫一聲，又躺下身子。仰看黛玉，見她一雙眼睛腫得像桃兒一樣，淚水直打到他臉上！他只得輕聲對她說：

「大熱天的，妳來做什麼？中了暑怎麼辦？我這樣子是裝出來的，其實……一點也沒怎樣，什麼事也沒……」

黛玉一聽，更是傷心，無聲無息的落淚，這可比嚎啕大哭更摧心肝，大半天說不出一句話來，好不容易收了哽咽聲，才抽抽噎噎道：「你都改了吧。」

寶玉也不是不知道自己錯了，他長嘆一聲道：「妳不用說，我也知道。」

黛玉還有千言萬語要說，外頭卻又有人傳話：「二奶奶來了！」黛玉連忙起身要走，怕鳳姐笑她為寶玉哭腫了眼睛。鳳姐之後，各門管家的老婆也都來殷勤問候。襲人悄聲細語，笑說寶玉已經睡了。王夫人因關心寶玉傷勢，打發了人來，要叫一個寶玉跟前的丫頭。襲人想了想，自己去了。

原來王夫人怕寶玉不肯吃苦藥，交襲人兩瓶甜漿，一瓶「木樨清露」，一瓶「玫瑰清露」，又問襲人：「聽說寶玉今天捱打，是因爲環兒在老爺跟前進了讒言……有這事沒有？」

襲人怕多生是非，搖頭說不知道。心裡盤旋了一下，說：「今日我倒想在太太跟前說句莽撞的話……」

「妳只管說——」

襲人低頭道：「唉，……論理，寶二爺也受點教訓才好……如果老爺再不管，不知將來還會出什麼事呢。」

王夫人聽了，點頭嘆息，對著襲人叫了一聲：「我的兒，你這話和我心裡想的一樣，我何嘗不知道他該管？只是，如今我已經是個五十歲的人了，只有他一個兒子，他身體又弱，老太太把他當寶貝似的寵著，管緊了他，怕氣了老太太，上下不安——到頭來卻縱壞了他……」心一疼，又滴下淚來。

「太太心疼是理所當然的，」襲人邊陪著掉眼淚，一邊卻平心靜氣的說了下去：「但我有件事兒，還是非稟報太太不可，只怕太太疑心……若太太疑心，我的話不但白說了，還怕連葬身之地都沒有……」

王夫人爲免襲人再三迂迴推拖，忙湊近身子，拉了她的手道：「妳快說。我知道妳說話做事處處明理，怪不得衆人都誇妳。妳說什麼，我都聽著，不會有其他別人知道的。」

襲人說：「也沒有別的……只是希望太太給個明示，還是叫二爺搬到園外住好了。」

王夫人一揣測話裡的意思，大吃一驚，把襲人的手拉緊了，問：「……難道寶玉和誰做怪了不成？」

「太太別多心！」襲人連忙回答：「這不過是我的一己之見……我只是覺得，如今二爺大了，大觀園裡的姑娘也大了……雖說是姐妹，到底有男女之別，日夜相處，總叫人懸心……不如預先防著點——否則，萬一有什麼事落人口舌，二爺一生的聲名品行，豈不賠上了……爲這件事，我日夜難安……怕太太聽了生氣，始終不敢說。」

這是做賊的喊捉賊。襲人越說頭越低，淌了一手心的汗。此話著實觸動了王夫人的心事，想及金釧兒投井的始末，不是因爲自己一時爲擔心寶玉行徑而氣惱嚒？心底十分感激襲人的提醒，笑著輕拍襲人的手道：「我的兒！沒想到妳竟有這樣的心胸，替我想得如此周全！我何嘗沒想過要將寶玉遷走？只是有事忙著便全忘了，難得妳這麼細心……妳且去罷，我自有方法處理。」想想又眉眼含笑，說：「妳如今既然說了這樣的話，我索性就把他交給妳了，不過……好歹留點心，別叫他糟蹋了身子。」

襲人當然明白王夫人的意思，低頭一會兒，說道：「太太吩咐的，我不敢不盡心。」這才從王夫人手中將自己的手慢慢抽出，退出院子裡。

自此之後，王夫人悄悄令人改了襲人的月錢，從一般大丫頭的薪，調成了姨娘月例，多的分從自己這邊每月月錢中挪出，自是神不知鬼不覺。襲人雖不敢對任何人說，但怡紅院的丫頭們，人人都私下猜測，這個夏日，襲人特別神清氣爽，日日巧笑倩兮，平時的溫婉端莊又添幾分嬌柔豐澤。被寶玉氣憤一踢的瘀傷咳血，不知不覺已經好了。

這一生就是他的人。襲人自己知分，也不求多，只想永生不變，守他一世。

「不要怕，不要怕，有我在這裡呢。」寶玉午夜夢醒，襲人總守在他身畔，拍他胸口：「告訴我，夢見什麼。」

一口井。寶玉並未說出口。一口井，我們都在一口井中，彷如困在死水裡的魚，彩色斑爛的魚。在渾渾濁濁中，尋覓彼此逐漸褪色的光華豔麗。

22

大觀園裡沒有祕密，流言像蒲公英的種籽，隨風帶了滿地，自也不經意就吹進薛寶釵的耳裡。有人說，寶玉之所以會挨這麼重的打，一來是因賈環在老爺面前胡謅閒話，二來，則是薛蟠這呆霸王，嫉妒琪官才一見寶玉，就送他一條大紅汗巾子，到處說嘴，惹得忠順府王爺向寶玉討人來。

後面這個流言，連薛蟠的親妹妹寶釵也信了。她素知哥哥情性，加上再三聽人傳言，便篤定把挑撥離間的罪名戴在哥哥頭上。

偏偏這一次，薛蟠卻是無辜的。這天下午從外頭喝了酒回來，見過了母親，看見妹妹也在母親身邊做針線，閒話幾句後，不由得隨口問起：「聽說寶玉挨了打，妳們可知是爲了什麼？」

薛姨媽正爲這個生悶氣，瞪了他一眼：「你這個不知好歹的東西！事情都是你鬧出來的，你還有臉來問？」

薛蟠一臉懵懂：「這干我什麼事？」

「你少裝腔了，哪一個人不知道琪官的事是你說的？」

薛蟠一聽，氣得吼了起來：「說我殺人妳們信不信？」兩三拳搥在黃花梨椅子上，砰砰作響。

眼看母親和哥哥叫嚷起來，寶釵忍下氣做和事佬，對薛蟠說：「是你說的也罷，不是你說的也罷，事情過了，就不用計較……我只是想勸你，從此少在外頭胡鬧，也少管別人閒事。否則，一有風吹草動，人人都咬定是你幹的，連我們都要疑心你。」

薛蟠早已急得亂跳，猛向滿天神佛發誓，自己絕沒說這種絕子絕孫的話。氣不過，又罵起來：「誰這樣編派我？給我知道，一定把他的門牙全敲掉！……這寶玉也沒出息，不過被打了一頓，就要把一家子的人鬧成這樣？還要拉上我？哼，就是拉上我，我也不怕，索性把寶玉打死了，我再替他償命！」

一面嚷著，一面就要拔門閂去打人。薛姨媽急得發慌，扯住薛蟠衣角罵道：「該死的東西！你想打誰去？想打人先來打我！」

「我看寶玉一天不死，我就會被你們誣賴一日，不如大家死了乾淨！」

寶釵怕他一時氣憤玩眞的，也上前拉住哥哥：「……你做事，爲什麼總是這麼顧前不顧後！」

「妳罵我顧前不顧後，怎不罵寶玉在外頭招風惹草？」薛蟠的嘴急起來就關不住：「就說那琪官兒吧，我跟他見了幾十次，他從沒跟我說過一句話，第一回見了寶玉，就把貼身的汗巾子給他，這難道不是他拈花惹草招來的？」

寶釵氣得乾瞪眼：「你還說這件事？他們就是傳說，老爺爲這個打他？」

「眞是氣死人了！這事明明是眞的……但我絕對沒說，他們賴我做什麼？賈寶玉是什麼東西，值得大家爲他鬧得天翻地覆？」

「是誰鬧著？」薛寶釵看著他手裡的門閂，冷言冷語：「是你先動刀動棒的鬧起來，還怪別人鬧？」

聽自己妹妹如此義正詞嚴的訓他，薛蟠故意說：「妳不用教訓我，我早知道妳是向著寶玉的。妳的金鎖要揀有玉的來配，不是嚒？妳看寶玉有那勞什子，自然要偏袒他！」

寶釵恨得氣愣了，淚水滑了出來，挨著母親靜默無語。薛蟠知道自己又莽莽撞撞說錯了話，一時安靜下來，賭氣回房裡歇了。寶釵心裡到底體貼母親，雖然又忿怒又委屈，卻不敢在母親面前痛哭流涕，回到蘅蕪院中，才鎖門哭了一夜。

第二天醒來，獨自走出蘅蕪院，要來探視母親。可巧在怡紅院的門外園中小徑遇到黛玉，黛玉隨口問她：「去哪裡？」

寶釵無精打采，隨口道：「回家去。」黛玉是個心細的人，一看寶釵不似往日衣鬢端整、一絲不亂，眼睛又紅又腫，以為她是為寶玉傷心，故意在她身後取笑：「姊姊，妳可要保重些。就是哭出兩缸淚來，也醫不好他挨板子的傷！」

寶釵一句話也不吭，自顧自的走了。

黛玉本站在花蔭之下，遠眺怡紅院，想挑個人少的時候看寶玉去。手裡揣著的，就是昨日寶玉打發晴雯送來給她的舊手帕。兩條手帕絞了又絞，人還呆在那裡，痴痴探看。

這幾日眾人為寶玉憂心，挨了打的寶玉痛在肉上，心卻懸在黛玉身上。他躺在床上不能動彈，想派人問黛玉在做什麼，卻怕襲人說他，只好先差使襲人到寶釵那兒借書，再命晴雯往瀟湘館問候。這問候的東西，就是兩條半新不舊的手帕。

晴雯笑道：「這可奇了，拿兩條舊帕子，愛生氣的林姑娘又要生氣了。」

寶玉自有道理，胸有成竹答道：「妳放心，她自然知道我的意思。」

黛玉怎會不明白他的意思？人不如故，他是念舊的。一時心醉神痴，至半夜還不能寐，將心裡沸沸湯湯的情意，都化做舊帕上的新詩。

寫了詩的手帕，給他還是不給他呢？揣在手裡，百般情意纏綿，千般猶豫不決，呆呆站著，一步也沒挪移，正恍惚間，卻見花團錦簇的一群人向怡紅院來了。原來是賈母搭著鳳姐的手，後頭跟著邢夫人、王夫人還有諸位姨娘，還有薛姨媽和寶釵，浩浩蕩蕩進怡紅院。

此景使黛玉想起有父母的好處來，頃刻間又是淚珠滿面。忽然間，有人從背面拍了她一下，黛玉吃了一驚。「姑娘，回去吃藥吧。」紫鵑笑盈盈的看著她的淚眼，說：「妳在這裡站了大半天，也該累了吧？」

黛玉這才覺得腿酸，扶著紫鵑，慢慢回到瀟湘館來。烈日當頭，一進院門，只見地下竹影參差、陰影處苔痕濃淡，不覺想起《西廂記》裡頭的句子：

幽僻處可有人行？
點蒼苔白露泠泠。

暗暗嘆息時，廊下的鸚哥陡然撲了下來，搧了她一頭灰。黛玉正要罵鸚哥，它又飛到架上，大叫：「雪雁，快掀簾子，姑娘來了。」

平日黛玉和丫頭們沒事就教它說話，使這鳥兒通曉了幾句人語，時時拿出來賣弄。黛玉以手指翻弄水槽，對紫鵑說：「該添水了呢。」鸚哥卻長嘆一聲，喃喃唸道：

儂今葬花人笑痴，他年葬儂知是誰？

抑揚頓挫八成像黛玉平日嗟吁的詠歎調兒，惹得黛玉和紫鵑笑出聲來，方才黛玉的煩憂，也被鸚哥一嘆解了。

寶玉心頭唸著：林妹妹怎麼還不來？偏偏湧進了一大群人，把怡紅院擠得行路難。賈母千叮嚀萬囑咐，問寶玉想吃些什麼？想要什麼人陪著解悶沒有？寶玉想了想，想起寶釵房裡的丫頭鶯兒擅於打繐子，叫她來陪著玩也好，寶釵自然答允了。

鶯兒來時，正碰見王夫人房裡的玉釧兒，為寶玉帶蓮葉湯。寶玉看見鶯兒攜來各色絲繩，十分歡喜，但看見玉釧兒，腦子裡不禁浮現她姐姐金釧兒的影子，半是傷心，半是慚愧，眼巴巴的想跟玉釧兒說話。玉釧兒對他卻是正眼兒也不瞧，放下捧盒就要走。寶玉硬生生問了一句：「妳母親身子好嗎？」

大半天，玉釧兒才說出一個「好」字，又別過臉。寶玉執意要哄她開心，借故將其他丫頭支到外頭吃飯，只留她一個人，吁寒問暖的。玉釧兒臉上寒霜，不覺便被他咕咕噥噥的溶化三分。寶玉趁機央求：

「好姐姐，妳把湯端來讓我嚐嚐。」

玉釧兒又板起臉：「我從不餵人吃東西，你找別人！」

寶玉還是一勁的笑：「我可沒要妳餵我，只是求妳把湯遞給我喝，這樣行不行？」說著，假意要下床去取，碰到傷口，噯喲輕叫一聲。玉釧兒沒辦法，忍不住一笑，起身道：「你躺著吧。」

寶玉接過湯笑道：「好姐姐，妳若要跟我生氣，就在這裡把氣生完，免得老太太、太太看了要罵你！」

玉釧兒說：「你要吃就吃，不用對我甜言蜜語！」寶玉在她催促下，喝了兩口湯，故意皺了眉頭：「不好吃。」玉釧兒把嘴一撇，瞪著他：「老天爺！連這個都不好吃，不知道什麼才叫好吃！」

「一點味兒都沒有，不信，妳嚐嚐看。」

玉釧兒果眞嚐了一口，寶玉在一旁見小計得逞，眉開眼笑：「好吃不好吃？」

她才知寶玉不過在哄她，騙她吃羹。於是假意和寶玉生氣：「好，剛剛你自己說不好吃，這會兒再好吃也不給你吃了。」

寶玉是連見了星星月亮草木蟲魚都要說話的，何況面對一個嬌言巧語的女孩兒。他心裡有愧，格外不許玉釧兒不開心。見玉釧兒對他漸漸有了笑容，心頭寬了不少。吃完飯，鶯兒又到跟前爲他編繐子，笑語如痴，又逗得寶玉開心不已。雖然身上多次瘀腫，這一次劫難，卻使他久久免於父親叫喚，未必無所得，傷口一好，他索性天天在園中遊耍，每天問候完祖母和母親之後，就在園內爲衆丫頭們做雜役，他也甘心樂意。薛寶釵和偶爾來玩的史湘雲有時看不過去，趁機勸導他，他總會罵人：

「好好一個清淨潔白的女孩子，也學著跟俗人一樣沽名釣譽，這和那些祿蠹有什麼差別？」

「如果林妹妹勸你呢？」

「林妹妹才不說這種混帳話！」

黛玉暗暗聽見他這麼說，心裡著實竊喜。畢竟他知道，她懂得他的心，和別人不一樣。

可是，不是冤家不聚頭。兩人之間，偶爾心有靈犀，偶爾卻如隔大海，一兩句不中聽的話，便能使一個生氣，另一個賭氣，不由自主的尋死尋活；一個灰塵般的小小誤會，又能使一個嗟嘆垂淚，一個賠罪賠到意冷心灰。

不見時，心思百轉千迴，相見時，處處橫生枝節。

這一天，史湘雲又到大觀園來，黛玉便約湘雲到怡紅院。假借要問候襲人，其實是爲探看寶玉。走到院子裡，靜悄悄的，丫頭們都在午睡。湘雲先到廂房訪襲人，黛玉獨自踱到寶玉房間來，先隔著窗紗，一瞧，愣住了自己。只見寶玉穿著薄薄的銀紅紗衫子，歪七扭八的睡在床上，寶釵坐在床緣，低頭做針線，手裡繡的，竟是寶玉的兜肚，紅蓮綠葉伴五色鴛鴦。旁邊就放著襲人趕蚊蠅的拍子。

黛玉忙把身子一躲。看湘雲從那邊廊上走來，便對湘雲招手。湘雲看她笑得詭異，料必有什麼好看的，急忙過來瞧，看寶釵和寶玉那幅景象，本想要笑，想起寶釵平時端莊溫厚，且待她不薄，忙掩了口，想到黛玉嘴頭上必不饒人，又拉了黛玉要走。

原來，方才見襲人累了，寶釵替襲人接過針線，專心一意做著沒想到會給別人看見，更不知別人會怎麼想，黛玉湘雲隔窗相望，她竟渾然不覺。寶釵才繡好兩三片蓮花瓣兒，忽聽見寶玉在夢中大喊：

「我才不信什麼和尙道士胡說八道！他們說金玉良緣，我偏愛木石前盟！」

字字淸淸楚楚。寶釵細思話中意思，不覺怔忡。

寶玉在睡夢中，對這一段插曲，固然毫不知情。一夢醒來，耳邊隱隱約約響起「牡丹亭」的調子，想起梨香院有個小旦唱得極好，便往梨香院那頭走。

梨香院的女孩兒見寶玉來了，都笑著讓坐。「二爺找的是齡官吧，她在自己屋裡頭歇著。」

寶玉到齡官屋裡，見一個細瘦的女孩兒獨自躺著，見他進來，看了一眼，動也不動。寶玉素來和女孩子玩慣了，以為齡官也跟別的丫頭一樣會和他笑鬧，故意慪他，就上前陪笑，挨著床坐下，說：「好妹妹，唱一套『裊晴絲』給我聽！」齡官見他坐下，趕忙抬起身子，板起臉道：「我嗓子啞了，你找別人吧！」

語氣全無一點通融處。寶玉從沒這麼沒面子，不禁紅了臉。細看這心高氣傲的丫頭，俄而才想起，原來，她是前些日子在薔薇花叢下畫「薔」字的那一個！齡官面有怒色，寶玉也不好再死皮賴臉，只好摸摸鼻子走了。出來時遇到唱老旦的藥官，藥官笑了笑，說：「我告訴你一個巧方兒，你只要稍稍再等一下，等薔二爺來，叫薔二爺喚她唱，她一定唱。」寶玉半信半疑，不多久，就看到賈薔拎了個鳥籠從外頭走進來，問：「齡官在哪兒？」

寶玉當下好奇，尾隨賈薔，又進了齡官的屋子。聽賈薔說：「我買了一隻雀兒陪妳玩，怕妳天天發悶。」那雀兒是訓練過的，給它穀子吃，它便會在籠子裡的假戲台上啣小旗子亂蹦亂跳。

唱戲的女孩兒們都拍手叫好，只有齡官冷笑兩聲，背過臉去。

賈薔仍輕聲陪笑：「不好玩麼？」

齡官撇了撇嘴：「你把我們好好的人弄來這牢坑關著也就算了，還弄了一隻鳥兒來關著，分明是拿我們來打趣！還敢問我們好不好！」

賈薔連忙賭誓：「天地良心！我只想幫妳解悶，又讓妳想到這上頭。罷了，罷了，我且將它放生，解妳的災！」說著，果然把那雀兒放了。齡官仍心有未甘，說：「我剛剛咳出兩口血來，你不請醫生不打緊，還拿這玩意兒來……」

賈薔一驚，說，「我昨天幫妳問過醫生，他說不打緊，吃兩劑藥就好了，誰知道妳剛剛又吐了呢？我再去請那糊塗醫生來！」

一腳已往外走，卻被齡官嘟著嘴叫住：「你給我站住！現在太陽這麼毒，你還去請……請了來，我也不看！」給她這麼一說，賈薔又不敢出去了。

寶玉在一旁看他們兩人的模樣，不覺痴了，俄而明白當日齡官在薔薇架下畫薔的深意。不想妨礙他們兩人說話，悄悄抽身走了。賈薔一心在齡官身上，竟沒注意他離開。

寶玉一路呆呆傻傻，回到怡紅院中，見黛玉正和襲人說話。黛玉見寶玉這般失魂落魄的樣子，心想，他又不知從哪兒著了魔回來，也沒再多問，只問他：「明天是薛姨媽生日，你去不去？」寶玉託說天氣太熱，不肯去。黛玉笑道：「你看著人家幫你趕蚊子、繡兜肚的分上，也該去走走！」

黛玉心思雖然迂迴曲折，但倒也深明寶釵為人。細想半日，知他兩人當時狀況曖昧，不過是場巧合，只盤算著該如何取笑寶玉和寶釵。這下得了機會，豈能不拿出了舊調重彈？

寶玉魂不在身上，對黛玉的話仍茫然不解。待襲人解說了，方才明白，原來寶釵也為他繡過兜肚！心裡頭像一窩暖爐，剛剛在齡官那兒釀來的一缸妒意，一下子雲散煙開。心想，自己也是有人眷顧的，哪裡輸給賈薔，一時又開心愜意。這心事，不需他人明白。知他如黛玉，也懵懂其外。

解鈴還須繫鈴人。鈴是他繫的，也只有他自己能解。大觀園裡沒有時間，大日頭下只照見女孩兒的巧聲笑語，瑣事如流水，輕輕流走細恩微怨，韶華正好的紅男綠女，就在這細恩微怨中牽心扯肺，百轉千迴。

只要微風一吹，流言悄語又將像蒲公英的種籽，鋪了滿坡滿地……

23

秋日才到，大觀園裡的海棠已經盛開。探春見人人在園中日日嬉耍，不過虛度光陰、平添歲月，於是臨時起意爲大家找事做。恰巧負責管理花藝的賈芸新買進了一盆通體雪白的變種海棠，獻給曾戲言要做他「乾爹」的寶玉，因緣際會，這個新的詩社就名之爲「海棠」。

既成立詩社，免不了替大夥兒取個別號。一群人聚集在探春的「秋爽齋」，嘻嘻哈哈，互相取起別號來。住「稻香村」的李紈，一馬當先取了個別號，叫「稻香老農」。探春也取了雅名，號稱「蕉下客」。

衆人正稱道探春雅號別緻有趣，黛玉眼波一轉，說：「你們快牽了他，燉了肉脯來下酒！」惹得衆人一陣愕然。黛玉見衆人不解，笑道：「《莊子》裡頭有句話叫『蕉葉覆鹿』——她自稱蕉下客，可不就是鹿嗎？」

「妳又拿滿腹詩書來罵人！」探春笑道：「不過，我也替妳想好別號了，妳這麼愛哭，像昔日娥皇、女英一樣，早晚要把院裡的竹子哭成『湘妃竹』！就叫『瀟湘妃子』，怎樣？」

大家聽了，都拍手叫好，黛玉只得默許。李紈也笑著說：「我也替薛大妹妹取好了名字，叫『蘅蕪君』。那寶玉呢？寶玉該取什麼別號？」

寶釵打趣道：「你這個富貴閒人，若取個別號叫『無事忙』，再恰當不過。」取笑了一陣，寶玉還是收了黛玉封贈的「怡紅公子」。

迎春和惜春平日雖懶於做詩，在盛情難卻下也取了別號。迎春號「菱洲」，惜春號「藕榭」。他們幾人做的第一首詩，詠的便是盈盈動人的白海棠。為評論等第，衆人七嘴八舌的吵了一番，為平淡生活多添了不少生趣。

此後每月初二和十六，定期由李紈召開詩社大會，出題、限韻皆由她。史湘雲聽襲人說大觀園裡有此新鮮事，雖然住在外頭，心裡急得不得了，也要進園來做詩，因她昔日住在「枕霞閣」，取了別號叫「枕霞舊友」，堅持要先做東。

寶釵心知史家雖曾為金陵富豪，但湘雲的親父母早已雙亡，這幾年來家道不如往昔，連針線活都要自己做，哪有餘錢可花？於是，託薛蟠弄了幾簍肥大的蟹及數罈好酒，替湘雲備好宴席，由湘雲出了十二題有關菊花的詩。備好之後，在惜春的居處「藕香榭」擺下風雅宴，也請了賈母、王夫人、鳳姐等人，連同她們的丫頭們，齊來吃酒喝茶，持蟹賞菊花。

這邊衆人絞盡腦汁做菊花詩，那邊諸丫頭們和賈母、王夫人及鳳姐則吃螃蟹吃得起勁。本來賈母房裡的鴛鴦、琥珀、王夫人房裡的彩霞、彩雲及鳳姐的丫頭、被賈璉收爲妾的平兒共桌，鳳姐走過來，見平兒早已剔好蟹黃，鳳姐接過來便放進嘴裡。鴛鴦笑道：「好不要臉，吃我們的東西！」

鳳姐豈讓人佔她上風？她笑道：「妳少和我作怪！……我看我們璉二爺已經看上妳了，說不定就要向老太太討妳過來做小老婆！」

鴛鴦雖知她在說笑，臉卻紅了，嘟著嘴道：「妳連這種話都敢胡說！我非拿手裡的腥味抹你滿頭滿臉不可！」說著，放下蟹來，就要抹鳳姐的臉。鳳姐連聲討饒，琥珀卻在一旁，唯恐天下不亂，添油加醋道：「眞要討鴛鴦去，平丫頭也不肯呀。」

平兒手裡正在剝蟹黃，聽琥珀這麼說，也將手往琥珀臉上抹，道：「看我怎麼對付你這嚼舌根的小蹄子！」琥珀一閃，平兒的手就抹在鳳姐腮上。鳳姐笑罵：「死娼婦，妳也來對付我，亂抹妳娘的！」平兒趕緊過來，拿絹子幫她擦了，又急忙端水來洗鳳姐的臉。

鴛鴦在一邊看得樂不可支，說：「阿彌陀佛！眞是現世報！」

沒一頓飯工夫，這邊的十二題菊花詩已經做全，一併交給李紈做評。李紈將幾個人的詩讀了一遍，將第一頒給黛玉的「詠菊」詩：

無賴詩魔昏曉侵，繞籬欹石自沉音。毫端蘊秀臨霜寫，口角噙香對月吟。滿紙自憐題素怨，片言誰解訴秋心？一從陶令評章後，千古高風說到今。

大家夥兒細覽衆詩，都稱道李紈評得公允。寶玉見黛玉奪了魁，比自己受稱讚還高興，口裡卻故意說：「這場我又落第了不成？我看是妳們不懂欣賞我的佳句——明兒閒了，我偏要將十二首都做過一遍！」

做了菊花詩，心血來潮又詠起可憐的盤中螃蟹。正熱鬧時，又來了個更熱鬧的人物，便是上回進來打秋風的劉姥姥。這年，她家裡蔬果豐收，便帶著板兒送幾籃蔬果來知恩圖報。剛巧賈母聽聞有個年歲和她差不多的老人家來了，要鳳姐請過來瞧一瞧，湊個熱鬧。

劉姥姥一到賈母跟前，只見一群如花似玉的女孩兒圍著賈母，個個滿頭珠翠、鶯聲燕語，看得頭都昏了。

「老親家，妳多大年紀了？」賈母問。劉姥姥忙起身答：「今年七十五了。」

賈母笑道：「妳比我還大好幾歲呢，身體還這麼硬朗！我要到了妳這年歲，恐怕就動彈不得了！」

劉姥姥說：「我們是生來受苦，做粗活的，自然得硬朗到老。」

賈母又問：「眼睛牙齒可都還好。」

劉姥姥答：「都還中用，只是左邊的槽牙有些鬆了。」

「我比你差很遠！眼也花，耳也聾，記性也不好！只能吃幾口粥，睡睡覺，悶的時候，和這些孫子孫女開開玩笑！」

「這才是老太太的福氣呀。」劉姥姥奉承道：「我們想這樣都不成！」

「什麼福？」賈母鼓著腮說：「我不過是老廢物罷了！」這一調侃，大家都笑了。

賈母難得見到鄉下人，一高興，就要留劉姥姥吃晚飯。劉姥姥一邊吃茶，一邊把鄉里間的鬼故事說給賈母聽。這些鄉里傳說，哪裡是豪門裡的人能想像的？寶玉也跟著聽得津津有味，還信以為真。這一說下去，欲罷不能，留了劉姥姥一夜，第二日，賈母一大清早派人再將劉姥姥及板兒請進房裡來，要李紈預備酒宴，自己陪著劉姥姥逛大觀園。酒宴前，一個丫頭捧了一個荷葉型的翡翠盤子到賈母跟前，盤子裡面放著各色新鮮菊花。賈母興致勃勃的揀了一枝大紅菊花簪在鬢上，回過頭對劉姥姥說：「過來戴花兒！」

一語未畢，鳳姐已將劉姥姥拉過來，笑道：「讓我來打扮妳！」說著便將一盤子花橫三豎四的插在劉姥姥頭上，逗得賈母笑得前俯後仰。劉姥姥也笑了：「我這輩子不知道修了什麼福，今兒竟然這麼體面！」

鴛鴦笑道：「妳還不趕快拔下來，她把你打扮成老妖精了！」

劉姥姥知道大家開心，笑道：「我年輕時也是個風流人物，花兒粉兒都愛，今兒索性做個老風流！」

於是頂著一頭花，搖搖擺擺，隨賈母眾人走進大觀園，到沁芳亭上，見這小小亭子畫棟雕梁，即大嘆：「我還以爲這亭子在畫中才有呢，沒想到今兒個我竟有福氣逛到畫裡來！」

到了瀟湘館，只見兩邊翠竹夾徑，地下蒼苔滿佈，中間只有一條狹長的石子路。劉姥姥好意把路讓出來給賈母等人走，自己偏走苔地上，只顧和眾人說話，腳底滑了一跤跌個四腳朝天，眾人們竟哈哈大笑。賈母邊笑邊罵道：「小蹄子們，別只顧笑，還不趕快攙人？」說時，劉姥姥已經自己爬起身來拍泥土。賈母問：「妳扭了腰沒？要不要叫丫頭們搥搥？」劉姥姥拍拍胸脯說：「誰說我這麼嬌嫩了？我哪一天不跌幾下子？」

李紈早在探春的秋爽齋備好了酒宴。鴛鴦和鳳姐爲了討賈母開心，巧心設下機關，要捉弄劉姥姥，偏在她面前擺了一雙象牙鑲金筷子，又遞上一盤鴿子蛋。劉姥姥拿著筷子，喃喃唸道：「這筷子比我們莊稼人的鐵鍬還重，哪裡拿得動它？」

賈母說了「請」字，劉姥姥忽倏站起身來，高聲說：「老劉，老劉，食量大如牛，吃個老母豬不抬頭！」說完鼓著腮幫子坐了下來。一耍寶，上上下下都笑了，黛玉還笑岔了氣，噯喲噯喲的叫。寶玉笑得滾到賈母懷裡，賈母摟著他，口口聲聲叫「心肝」！薛姨媽口裡的茶還噴了探春一裙子，探春手裡的茶，則都倒到迎春身上，惜春的奶娘幫著惜春揉肚子，沒一個不笑得前俯後仰。

劉姥姥只管拿起筷子來，看著鴿子蛋說：「這裡的雞也好！下的蛋這麼小巧，怪俊的，我先嚐一個看看！」

鳳姐兒接口說：「這可是一兩銀子一個呢，妳快嚐嚐，老了就不好吃了！」

劉姥姥哪裡夾得起來？那鴿子蛋彷彿長了腳，滿碗裡亂竄。好不容易夾起了一個，伸長脖子要吃，偏又滑了下來，滾到地上。劉姥姥趴下身子要揀，早有下人揀走了，惹得她一陣惋惜：「一兩銀子，沒聽見個響聲兒，就沒了！」，逗得衆人只管笑，已無心吃飯。賈母知是鳳姐愛胡鬧，忙叫人爲她換了筷子。鳳姐才跟劉姥姥陪笑：「妳可別見怪，剛才不過是開開玩笑！」鴛鴦也趕快過來賠不是。但劉姥姥不是個糊塗人，心裡一淸二楚：「姑娘這是哪門子的話？我本來就是負責逗老太太開心的，怎會見怪？」

吃完飯，逛罷探春的秋爽齋，又要行舟過荇葉渚，由幾個來自姑蘇的船娘操槳，將舟子划過池塘，過了花漵，便是薛寶釵的蘅蕪院。院裡種著些奇草仙藤，纍纍垂垂，屋子裡四壁雪白，全無綴飾，只有一只黃花梨木茶几，几上安然矗立著一個白色陶瓶，瓶中寥寥落落數枝菊花。連床上的衾褥都是素白的。

賈母嘆了口氣道：「這孩子太老實了，怎麼一點陳設也沒有？是不是沒從家裡帶來……鴛鴦，妳去拿些來擺著！」又怪鳳姐打理得不夠周到。鳳姐笑道：「是寶姑娘自己不要的。」

薛姨媽也說：「寶丫頭從來不愛那些東西。」賈母卻嫌年輕姑娘房裡素樸、太過晦氣，硬要鴛鴦拿了自己房裡的石頭盆景和紗照屏來放著。

晚飯前，賈母心血來潮，要大家行酒令玩，由鴛鴦替賈母來當令。劉姥姥聽鴛鴦說，接不下去的便要受罰，著急得不得了。

只聽鴛鴦先說了個「天」字，賈母即接道：「頭上有青天」，賈母又說了個「五」，薛姨媽道：「梅花朵朵風前舞」，接著的諸姐妹們，都以雅句接了酒令。劉姥姥雖沒讀過書，但看衆人皆輕易過關，心想也不太難，也就壯膽接令，大聲說：「大火燒了毛毛蟲」，「一個蘿蔔一頭蒜」！全是莊稼人本色，惹得大家拍手大笑。

吃完晚飯，賈母、王夫人笑累了，回房休息去，命鴛鴦帶著劉姥姥繼續逛。劉姥姥這一生從未見過這麼多富麗堂皇的殿宇、那麼多新奇的巧玩，已看得頭昏眼花；晚飯時，貪著菜肴豐盛、點心精巧，筷子又動得勤快，走到「省親別墅」，忽然覺得肚子一陣亂響，就要解開裙子就地出恭。鴛鴦一看不妙，忙喝住她，要一個婆子帶她到廁所去。

那婆子將路指給劉姥姥後，人先走了，劉姥姥蹲了半天，一起身來，滿天都是星星飛舞，四顧張望，處處都是山石樹木，哪裡能尋回原路？隨便揀了一條石子路，轉了幾個彎，看見有個房門，就走進去。猛然抬頭，竟有個姑娘迎面含笑而來，她忙作揖，要姑娘帶她路。那女孩兒卻不回答，劉姥姥趕前來拉她的手，咕咚一聲，頭卻撞在牆上。仔細一看，才知道那是一幅眞人大小的畫。

她又掀了簾子進房間，只見裡頭琴劍瓶爐樣樣光燦奪目。迎面的卻是一面她從未見過的鏡子，見鏡裡一個戴了滿頭花的老婆婆，她便用手往人家臉上搓來搓去，摸得一手冰涼，才恍然大悟——那老婆子可不就是自己？

無意間，觸到鏡邊的機括，鏡子牆一轉，露出裡頭的堂奧來，原來是一副精緻的床帳。她走累了，不管三七二十一，就躺上去呼呼大睡。一直到襲人聽見鼾聲如雷，才進來推醒她。

劉姥姥忙爬起來：「姑娘，我該死！……還好沒弄髒了小姐的繡房……」

劉姥姥一起身，襲人忙著在床帳裡洒香料，微微笑道：「這是寶二爺的房子。」

劉姥姥在大觀園中住了三天，幾日內自認把古往今來沒見過的，沒吃過的全經驗了，便向鳳姐告辭，平兒早已將幾個奶奶打賞給劉姥姥的備齊，共有一百多兩銀子，還有各色乾菓和點心，平兒也將自己半新不舊的幾件裙襖送給劉姥姥。劉姥姥滿心歡喜，不斷唸阿彌陀佛，依依告辭。

正要走，鳳姐趕了過來。原來她女兒自小多病，正想找個貧苦長命的人家取名，好養得大，壓得住兇煞。劉姥姥便隨口取名爲「巧姐」，許願她逢凶化吉、長命百歲。

鳳姐不識文墨，不怕名字俗，自是歡喜。劉姥姥又到賈母房裡領了賞，嘴已笑得合不攏。

黛玉雖然在背後叫劉姥姥「母蝗蟲」，倒也給她逗得餘趣無窮，一連幾天心都寬著，沒和寶玉拌嘴兒。大觀園裡的姑娘們，見了劉姥姥，知道這世界還有一種人，也都開懷不已。秋日組詩社的雅致，和著劉姥姥帶進來的俗氣，沖淡了榮寧二府近年來的無情死殤。

這個秋天，寶玉常常夢見自己像一朵蓮花，沒有根柢的蓮花，悠悠飄浮在一條河流上。頂上有藍天麗日，身畔有魚兒穿梭。

他順流而下。身子輕輕浮浮，任水推動，不知水流要將他推向何方。一方面，他感覺十分舒坦，另一方面，無風無浪的日子也使他心慌。他似乎一直等待著某些事情的發生，某些漩渦，某些暗流，某些看不見的變動。

金釧兒投井的水聲，在他健忘的耳朵裡逐漸消淡，只剩下一點點音息。一點點，化爲涓涓水滴般的聲音，但是，依然在。

小姐藏愛，公子多情，這邊疑，那邊猜，等閒過了光陰。

大觀園裡，衆人的日子好過，平兒的妾身難爲。她這個妾，做得比誰都辛苦，知道的人，莫不爲她捏了把冷汗。而幾年來，她夾在素愛拈花惹草的賈璉和醋罈子鳳姐之間，卻能運轉自如、不惹風波，倒不能沒有八分識相、七分手段。

鳳姐的精明外露，像一隻目光伶俐、尖嘴利喙的鷹，人人無不怕她；平兒的精明，則韜光養晦。

爲了表彰鳳姐平日持家有方，在鳳姐生日這一天，賈母特爲鳳姐辦了個大大的宴席，其鋪張比起邢夫人、王夫人等的生日，有過之而無不及。衆人莫不來向鳳姐敬酒恭賀，賈府的下人們更是藉此籠絡鳳姐，背地裡送來大禮。平兒自比其他人對鳳姐更盡心，一大早起來張羅東張羅西，生怕有一點疏忽。與其說她是賈璉的妾，不如說是鳳姐的得力幫手，連鳳姐這麼難以伺候的精明性格，也挑剔她不得。

眼看鳳姐喝多了酒，一臉臊紅，對尤氏說：「我要回家洗個臉去。」平兒怕鳳姐走不穩，也跟著扶上來。走到離家裡不遠處，只見一個小丫頭站在那裡，見了她們兩人來，像一尾泥鰍似的，忽地背臉就跑。鳳姐馬上起了疑心，叫住那丫頭，丫頭起先想裝聽不見，後來聽鳳姐和平兒叫急了，不得已，只有轉了回來。

鳳姐心下盤算，越發起疑，叫那小丫頭跪下，又喝令平兒：「叫兩個小廝拿繩子和鞭子來，把這個不認主子的小蹄子給我打得皮開肉綻！」

話未說完，小丫頭已渾身發抖，碰頭求饒：「奶奶饒命，我不敢，我不敢！」

「我又不是鬼，看了我怎麼跑了？叫妳，妳也裝沒聽見？」小丫頭悶不吭聲，鳳姐嘩啦啦幾個巴掌下去，小丫頭頰上已腫出兩塊肉來。

「奶奶，小心手疼！」平兒輕聲勸，鳳姐聽而不聞，盯著平兒道：「替我叫人拿紅烙鐵來，把她的嘴烙了，看她說不說實話？」

小丫頭嚇得魂飛魄散，膽子早就成了亂泥，哀哀哭道：「……是璉二爺，璉二爺叫我瞧奶奶何時回家！」

此話已大有文章。鳳姐揚了揚眉毛：「他叫妳瞧我做什麼？快告訴我！說了我就疼妳……不說，我拿刀子來割妳的肉！」說著，在頭上拔下一根金簪，往那丫頭嘴邊亂戳。那丫頭一面躲，一面哭求道：「奶奶可別說是我說的……璉二爺……剛剛叫我拿了兩塊銀子、兩支簪子、兩疋緞子送給管家鮑二的老婆，叫她……叫她往我們屋裡來……然後二爺叫我瞧著奶奶，再下來的事……我就不知道……」

鳳姐一聽，氣得渾身發軟，顧不得酒醉，快步往家中走，平兒也急忙跟了過去。偏偏院門口也有個小丫頭探頭探腦，見鳳姐回來，縮頭就跑，也被鳳姐叫住。這丫頭自知跑不了，心下一想，已編派出名堂，說：「我正要告訴奶奶去……可巧……奶奶就來了。」鳳姐伸手也打了她一巴掌：「要說不早說，等我來才說？分明想氣死我！」

不管鳳姐管得再嚴，防得再緊，賈璉總有把戲玩。有機會出了大觀園，他便穿梭花街柳巷尋鶯問燕，平日在大觀園裡，也沒忘記左右逢源。前些時候因女兒出水痘，鳳姐拜神明，十二天內夫妻不得同房，他又沾惹了綽號叫「多渾蟲」的伙娘，日日在廚灶間偷情，連法力無邊的鳳姐卻不知有這個內賊。衣服上夾帶的女人長髮給平兒發現了，平兒只敢背地取笑，當著鳳姐的面，也得替他遮天遮日。這回，賈璉看衆人爲鳳姐做生日，心想，鳳姐此日必不得閒！當下心癢難當，又勾搭了家人鮑二風韻猶存的老婆。

鳳姐躡手躡腳到了窗前，聽見裡頭傳出款款笑語。鮑二老婆正笑道：「等你那閻王老婆死了，你才會快活！」一股怒氣已沖上腦門，卻聽見賈璉答道：「死了才好！我好再娶一個溫柔多情的！」女人又曖昧笑道：「她若死了，我看你乾脆把平兒扶了正倒好！」

賈璉嘆了口長氣道：「我眞是命犯母夜叉！如今，她連平兒都不讓我沾……我看……平兒也是一肚子委屈不敢講……」

鳳姐聽了，渾身打顫，聽他們讚美平兒，不覺把氣移了一半到平兒身上，回身將身邊的平兒打了兩掌。即一腳踢開門去，不由分說的抓住鮑二老婆就打，嘴裡嚷道：「好娼婦，偷主子漢子，還敢咒死主子老婆！」眼見平兒手足無措站在一旁，又把平兒扯過來：「妳這個死娼婦，原來是跟他們一鼻孔出氣的，外頭哄著我，背地裡只想治死我！」

平兒忽然蒙上不白之冤，有委屈無處訴，氣得乾哭，又不敢對賈璉和鳳姐出氣，只得罵鮑二老婆：「你們自己不要臉，幹嘛扯上我！」哭著，也打起鮑二老婆來。鳳姐突然衝進來，賈璉已沒了主意，看鳳姐打鮑二老婆，不敢吭聲，但見素來溫順的平兒也鬧了起來，就上來一腳踢開她，罵道：「小娼婦，妳別動手打人！」

平兒再也難忍這口氣，跑到伙房裡，找了把刀子，就要尋死，被外頭聞聲而來的婆子們架住了。鳳姐一頭撞進賈璉懷裡，口口聲聲叫道：「你們不用在背後暗算我，不如殺了我！」外頭看好戲的人越來越多，賈璉已惱羞成怒，從牆上拔出一把劍來，說：「妳們不用尋死尋活！我橫豎把妳們都殺了，我再償命！大家都乾淨！」

鳳姐看賈璉氣成這樣，自知惹不得，再添柴加火，恐怕賈璉不善罷甘休！哭哭啼啼跑到賈母那邊討救兵。

一語未完，賈璉已提劍走來。他母親邢夫人、王夫人出來攔他，他反而指著鳳姐罵道：「都是老太太慣壞她！這婆娘連我也敢罵！」

邢夫人氣得奪了他的劍，把嘴裡還一逕謾罵的賈璉給攆走。鳳姐便把方才的事到賈母面前來說分明。不料賈母和王夫人、邢夫人，雖然氣賈璉鹵莽，也不替鳳姐說話。賈母嘆了口氣道：「我還以為是什麼要緊的事呢，原來是這個！他年輕，自然像隻饞貓兒似的，哪裡管得住？我們還不都是這樣看過來的！算來都是我的不對，叫妳多喝了幾口酒，就吃起醋來！」

眾人聽著都笑了。賈母又說：「妳放心，明兒我叫妳女婿向妳賠不是！」想想，又罵平兒：「沒想到她這麼壞！怎麼可以在背地裡咒妳！」

寧府的尤氏深明內情，接口道：「這怎麼能怪平兒！他們小倆口鬧意見，老拿平兒煞性子，平兒已經夠委屈了，老太太還罵人家！」

賈母想想也對：「這就是了，我看平兒那女孩子平常乖乖巧巧……這樣白受氣，也太可憐了。」於是，叫了琥珀到跟前來，要她好好安慰平兒。

寶釵在一旁勸平兒，後來琥珀替賈母傳話，平兒才止住哽咽聲。寶玉心裡同情平兒處境，要襲人接了平兒到怡紅院來坐，勸了她一番。「好姐姐，妳別傷心，我替他們賠不是！」「這跟你有何相干？」平兒給他逗笑了。

「我跟賈璉算是兄弟，和鳳姐兒也是親戚，他們得罪了人，我爲他們賠不是，也是應該的。」看平兒身上的衣服在方才一陣混亂中沾了泥，頭髮也亂了，又吩咐丫頭來爲她梳洗。襲人也翻箱子找出一件不大穿的衣服爲平兒換上。平兒見眾人如此善待，心下無比感激。

寶玉向來喜歡平兒的聰明清俊，只因平兒是賈璉的愛妾，又是鳳姐的心腹，所以不得和她親近，這回逮著了機會，自然要盡點心意。

第二天，賈璉氣消了，卻免不了挨賈母一頓刮。賈母啐道：「鳳丫頭和平兒都是美人胚子，你還不夠嚒？成天偷雞摸狗，什麼腥臭的東西都拉到你屋裡去！虧你是書香人家公子出身的！你的眼睛裡如果還有我，就乖乖的跟妳媳婦兒賠不是！」

平日盛氣凌人的鳳姐兒就靠邊站著，臉上脂粉不施，眼睛還哭腫了，一副病貓兒相，看在賈璉眼裡，多了三分可愛，於是乖乖向前做了個揖，笑道：「都是我的不對，妳別生氣。」賈母又令人叫平兒來，命賈璉和鳳姐安慰平兒。賈璉又笑嘻嘻的說：「姑娘昨兒受了委屈，都是我的錯；奶奶得罪妳，也是因我而起，我自己向妳賠罪，也替妳奶奶賠不是。」

平兒是個懂事的，哪裡敢讓鳳姐來向她賠罪？自己走上去給鳳姐磕頭，道：「我惹奶奶生氣，是我不對，請奶奶原諒。」鳳姐正自爲昨日的事後悔著，現在又見平兒如此，既是慚愧，又是心酸，拉起平兒，眼裡的淚水像珍珠脫了線。平兒又說：「我服侍奶奶這麼多年，奶奶一個指甲也沒彈過我，昨天打我，都是因爲那娼婦，怪不得奶奶要生氣！」

說著，眼淚也簌簌而落，暗地裡怪的是自己命薄。

賈母看見大家都熄了火，便令三人回去，說：「如果有人再提此事，我可要拿杖子來打一頓！」

三人回房裡，鳳姐心有未甘，還要追究，問賈璉：「我哪裡像閻王？像夜叉？那娼婦想咒死我，你也幫著她？」賈璉只得安慰道：「剛才我已經在大家面前向妳跪下了，妳已經爭足了光，又要怎樣？當個女人……太要強了，也不是好事！」說得鳳姐無言以對，平兒噗一聲笑了。

正說著些閒話兒，忽然有個婆子來傳話：「鮑二老婆吊死了！」三人大吃一驚。鳳姐卻冷笑道：「死了倒好！有什麼大驚小怪！」

不久，管家林之孝的老婆又進來報告：「鮑二的媳婦吊死了，她娘家要告到官府！」鳳姐冷笑道：「這敢情好！我也正想打官司！」林之孝老婆稟明此事可用錢擺平，鳳姐偏說：「不許給他錢！」

賈璉只好將兩百銀賠償的銀子，混進賈府日常流水帳內報銷，又私下給了鮑二一些銀兩。鮑二雖然知道老婆死因，但也不願將家醜外揚，好歹日後還得奉承賈璉這主子，如何計較？賈璉說：「改天挑個好媳婦給你。」他也就唯唯諾諾的。

平兒受了點無妄之災，除了自己安慰自己一番，還不時開慰鳳姐。她自小沒爹沒娘，向來懂得在人家籬下討生活，在愛拈花惹草的賈璉和醋罈子鳳姐間，她這個妾，當得風險十足，但仍有驚無險的過了萬重山。平時，同居「妾」位的香菱，和將來也必是「妾」的襲人，多多少少都能和她說幾句貼心話。守寡的李紈總說：「眞是上天不公，妳生做這個巧模樣，分明是個當奶奶的材料，卻得被人當成下人使！也眞是虧待了妳！」平兒只有輕聲道：「奶奶快別這麼說，我擔當不起！」

但平兒心裡總記得，小時候，算命先生看過她的手掌，說她命裡雖然凶險，但守得雲開即見月明，只要懂得忍氣吞聲，總有一天，她會是個夫人命。

25

就像榮寧二府門口的兩隻石獅子一般，賈府裡的管家與婆子們，在賈府的門蔭下，已守候了幾個繁華世代，小廝們娶了丫頭，成了管家與婆子，生下來的兒女，又成了賈府的丫頭與小廝。雖然是奴才命，但不愁風雨，不憂衣食。在外頭窮苦人家眼裡，他們已是富貴人。如萍浮水，如藤纏樹，以賈府的榮枯為榮枯。但每個人有每個人的心事。讀過書的奴才之子期望主子為他們出錢捐個小官做，貌美的丫頭們幻想有朝一日攀高枝。

想往上爬的，為富貴低頭，奉承逢迎。不忮不求的人難得——賈母疼惜鴛鴦，不只因她模樣雍容，更因她本性忠厚，自把襲人撥給寶玉後，身邊一切雜瑣，唯有鴛鴦能打理仔細。

鴛鴦本姓金，和許多丫頭一樣，世世代代在賈家為奴。父親金彩為賈家掌看外埠的產業，哥哥金文翔爲賈母做買辦，嫂嫂則爲賈母照料漿洗工作。

細腰削背、鴨蛋臉，烏油頭髮、高高的鼻梁，兩腮微微的幾點雀斑，總是氣定神閒的替賈母指揮若定——鴛鴦的模樣體面與行事大方，人人誇讚。這一日邢夫人不知爲何緣故，親自到了鴛鴦的房裡。鴛鴦正在繡花，邢夫人便把鴛鴦仔仔細細渾身打量。過了一會兒，才說：「丫頭，妳的模樣兒越來越好了，今年算來十八了吧？」

鴛鴦見邢夫人忽然來訪，又猛盯著她瞧，心裡十分不自在，詫異問道：「太太，這會兒找我，可要我做什麼？」

邢夫人一臉笑，慢慢挨著鴛鴦坐下，拉著鴛鴦的手，笑道：「我是特別來跟妳道喜的。」

鴛鴦聽了，心下已猜著三分，低頭不發一言。邢夫人又說道：「妳知道，老爺跟前沒個可靠的人。我本來想替他買個丫頭收在屋裡，但是挑來挑去，不是模樣兒不美，就是性子不好，選了大半年，沒一個入他的眼！只有妳，模樣兒和行事做人，樣樣都齊全！……老爺的意思，是想跟老太太討了妳，開了臉，就封妳做姨娘！妳素來是個要體面尊貴的丫頭，所以叫大老爺看中了，這麼一來，飛上鳳凰枝……可不是妳平日的心願？」

看鴛鴦不言不語，邢夫人滿心以爲自己替丈夫賈赦說成了媒，拉了她的手就要走：「我們這就跟老太太說去！」

鴛鴦抽出手來，一味低頭，不知在思量什麼。邢夫人又輕聲試探：「難道妳還不願意不成？放著主子奶奶不做，只能做一輩子丫頭！妳再做兩三年，發配給一個小廝，還是奴才命哪！妳素來知道我的個性，我又不是個不容人的，老爺待人又好……過個一年半載，妳若能生下一男半女，就可以跟我並肩齊坐了……將來要使喚誰，誰敢不做妳奴才？」

鴛鴦還是不說話。邢夫人以為她是害臊，因而笑道：「我倒忘了，妳還有爹娘在，該先跟他們說一聲，我這就叫人問他們去。妳有話，儘管告訴他們。」

鳳姐是個精明人，老早知道自己婆婆要替公公說媒娶妾，卻不敢陪邢夫人前去。一來，鴛鴦是個極烈性的丫頭，請別的丫頭做姨娘可能是抬舉，鴛鴦卻未必願意；二來，若鴛鴦不願意，難保既愚昧昏庸的婆婆吃了閉門羹，和公公一起把氣出在自己頭上，那可就大大不妙了。她借故開溜，回到房裡先與平兒商量。平兒從小和鴛鴦一起長大，聽了此事，也搖頭笑道：「這恐怕會自討沒趣兒。鴛鴦可不是個巴望做姨娘的人。」她知鴛鴦心裡自有一把尺，恐怕園裡的爺兒們，她一個都瞧不上。

平兒聽了消息，趕緊尋鴛鴦去。正巧就在園裡迎面遇著了鴛鴦。一見四下無人，平兒促狹道：

「可是新姨娘來了?」鴛鴦臉一紅,聽道:

「難不成是妳們互通聲氣來設計我?我這就和妳主子鬧去!」

平兒自悔失言,趕緊向鴛鴦賠不是。兩人便在楓樹下悄悄說話。鴛鴦冷笑道:「我們從小是一塊兒長大的,妳該知道,我對妳們是有話直說,這話我告訴妳,妳可別和二奶奶說去:別說大老爺想要我當小老婆,就是他三媒六證的娶我當大老婆,我也不去!」

這時,山石背後有人竊竊笑出聲來,原來襲人正巧走到這兒來。襲人聽了緣由始末,嘆了口氣道:「這話我雖不該說,但不能不說:這個大老爺,直是太下作了,只要是長得像樣的,他就不肯放手!」

「妳別急,」平兒笑道:「妳既然不願意,我替妳已想了辦法,妳就跟老太太說,妳已許給璉二爺了,難不成大老爺還跟兒子搶媳婦!」

鴛鴦又氣又急。偏偏襲人也跟著取笑:「不然,妳就叫老太太回大老爺說,已經把妳許給寶二爺,大老爺也會死心……」

話未說完,鴛鴦啐道:「妳們兩個壞蹄子!跟妳們講正經的,妳們反而拿我取笑!妳們自以為都有了結果,將來都可以做姨娘,就這麼尋我開心!我可要告訴妳們,天下事,未必那麼讓人遂心如意，妳們別現在就樂過了頭！」

二人見她急了，陪笑道歉。「我們從小像親姐妹一樣，講個笑話而已，妳可別見怪。」但不知怎的，聽到鴛鴦說，天下事未必讓人順心如意——襲人心頭刹時籠上一團烏雲，眉頭一皺，想了想，問：「那……妳的主意呢？」

「我不去不就行了，還要什麼主意？」

平兒搖搖頭：「這可不成，大老爺的性子我們都是知道的……現在好在老太太屋裡，他尚且不敢怎樣，但若老太太一走，妳還不是會落到他的手？」

鴛鴦杏眼圓睜道：「老太太在這兒一天，我一天不離，萬一老太太歸西去了，他也還有三年孝，哪有先弄小老婆的道理！到時候，他逼急我了，我就剪了頭髮當尼姑！」

平兒又說：「可是……妳家是世世代代在這裡的，難不怕他跟妳哥哥嫂嫂過不去？」

「那又怎麼樣，牛雖然牽到了水邊，他也不能強要他喝水！我不願意，他能殺了我爹我娘我哥不成！」

三人還七嘴八舌的設想，轉眼鴛鴦的嫂子已走到跟前。襲人說：「瞧，他們一定又打發妳嫂子來說了。」鴛鴦冷笑：「這個娼婦，專門愛管閒事，聽了這話，她哪會不急著來找我？」

果然，她嫂子一來，口口聲聲說「天大的喜事！」鴛鴦一口痰便吐到她嫂子臉上！手插著腰罵道：「妳快夾著妳這張狗嘴離開這裡！妳以爲當丫頭的做了小老婆，一家子就可以仗著橫行霸道，就想把我往火坑送！」

一面罵，一面哭，平兒、襲人都在一旁勸，她嫂子也不是省油的燈，哼了一聲道：「妳罵我，我可不敢回嘴，但這兩位姑娘並沒有惹妳，妳東罵一句小老婆、西罵一句小老婆，她們臉上怎麼過得去？」

這話又扯到了平兒和襲人的妾身未明。平兒道：「妳別拿我們扯在一塊兒，可沒有人封我們當小老婆！」

鴛鴦嫂子自覺沒趣，嘟著嘴走了。誰知假山後還藏著一個人，把這些話全收在耳裡，心裡忿忿爲鴛鴦打抱不平——那人就是寶玉。但當事人是他親伯伯，他有萬般意見也說不得！

邢夫人一時沒法子，又找自己的兒子媳婦幫忙，當晚叫進賈璉，要他將鴛鴦父親從外地叫進來說話。賈璉老早與鳳姐套了招，回道：「她父親金彩已是個病得半死不活的人，我們府裡連棺材銀子都賞了……她娘又是個聾子，一問三不知！找他們說做什麼？」

賈赦聞言大喝一聲：「混帳！」叫賈璉在外書房等著，又要傳鴛鴦的哥哥金文翔進來。過了幾天，金文翔便將賈赦的話說給鴛鴦聽，鴛鴦卻已篤定不要這個「姨娘」的銜，不怕威脅利誘。賈赦再一次被回絕，已惱羞成怒，拍案大罵金文翔：「俗話說嫦娥愛少年，她必定嫌我老，看上賈璉、寶玉這班年輕公子！若她有此心，叫她早早打消念頭，我要她，她不來，將來誰敢要她！將來……就是老太太疼她，將她許給外頭的人，她也要仔細想想看，她嫁到哪一家，能離得了我的手掌心！」說完便要金文翔回去傳話，否則小心他的腦袋！

鴛鴦氣得無話可說，只答道：「即我願意去，你們也得帶我去稟告老太太！」

她哥哥嫂嫂信以為眞，皆同鴛鴦到賈母房間去。可巧王夫人、薛姨媽、李紈、鳳姐、寶釵等都在那裡。鴛鴦拉了她嫂子在賈母面前跪下，一面哭，一面把事情源流始末說了分明，又嚷著說：「不管他會不會報仇，我是已經鐵了心！就是老太太逼著我嫁！我拿刀子抹死了也不從命！」說完，拿出袖內早已備好的剪子，抓起一綹頭髮就剪：「如果有人逼我，我現在就當尼姑去！」

衆婆子趕緊過來搶她的剪刀。剛剛才知情的賈母，聽得渾身打顫，說：「氣死我了，我身邊只剩一個可靠的人，他們還要來算計！」邢夫人不在，賈母便罵王夫人：「你們原來都在哄我！外頭裝著孝順，暗地裡成日盤算！有好東西也要，有好人也要，眼見我待鴛鴦好，你們還要弄開他，這樣就好擺弄我！」

王夫人忙站了起來，低頭靜靜站在一旁，雖然此事與她八竿子打不著，她卻不敢還嘴。衆人不敢辯白，一時氣氛凝滯；在外頭的探春只好陪笑道：「這事和太太有何相干！老太太想一想，大伯子的事可會告訴小嬸子？」

話未說完，賈母已知失言，對薛姨媽笑道：「我是老糊塗了！妳這個姐姐是極孝順的，不像我們那大老爺太太，只知道怕丈夫，在婆婆跟前虛應！我不該委屈了她。」又對寶玉說：「寶玉，我錯怪你娘，你怎也不快提醒我？」

寶玉笑道：「難不成叫我偏著母親，出聲罵伯伯嬸嬸不成？」

賈母道：「你這樣說也有道理，快去給你娘跪下，說：太太別委屈，老太太上了年紀，難免糊塗了。」寶玉趕緊朝自己母親跪下，王夫人笑著拉寶玉起來，一會兒誤會散盡。

賈母又怪鳳姐，沒擋住自己的嘴，害王夫人受委屈。鳳姐笑道：「我沒編派老太太不是，老太太反而編派起我來？」

「我倒要聽聽，我有什麼不是——」賈母笑道。

鳳姐巧語婉轉：「誰叫老太太會調理人，把個鴛鴦調理得像個水葱兒般的人兒，誰見誰不愛？」

賈母笑道：「這果眞是我的不是了。」

偏偏邢夫人在此時走了進來，被賈母當面刮了一頓：「你怎麼替他說起媒來？這『三從四德』也做得太過了！難不成他逼你殺人，妳也殺人去，我身邊好不容易有個人兒，讓妳們這些媳婦孫媳婦省得為我操心，你們偏來弄她！妳且跟妳們老爺說去，他要什麼人，只管萬兒八千的買人去，別打我的主意！」

邢夫人被這一罵，羞得無地自容，賈赦聽說老母親大大光火，也不敢重提舊事，連每日晨昏問候母親的規矩，也因告病省了。賈璉也因此被賈母重提往事，將他和那鮑二媳婦的風流舊帳罵了一遍，怪自己母親邢夫人道：「他自己鬧出這種事，叫我們替他受罪！」邢夫人卻罵兒子說：「你這沒孝心的孽種！人家還替老子死，被說了幾句，就怨天怨地了？」

賈璉只好遣人到處為父親搜購新的小妾，過了幾個月，總算花了五百兩銀子弄了一個賈赦看得上眼的十七歲女孩，叫做嫣紅。

「人已上了年紀，還左一個右一個，放在屋裡？既耽誤了人家的女孩兒，也妨礙了自己身子；官兒不好做，成天和小老婆廝纏，像什麼話！」

賈母常常在房裡對著鳳姐說起賈赦，但除了搖頭嘆息，也別無他法。雖是自己親生兒子，隔了肚皮後就隔千重山，除了嘀咕，也沒法子要他如何。只隱隱感覺到，有朝一日，自己一命歸西後，這園子不知要給他們鬧成什麼樣子！

她不再往下想，因爲到那時，她已經有權不知道了。

26

兒子雖然是自己的好，賈母管不了賈赦，賈政約束不了寶玉，薛姨媽對薛蟠也無可奈何。所幸薛蟠的父親留下萬貫家財，幾年內，還不致於敗光。薛蟠一般在外招惹的小是非，幾個錢就可以打發，就是殺人放火，也可花錢消災。

薛姨媽帶著薛蟠和薛寶釵住進大觀園，原本希望在長輩約束下，薛蟠能痛改前非，無奈套句鴛鴦的話，牛牽到水邊，還是不能強按牠喝水，薛蟠仍是薛蟠，賈府不過成了他醉生夢死的溫床，一群小廝前呼後擁、逢迎巴結，使他霸上添霸。

昔日因搶個女孩兒打死了人，承賈府勢力，用錢消弭了官司。那個女孩甄英蓮已成他身邊的妾，更名為香菱，收為妾後，他也與她恩愛了幾日，但薛蟠喜新厭舊的個性畢竟耐不住日子，新鮮味一失，對之又索然乏味了，又興頭頭的在外頭打野食。除了金陵城的豔妓外，他也四處覓孌童，不管是男是女，只要是風流嬌豔的，他都非沾一沾不可。他家財萬貫，不屈於他的勢的，也都不免折腰於他的錢，因而薛蟠無往不利，只要喜歡上的人，沒有弄不上手。

唯有這一次，碰了一個大釘子。

一夥人隨賈母到過去老僕人賴大家家裡聽戲。薛蟠又看上柳湘蓮。

柳湘蓮昔日與寶玉、薛蟠和已故的秦鐘都有一面之緣，本是金陵世家子弟，讀書不成便學劍，個性豪爽，以游俠自居，喜歡耍槍弄劍、賭博喝酒，也愛吹笛彈箏，眠花臥柳，平日更喜串戲。因爲他年紀輕，生得又比一般女孩俊美，所以串的都是風月戲的旦角，常被誤以爲是俳優或孌童。這一日，應賈珍等的要求，也興致昂然的上台演戲客串。戲未演完，薛蟠已不飲而醉。

柳湘蓮見薛蟠以輕佻的眼神相看，心中老大不舒服，和寶玉討論完爲秦鐘掃墓的事，匆匆便要告辭。剛到大門前，薛蟠卻已在那裡大叫大嚷：

「誰放小柳兒走了？」

雖然柳湘蓮眉清目秀，膚如凝脂，卻是個鐵錚錚的漢子，聽了薛蟠這一番話，恨不得一拳將他打死！但看四周還有人在，一股氣硬生生的吞下來。薛蟠忽然看到他的身影，卻如獲珍寶，緊抓住他不放，笑道：「我的好兄弟，你到哪兒去了？你一走，我看戲都沒興頭！」

柳湘蓮想告辭，薛蟠偏又不放人，說：「有什麼要緊的事要辦，都交給哥哥就成，你有這個哥哥，日後做官發財都不難……」兩隻眼睛射出來的，盡是淫神蕩色，柳湘蓮又恨又惱，心裡盤算好了計謀，暗想：此仇非報不可！於是將薛蟠拉到了僻靜無人處，學戲子媚眼一拋，裝出笑臉來，道：「你是眞心和我好，還是假意跟我好？」

薛蟠已心癢難當，斜著眼瞄他，曖昧笑道：「好兄弟，我要是虛情假意，現在就死在你面前！」

「既然如此，不妨找個地方，咱們喝個酒，徹夜長聊……」

薛蟠喜不自勝，本來有的幾分酒意全衝上腦門，整張臉紅得像猴子屁股。即刻要小廝牽了自己的馬來，便要跟著柳湘蓮去。

「你可跟緊一點。」柳湘蓮回眸叮嚀，薛蟠看得神顚魂倒，馬兒也騎得撥浪鼓一番，左搖右晃，就是怕把眼前的美味跟丟。

行到人煙稀少處，柳湘蓮便下了馬，把馬拴在樹上，也要薛蟠下來，笑道：「我們在這裡先起個誓，日後不得變心，也不得將我們之間的事情告訴人！」

薛蟠哪有不依？趕忙拴了馬，在樹下泥塘前雙膝一跪，說：「我要日久變心，或告訴別人去，就天誅地滅！」一言未了，背後已被重重一擊，眼前一陣黑，滿眼金星亂竄，身不由己的倒了下來。柳湘蓮將他翻過身來，又狠狠摑了幾下，不多久已鼻青臉腫。薛蟠掙扎著起身，還一陣亂罵。柳湘蓮即取了馬鞭來，往他身上猛抽，嘴裡冷笑道：「我打你，是因爲你瞎了眼睛！現在你給我放亮眼睛瞧瞧，看柳大爺是誰！」

薛蟠被打得疼痛難當，酒醒大半，噯喲噯喲的叫，可惜左右連個人影兒也沒有，誰來救他？柳湘蓮縱身一踢，薛蟠便跌在泥塘裡，狼狽無比。

「現在，你可認得我了！」

薛蟠自知打不過柳湘蓮，只好討饒，說：「我錯了……我現在知道……你是個……正正經經的人……唉呀，我的肋條折了，快別打啦……」

「好老爺，饒了我這沒眼睛的瞎子吧……」眼見柳湘蓮不肯停手，各色討饒的話都從薛蟠嘴裡出籠。柳湘蓮卻還要他喝兩口泥水！

「……這水實在髒，怎麼喝得下去？」

一遲疑，柳湘蓮又賞他一陣毒打。薛蟠勉強低頭喝了一口，哇的一聲，把方才吃的酒肉全吐了出來。柳湘蓮哼了一聲，策馬而去，待賈蓉賈府的小廝們發現薛蟠時，他已衣衫襤褸、面目傷腫，活像頭爛泥中打滾的豬。

賈蓉素知薛蟠品性，已猜得八九分，對薛蟠笑道：「薛大叔天天調情，今兒竟然調到水塘裡——想必是龍王爺也愛上你的風流，要招你當駙馬去！」

薛蟠哪敢回嘴，只口口聲聲央求賈蓉，別把這丟盡顏面的事告訴別人。但賈蓉哪肯放過這好戲？趕緊將此事告訴父親，賈珍聽說薛蟠挨打的事，笑道：「這種虧多吃點才好！」

香菱爲薛蟠哭腫了眼睛，薛姨媽看了薛蟠的傷勢也心疼不已，想央求王夫人，請人抓拿柳湘蓮，卻被寶釵勸住了，說：「這又不是什麼了不起的大事！酒後起衝突的事，日日都有，媽媽如此興師動衆，人家豈不說我們仗著親戚的勢力欺人？何況，哥哥平日無法無天，大家都知道。妳又勸不了他……讓別人教訓一下又如何？」

薛姨媽想想有理，也就打定主意讓此事就此打住，嚴令薛蟠手下小廝不許尋仇，要小廝們告訴薛蟠，柳湘蓮已畏罪潛逃，不許他追究。

過了些時日，薛蟠的傷口雖然好了，卻怕人家笑他，有意找個地方遮羞避風頭，順便遊山玩水去，便告訴薛姨媽要出去學買賣，薛姨媽見他「立志向學」，當然歡喜，但又恐他舊習不改，出去當散財童子不打緊，又四處惹事生非，於是和寶釵商量大計。寶釵說：

「他若是眞改了，是他一生的福；若不改，也沒別的法子。讓他跟著父親的老夥計出去走走，花幾個錢學乖也好。」

薛蟠這一出遊，就要一年半載。寶釵怕香菱沒伴，又知她素來喜歡到大觀園逛，便稟明母親，要香菱住進蘅蕪院去。香菱滿心歡喜，直嘆寶釵是知音。

寶釵笑道：「我知道你心裡羨慕著這園子，不是一天兩天的事了，每天找機會來看我，慌慌張張的，多沒趣兒，不如陪我作伴。」

香菱豔羨的可不是大觀園中的奇山異石、花草樹木，她笑求寶釵：「好姑娘，趁著這工夫，妳教我做詩吧。」

寶釵笑她「得隴望蜀」，要她緩一緩，先問候了衆人再說，又說女孩子家做針線是正經，詩賦只是閨閣遊戲，不值得認眞，沒想到第二天，香菱卻到瀟湘館求黛玉，黛玉竟答應教她作詩。

時節一入秋，黛玉的身子又咳咳喘喘。前些日子臥病在床，幸有寶釵天天派人爲她送燕窩，使她對寶釵盡棄前嫌，感佩她的溫厚，正愁無以回報，見香菱來求，當下爽快答應。香菱越發得意了，對黛玉笑道：

「這麼說來，妳就是我的老師了，妳可不許厭煩。」

黛玉說：「學詩有什麼難？不過是起承轉合而已。」於是要香菱先學律詩，中間兩副對子，注意「承轉」要訣——平聲的對仄聲，虛的對實的，又舉杜甫詩爲例：「若有佳句奇句，連平仄虛實都不對也沒關係。」

香菱本已讀過幾本詩集，立即領會黛玉的意思：就律詩而言，規矩並不重要，詞意新奇才是佳構。黛玉又要她拿王維、杜甫、李白的詩集去揣摩，香菱得此機會，沒日沒夜的看，寶釵屢屢譏她爲詩痴，她也聽而不聞。

過幾日，香菱來還詩集，正與黛玉討論杜詩「日落江湖白，潮來天地靑」，還有「渡頭餘落日，墟里上孤烟」的絕妙之處，偏偏寶玉和探春也來訪黛玉，便做了聽衆，聽香菱講詩。探春見她聰明靈巧，於詩已有所得，便要邀香菱入「海棠詩社」，香菱雖然喜不自勝，又愁自己沒做過詩，八字還沒一撇，怎能貽笑大方？黛玉便以月圓爲題，替她訂了韻腳，要她下回來時交卷。

眞做起詩來，香菱除了日夜顚倒外，更是茶飯不思。寶釵看她這般沉溺，笑她：「何苦自尋煩惱？」又打趣道：「都是林妹妹勾引妳，我且和她算帳去！妳本來就呆頭呆腦的，再做起詩來，越發呆了！」

香菱卻不管她說什麼，靦靦腆腆的拿了詩給寶釵看。寶釵看了，笑道：「妳別害臊，只管拿去給妳老師看，看她怎麼說？」

第一首月圓詩，被黛玉評為：意思到了，但措詞不夠雅。香菱失魂落魄的回了住處，卻連房門也不入，只在樹下用簪子劃地，苦思佳句。寶釵看了，忍不住笑道：「這人必是瘋了。」寶玉、李紈、探春聽見香菱如此，遠遠站在另一邊山坡上，看她一會兒皺眉，一會兒淺笑，口中唸唸有詞，都覺得十分有趣。香菱卻渾然不覺，一逕挖心搜膽，非要別出心裁不可。

第二天，拿了自以為絕妙好辭的詩給黛玉看，黛玉又評為「失之穿鑿」。她雖掃興，但卻沒掃了詩興。這一夜兩眼圓睜，到了五更還沒睡，天亮時，寶釵初醒，又聽她滿口夢話，笑道：「有了有了，這一首一定好！」寶釵忍不住叫醒她，用手指掐她的腮，道：「妳有了什麼了？我看妳若學詩不成，一定會弄成病來！」

香菱猛然驚覺，趕緊把夢中做成的詩句謄在紙上。一早，諸姐妹們正在沁芳亭說笑，寶釵才剛告訴她們香菱學詩成魔一事，香菱便慌慌張張的拿詩來了，迎到黛玉門前，笑道：「妳看看，這一首如差強人意，我就學下去，如果還是過不了關，我就死了這顆心！」

這第三首月圓詩寫道：

精華欲掩料應難，影自娟娟魄自寒。
一片砧敲千里白，半輪鷄唱五更殘。
綠簑江上秋聞笛，紅袖樓頭夜倚闌。
博得嫦娥應自問，何緣不使永團圞

黛玉還未下評，寶玉已經嘆道：「天下無難事，只怕有心人，這會子，我們社裡可缺妳不可了！」

薛蟠在外雲遊四海這一年，反而是自小被拐賣、命運流離的香菱一生中最歡喜的一年。住在大觀園裡，風花雪月、小山流水全入了她的詩，她不停的寫啊寫，寫到後來，詩如流泉，自心中涓涓湧出，是詩寫她，不是她寫詩。

既使在往後更艱厄困頓的日子裡，使她心平靜氣活下來的，也是詩。因爲離不開詩，所以她從未對滾滾紅塵絕望。

黛玉爲她開了門，讓她進入另一個世界，一個無人能統轄干涉的世界，那扇門，任哪一隻堅實有力的手都關不了它……那是一個愁雲慘霧遮不了的晴空。

27

這個冬季，曾是寶玉一生中最美麗的季節。北風一到，繁華的城市一片皚皚白雪，處處琉璃世界。雪未消融，枝頭已忍不住綻放朵朵紅梅。

好風好月還要有懂的人來欣賞，更添滋味。寶玉素來是個喜聚不喜散的人，有他歡喜的人來相聚，日日笑得合不攏嘴，即使是喜散不喜聚的黛玉，在這冰雪天地中也忽然有了聲聲笑語，心裡臉上一團暖氣。

原因是四個冰雪般剔透的人兒，在冬初暫時住進了大觀園，使得園裡風情萬千，詩社的聚會也熱鬧起來。這四個女孩，包括邢夫人哥哥的女兒邢岫烟，李紈舅舅的女兒李紋、李綺，其中最令衆人目不轉睛的，則是薛寶釵的表妹薛寶琴。薛寶琴因許配給梅翰林之子，由哥哥薛蝌帶到京城來待嫁。賈母王夫人見了這幾個玲瓏剔透的女孩兒，歡喜非常，留她們住進大觀園裡。寶玉才看了這幾個女孩幾眼，興奮不已趕回怡紅院，對眾丫頭說道：

「妳們還不趕快去看看！人說寶姐姐已經是絕色佳人，她那妹子的美還更勝她幾分！還有大嫂子的兩個表妹，唉呀，眞是靈秀精華，都到我們家來了……」

向來挑剔的晴雯先趕過去看，回來也盛讚薛寶琴長得好，那雍容氣度、粉黛蛾眉，是從未見過的人品。探春見了這幾個遠親姐妹，心裡早就籌畫著，海棠詩社該添些新人了。王夫人特別喜歡寶琴，認了薛寶琴當乾女兒，寶琴暫時就住在賈母房裡。不只兩位長輩對她疼愛異常，連多心的黛玉也左一聲「妹妹」，右一聲「妹妹」，親親熱熱的喚著這位可人兒。

不久，賈母又將史湘雲接來，住在寶釵房裡，極愛說話的史湘雲遇上虛心求教的香菱，兩人沒日沒夜的吱吱喳喳，被寶釵取笑：「妳們實在聒噪得令我受不了！兩個女孩兒家，不做針線女工，成日只拿詩當正經事，痴痴顚顚的，這哪裡是女兒家的本分！」兩人卻我行我素，談個沒完。

這一日忽而下起了雪，李紈發下了帖子，召開冬季的第一次詩社集會。一行人穿了防雪的斗篷，往稻香村來。衆人都披著大紅色的篷子，唯獨寶釵穿著蓮靑色的鶴氅，史湘雲穿了貂鼠皮的大褂，裡頭又是男裝打扮，使她高䠷的身子更顯得蜂腰猿背、鶴勢螂形。黛玉笑她：「妳當男人，倒比當女孩兒更俊些！」

李紈宣佈，題和韻她已經都擬好了，和衆人約好，隔天大家在蘆雪亭見面。第二天，雪又下得比平日大，白銀滿地，襯得紅梅如胭脂一般顏色，分外有精神。衆人到齊，李紈出好題後，卻不見湘雲和寶玉兩人。黛玉笑道：「他們兩人不湊在一起便罷，在一塊兒不知會生出多少事來！這會子一定在算計老太太那裡的新鮮鹿肉！」

正說著，李紈的嬸嬸趕過來看熱鬧，問李紈道：「那邊有一個帶玉的哥兒和掛金麒麟的姐兒，長得那麼斯文清秀，卻嚷著要吃生肉——難道你們府上……少了他們吃的嚒？」寶釵聞言，笑道：「林妹妹說的是，快將他們抓拿過來！」

李紈命人找來了他們兩個。兩人卻不肯先做詩，反而叫婆子們在蘆雪亭起灶燒鹿肉，湘雲又要了酒吃，非得吃完喝足才肯作詩。香味撲鼻四溢，衆人沒辦法，只得加入吃燒肉的行列。不久，平兒和鳳姐也來湊熱鬧，大夥兒忘了詩，吃成一團。

黛玉胃弱，怕吃了不消化，縱然難以抵抗撲鼻香味，只有站在一旁看衆人大快朵頤，嘲笑道：「哪裡來了一大群叫化子？罷了，罷了，今日蘆雪亭遭劫，活生生被雲丫頭作賤！我且先爲蘆雪亭哭一場！」

湘雲回嘴：「俗話說，眞名士，自風流！假淸高最可厭！我們雖然大嚼腥膻，待會兒做詩，一樣錦心繡口！」

寶釵笑著接口道：「待會兒你們要做不好詩，可得把肉全吐出來！」衆人洗完手，開始作即景詩，由湊熱鬧的鳳姐起個「一夜北風緊」，以下每人接兩句詩詠雪。接到後頭，衆人多打退堂鼓，只剩湘雲、黛玉、寶琴、寶釵還在聯句。

湘雲說：「石樓閒睡鶴」，黛玉笑道：「錦罽暖親貓」，寶琴接：「月窟翻銀浪」，湘雲連：「霞城隱赤標」，黛玉趕緊說：「沁梅香可嚼」，寶釵對：「淋竹醉堪調」，寶琴忙說：「或濕鴛鴦帶」，湘雲又對：「時凝翡翠翹」，黛玉笑云：「無風仍脈脈」，寶琴忙接：「不雨亦瀟瀟」。

四人接聯句，如急行軍一般，其他的人只能在旁邊笑看。接得才盡詞窮後，才由李紋、李綺一人一句將詠雪詩收了尾。李紈笑道：「逐句評來，寶玉說得最少，算他落第！」寶玉在一旁看一羣巧笑倩兮的女孩兒搶作詩，歡言笑語，早就看呆了，哪還有詩興？笑說：「我才思魯鈍，本來就不會接句子，你們多擔待！」

李紈說：「輸的就該罰，今天非罰你不可！這樣吧，我剛打從櫳翠庵來，看那院裡的紅梅開得熱鬧，但平日我難忍妙玉的爲人，所以沒向她要——我就罰你去取一枝來！」

衆人拍手叫好，說：「這罰得有趣！」寶玉也樂意爲之，喝了一大口酒，便往櫳翠庵去了。

李紈素來無可無不可，獨不喜妙玉。妙玉原本是江南某世家的女兒，因父母雙亡，自小又體弱多病，所以一直在尼姑庵中帶髮修行。爲了元春省親，賈府整修大觀園，修築櫳翠庵養尼姑，便把妙玉接了來。妙玉雖在尼姑庵中長大，但用物、飲食比官宦家小姐更挑剔，平日更是氣高性傲，不與衆人往來。前些日子，劉姥姥逛大觀園，由賈母帶到櫳翠庵，她背地裡嫌劉姥姥喝過的杯子髒，譏笑寶玉喝茶如牛飲，又笑黛玉是個大俗人，連茶水是雨水抑或雪水都分不出來。寶玉和黛玉知她天性怪僻，都忍著她。寶玉怕她丟了劉姥姥用過的杯子，未免太可惜了，要她把杯子賞給劉姥姥，妙玉想了想雖同意了，卻說：「幸而那個杯子我沒用過，若是我用過的東西，就是砸碎了，也不能給她。」寶玉、黛玉只有面面相覷。

李紈不喜妙玉，因她太難相處。但凡是美麗的女孩兒，寶玉都樂與之問候，管她好不好相處。不久，果然他得意洋洋的擎了一枝紅梅進來，笑道：「爲了這枝梅花，可費我不少精神……」

有了紅梅，衆人又遇邢岫烟、李紋、李紈做起詠梅詩。寶琴年紀雖小，才思敏捷偏勝衆人。黛玉、湘雲斟了酒來賀她。不久，鴛鴦、琥珀也扶著賈母來了。賈母嫌蘆雪亭潮溼，要大夥兒跟著到惜春的暖香塢取暖，順便看每日畫大觀園圖，沒出來和大家詠雪的惜春。

暖香塢果然暖氣拂臉，大家賞完惜春的畫，都稱讚她畫得比仇英還好。爲討老太太喜歡，衆人又在暖香塢打起了燈謎。寶琴父親未過世前，曾跟著父母親走遍四山五嶽，見多識廣，因而作了十首懷古詩，每一首都是一個謎，打一個物件，要大家猜，黛玉等人皆未到過這些地方，一邊猜，一邊嘖嘖稱奇。

聽說寶琴去年已許給梅翰林之子，鳳姐拉著寶琴的手笑道：「眞不巧，我正要給小妹妹說媒呢，沒想到已經許給人家了！」賈母偏巧也有這個心——這女孩兒內外兼修，心想，她若能許給寶玉有多好！但念頭不過是個念頭！豔冠群芳的寶琴，已有了好人家。

唯有寶玉房裡的晴雯這一季過得甚不順利。襲人母親病重，她哥哥接她回去省親。寶玉房裡的貼身丫頭，便由晴雯和麝月擔待。夜裡，服侍驚醒的寶玉喝水，忽見外頭月色如水，她一時興起，也沒披衣，只穿著小襖就到外頭散步。忽而一陣微風，侵肌透骨，使她毛骨悚然。寶玉在後頭喊：「回來，別凍著！」晴雯卻說：「我哪有那麼嬌貴？」

隔天早上，卻已鼻塞頭重，懶於動彈。寶玉爲她心疼，便叫婆子們請王太醫來。王太醫爲晴雯下了幾個藥方，寶玉嫌下得太重，怕傷了晴雯的身，自己把藥方稍稍減了，才敢給晴雯服，還因晴雯發燒頭疼、鼻塞聲重，弄了盒洋鼻煙給她聞，要她打幾個噴嚏就沒事了。不料晴雯吃了幾天藥，病卻沒有退，自己急得在那兒亂罵大夫：「只會騙人的錢？沒一劑好藥給人吃！」麝月笑道：「誰叫妳生得跟那個林姑娘一樣，都是病西施！別人吃一兩帖就好，妳恐怕得多吃十倍，俗話說：病來如山倒，病去如抽絲，妳急有什麼用？」

晴雯的脾氣偏像燒紅的炭一樣，碰到一點小水滴就要嘎吱嘎吱響，在病中，這炭燒得更猛了。那日在蘆雪亭，平兒高高興興和大家燒鹿肉時，丟了一隻鐲子，後來，給一個嬤嬤找到了，說是在怡紅院的小丫頭墜兒那裡看見的，交還給平兒。平兒個性寬宏，見失而復得，就不再追究，只將此事情悄悄告訴寶玉與麝月，要他們此後小心，原沒想絕墜兒的路。寶玉想不到墜兒看來如此伶俐，卻做出如此可歎的醜事來，一時忍不住，便把話說給晴雯聽，晴雯氣得蛾眉倒豎，就要叫墜兒過來罵，被寶玉阻止了，說：「妳這麼做，可辜負了平兒的好意！」

但晴雯到底忍不住這口氣，趁寶玉去問候黛玉、襲人回家探病的當兒，自作主張將墜兒攆了，命她媽媽帶回家去。墜兒的母親本在賈府做雜役，對怡紅院內情事多少明白幾分，知是晴雯做的主，本還對晴雯打笑臉：「姑娘們今兒怎麼這麼大的脾氣？墜兒不好，妳們只管教她，怎麼就要攆她走了？多少也給我們留點面子！」

晴雯說：「如果妳有什麼不滿意，等寶玉回來，妳可以問他去！」

墜兒的母親聽了，冷笑道：「姑娘說笑了，我哪有膽子問他？他哪一件事不是聽姑娘的調停？他縱然不想，姑娘們想，他也會依姑娘們的臉色！」

結果，墜兒雖給帶走，但晴雯為了跟她母親理論，不覺胸中氣悶，更添病情。這一天好不容易睡著了，寶玉又進來，一進門，累累嘆氣。原來寶玉一個不小心，把賈母賜給他的孔雀裘燒了一個大姆指大的窟窿，正不知如何是好。料想賈母雖然不會罵他，但他心裡著實不安，叫婆子拿出去找外頭的裁縫，別人見孔雀裘異常珍貴，織工又細密無比，都不敢攬這個生意。寶玉卻說：「明天老太太還叫我穿這件裘子去見他，偏偏我穿了一天就燒了，真是掃興！」

晴雯是個沉不住氣的人，一聽寶玉這麼說，怎麼還睡得著？當仁不讓，拿了他的裘來看，說：「這是孔雀金線織的！」心裡想，這怡紅院內，再也沒有個女紅巧過自己的人，便自告奮勇：「……我……唉，就拚了命幫你補吧。」

寶玉怕她為此折騰，加重了病情，並不肯讓她做，但他一阻止，晴雯更是執意非做不可。她坐起身來，挽了挽頭髮，就開始拈線。雖然覺得頭重身輕，滿眼金星亂迸，卻逞強了一夜，幾針來來回回縫出了經緯後，細細密密把孔雀裘補了。到天明時補完，自己端詳了一下，不細看，看不出破綻出來，微微嘆口氣道：「就是補得不像，我也沒辦法了……」

話未說完，筋疲力盡，噯喲一聲，整個人倒了下去。寶玉再請王太醫來診脈，又說她的氣血更加虛微，已非同小可，開了些益神養血的藥劑給她。寶玉成天憂心忡忡，說：「這怎麼好呢，如果有個好歹，都是我的罪孽！」

晴雯病了一個冬天，虧得寶玉日日叫人給她弄湯弄藥，又噓寒問暖，才漸有起色。雖是丫頭命，但一來襲人不在，以她為大；二來寶玉殷勤呵護，心高氣傲的晴雯，在病中也享盡了小姐福，心中未嘗不甘心。

病中無事，她便瞧著寶玉給她用的西洋鼻煙盒發愣，盒上繪著一個長肉翅的，黃頭髮的女人，雪白的臂膀露在外頭，身上只罩著白紗肚兜兒。

「這長了肉翅的女人，可會飛上天去？」她沒事即胡思亂想，一合目為那女子編了一籮筐綺夢。睡夢中，她有時也會看見，自己的身上也長了一對肉翅兒，身子輕巧巧的，就要飛上天去。俯身一看，寶玉、襲人他們都在下頭，像芝麻粒兒，有時她的整個人也在芝麻粒中，她想喚自己卻不知該喚什麼？晴雯，晴雯……她壯著膽子叫了幾聲……可惜地上那個晴雯，偏又不認得縹緲雲間的這個自己……

寧榮二府中，算精明俐落，誰比得上鳳姐來著？賈母若沒鳳姐，食不知味。

「妳們給我說說看，」賈母偶爾便向衆晚輩誇起鳳姐來：「論人情事故，有誰能想得比鳳丫頭周到？」

誰敢不一起誇鳳姐的精明伶巧？

「……只可惜……常言說，一個女人家，聰明靈巧太過，總會折壽。」

「老祖宗這話就沒道理了。我的一點小聰明，哪比得上老祖宗的大聰明？偏偏眼前的老祖宗就是個福祿雙全的人兒。」鳳姐粉臉含笑，不消思量，堂皇的話語就從一張小嘴裡順口溜出來，每每逗得老人家開心不已。

邢夫人愚弱，王夫人早不管事，多年來，已將榮府大小事委由「親上加親」的姪女兒總理。鳳姐裡裡外外，無不妥當，龐大的家計加上賀弔迎送，所費的銀糧，算來不亞於一個縣的開支，而鳳姐都能打理妥當，從不讓賈母王夫人擔心。在公家事井井有條之餘，鳳姐的假公濟私也做得天衣無縫——多餘的銀子，她都叫可靠的人借出去滾高利貸，每年從這一項飽私囊的，就數不清有幾千幾萬兩，此外，人人知她厲害，又懼於賈府歷代的威名，有些惹上官司的麻煩事，也都聞風託鳳姐來擺平，這一項，鳳姐獲利更是豐厚。有許多事連她的丈夫賈璉都瞞在鼓裡，唯有有耳無嘴的平兒，一切了然於心。

這年，辦完了繁瑣的年事，傳出鳳姐小產的消息。小產後，鳳姐身上的出血未曾停過，一天比一天面容枯瘦。鳳姐生性雖愛逞強，還為園裡的大小事傷神，但日子一久，便支撐不住。王夫人怕她失於調養，硬要探春和李紈代她總理諸事一月，又要寶釵四處小心留意。

本來不關未嫁姑娘的事。但因李紈素來尚德不尚才，一顆菩薩心，應付不了下人們的刁鑽古怪，王夫人只得請探春也出一分力。鳳姐待下一向嚴苛，管家及下人們見鳳姐生病，無不暗暗額手稱慶，以為李紈仁厚，必好搪塞，可以落得清閒，而探春也不過是個未出閣的小姐，素來平和恬淡，懈怠些亦無妨。但幾日下來，已有人竊竊自語：

「剛剛倒了一個『巡海夜叉』，又添了三個『鎮山太歲』，連偷閒的時間都沒有了。」

探春雖然不多話，看來性情也柔順，但處事的謹慎精細，不下於鳳姐，寶釵司監察，又克盡厥職，每在夜間坐轎帶下人巡查四處，下人也偷懶不得。

這個月內，頭一樁事，便是探春母親趙姨娘的弟弟——也就是探春的舅舅，從前王夫人的僕役，因病而亡，由管家吳媽來報，呈清李紈探春處理。吳媽存心試試李紈和探春的辦事手腕，只簡略說了事由，沒像昔日討好鳳姐那般，把舊例如何賞銀一一說得鉅細靡遺，存心要看看她倆如何處理。

李紈想了想，說：「前幾天襲人的母親死了，聽說賞了四十兩，這回也賞四十兩吧。」照王夫人吩咐，管事的人已將襲人算入姨娘月例，李紈想以此類推並不會錯。吳媽應了聲是，持了令就要走，卻被探春叫了回來，問：「以前老太太房裡也有幾個老姨太太，她們家裡死了人，從前到底賞了多少？」吳媽說：「不記得了……反正也有多，也有少，姑娘說的便算數誰敢嫌少爭多？」

探春笑道：「妳這話不是胡鬧嚒？您老辦事辦了這麼多年事，這個也不記得？不是故意來難倒我們嚒？如果賞錯了，叫我們如何向二奶奶交代？」

待吳媽取來舊帳一看，姨娘的兄弟死了，合理該只賞二十兩，探春便把條子改了。這一改，不久她母親趙姨娘就蹚了進來，見了探春，眼睛就紅了：「這個屋子裡的人，人人都想踹在我頭上，姑娘，妳也該為我出氣出氣！」說著，一把眼淚一把鼻涕一把眼淚，哭了起來。探春忙問，誰欺負妳了？趙姨娘說：「就是姑娘妳踹我！我這會兒連襲人都不如，還有什麼臉活下去！妳有沒有想過我是妳娘，妳讓我沒臉見人連妳自己都沒臉！」

探春平心靜氣的解釋為何只賞二十兩的因由，又翻舊帳本給趙姨娘看。趙姨娘還是糾纏不休，探春卻堅持是祖宗手裡的舊規矩，改不得。探春說了自己母親幾句：「姨娘總愛惹事生非，實在令人寒心；太太現在還滿心疼我，看重我叫我管理家務，我豈可一接管就沒了規矩？姨娘來為難我，叫我難看，我才眞沒臉見人！」

「妳是我懷胎十月生下來的，難道太太疼妳，妳就把我給忘了？」趙姨娘被說得沒話可答，偏還不甘心，牽牽扯扯。探春忍不住氣，抽抽噎噎哭了。趙姨娘還要佔上風，說：「妳舅舅死了，妳多給個二三十兩，難道太太會不依妳？都是妳自己尖酸刻薄！妳還沒出嫁，就揀高枝飛了？」

探春聽了更是氣惱，嚷道：「妳不用每兩三個月就找個理由來，把家裡大鬧一陣，怕人家不知道我是妳養的！還好我沒妳這麼糊塗！」

趙姨娘還在嘮叨，平兒笑盈盈的走了過來。李紈問平兒，來做什麼？平兒笑道：「我們奶奶聽說趙姨奶奶的兄弟沒了，唯恐奶奶和姑娘不知舊例賞二十兩，所以叫我來送個信兒，不過，奶奶說，姑娘要多添些也成！」

探春說：「添什麼？妳主子想的可眞巧，叫我壞了例，讓她做好人！」於是對平兒冷笑道：「妳可來遲了一步！方才，連吳媽那個辦了幾十年事的老人家，也說她忘了舊規矩，一問三不知，來耍我們——她可敢對妳們二奶奶這樣？」

平兒笑道：「她要敢這樣，恐怕腿早就被打斷了。姑娘可別對她們太好。她們以為大奶奶是菩薩心腸，姑娘素來又靦腆寡言，所以才敢這樣！」說著，回門外衆管家婆子說：「妳們再撒野，等我們奶奶回來管事，皮就要緊些！」一個管家答道：「一人犯罪一人當，姑娘幹嘛牽我們入水？」

探春一肚子氣未消，就拿舊帳本發威，一一審核後，刪了幾處不必要花的銀子——把賈環、寶玉、賈蘭的文具費用給刪了，又把諸姐妹的胭脂錢裁了，花匠整理花圃的工費也省了。平兒在一旁看她做事，暗暗驚服，竟呆站一旁忘了走。探春知道她是來爲鳳姐做眼線的，對她笑道：「妳說完了話就去做妳的事，站在這裡忙什麼？」

平兒知道探春受了她娘的氣，此時必不能招惹，還是早走爲妙，碰巧寶玉房裡的秋紋來問月錢的事，平兒忙悄悄說：「妳趕快回去告訴襲人，什麼錢都別找今天問，問一百件，包管便駁一百件！姑娘正要找人作法鎮壓呢，別去碰一鼻子灰！」秋紋知趣，伸伸舌頭走了。

平兒回到房裡，將剛才的事向鳳姐報告。鳳姐笑說：「好個三姑娘！只可惜她命薄，沒生在太太肚子裡！」平兒笑道：「奶奶也糊塗了！她雖然不是太太養的，誰敢小看她？」

鳳姐嘆道：「這妳就不知道了，現在的人打聽親事，還斤斤計較姑娘們是正出還是庶出的！」說完，又嘆息道：「我知道，我這幾年理家儉省了些，這一家子管事的人沒有不恨我的，但他們都不知道，老祖宗留下的產業，收入已不及昔時，現在，三姑娘又定下省儉之計，其實正合時宜，否則，過不了幾年，家產就要賠盡！」

平兒說：「可不是？不久，家裡的少爺姑娘都大了，婚嫁之禮，不知道還要耗多少銀子！」

鳳姐因病躺在床上，想的卻全是經濟大策。知道探春比她還會算計，她心安了不少。「我正愁沒個臂膀，沒想到三姑娘比我想的還厲害！她跟環兒一個肚子裡鑽出來，卻有天壤之別！沒有她妳看看這家裡的人，該叫誰出來管才好？寶玉原不是能管這回事的人。大奶奶是個佛爺，心腸太軟，迎春不中用，惜春又小，林姑娘、寶姑娘都聰明，卻只是親戚，不好管咱們家的事！況且，一個是紙糊的美人燈，風一吹就壞了，一個拿定了主意，『事不干己不張口，一問搖頭三不知』——只剩三姑娘一個人，心裡厚道，手段又分明！加上她又比我知書達禮，將來恐怕比我更厲害一層！不過……她若要作法，一定先拿我開刀，今後妳凡事都奉承著她，萬萬不要分辯。」

平兒應道：「我哪裡會那麼糊塗！」

因而，每回探春有什麼新舉措，平兒更在一旁唯唯諾諾，說：姑娘聖明想得到，我們奶奶雖然想到了，卻沒做到，非得姑娘整頓不可。不多久，探春算了下來，一年也可省出四百兩銀子。多餘的工匠都支遣了，小雜務則留給幾個沒事的老管家婆婆做，又可支領當差費，衆人都感激不盡。自此，再也沒有人敢小看探春。

29

黛玉的身子，入春之際猶虛，虧得寶釵體恤她寄人籬下，不便開口，日日要自己的丫頭煮燕窩來給黛玉吃，加上丫頭紫鵑的殷勤照料，黛玉的病情才穩下來。寶玉這個沒事忙的人，自然也沒忘每天到瀟湘館來問：林妹妹病情如何。

這天午后，寶玉又到了瀟湘館。黛玉正在午睡，寶玉沒敢吵她，悄悄的踩住房門，見紫鵑坐在迴廊裡做針線，便問：「妹妹昨天的咳嗽好了沒？」紫鵑說，好些了。寶玉一喜，隨口唸道：「阿彌陀佛！總該好了！」

紫鵑素知寶二爺從來不信佛，有意取笑他：「眞是新鮮，連你都唸起佛來了！」

寶玉笑道：「這叫病急亂投醫！」一面說著，看紫鵑在春寒料峭中穿得單薄，手便往她肩膀捏了捏說：「妳穿得這麼單薄，還坐在風口，不怕生病了？」

不等他話說完，紫鵑撥開他的手，說：「別動手動腳！小心人家在背後說你手腳不乾淨，人都長這麼大了，還和小時候一樣耍野，如何使得？」起身拿了針線，進房裡去了，也不理寶玉。

寶玉當頭被澆下一盆冷水，無言以對，心裡難過，便坐在瀟湘館附近的山坡上，望著竹子發呆，不知不覺間，已是一臉淚水。

小丫頭雪雁從門外回來，看了寶玉這副光景，悄悄回去問紫鵑：「姑娘是不是又給寶二爺氣受？」

紫鵑一聽，即知緣由，問：「寶二爺在哪裡？」放下針線，就去尋他，含笑安慰道：「我說幾句話是為大家好，你別這樣就氣哭了。」

「誰氣哭了？」寶玉抬起頭來，臉上猶有斑斑淚痕：「我知道妳講得有道理。我只是莫名其妙的傷心！」說著便傻笑了起來。

紫鵑於是挨著寶玉坐下，陪他說話，問起昨兒老太太開始叫人一天送來一兩燕窩的事來。寶玉說：「是我向老太太提起的。我看寶姐姐在我們家做客，每天讓她送燕窩給林妹妹來，也著實不好意思，就跟老太太露了些風聲……」

紫鵑笑道：「原來是你說的，就多謝你費心了。」

寶玉給她一稱讚，得意起來，說：「妹妹要是天天吃，吃上兩三年，病一定好了。」

紫鵑眉毛一皺，故意逗他：「在這裡天天吃倒容易，明年到別人家去，哪能有閒錢天天吃？」

寶玉聽了，大吃一驚，連忙問到：「到誰家裡去？」

紫鵑順口說：「妹妹要回蘇州去。」

「胡說！」寶玉笑道：「妳在騙我！妹妹已經沒了父母，才被老太太接到這裡來，還回去找誰？」

紫鵑偏冷冷笑道：「你太小看人了，難道只有你們賈家是大族，林妹妹就沒有伯叔不成？長大了，要出嫁時，自然得將妹妹送還給林家，我想，最早明年春天，最遲明年秋天，林家必有人來接妹妹。」又怕寶玉不信她的玩笑話，說：「昨兒晚上林妹妹還告訴我，叫我告訴你，把她送給你的東西都清出來還她，她也會把你送她的全還給你！」

寶玉只覺一片黑鴉鴉的天全壓到他頭頂上來，想要再問紫鵑話，卻一句也想不出來，大半天不作聲。正巧晴雯走來了，推推寶玉說：「老太太找你呢，害我尋了老半天，原來你在這裡！」

紫鵑還沒發現寶玉有什麼不對，笑著對晴雯說：「他在這裡關心我們姑娘的病症，我告訴他老半天，他都不信，妳且拉他走吧。」

紫鵑走回房裡，寶玉還猶自愣著。晴雯拉著他的手，他毫無反應，任晴雯像牽牛般拉回怡紅院中。襲人一看他一臉紫漲痴呆樣子，大驚失色，以為他吹了熱風昏了頭，誰知過了一會兒，寶玉竟兩眼發直，嘴角裡流出口水來，自己也不知道抹。給他枕頭，他就睡，給他茶，他就喝，要他坐著，他就坐得直直的，像個木頭人。寶玉的奶媽李嬤嬤在他人中掐了兩下，指印都嵌在肉裡，他也不覺得疼。李嬤嬤大叫：「不得了了，不中用了！」便搥床搗枕嚎啕大哭。

襲人信以為眞，也哭了起來。晴雯見事有蹊蹺，想必方才在瀟湘館發生了什麼事，要襲人到瀟湘館問紫鵑：「剛剛妳和我們二爺說了什麼話？不然他怎麼變成這個樣子？」黛玉方才醒來，正吃藥，不知道發生了什麼事，也問襲人，寶玉怎麼了？襲人說，李嬤嬤說寶玉不行了。黛玉聽得此言，哇的一聲，把剛才吃的藥全吐了出來，身子裡的脾胃肺肝都在翻動，一時喘得說不出話來。紫鵑忙過來搥她背，黛玉氣若游絲的說：「妳不用搥，妳到底跟他說了什麼，害他這樣？乾脆拿繩子來勒死我算了！」

紫鵑說：「……我也沒說什麼，不過跟他說了兩句玩笑話！」

襲人也動了怒：「妳難道不知道，他那傻子……每每對玩笑話認眞？」兩人催紫鵑到怡紅院去當解鈴人。

紫鵑一進房裡，賈母和王夫人都已在那兒，眼睜睜看著寶玉；賈母一見紫鵑，即罵道：「妳這小蹄子，和他說了什麼？」

紫鵑辯稱，只是幾句玩笑話。話未說完，寶玉兩眼瞪著紫鵑，噯呀一聲哭出聲來。衆人見他哭了，放心不少——至少已無大礙。寶玉又向前猛然拉住紫鵑，說：「要去也連我帶去！」

這話的意思，只有紫鵑懂得，只得由她向賈母等人解釋原因。賈母流淚道：「我還以爲有什麼大事？原來只是一句玩笑話。」怪紫鵑說：「妳這孩子，平日聰明伶俐，又知道他有個呆根子，哄他做什麼？」

薛姨媽正安慰賈母，說，吃幾帖藥就好了。此時有人來報：管家林媽賴媽來看寶二爺。寶玉才聽到一個「林」字，又跳起來：「不得了了，林家的人來了，快趕走他們！」賈母忙要人將來者打發走，對寶玉說：「那不是林家的人，林家沒有人了，不會來接她，你放心吧。」

寶玉又胡鬧：「不管是誰，除了林妹妹，誰都不許姓林！」

「好，好，」愛孫心切的賈母，只一味順著寶玉：「好，好，以後不許姓林的人進大觀園，你們也不許再說林字兒。」寶玉還鬧不夠，指著櫃子上一艘西洋貢禮的船模型，說：「那不是來接林妹妹的船嚒？把它攆走！」襲人忙替他拿了下來，寶玉便揣在懷中，又拉著紫鵑的手，死也不肯放，笑道：「嘿嘿，這樣可去不成了吧。」

王太醫來看，說他是急痛迷心，開了幾帖藥。寶玉偏還不放紫鵑走，硬拉著她，不讓她爲林妹妹收拾東西回蘇州。賈母只得令紫鵑守著寶玉，另派琥珀去服侍黛玉吃藥。黛玉自己身子不好，走不到怡紅院來，卻也不時遣雪雁問消息。

紫鵑日夜辛苦的守著寶玉幾天，好不容易才等寶玉好了些。襲人笑道：「誰叫妳要鬧出這事來？只好由妳來治了。不過，我們這位呆爺，吹到一些風兒，就以爲要下雨了，以後不知怎麼才好！」

寶玉一回復神智，全然忘了自己發瘋時是怎麼樣的，聽聞自己的病中狂態，只管笑。紫鵑說：「那些話，都是我編的——林家是眞沒人了，不會來接林妹妹的，若是眞有遠親來接，老太太也不會放她去。」

「就是老太太放她去，我也不依！」就算清醒了，寶玉還是斤斤計較。

紫鵑笑道：「你是眞的不依，還是嘴裡說說？只怕你長大了，訂下親事，眼裡又沒有林妹妹了。」

寶玉又驚問：「訂親？誰跟誰訂親？」

「前些日子，老太太不是說要爲你訂寶琴姑娘？」紫鵑隨口說。

「哈哈，妳這下騙不了我，寶琴已經許給梅翰林家，妳別再拿這慪我！」

紫鵑怕他再瘋魔一次，搖了搖他，說出了心裡話，「你不用太認眞，我……是爲我們林姑娘著急，才拿這些話來試你！」

「那……妳爲什麼著急呢？」

「我怕，林姑娘日後如果許給了別人，我畢竟要跟她去的……所以，我就編出謊話來試你！」

寶玉馬上信口允諾，道：「妳別白擔這個心！我對天發誓，活著，我們一處活；死了，我也跟妳們一起化了灰！」

紫鵑聽了，心裡都笑了。才回去照顧黛玉。誰知她才說幾句玩笑話，不只傷了寶玉，又讓黛玉哭得徹夜難眠，病因而多添了幾分。紫鵑回來，黛玉問明細故，知道寶玉這瘋病全爲了自己而起，低頭不語，並不出言怪紫鵑。紫鵑悄悄笑道：「姑娘，寶玉的心是紮紮實實向著妳。聽說我們要走，命也不要了。」

黛玉沒有回答，紫鵑又說：「一動不如一靜，兩個人從小一起長大，互相的脾氣性情彼此都知道了，再好不過。」

黛玉羞紅了臉：「妳白忙了幾天，還不想歇一歇？咕咕嘀嘀些什麼？」「我只是一片眞心為姑娘。」紫鵑說：「我怕哪一天，老太太去了，姑娘在這裡，就要憑人欺負！出去許了別人，公子王孫雖多，哪一個不是三房五妾……不如嫁一個從小就知心的人！」

黛玉知道紫鵑關心自己，卻啐道：「妳這丫頭可瘋了！明日我回老太太去，再不敢要妳服侍！」待紫鵑睡了，她心裡感激她的好，又念及寶玉的心意，暗裡傷懷，哭了一夜才睡。

幾家親戚住在大觀園，又湊合出一樁喜事。邢岫烟雖家道貧寒，卻生得端雅穩重，薛姨媽有意收她為媳婦兒。自己的兒子薛蟠未有正妻，但想來實在不配，怕糟蹋了人家的女兒，便說給寶琴的哥哥——一表人才、家裡根基又富的薛蝌。兩人彼此歡喜願意，双方家長也肯，就在賈母撮合下，應允了這門親事。

這天薛姨媽同寶釵來探黛玉的病，黛玉笑問：「天下的事眞讓人想不到，姨媽和大舅母，又做成一門親家了？」

薛姨媽道：「哪裡能先想得到？原是神仙預定好的，古人說，千里姻緣一線牽，妳聽說過沒有？這管姻緣的月下老人，老早暗暗的拿根紅線兒把這兩個人的腳絆住了，哪怕兩個人隔著山隔著海，只要有緣，誰也擋不了的。」她看了看寶釵和黛玉，性情雖天南地北，卻是好一雙世間少有的女孩兒，便笑道：「就是不知道妳們兩個的紅線，不知是在眼前，還是在山南海北的哪一處！」

端雅的寶釵唯有伏在母親懷裡是會撒嬌的，笑說：「媽媽說話，動不動就拉上我們做什麼？」

薛姨媽用手輕輕摩弄寶釵的鬢髮，笑呵呵的天倫畫面看在黛玉眼裡，既是傷感，又是羨慕，她撇撇嘴道：「瞧瞧！寶姐姐，這麼大的人了，見了姨媽就撒嬌，離了姨媽，又變成最老道的人！」

薛姨媽一手摸著寶釵絲緞般的髮，一邊輕嘆道：「這就是妳這姐姐的好處了。我有了妳這姐姐，就跟老太太有了鳳姐一樣，有正經事，就和她商量，沒正經事，也幸虧她惹我開心，我一見她，愁都散了！」

黛玉聽了，眼淚悄悄掉下來。薛姨媽問：「怎麼好端端的哭了？」黛玉觸動心事嘆了口長氣，說：「可惜我是個沒爹沒娘的人了！」

薛姨媽一聽，也攏過黛玉來，輕輕撫她的頭臉，說：「好孩子，別哭，別看我疼妳姐姐，我心裡更疼妳呢！像妳這麼個晶瑩剔透的女孩兒，誰不憐誰不愛？只是因為老太太已經夠疼妳了，我也不好錦上添花，怕人家說我因老太太才對妳好哩。」

黛玉破涕為笑，說：「姨媽既然這麼說，明兒我就認姨媽做乾娘，姨娘若嫌棄，就是假疼我！」

「妳不嫌棄姨媽，就認我當乾娘，有什麼不好？」

寶釵偏要開玩笑，說是認不得的。

「怎麼認不得？」

寶釵擠眉弄眼的說：「妳心裡想想，我哥哥還沒訂親，爲什麼先把邢妹妹訂給我堂兄弟，這是什麼道理？」黛玉一時愣著，尋不出關聯處，寶釵又說：「我哥哥已經在這園子裡相準了，早晚就要提親，妳一認我娘做乾娘，豈不亂了分寸？」

黛玉已然會意，寶釵正亂點鴛鴦譜，想把薛蟠賴給她，靠近身子就要抓寶釵：「我看是妳發了瘋！」一個抓，一個躲，薛姨媽忙分開兩人，笑對寶釵說：「妳別胡亂牽扯！依我看，林妹妹訂給寶兄弟，才是兩全其美的好對策！」

黛玉一愣，羞紅了臉，也低頭對寶釵說：「姨媽怎麼也跟妳一樣，說出這沒正經的話來？」

紫鵑在外頭房間聽了，飛快跑進來，說：「姨媽既有這樣的想法，怎不跟老太太說去？」

「妳這孩子乾著急什麼？」薛姨媽笑道：「難不成想快快催姑娘出了閣，自己也趕快找女婿去？」

說得紫鵑的臉也紅了，又趕緊離了房，咕噥道：「姨媽眞是倚老賣老！」

黛玉本想啐紫鵑一口，見紫鵑馬上碰了一鼻子灰，也忍不住笑出聲來。

薛姨媽本不住在大觀園裡頭，這個春天，因鳳姐病未癒，寧府賈珍又因朝中太妃薨隨之請靈一月，園裡乏人照料，賈母便令薛姨媽住進大觀園幫忙照管。寶釵處已住有湘雲、香菱，薛姨媽便搬進瀟湘館，照料黛玉吃藥，彷彿黛玉的親娘一樣。黛玉和寶釵之間，因而更加親密，直稱「姐姐」「妹妹」，彷彿同胞所出，昔日種種猜疑，都已無蹤無跡，無可尋覓。

30

還沒出嫁的女孩兒，都是一顆一顆無價的珍珠。一出了閣，不知怎的，珍珠就慢慢失了光澤，漸漸的變成渾渾濁濁的瓷珠子。再老了，凡塵俗務一染身，瑣碎諸事懸心計較，所有的亮麗光彩都不見了，只剩一顆一顆的魚眼睛。寶玉老是這樣嘀咕著。

清明時節雨紛紛，寶玉因連病了幾天，臉色白如紙。在清明這一日，忽然放起晴來，雖然病還沒全好，襲人還是催著寶玉到處走走逛逛，四處散心。拄著一支杖在園內慢慢走，走到藕榭那邊池塘，看見湘雲、香菱和寶琴及幾個丫頭坐在山石上有說有笑，幾個婆子在塘裡行船，撈泥種藕。他正要走過去，湘雲便大聲笑道：「快把船打發出去！他們是來接林妹妹的！」

眾人都明白其中緣故，呵呵笑起寶玉來，寶玉的臉瞬時漲成豬肝色，訕訕笑道：「妳以為我是故意生病的？」待寶玉想坐下和姐妹們湊熱鬧，湘雲又說：「這裡有風，坐在山石上也冷，你還是到別處坐吧。」

寶玉正想去瞧黛玉，於是向湘雲、寶琴等告辭，往沁芳橋走來。陽光正好，映得一池柳垂金線。抬頭一看，眼前一株大杏樹葉稠蔭翠，上頭結了纍纍的小杏子，都只有豆子大小。寶玉嗟嘆：「才病了幾天！怎麼所有的杏花都開完了，不知不覺，又是『綠葉成陰子滿枝』！」望著杏子，依依不捨，不肯挪開腳步，忽又想到邢岫烟已有了夫婿——雖說女孩兒終有一日是要嫁人的，但世界少了一個好女孩兒，還是叫他惋惜，想她再過一兩年，難免也是「綠葉成陰子滿枝」——好好一顆珍珠，誰知什麼時候會變成魚眼睛呢？

正胡思亂想間，一道白煙從另一頭的山石後發出，驚起了杏枝上的雀兒。又聽得那邊有個婆子嘎啦嘎啦罵人：「藕官，妳要死了！再燒紙錢，妳就給我小心皮肉！」

寶玉轉過山石去看，只見林黛玉房裡的藕官滿面淚痕，對著一團紙灰發呆。忽見一個婆子邊罵邊走來，拉著藕官：「我已經告到上頭去了，妳還不跟我去討罰！」

藕官僵著身子不肯動，寶玉替她辯白：「她哪裡燒了紙錢？她燒的是林姑娘寫壞的字紙！」

藕官也應和著，但那婆子卻不肯放手，說：「妳別嘴硬，跟我去領罰！」又從紙灰中掏出一張沒燒盡的白紙錢，說：「有憑有據，看妳還賴不賴得掉！」

藕官兩眼看著寶玉，要他解圍。寶玉便對藕官說：「妳只管跟她去！就告訴上頭說，我昨夜夢見杏花神來向我要一串白錢，才能把我的病趨走，所以我叫妳替我燒紙錢，所以今兒才能走路——這回有人來攔妳做這件事，就是沖了我！」

臉上本來惡狠狠的夏婆子，自討沒趣後，只得收起豎目橫眉，陪笑道：「是我的錯，二爺別生氣。」瞪了藕官一眼，氣鼓鼓的走了。

藕官本在梨香院唱小生，是賈薔打江南買來的十二個女孩之一，但因當朝皇太妃薨，皇上下令，做官人家家裡的優伶一律遣發，賈府也得循例而行，本來要讓女孩們返家，除齡官、藥官已病死，沒幾個願意回去，其餘的，不是無家可歸，就是寧願留在大觀園裡。不願返鄉的，文官給了賈母，正旦芳官給了寶玉，小旦蕊官給寶釵，小生藕官給黛玉，唱花臉的葵官送湘雲，小花臉的荳官送給寶琴，艾官、茄官分別由探春、尤氏領去，各得其所。這些唱戲的女孩兒不會做雜役，也不懂使女紅，各主子也都心知肚明，平日不大吆喝她們，多縱容她們在園內玩耍。

夏婆子走後，寶玉問藕官，爲何燒紙錢？藕官雖然感激他伸手相救，但卻不願親口告訴他因由，哭道：「這事只有你屋裡的芳官和寶姑娘房裡的蕊官明白……你還是回去問芳官吧，但若是知道了，可不許再告訴別人！」

寶玉是個好奇的人，這下子哪有不趕回去問芳官的道理，一回怡紅院，偏偏院裡吵得鬧紛紛的。原來是芳官和她在梨香院時的養娘何媽在大叫大嚷。因爲何媽要自己的女兒春燕洗完頭，才叫芳官洗。芳官怪何媽，拿了她每個月的月錢，只給她用剩水。何媽則惱羞成怒，罵她：「戲子難纏，沒個好東西！」襲人和晴雯在旁勸架，越勸，她們吵得越兇。寶玉自然是偏心女孩子的，要襲人拿了花露油、香皀給芳官，想平息此事。

芳官的養娘何媽，覺得面子過不去，便提起手來打了芳官幾下，把芳官打哭了。晴雯指著何媽說，「妳這麼大年紀，還這麼不懂事！我們都已經替妳排解了，妳還打人！」

何媽振振有辭：「一日叫娘，終身是母，她對我不尊敬，我自然可以打她。」

麝月聽了，忙過來嚇何媽：「滿園子裡，誰敢在主子屋裡教女兒？她不好，自有主子打罵，妳少在這裡無法無天！過幾天，怕妳連我們都敢打了！」

寶玉也氣得拿杖子打門檻，說：「這些老婆子全是鐵石心腸！」

何媽看衆人都罵自己，又羞又愧的走了。女孩兒是珍珠。寶玉全捧在手掌心，她們生氣，寶玉又陪笑又賠罪。至於像魚眼睛般的婆子，在他眼裡，就是不乾不淨的東西，少在他眼前晃來晃去，他便感激不盡，平日吃飯時，根本不許她們到裡頭屋子來。

到了午飯時，寶玉有意親近芳官，就叫芳官幫他吹涼一碗火腿鮮筍湯，笑道：「妳成天傻玩傻睡怎麼成？多少學些服侍的活兒。」芳官便學著平日襲人的樣兒幫他吹湯。此時她乾娘何媽端了飯在門外伺候，見芳官吹湯，跑進來要討好寶玉，笑說：「她沒做過家事，怕會打破碗，我來幫她吹吧！」剛伸手接碗，就被晴雯轟出去，說：「快給我出去！就是她砸了碗，也輪不到妳吹。誰叫妳進裡頭來？」又罵幾個小丫頭：「妳們也不攔她？讓她進來伸手動嘴？」

何媽被幾個丫頭推了出來，還遭外頭做雜役的婆子們取笑：「嫂子，妳怎沒先拿鏡子照一照就進去了？」當下又恨又氣，自討沒趣又奈何。

寶玉吃了半碗粥，喝了幾口湯，便悄悄問芳官，藕官祭的到底是誰？芳官低聲道：「他祭的是死去的藥官。」

幾月前，寶玉曾聽聞藥官病故，這才想起來，沒憑弔過她，心裡著實有幾分歉意。芳官說：「那時他演小生，藥官是小旦，唱戲時都扮小倆口，親親熱熱，下了戲，也玩成眞的來，妳愛我，我愛妳的，藥官一死，她哭得死去活來，但後來補了蕊官，她又疼起蕊官來。我就對她說：『怎麼有了新的就忘了舊的？』她說，她不時幫藥官燒紙錢，不算忘了，就像家人死了女人，也有再娶的，沒把舊人丟開不管，就算有情有義了。二爺，你說她傻嚒？」

寶玉聽了這話，又喜又悲。喜的是戲子也有情，悲的是人間離合難定，便要芳官爲藕官設一個香爐，時時爲藥官供奉茶水鮮花，免得燒得烏煙瘴氣的紙錢，玷汙了藥官的清新頭臉。

只要是珍珠般的女孩，他沒有不憐惜。大觀園裡的年輕丫頭因有他寵著，個個比貧家小姐尊貴，年紀大的婆子心裡再怎麼不舒服，也爭不過姑娘家，有氣也只好藏著。

「其實這也怪不得寶玉，」何媽的女兒春燕說：「他說女兒未出嫁時是無價珠寶，一出了嫁，便染上許多治不好的毛病兒，再老了，竟成了魚眼睛！這話聽來雖然是隨口胡說，但也有幾分眞確，就拿我媽和我姨媽來說好了，她們兩人老了以後，眼裡只有錢是眞的。我媽本來在梨香院照顧芳官，我姨媽照顧藕官，拿了她們的月錢，家裡已逐漸闊綽了，卻還不對人家好一點……藕官燒紙錢，我姨媽去打報告也就算了，我媽還更沒頭沒腦的和芳官吵了一架，又想給寶玉吹湯，自討沒趣！」這話是對鶯兒講的。鶯兒正坐在草地上，摘了一裙子的鮮花和柳條，巧手編起花圈來。春燕在旁邊說邊看，想了想，笑道：「這花是我姑媽看管的，她呀，也是個只看錢不懂事的婆子，看妳摘了花，一定又要惹事！」

才正說著，她那姑媽就從不遠處拄著枴杖走來，責罵她們不該摘花。鶯兒開玩笑說，都是春燕叫她編的花兒。她姑媽便把氣出在春燕頭上，不由分說，就拿了杖子打了春燕幾下。鶯兒沒想到一句玩笑話就害了春燕，趕緊上前拉住了婆子，婆子反責怪她別管閒事。

正打鬧著，春燕的親娘何媽又出來看究竟。她娘昨兒受了芳官的氣，胸中正有一股怨氣不得發洩，也移轉到自己女兒身上，打了春燕兩個耳刮子。

春燕本在怡紅院執事，莫名其妙受了委屈，便哭著往怡紅院去討救兵。她娘便一路追過去。因爲只顧著追春燕，一不小心踩到青苔，跌個四腳朝天，反而使在旁看的鶯兒，還有藕官、蕊官哈哈大笑。何媽羞恨難當，爬起來，又沒命的追。一進怡紅院，春燕看到襲人，就抱著襲人不放，說：「姑娘救命，我媽要打我呢！」

襲人見鬧事的又是同一個人，不免生氣，說道：「三天兩頭就要打人？打了乾的，又打了親的？到底有王法沒？」

何媽心下以爲襲人是個好脾氣的，也就沒將襲人的重話放在心裡，說：「姑娘，我勸妳別管我們家的閒事！她們平常都是妳們縱的，妳們現在還管什麼？」

襲人氣得說不出話來。麝月一使眼色，春燕直奔內室，到寶玉身後躲去。寶玉拉著春燕的手，安慰她：「別怕，有我呢。」寶玉還未說話，麝月就開口支使小丫頭們：「二奶奶雖然微恙，還有平兒呢，去請平兒來裁判！」

一個小丫頭應聲去了。看熱鬧的衆婆子知情況不妙立即要何媽讓步。何媽仍理直氣壯，說：「這世間沒個道理！沒看過娘管女兒，人家還替她管她娘的！」一個婆子冷笑：「她請的可是鳳姐房裡的平姑娘！平姑娘平時雖是個好性兒的，但一翻臉，恐怕比鳳姐還兇，保管妳吃不了要兜著走！」

果然，那小丫頭回來，便帶話來：「平姑娘沒空……但她要我告訴管家林大娘，先將鬧事的人攆出去，再打四十個板子！」

何媽聽了，嚇得淚流滿面，央告襲人求饒，說自己是個寡婦，此情可憫。襲人說了她一頓，就要算了。晴雯卻在一旁冷笑：「打發了出去才是正經！」到後來，何媽只得求自己女兒春燕說情。寶玉向來息事寧人，只告誡她不許再鬧，否則必將她攆走。

瑣瑣碎碎的事兒，大觀園裡天天層出不窮，鳳姐未復出視事前，全賴平兒一人排解糾紛。不久後賈環向芳官要薔薇硝，芳官作弄他，給了茉莉粉，惹得趙姨娘大怒，以爲連丫頭都看不起她這個庶出的兒子，在何媽慫恿下，到怡紅院打了芳官。芳官挨了打，口不擇言，說，姨奶奶從前也是奴才哩，也揪打起趙姨娘！引來昔日唱戲的伙伴——藕官、蕊官、葵官、荳官同仇敵愾，一起圍住趙姨娘喊打。管事的探春並不罵這些女孩，反而將自己的親娘說了一頓：「妳平日不自尊重，不成體統，才會有這種沒臉的事！別的姨娘怎沒丫頭敢圍打？」說得趙姨娘恨得親生女兒癢癢的，卻也莫可奈何，只得成日抓著園裡的婆子長吁短嘆、叨叨不休，說自己的女兒胳臂全往外彎。

大事化小，小事化無，平兒和探春雖無鳳姐威儀，這幾個月下來，園中諸事也井井有條，不枉一個好人，不縱一個貪贓。

31

不久，王夫人房裡丟了幾瓶茯苓霜，和掌廚房的柳媽有嫌隙的管家，只見廚房裡有個露瓶子，便往上告密，說是廚娘柳媽的女兒五兒偷了。偏偏搜查的人又碰巧在廚房裡找到一瓶茯苓霜，以爲人贓俱獲，將柳五兒這個平白無辜的人關了起來。虧得平兒做人心細，詳細詢問，查出是彩雲拿了。彩雲向來和賈環相好，爲討好賈環，拿了一瓶茯苓霜給趙姨娘，以爲神不知鬼不覺，沒想到會生出這許多事來。彩雲性子直，向平兒認罪：「就說是我拿的，不要冤枉了別人！」

平兒心想，彩雲一向老實，絕非故意偷竊，並不想擴大此事，於是教寶玉來頂罪——少爺在母親房裡拿了東西，誰敢有什麼意見？寶玉素來好說話，他也不願彩雲受委屈，便出來擔待此事，只說是誤會一場。

彩雲對寶玉固然心生感激，但又惹起賈環對彩雲的猜疑：「妳若跟他沒有什麼鬼鬼祟祟的，他爲什麼替妳頂罪？」

氣得彩雲趁夜裡沒人看見，把要給趙姨娘的茯苓霜丟進河裡，讓它隨水付諸東流。但這一氣卻傷了身體，從此後病倒床上長吁短嘆，身子一天比一天壞。

轉眼到了寶玉的生日。雖值宮中皇太妃喪期，做官人家不得鋪張，但一大早，園裡的姐妹和丫頭們已不約而同的到怡紅院來爲他暖壽。可巧這天竟也是薛寶琴、邢岫烟和平兒的生日。探春笑道：「要找兩個同日生的已不容易，我們這園裡才多大，就有四個同日生的壽星？沒個緣分是不行的。」

四人一起做壽，吃酒喝茶抓菓子，還有餘興節目，讀過書的玩射覆遊戲，沒讀書的捉對划酒拳。滿庭中紅飛翠舞、玉動珠搖，不時傳出清脆的鐲子響。雖然沒能大大過生日，貪熱鬧的寶玉卻比往年還高興幾分。

當晚寶玉又和幾個丫頭在怡紅院內吃酒，說是「大家只管取樂，不可拘泥」。管廚房的已爲他們備了一桌子酒菜——四十個定窯的白彩碟子盛著四十種小點心，都是山南海北來的珍奇美味。

寶玉興致一好，又嚷著要行酒令。襲人道：「斯文點過生日倒是好的，可惜我們不識字，說不出什麼像樣的詩句。」麝月提議擲骰子搶紅，大家都懂，寶玉卻說沒趣，想了想：「我們不如來玩點花名好。」晴雯也附議，襲人嫌人少了沒趣，要春燕、四兒等人請了寶姑娘、林姑娘、琴姑娘還有李紈、香菱、探春。

衆人到齊，晴雯捧上了一個竹雕的籤筒，接著筒裡的象牙花名籤子，值骰子數到寶釵，寶釵先抓了一支。大家一看，只見籤上畫著一枝牡丹，上頭題著「艷冠群芳」四字，四字下頭又是一句唐詩：

任是無情也動人。

下頭又有小字，抽到此籤者，須與席中衆人喝一杯，且可隨意命席中衆人唱新曲一支爲樂。寶釵喝了酒後，便命芳官唱曲子，芳官唱了一首「賞花時」。寶玉只管拿著那籤，口裡顚來倒去的把「任是無情也動人」來來回回的唸，聽曲子時，兩隻眼睛卻只管瞪著芳官的瓜子臉看。

下一個抽籤的是探春。上頭畫著一枝杏花。紅字寫著「瑤池仙品」，詩則是「日邊紅杏倚雲栽」一句，看見紅杏二字，探春羞得臉都紅了，把籤往桌上一擱。寶釵輕啓朱唇將上頭的注唸出來，說得此籤者，必得貴婿。黛玉笑道：「我們家已經有了一個王妃，難不成妳也是個王妃？眞是大換李紈抽籤，籤上則是一枝老梅，寫著「霜曉寒姿」四字，舊詩則是「竹籬茅舍自甘心」，自飲一杯酒。

輪到湘雲，湘雲一邊大笑一邊捲起袖子，拎出一根籤。籤上畫的是一株海棠花，題爲「香夢沉酣」，詩爲：「只恐夜深花睡去。」衆人都笑了。原來這一天早上諸姐妹聚會時，湘雲因多喝了酒，趁衆人還在喝酒划拳時，自己恍恍惚惚走到園子的角落裡，倚著山石睡著了。好事的丫頭來報，衆人躡手躡腳圍觀，只見湘雲睡得不醒人事，而四周飛落的芍藥花，早已飛洒得她滿頭滿臉滿衣襟，連手裡的扇子都被落花埋了，又有一群蜜蜂蝴蝶圍著湘雲打轉。衆人看了，又愛又笑，過了好久才叫醒她。黛玉打趣道：『「夜深」二字，若改爲『石涼』，可不是更貼切？」姑娘們又取笑了湘雲一頓。這支籤罰的是她的上家與下家飲酒，正是寶玉和黛玉兩人，寶玉先飲了半杯，趁人瞧不見，遞給芳官喝，黛玉不能多喝，則偷偷把酒倒進漱口盂內。

麝月抽的是荼蘼花。由寶玉幫忙唸下頭的字，寫的原是「開到荼蘼花事了」，由在座各人各飲三杯送春。寶玉覺得此籤不祥，皺皺眉頭，把籤藏了，不要大家唸出去，要大家輕啜三口，以充三杯之數。

喜！」

香菱拎的是一支並蒂花，「連理枝頭花正開」。黛玉小心翼翼的伸手取了一支，上頭卻是芙蓉，上題「風露清愁」，詩為：「莫怨東風當自嗟。」寶釵笑道：「這籤好極！除了她，別人還不配做芙蓉呢！」

襲人抽中的是艷艷桃花，桃紅又見一年春。寶玉拿過來唸道：「抽杏花的須陪喝一杯，坐中同庚者同姓者也要陪喝一杯！」這一回除抽中杏花的探春外，香菱、晴雯、寶釵因與她同齡，也一同了酒，芳官原姓花，也同襲人敬酒。

正熱鬧時，有人來敲門。原來是暫住瀟湘館的薛姨媽派人來接黛玉，衆人才曉得此時已是二更。寶玉、襲人還要挽留，黛玉站起身來，笑道：「我可支撐不住了，回去還得吃藥呢。」諸姐妹們，也都令丫頭點燈，各自回住處去。

送完了客人，怡紅院中還兀自熱鬧著，喝酒猜拳唱曲兒，一逕喝到酒缸裡半滴酒不剩才休止。到了四更，春燕、四兒早已累得動彈不得，晴雯還想叫她們來收拾殘局，被寶玉擋了，說：「先睡一覺再說！」，說完，自己拿了枕頭，身子一歪，就睡著了。襲人喝酒雖然海量，卻也撐持不住，恍恍惚惚先扶了一臉胭脂紅的芳官隨便躺下，自己也倒在對面榻上。大家黑黑甜甜的睡了一覺。第二天，芳官揉揉眼醒來，竟發現寶玉睡在她身邊，才知自己原來和寶玉同榻睡了一夜，不禁羞得一臉通紅，趕緊翻身下床。

寶玉梳洗罷，正喝茶，忽然瞥見硯台底下壓著一張粉紅色的紙箋，拿到眼前一看，竟是：

檻外人妙玉恭肅遙叩芳辰

寶玉跳了起來，問丫頭們：「昨天誰接了這帖子來？也不說一聲？」襲人、晴雯以爲是什麼要緊的人送來的，也忙著爲他找接帖的人。四兒連忙跑進來，笑說：「昨兒妙玉並沒親自來，只打發了個老媽媽送這張紙條，我一忙，把它擱在這裡，竟然忘了說！」

晴雯聽說是妙玉的紙箋，笑道：「我還以爲是什麼重要的人呢！爲她大驚小怪也值得？」

寶玉急得不得了，唯恐怠慢了妙玉的好意，當下要襲人研墨，就要回帖，但卻不知該回什麼字才能與妙玉的「檻外人」相敵？想要問黛玉拿主意，走過沁芳橋，卻碰到邢岫烟。寶玉想起妙玉雖孤僻，素來倒是和邢岫烟有話說，不如問邢岫烟的主意。

「妙玉爲人孤癖，我們都不入她的眼。她一向只敬重姐姐，可見姐姐不似我們這班俗人！」寶玉畢恭畢敬的說。

岫烟笑答：「她也未必眞心敬重我。只是我從前家裡窮，賃房而居，租了她們蟠香寺的房子，一住就是十年，沒事到廟裡陪她，她也教我讀書識字，所以還有些舊交情。沒想到多年後她被請進你們家，我偏又在此與她相逢還算有緣，她也不好意思嫌我！」

寶玉於是將妙玉的帖子拿給邢岫烟看，要她給個意見。岫烟笑道：「從沒見到帖子還下別號的，這眞是僧不僧、俗不俗、男不男、女不女！」細思一回，笑道：「從前我常聽她說，從漢到宋，沒一首好詩，只有兩句還堪一讀，便是『縱有千年鐵門檻，終須一個土饅頭。』如今她自稱檻外人，你若取個檻內人，豈不合她心意？」

此話如醍醐灌頂，寶玉拍手叫好，回房寫了帖子：檻內人寶玉薰沐謹拜，親自拿到櫳翠庵，隔著門縫兒將紙箋投進去。

這晚本說好由另一壽星平兒還大家宴席，才剛在榆蔭堂擺下了幾席新酒佳肴，幾個寧府裡頭的人就慌慌張張來報：

「我們大老爺歸天了！」

寧府大老爺，即賈珍之父賈敬。賈敬人到中年後，一直在元眞觀修道，呑金服砂，死時腹中堅硬如鐵，臉皮嘴唇卻呈紫絳色，賈珍一見，便知父親是吃了丹砂而死的。衆道士則說賈敬「虔心得道，脫去皮囊，已出苦海」。如此一說，求仁得仁，沒什麼好傷心。

賈敬爲進士出身，世襲官職已給了兒子賈珍，死後天子爲念其爲功臣之裔，加封五品，對賈家而言，又是一樁光耀門楣的大事。爲辦這備極哀榮的葬禮，寧府又忙得上氣不接下氣，當家的尤氏忙不過來，將娘家中的繼母尤老娘接來看家，尤老娘又將兩個未出嫁的女兒二姐和三姐帶來一併管事。兩個粉雕玉琢的人兒，早已艷名遠播，雖在守喪時期住進寧府，一身縞素，淡掃蛾眉，卻掩不住天然風韻，又惹出偌大風波！

32

賈蓉聽說兩位年輕的姨媽住了進來，心中暗喜，在元眞觀處理完祖父的後事，和父親連夜換馬飛馳回家。賈珍雖逢父喪，聽說小姨子們住進家裡，竟也喜形於色，不怕旁人猜疑。回程賈珍尙須到鐵檻寺哭靈，賈蓉則快馬加鞭的趕進去看外祖母。這晚，尤老娘早早睡了，尤二姐和尤三姐正和丫頭們在廳裡做女紅。賈蓉一見尤二姐，便嬉皮笑臉道：「二姨媽，妳來啦？我父親正想妳呢。」

人人相傳，賈珍和未出嫁的尤二姐早有一手，所以賈珍一直到老婆娘家殷勤走動。尤二姐聽他大剌剌的這麼說，紅了臉啐道：「好個蓉小子，越來越沒體統！」順手拿起熨斗，劈頭就要打賈蓉。賈蓉反而滾到尤二姐懷裡，口口聲聲告饒，尤三姐忙過來扯開他，說：「等你娘回來，小心我們告你一狀！」

賈蓉假裝跪在炕上求饒，一會兒看尤二姐在磕瓜子，又上來搶瓜子吃。二姐嚼了一嘴渣子，吐了他一臉，他也像隻小狗般用舌頭舔了乾淨。有個丫頭看不過去，瞪他：「你才剛爲祖父戴孝，就這麼沒體統！她們兩個年紀雖小，還是你姨媽，回來告訴你爹，你可吃不了兜著走！」

賈蓉一聽，即撇下尤二姐，過來抱著說話的丫頭要親嘴，說：「我的心肝，妳說的對，我們就饒了她們兩個！」那個丫頭急得推扯他，罵道：「短命鬼！你自己有老婆有丫頭，還來跟我們鬧！」賈蓉還滿口胡言亂語，尤三姐沒他辦法，只好到裡頭叫醒尤老娘。

見尤老娘醒來，賈蓉如小船兒見風轉舵，問安道：「我們家讓老祖宗和兩位姨媽這麼勞心，眞是感激不盡，等事情辦完了，我們闔家大小登門磕頭去！」說得尤老娘點頭讚他會說話。

心頭歡喜的還有賈璉。賈璉素聞尤氏姐妹美而艷，只恨無緣得見，近來藉著替賈敬辦喪事，日日便往寧府來看尤二姐姐妹們。日子一久便熟稔了，但因平時耳目衆多，不能下手，只能眉目傳情，撩撥一番。三姐兒對他冷冷淡淡，二姐眉目間卻有幾分情意，使他心動不已。可惜他素聞二姐與賈珍之間的曖昧情事，怕賈珍吃醋，所以不敢輕舉妄動，只每日盤想著如何勾搭。

這回，又借著替賈珍向尤老娘支領銀子一事，到寧府和賈蓉一起來尋尤二姐。一路上，叔姪倆交心長談，賈璉提到尤二姐，拚了命誇讚，說她：「不但人長得大方標緻，言語也溫柔體貼，無一處不可愛！人人都說你嬸子好，依我看來，我家那個夜叉，哪有你二姨媽的一半！」

賈蓉一聽，立即明白了他的心意，笑道：「叔叔既然這麼喜歡她，我給叔叔做個媒，如何？」

「這……是玩笑話，還是正經話？」

賈蓉正色道：「我說的當然是眞的。」

賈璉心癢難當，嘴裡卻說：「好雖好，可是你嬸子一定不依，尤老娘也未必願意！況且我又聽說，你二姨已經有了人家……」

尤二姐的事，賈蓉已暗中查得清清楚楚，他解釋道，尤二姐和三姐都是尤老娘與前夫所生，後來尤老娘做了他母親的繼母，便把兩個前夫的女兒一起帶來，尤二姐及尤三姐和尤氏原來異母異父，扯不上關係。從前在前夫那兒時，尤老娘曾將二姐指腹爲婚許給鄰近張家，但嫁出來之後，便沒有跟張家聯絡，十幾年來音信不通：「那張家早已家道中衰，我老娘還不時抱怨，要爲我二姨退婚，再找個好人家呢……如果是許給叔叔這樣的人做二房，我老娘和父親哪有不願意的？只是嬸子那一關難過！」

賈璉聽到此話，心花怒放，吃吃的笑。賈蓉又爲他出了主意：「我可以替叔叔稟明我父親，再跟我老娘說妥！依我看，叔叔只消在我們府邸附近，買一間房子，再撥兩家僕人過去服侍，揀個日子，將她神不知鬼不覺的娶了過去，不就成了？嬸子住在深宅大院裡，哪裡會知道外頭的事？只消一陣子不露聲色，不許家奴走露風聲！反正嬸子又沒生兒子，過些日子，若你和我二姨有了子嗣，生米煮成熟飯，再向老太太稟明，嬸子能拿你怎樣？」

賈璉整個腦袋只貪圖著尤二姐美色，當下認為賈蓉之計萬無一失。殊不知賈蓉出此計策，也不過想乘機揩油！賈蓉對尤二姐十分有意，卻因父親的關係，不能暢所欲為，使賈璉娶了她，放在外頭，趁賈璉不在，或可以廝混廝混。賈璉聽賈蓉這麼一說，早已將一切阻礙拋之九霄雲外，向賈蓉致謝道：「好姪兒！你如果能說成此事，我一定買兩個絕色的丫頭謝你！」

到寧府門口，賈蓉笑道：「我先去向老太太請安，你自己進去看看我的二姨兒，不過，你可別太性急了，現在鬧出事來，以後的事可不好辦！」

賈璉啐了他一口，叫他少胡說，心裡卻已裹上了一層蜜，興沖沖的進到府裡，正巧只有二姐帶著兩個丫頭在那邊做針線。賈璉帶笑上前問了好，笑問：

「親家太太和三妹妹呢？」

「辦事去了，待會兒就來。」二姐笑語嫵媚，看得賈璉魂飄魄飛，身子都輕了，趁兩個丫頭去倒茶，無人在跟前，他便放膽拿眼直瞟二姐。二姐只是低頭含笑，若有情似無情。

賈璉見二姐手裡攏弄著拴著荷包的絲絹子，便搭訕道：「我今兒忘了帶荷包出來，妹妹荷包裡若有檳榔，可否賞我一口吃？」

二姐道：「檳榔倒是有，只是我的檳榔從不給人吃。」話未說完，賈璉卻已彎腰過來拿，二姐怕有人看了不雅，急忙將荷包遞給賈璉。賈璉將其中的檳榔都倒出來，揀了半塊吃，一面接過丫頭們的茶，一面暗中把自己腰上戴的九龍珮解了下來，同荷包一起還給二姐。二姐只裝看不見，坐著喝茶，故意不理。

不久後頭一陣簾子響，尤老娘和尤三姐走進廳來。賈璉示意二姐收荷包，二姐還只是笑，動也不動，賈璉雖然心急，但也只能上前和尤老娘及三姐問好，寒暄兩句。再回頭看二姐時，玉珮和荷包已經不在原處了，二姐仍一臉春風，笑得像個沒事人兒。賈璉知尤二姐也有意心中暗喜，一夜難眠。

這一天，賈蓉果然與賈珍商量妥當。尤氏知鳳姐厲害，極力勸止，卻也無效。但因她與二姐原非同父母所生，也管不了這麼多。

第二天賈蓉來與尤老娘商量，將賈珍的意思說了，又添上許多話：說賈璉做人如何大方，鳳姐看來身子薄弱，轉眼可能病入膏肓，暫且買了房子將二姐娶在外頭，等過一年半載，鳳姐一死，二姐即可扶正。尤老娘自丈夫死後，全賴賈珍周濟維生，既然賈珍如此做主，又不用為女兒購買嫁妝，她便點頭同意。尤二姐見賈璉是個青年公子，心裡早就允了。

待賈蓉向賈璉回了話，賈璉喜出望外，馬上找人去看房子，買首飾，添購新房的床帳用品，沒幾天已將諸事辦妥。想找府裡的奴僕來服侍二姐，又怕走漏風聲，想來只有鮑二妥當──鮑二的女人，因與他偷情被鳳姐吵了一頓，含羞上吊而死，鮑二拿了賈璉一百兩銀子，又娶了與賈璉有染的多姓寡婦。這對夫妻，好歹算是自己的心腹──賈璉一盤算，此計萬無一失，就叫他們兩人到新房來服侍。適逢家喪，論理正好不得宣張，擇了一個五更天，便用一頂素轎將二姐抬進新房裡。連尤老娘和尤三姐也一併有了新居。

為了讓二姐放心，賈璉把多年積聚的私房錢，全部搬來給二姐收著，又口口聲聲說：「等鳳姐一死，便光明正大接妳進榮府當二奶奶。」二姐聽了，自然稱心愜意。

賈珍早與二姐有染，努力湊合此事，不過也是想撈點便宜。過了兩個月，賈珍在鐵檻寺為父親做完佛事，想探望自己的小姨子，先請小廝打聽賈璉是否在新房裡，一聽賈璉不在，他暗自竊喜，趁夜色悄悄的進了二姐的新居，即如往常一般與尤氏母女一起進酒饌。有尤老娘和尤三姐在，賈珍一時還得正襟危坐。但也不忘吩咐鮑二，不可亂傳話語，傷他們兄弟的感情。鮑二會意，答道：「小的不敢不盡心，除非不要這個腦袋了。」

無巧不成書，一頓飯沒吃完，賈璉卻回來了。鮑二的女人趕忙出去迎接，說：「大爺也來了，在西院喝酒。」

賈璉老早看見賈珍的馬繫在馬廐裡，心下會意。到二姐房裡，卻見二姐已在裡頭等著，一臉訕訕的。賈璉先吃了兩盅酒，便支開丫頭，閉門寬衣，想與二姐溫存一番，二姐心裡對自己與姐夫間的情事其實耿耿於懷，一時藏不住心事，當下淚漣漣的哭了起來。賈璉笑道：「妳放心，我不是個愛吃醋的人，你前頭的事，我也知道，妳不用瞞。現在妳跟了我，在大哥面前當然不好做人！」

二姐說：「我知你不糊塗，如今我和你做了夫妻，就終身靠你，哪敢隱瞞一個字？但眼前這樣也不是長久之計……要想個天長地久的法子才好！」

賈璉已有主意，說：「依我看來，不如把三組給大哥，成了好事，如此兩無防礙，各得其所……大家喝個雜會湯，如何？」

二姐拭淚道：「雖然你是一番好意，但三妹妹脾氣不好，不知肯不肯？我也怕大爺面子掛不住……」

賈璉卻已一廂情願的打定主意，趁著酒興，到西院來，開門見山的說：「兄弟向大爺請安！」賈珍作賊心虛聽見賈璉的聲音，已嚇了一跳，見賈璉進來，不覺愧容滿面，連尤老娘也覺不好意思。賈璉卻說：「大哥不必多心。我們兄弟一向同甘共苦，大哥爲我操的心，我粉身碎骨，感激不盡，大哥常來，小弟恭迎都來不及了，哪裡敢有別的意思？」說著，便要跪下，慌得賈珍連忙扶賈璉起來。賈璉命人斟酒：「我和大哥吃兩杯！」又笑嘻嘻的對尤三姐說道：「三妹妹怎不和大哥喝個交杯酒？我敬你們一杯，向大哥和三妹妹道喜！」

三姐聞言會意，馬上跳了起來，站在炕上，指著賈璉冷笑道：「少跟我耍嘴皮！你以爲你們哥兒倆有幾個臭錢，就拿我們姐妹當粉頭取樂！聽說你老婆難纏，改天我倒要試試看她有幾隻手，可好？你若有一點叫我過不去，我有本事將你們兩個的狼心狗肺挖出來，再和那潑婦拚命！你要跟我喝酒就喝，牽扯你哥哥做什麼！」說著，自己斟了一杯，喝掉半盞，揪過賈璉來：「咱們喝一杯，親近親近如何？」

她的潑辣勁兒嚇得賈璉的酒全醒了，賈珍也不知所措。三姐見他倆無話可說，更是肆意放浪笑道：「來呀，咱們四個一起樂一樂！噢，你們是哥哥弟弟，我們是姐姐妹妹，又不是外人，只管上來！」邊說，邊脫了外衣，只剩身上的大紅小襖，領口半開半掩，露出雪白的胸脯。底下穿的綠褥紅鞋，又鮮艷奪目，只見她忽起忽坐，忽喜忽嗔，沒半刻安靜。燈光映照下，更顯得柳眉龍翠，嘴含胭脂，一雙眼睛流光顧盼。賈珍賈璉全都看傻了，聽得一個美人兒坐在桌上嘻笑怒罵、高談闊論，但誰還敢存沾惹她的心！

事後，尤老娘和二姐勸她改改脾氣，三姐反說：「是姐姐糊塗！我們金玉一般的人兒，何必白白叫這兩個現世寶沾污了去？他家的女人極端厲害，現在不知道也就罷了，萬一知道了，豈肯干休！勢必大鬧一番，你們兩人以爲從此就高枕無憂，未免想得太容易！」

自此三姐日日挑吃揀穿，有了銀的要金的，有了珠子就要寶石，一不稱心，就推翻桌子剪衣服，害賈璉和賈珍花了許多的銀子，卻也不敢拿她怎樣。

鬧久了，二姐常在枕邊勸賈璉：「你和珍大爺商議商議，把三丫頭嫁了吧，留著她，早晚會出事情。」

賈璉也無可奈何，道：「前日我也曾問過大哥，奈何大哥就是捨不得，我說，玫瑰花兒縱然可愛，卻是多刺扎手，不如讓她出閣。」

二姐想了想，隔天備了酒筵請賈璉和自己妹妹上座，打算問三姐的意思。還未張口，三姐便淚眼汪汪的說，姐姐既有了安身處，她也不用爲尤老娘安身處擔心，女大當嫁，她終究得有個人家，不過：「終身大事，非同兒戲，別說——我女兒家沒羞恥，但如非是我稱心如意的人，我可不跟他！」

賈璉笑道：「這倒容易，妳說是誰，我們就爲妳辦去！」

細問之下，才知三姐的意中人是打過薛蟠的柳湘蓮。五年前，柳湘蓮曾扮小生串戲，與看戲的三姐有一面之緣，從此三姐便將他放在心裡，賭誓非此人不嫁。

二姐將此事說給賈璉知道，賈璉道：「我還以爲是什麼人呢？原來是柳湘蓮！但妳不知道，像他這麼個人，看來標緻，卻是最無情無義、冷面冷心的！去年他打了薛呆子，不好意思見我們，不知流落到哪裡去了……嫁他這麼個萍蹤浪跡的人，豈不耽擱終身！」

二人正在說話，三姐走了過來，說：「姐夫，如今你大概已經知道我是什麼樣的人！平日怕人家欺我們寡婦孤女，所以對你們裝瘋賣傻！但對終身大事，我可是心口如一，說什麼就是什麼！」說著將頭上一根玉簪拔下來，折成兩段，道：「今兒起，我陪母親吃齋唸佛，姓柳的不來，我一日不嫁人，一百年我也等！一句話不真，就跟這簪子一樣！」

33

賈璉正擔心尋不到柳湘蓮，養著挑三揀四、性格異樣的小姨子，眞是後患無窮，沒想到，自三姐表白心願的第二天起，尤三姐彷彿變了另一個人，竟日日縞衣素服，全心禮佛起來。巧的是過了幾天，賈璉要出遠差往平安州，在路上竟遇到了和薛蟠同行的柳湘蓮。賈璉以爲自己看錯了，這兩個寃家怎麼聚了頭，再一細看，不是他兩人是誰？幾時寃家變親家？

賈璉忙過去問明緣由。薛蟠笑道：「這也是天下奇事！我和夥計們賣了貨物，正打算回家，卻遇到一夥強盜來打劫！還好柳二弟及時來把賊人打走，奪回貨物，又救了我們的性命，我謝他，他不肯接受，我們索性盡棄前嫌，結爲生死兄弟，一路進京。」

「原來如此！」賈璉笑道：「我正打算給柳二弟說親，沒想到在這裡遇到你，眞是得來全不費功夫！」說著，便將自己娶了尤二姐，又要發嫁小姨子的事說出來。叮嚀薛蟠：「我只說給你一個人知道，可別回府裡告訴了別人！」只不提柳湘蓮是尤三姐自己選的。

柳湘蓮此番回京，也有意尋一門親事定下來，聽賈璉這麼一說，也有意向賈府攀親，當下答應：「我本是想尋一個絕色女子爲偶，但今兒既然是您親自說親，我也顧不得許多——恭敬不如從命是了。」

賈璉笑道：「口說無憑，等柳二弟一見，便知我這小姨子的品貌，舉世無雙。」柳湘蓮聽了大喜，道：「既然如此，就說定了，等我辦完私事後，一月內至府上下定如何？」

賈璉怕柳湘蓮浪子天性，說話不算話，一去就不回來，便要他先留下一個定禮，以爲憑證，好向尤三姐誇功勞。薛蟠想將身上的金銀珠寶分給柳湘蓮做定禮，柳湘蓮不肯接受，結果，爲表義氣，留下祖傳的鴛鴦劍以示絕非戲言。

辦完公事，賈璉便快馬加鞭趕到二姐那邊。一看，自己雖然出遠門許久，二姐卻閉門閉戶，操持家務，心下十分感激。心想，這個小老婆果然沒娶錯！和大家敍了敍舊，得意洋洋的把鴛鴦劍取出，遞給三姐。這一把珠寶晶瑩的鴛鴦劍，劍鞘裡頭是兩把合體劍，一把上頭刻著一個「鴛」字，另一把刻著「鴦」字，亮晃晃的，自有一股懾人之氣，別人看得膽顫心驚，三姐卻喜形於色，輕輕摩娑著劍身，凝視許久，才收進自己的房裡，掛在床上，每日望著寶劍，以爲終身有了倚靠。

但柳湘蓮在留下鴛鴦劍後，過了些時日，卻反悔了。先到榮府看了薛蟠，又拜會了寶玉，兩人相會，如魚得水，閒來無事，便與寶玉說賈璉娶尤二姐爲二房的閒話。紙包不住火，連足不出戶的寶玉都從焙茗那裡聽到了這消息，只是大家還不敢把消息告訴鳳姐。柳湘蓮說起了尤三姐的婚事，寶玉笑著向他道恭喜，也說尤三姐是絕色佳人。柳湘蓮卻說：「我這幾日只疑心著，一個絕色佳人……哪裡會找不到對象，急急趕著我求定？不知她們什麼來歷？其中有什麼底細？」

寶玉說：「既然已經下了定，何必再起疑？你要一個絕色的，已經得了一個絕色的，夫復何求？她們是珍大嫂子繼母帶來的兩個妹妹，眞眞是一對尤物！她們偏偏又姓尤！」

說者無意，聽者有心，柳湘蓮一聽，反而捶首頓足，後悔不已，說道：「原來是你們寧府裡的人！我聽說你們東府裡，除了兩隻石獅子外，沒一個是乾淨的！」

寶玉一聽，紅了臉不說一句話。湘蓮自知失言，連忙作揖道歉：「我胡說該死！……你好歹告訴我，她品性如何？」

「你既說沒一個乾淨，何必來問我？我看，連我也未必是乾淨的！」

柳湘蓮告別寶玉後，再一尋思，更加後悔，便決心要回定禮。於是，離開賈府，就到賈璉的小公館去找賈璉。

正和尤老娘和賈璉喝茶，柳湘蓮已想好了說辭，說是自己不知情的狀況下，姑母已為他訂了媳婦，所以想索回寶劍。

賈璉聽了，心底十分不自在，說：「下了定的事，豈可反悔？」柳湘蓮卻堅持不從命，說了些細瑣的理由，硬要退婚，賈璉不肯，還要勸，柳湘蓮便要賈璉和他出去談談。但尤三姐聽說意中人來，早在裡面房裡把外頭的事聽得一清二楚，心想：他必在賈府中聽到了什麼閒言閒語，把自己當成了淫婦蕩娃，所以不屑為妻。心裡萬分不是滋味，於是將鴛鴦劍的雌劍藏在肘後，步出廳堂，叫住兩人：「你們不必出去再議了，我現在就還你定禮！」說著，淚如雨下，左手將劍柄送給湘蓮，右手回肘，往頸項上一橫，血如桃花飛濺而出！人已倒了下來。眾人想攔阻，早已來不及！

尤老娘一面嚎哭，一面大罵。賈璉揪住湘蓮，要命人綑了湘蓮送官。二姐反勸道：「人家又沒逼迫她，是她自尋短見，送官又何益？反而是出醜！」賈璉才放了手。湘蓮伏在三姐身邊慟哭：「我不知道她是如此烈性的人兒，只怪我無福消受！」

一直守到三姐入斂後，柳湘蓮渾渾噩噩走出賈家，不知走了多久，正感腰酸腿麻，抬頭忽覺天地黑黃一氣，茫茫無涯。隱隱聽見一陣環珮搖晃之聲，迎面走來的竟是手裡捧著鴛鴦劍的尤三姐！

尤三姐臉上淚痕未乾，對他冷笑：「我痴痴等了你五年，不料你竟如此冷面冷心！」說完，便逕自往前行。柳湘蓮連忙拉住，問：「妳去哪裡？」三姐摔開他的手，身子如無根浮萍被看不見的急流衝去，頓時已不知所之。

柳湘蓮放聲大哭，哭到淚水已盡，睜眼一看，自己竟置身在一座破廟裡！旁邊坐著一個破腳道士，悠悠閒閒的往身上抓虱子，彷彿沒看見他。柳湘蓮起身作揖，問道士：「敢問這是何方？仙師法號為何？」

道士呵呵笑：「我也不知道這是何方，我是何人，我不過暫時來此歇歇腳而已。」

柳湘蓮聽了這話，全身冰涼，如赤身裸坐嚴風厲雪中，呆了一會兒，拿出身上那把雄劍，剎那間揮盡頭上萬根煩惱絲，便要隨道士走。

道士喃喃自語道：「今兒來引渡你這無情無義的，了卻我半樁俗事，不多久，可還有個有情有義的，再勞駕我來一次！」

柳湘蓮拍落髮絲，問：「我們要往何方？」

道士笑道：「該往何方，就往何方，天地之大，何處不可以往？你問這些做什麼？」

自此之後，金陵城裡沒有人再看過柳湘蓮。那個愛眠花宿柳、仗義行俠的美少年，不再出現在滿樓紅袖的鶯聲燕語裡，在人們的記憶中，也日益模糊。

薛蟠爲了找尋這個結拜兄弟，派人尋遍方圓百里內的大小廟寺，卻連一個影兒也沒有。只好當他又雲遊四海去，不再尋他的足跡。「不告而別，眞是豈有此理！」薛蟠只懂得生氣：「哪天再出現在我面前，非得好好教訓他不可！」但柳湘蓮始終沒有再出現，像一陣煙，隨風消散，再不可尋覓。

紙包不住火，大觀園裡原本沒有祕密。鳳姐才剛病癒，復出管理家務，賈璉偷娶尤二姐的事情，便如蒲公英種籽吹進大觀園裡來，沒多久便飛進鳳姐的耳朵裡。

「妳到底聽見了什麼消息，給我說清楚些！」

平兒唯唯諾諾道：「有個丫頭……方才聽兩個小廝說……外頭有個新奶奶，人也俊，脾氣也好，小廝們正說著，管家來旺便要他們住嘴，否則割他們舌頭……」

鳳姐冷笑：「天哪，眞是天地良心！我看我在屋裡可熬成賊了，人人都幫他防著我！叫來旺兒進來！」

來旺兒縮頭縮腦，垂手站在一旁，聽鳳姐喝道：「你二爺在外頭弄了人，你知不知道？」

來旺怕惹事生非，正色道：「奴才天天在裡頭辦事，如何知道二爺外頭的事？」還要裝蒜，鳳姐卻把剛剛聽來的話加油添醋說給來旺聽，逼問：「你不知道？割人家舌頭做什麼？」

來旺兒知道此時已瞞不住，便把事情全賴給賈璉身邊的小廝興兒。興兒一被叫上來還想抵賴，鳳姐先叫他自掌了十幾個嘴巴，然後冷笑道：「這事雖然與你不相干，你不早來回我知道，還是你的不對！如今，若照實說，我還想饒你，要敢有一句假話，就小心你的腦袋瓜——新奶奶、舊奶奶的事，你不知道才有鬼！」

興兒嚇得跪在地上，把頭磕得震山響，將賈璉如何與賈蓉說好娶他二姨媽的始末，和賈珍為尤二姐退婚的事由一五一十說給鳳姐聽。聽完鳳姐按奈火氣，忙問：「房子在哪裡？」

興兒答道：「就在寧府後頭街上。」

鳳姐哦了一聲，回頭瞪平兒，說：「妳聽聽，把我們都當死人！」平兒不敢作聲，低下頭去。

鳳姐當下嚴令興兒和來旺不得傳話給那邊知道，眉頭才一皺，已有妙計，叫所有丫頭退下，唯留平兒在跟前，對平兒笑道：「這事可不必跟你二爺商量，現在辦了才好。」

不久賈璉又出遠差，來回須兩個月。賈璉前腳一走，鳳姐已命人將東廂房三間屋舍收拾好了，同自己房子一樣裝飾，稟明賈母王夫人，說是要到廟裡進香，卻帶了平兒、豐兒、周媽、來旺老婆還有一群男丁，由興兒引路，浩浩蕩蕩到賈璉的小公館。

鮑二的女人開了門，一見鳳姐駕臨，魂魄已跑了大半，飛快跑進去報知尤二姐。尤二姐雖始料未及，但既來之則迎之，忙整理好衣裳出來見客走到門口一看，只見來人的柳葉眉下一雙丹鳳眼，一個俏麗少婦對她微笑，全身白綾素裙，頭上插的也都是素白銀器，清素若秋菊。二姐張口便叫「姐姐」，彎身拜了下去，說：「不知姐姐今天來，未能遠接，求姐姐寬恕！」

鳳姐也陪笑還禮，拉了二姐的手往裡走。讓鳳姐上座後，尤二姐又行禮如儀，道：「妹子年輕不懂事，今兒有幸和姐姐相會，若姐姐不棄微寒，凡事求姐姐指教，情願傾心吐膽，只求服侍姐姐。」

鳳姐下座還禮，一臉憂容，嘆了口氣，娓娓說道：「我也是年輕不懂事，從前一味只勸二爺保重，別在外邊眠花宿柳，叫老爺老太太擔心，誰知二爺會錯了我的意思，什麼事都不給我知道。如今娶了妹妹做二房，這樣的正經大事也不跟我提，以為我是那種天地不容的妒婦！其實我早勸過二爺，早辦這件事，以後生個一男半女，連我都有依靠！我這個心，天地可表！」說著，鳳姐哽咽了：「像妹妹這樣伶俐的人，如果真心肯幫我，我也得了臂膀，讓外頭那些小人堵了嘴，二爺心頭也會高興才對！如今……只求妹妹……跟我回家，和我一塊兒住……我包管吃的、穿的、用的、戴的全和我一樣……如果妹妹不願隨我去，我也願意搬出來陪妹妹住，只求……妹妹在二爺面前說幾句好話，給我個立腳處，就是叫我為妹妹梳頭，我也心甘情願！」

這一番懇切言辭，已經溶化了二姐的心，教二姐忍不住跟著掉眼淚，二姐早把興兒從前閒聊時說的話忘了。興兒曾說：「一輩子不見我們奶奶才好！她嘴裡甜，心裡可藏著最毒的藥；臉上還在笑，腳底下卻想怎麼樣把人絆倒，明裡一盆火，暗裡一把刀，恐怕連三姨兒的嘴都說不過她呢！」二姐是個實心的人，看鳳姐打扮不凡、品貌不俗，說話又如此客氣，便認定她是好人，一心把鳳姐當成知己，當下同意搬進大觀園裡。鳳姐便叫周媽幫忙收拾二姐的箱籠，抬進鳳姐那邊的東廂房，又急急催著二姐上車，在車上悄悄吩咐：「我們家規矩多，若讓人知道二爺在熱孝中娶妳，老爺一定會把他打死！如今先住在我那裡，擇個日子，再去見老太太！」

不料還沒進大觀園，十之八九的人已知道鳳姐迎回尤二姐的事，紛紛過來探看，見二姐人長得標緻，脾氣又好，沒有不稱許的，鳳姐臉上笑著，肚子裡已釀了一大缸醋。才將二姐安頓下來，已暗中行事，遣走二姐身邊的丫環，把自己的丫頭善姐送給她使喚，又吩咐園裡的婆子：「好好看管她，如有走失逃亡，一概和你們算帳！」暗裡早將計謀佈好。

尤二姐只過了三天好日子。三日之後，丫頭善姐已不聽二姐的使喚，二姐叫她向鳳姐要些抹頭髮的油，善姐聳聳肩說：「奶奶，妳怎麼這麼不知好歹！我們奶奶每天處理千百件事，處理上千上萬的銀子，妳拿這點小事煩她，未免太不懂事！妳又不是明媒正娶來的，不如忍著點兒！」

一番話說得尤二姐低了頭，不敢言語，又過了幾天，善姐連飯也懶得端來給她吃，偶爾拿來的，也都是剩飯剩菜，二姐說了她一句，總被她回了幾十句，二姐身在榮府，怕鬧出事來讓人家取笑，只好一味忍氣吞聲。見了鳳姐，鳳姐卻又對她和顏悅色，滿口「好妹妹」的叫著，吩咐她：「若有人對妳不好，妳只管告訴我，我打他們！」又罵丫頭媳婦們說：「妳們若揀軟的欺負，讓我聽見了，我就要妳們的命！」二姐不疑有她，只一味忍著，一點兒也不敢告狀。

鳳姐又派人暗暗打探二姐的底細，原來先前定過親，有過婆家，原來的女婿叫張華，現年才十九歲，成日在外賭博，早被父母攆了出來，他父親收了尤老娘的二十兩銀子應允退婚，張華並不知道。鳳姐知悉後，又拿了二十兩銀子，命令來旺拿給張華，要張華寫狀子告到衙門裡去，說是賈璉國孝家孝當頭之際，背旨瞞親，仗財依勢，強逼退親！

張華起先並不敢告，但鳳姐一再威脅利誘，只好到都察院喊冤，還要張華牽扯出賈蓉來。此事一出，寧榮二府都震驚，鳳姐於是大搖大擺走進寧府，向賈珍賈蓉興師問罪去：

「你尤家的丫頭沒人要了，偷偷往我們賈家送？難不成天下男人都死光了，只剩我們姓賈的？

你們眞是糊塗油蒙了心！國孝、家孝兩層在身上，也敢把個女人送給我們二爺，這豈不是指明了要休我？我們一起去見官說個分明！」一面說，一面大哭，拉著尤氏要上衙門。急得賈蓉跪在地下磕頭，直說：「嬸娘息怒！」鳳姐哪裡饒得過賈蓉？揚手就打：「你這五鬼分屍、沒良心的東西！成天做這些沒王法的丟臉事兒，我們家祖宗八代都不饒你！」

又對衆人哭嚷道：「你們嫌我不賢良，看誰給我一紙休書，我就走！」接著，滾到尤氏懷裡，嚎天動地：「妳妹妹如今已接進我家裡，現在每天三茶六飯，穿金戴銀的侍奉在園裡，連住的屋子都跟我一樣，我哪一點虧待她！爲了和她原來的夫家打官司，我還偷了老太太五百兩銀子去打點！」說了又哭，哭了又罵，眼淚鼻涕全滴在尤氏的衣服上，幾乎把尤氏揉成一個麵團兒。

寧府的丫頭媳婦，老早黑壓壓跪了一地，一邊求饒，一邊陪笑。丫頭們送茶來給鳳姐止渴，鳳姐也摜了一地。待尤氏、賈蓉等磕了一千個頭，又答應賠鳳姐五百兩銀子，鳳姐才作罷。又說自己實在捨不得尤二姐出去，嫁進來了又出去，也著實丟賈府的顏面，她心裡可有一百個願意讓賈璉娶二姐做二房。不過，目前必須守孝，只能先稟明老太太和太太，等孝期滿了，就讓她和賈璉圓房。尤氏、賈蓉一齊稱讚鳳姐寬洪大量、足智多謀，鳳姐才抽抽噎噎的走了。

第二日，鳳姐即帶了二姐見賈母和邢氏、王氏，將在尤氏那邊的話又一五一十說了一遍，央求賈母道：「老祖宗發個慈悲心，先讓她進來園裡住，一年後再圓房。」

賈母聞言，嘖嘖稱讚：「像妳這麼賢良，眞是世間少有。」又稱許二姐：「長得齊全，比妳還俊呢。」王夫人、邢夫人見鳳姐如此行事，看似一點妒意也無，大大寬了心。

鳳姐卻暗暗買遍都察院，要都察院批狀子給張華，使張華得以拿狀子去賈府領人。但賈珍也暗暗塞給張華一百兩銀子，要他別上門來。張華拿了銀子，哪裡還敢要人？次日五更天，悄悄的逃走了。

鳳姐是個計畫周密的人，心裡怕張華將自己教唆之事告訴別人，萬一有人尋出這源頭來翻案，豈不害了自己聲名？暗地裡命管家來旺買通人斬草除根。果然，張華逃了三天，便在路上給人用悶棍打死。鳳姐才大大安了心。

賈璉出完差，停馬新屋前，裡頭竟空無一人！只有一個看門的老頭兒，將事情來由告訴他，賈璉一聽，差點跌下馬來。戰戰兢兢回到家裡，卻看見鳳姐在他面前和尤二姐親親愛愛，彷彿親姐妹一般，賈璉便自以爲高枕無憂。這回出遠門是爲父親辦事，賈赦十分滿意，除賞他一百兩銀子外，又將房中一個十七歲的丫頭秋桐賞給兒子做妾，賈璉叩謝領去，得意不已，料想此後擁有一妻三妾，大可享雙倍齊人之福！鳳姐心中一刺未除，又平空多了一刺，少不得忍氣吞聲，表面上一團和氣，連聲恭喜，背地裡如梗在喉，如坐針氈。心下又盤算，不如以毒攻毒為妙！

鳳姐在外頭雖待尤二姐好，趁無人時，又有意用話刺激二姐，常說道：「妹妹未嫁前名聲不好聽，連老太太、太太們都聽說過，常勸二爺把妳休了，再找好的——氣得我有冤沒處說！」表面對二姐好，實則指桑罵槐，暗裡相譏，下頭的婆子們，也在鳳姐教唆下，對二姐冷言冷語。鳳姐不久又裝病，不和二姐一處吃飯，只叫丫頭們端殘羹剩菜過去，平兒看不過去，自己拿錢偷偷幫她加菜，被秋桐知道了，全說給鳳姐聽。鳳姐便罵平兒：「人家養貓來抓耗子，我的貓倒會咬雞！」平兒只好故意離尤二姐遠點。二姐吃了許多虧，但哪裡敢抱怨鳳姐？只有暗自垂淚。此時，賈璉和秋桐正乾柴烈火，如膠似漆，拆也拆不開，哪有時間聽二姐的心裡話？

鳳姐雖恨秋桐恨得牙癢癢的，卻想借刀殺人，只得和她客氣假意，又說二姐說秋桐的壞話，待秋桐發怒，又勸她：「她現在是二奶奶，又是二爺心坎上的人，連我都讓她三分，妳何必硬碰硬？」

秋桐是個沒腦袋的，一聽此言，更為惱火，天天故意在二姐房前大罵她娼婦，氣得二姐日日在房裡哭泣，連飯都吃不下，秋桐又在賈母前進讒言，說二姐只知爭風吃醋，是個賤骨頭，賈母也漸漸不喜歡二姐。一班下人見賈母討厭二姐，更加做賤起她來。

尤二姐本是個「花為腸肚、雪作肌膚」的人，怎禁得起這般折磨？本以為嫁得貴婿，可以倚靠賈璉過一輩子，哪裡想到反而落得如此淒涼？有委屈又不敢說出口，四周的丫頭婆子待她如狼似虎，縱然平兒背地裡幫她維護著，也於事無補，進大觀園，受了半年的暗氣，已茶飯不思，整個人逐漸憔悴了下來。只因發覺自己已有身孕，才苦撐著。

但這一病，二姐已無法從床上坐起，待賈璉和秋桐稍稍冷了，忽而想起她來，去看她，她才哭求賈璉請醫生。在鳳姐唆使下，小廝請來專用狠藥的胡太醫。胡太醫信口說不是胎氣，只是瘀血凝結，賈璉照藥方為二姐抓藥來，二姐喝下去後，半夜腹痛不止，胯下一滑，腥血滾滾湧出，一個已成形的男胎硬生生的溜了下來，人便昏厥過去——待賈璉派人抓胡太醫時，胡太醫卻已人去樓空！待再請醫調藥，二姐已去了半條命。

鳳姐聞言趕來，表情看似比賈璉更急十倍。此事發生後，她成天燒香拜佛，虔誠禱告，振振有辭道：「我情願自己有病，只求尤氏妹子身體大癒，再懷胎得男，我願吃長齋唸佛還願！」賈璉和衆人聽了，都稱道鳳姐賢良。二姐病倒在床，賈璉又夜夜留在秋桐處，鳳姐一邊派人送補品給二姐吃，一邊打發人出去算命求卦，要算命的說是屬兔的女人沖犯了胎氣。偏只有秋桐屬兔。

鳳姐便勸秋桐到他處躲一躲，別進榮府來，秋桐又把一肚子氣往尤二姐身上發，大聲罵道：「哪個餓不死的雜種亂嚼舌根！我和她井水不犯河水，沖了她什麼！我倒要問問，那個娼婦肚子裡是誰的雜種，誰知該姓張還是姓王！」

二姐躺在病床上，把這些話都聽進耳裡，心頭更添煩惱。當夜，平兒趁鳳姐睡了，才敢到尤二姐塌前安慰她一番。尤二姐向平兒哭訴了一回，平兒看二姐情緒已平靜，便向二姐告辭。不料第二天早上，二姐好端端不見起床。若不是平兒發覺，服侍的丫頭們還以為二姐在睡懶覺，樂得不幫她梳洗。原來二姐已吞金自盡，魂歸黃泉！

平兒忍不住哭罵丫頭們：「妳們這些丫頭，也不知可憐病人！她雖然性子好，妳們也太過分了，只知牆倒衆人推！」平日欺負二姐的丫頭們，見二姐死了，卻也心生悔意，傷心落淚，獨獨不敢給鳳姐瞧見。

賈璉聞言摟屍大哭，鳳姐也進來貓哭耗子：「狠心的妹妹！妳怎麼丟下我了？平白辜負我對你的心！」一邊卻在賈母面前進讒言，不許二姐停靈在家廟中，又不給賈璉銀子辦喪事。賈璉本想打開二姐帶來的箱籠，找出昔時給二姐的私房珍品來典當，開了箱子，發現裡頭只有幾支壞掉的簪子和不值錢首飾，和幾件半新不舊的衣裳，這才明白，二姐在家裡受盡委屈，死得不明不白。

最後還是平兒偷出了一包二百兩的碎銀，悄悄拿給賈璉，才把二姐的喪事辦了，賈璉對平兒心生感激，恨鳳姐恨得牙癢癢的，但又哪敢殺鳳姐的銳氣！

接二連三的噩訊：柳湘蓮無影無踪、三姐自刎、二姐吞金，聽得寶玉無限傷心。

此番薛蟠罷遊歸來，爲寶釵帶了幾籮筐江南江北的土產和玩意兒，除了筆墨紙硯，還有香袋、香珠、扇子、花粉及胭脂。寶釵除了留幾樣給自己之外，其他都打理了，依個人情性平均分給姐妹和丫頭們，給黛玉的，比常人加厚一倍。

別人收了東西，莫不殷勤道謝，只有黛玉看了自己家鄉的土產，反而觸物傷情，暗自垂淚了老半天。紫鵑只得在旁叨叨勸解，要黛玉別糟蹋了自己的身子。

正勸慰時，寶玉悄悄的走進來了。一坐下，看黛玉淚痕滿面，即知黛玉的心病又犯了，連忙哄著：「妹妹，又是誰氣著妳了？」黛玉偏說：「誰生氣了？」背過臉不答話，紫鵑把嘴一哆，示意寶玉看桌上的東西，寶玉往哪兒一瞧，知是寶釵送來的禮，故意笑道：「哪裡來的這些東西，妹妹要開雜貨鋪啊？」黛玉忍住不笑，紫鵑笑道：「姑娘正睹物傷情呢，二爺勸勸姑娘吧。」

寶玉明知，卻說：「我知道妹妹爲什麼傷心，一定是嫌寶姐姐送來的東西太少了。妹妹放心，等我明年叫人往江南去，光爲妳一個人就帶兩船來，妳就不哭了。」又挨著黛玉坐下，把每件東西都拿出來晃來晃去，問這叫什麼，那做什麼，這要擺哪裡？讓黛玉忙著答，沒時間掉眼淚。黛玉見寶玉如此爲她解憂，心裡反而過不去，不好再無緣無故傷心。

鳳姐復出處理家務後，家裡的姐妹總算落得清閒。李紈、探春好不容易無事一身輕。這天，寶玉正在怡紅院裡和晴雯、麝月、芳官抓對搔胳肢窩兒鬧成一團，湘雲遣了丫頭翠縷來，要寶玉出去看好詩。寶玉梳洗罷，走到沁芳亭，見黛玉、寶釵、湘雲、寶琴和探春都已笑盈盈的站在那兒，手裡捧著一卷詩篇展讀。寶玉探頭過去湊熱鬧，一看，正是一首古風桃花詩。

……若將人淚比桃花，淚自長流花自媚。淚眼觀花淚易乾，淚乾春盡花憔悴。憔悴花遮憔悴人，花飛人倦易黃昏。一聲杜宇春歸盡，寂寞簾攏空月痕！

寶玉看了幾行，魂痴魄呆，淚水已在眼眶打轉，怕姐妹們笑話他，偷偷拭掉眼淚。一看這傷悼的哀音，他即知此詩出自黛玉手筆，想讚美她，又怕她一味做這種傷懷的詩，折磨了身體，只得怔怔看著黛玉，不知該說什麼好。

衆人一起走到稻香村中，把詩給李紈看了。李紈稱賞不已，和衆人議定，明日另行起詩社，將去年的「海棠社」改爲「桃花社」，由黛玉任社主。

本來第二日便要群集瀟湘館做詩，偏偏出外爲朝廷賑飢的賈政有書傳到家，說不久後即將回家。寶玉才想起，父親離家時交待他每日臨帖一張！他已一股腦兒丟在腦後，待父親回來，搪塞不過如何了得？他只好悶在書房裡寫字。賈母一整天沒看到他，以爲他病了，忙叫人來問，知他在趕功課，十分歡喜，王夫人卻怕他趕出病來，大大不好。探春卻笑道：「我們雖然不能替他讀書，倒可以替他寫字，每人每天臨一篇給他，他就趕不出病來了。」於是探春和寶釵每日爲寶玉寫一篇楷書，黛玉則仿寶玉字跡寫蠅頭小楷，湘雲、寶琴也加入趕製行列，寶玉便大大放心了。後來聽說父親須延至七月才得回府，寶玉喜之不盡，又把讀書寫字一事擱在一旁，照樣遊蕩。

詩社如是耽擱，到了柳絮飄舞的暮春時節，由史湘雲重新撩起填詞的熱情。史湘雲填了一首「如夢令」的詞，給寶釵和黛玉看了，兩人都說新鮮有趣。趁當天天氣好，黛玉吩咐丫頭們設了幾色點心，去請桃花詩社各人來塡柳絮詞。由於薛蟠返家，香菱只得搬出大觀園和薛蟠住，所以無緣參與此次盛會。

頭一回塡詞，人人興致昻然。寶釵點燃了一炷香，規定衆人在香盡時須做完詞。寶玉寫了幾句，都覺不好，待要選韻重寫，香已燃盡。唯黛玉、寶釵和寶琴已有成績。大家看了，又推寶釵與黛玉爲佳。

黛玉的是一闕「唐多令」，哀音纏綿。

粉墮百花洲，香殘燕子樓，一團團逐隊成毬。漂泊亦如人命薄，空繾綣，說風流！草木也知愁，韶華竟白頭。歎今生誰捨誰收？嫁與東風春不管，憑爾去，忍奄留！

寶釵的「臨江仙」則毫不喪氣：

白玉堂前春解舞，東風捲得均勻。蜂圍蝶陣亂紛紛，幾曾隨逝水？豈必委芳塵？萬縷千絲終不改，任他隨聚隨分。韶華休笑本無根，好風憑借力，送我上青雲！

寶釵的詞別出心裁，爲無根柳絮翻案，偏偏把它說成好東西，又不落俗套，衆人都拍案叫絕。李紈判定湘雲、寶琴和探春落第，要罰，寶琴笑道：「我們自然得受罰，但不知那個交白卷的又該怎麼罰？」

李紈說：「自然得重重罰他！」

一語未了，只聽得窗外竹子唰唰響，彷彿有隻飛鳥跌入竹叢裡，大家嚇了一跳。丫頭們出去瞧，說是：「一個大蝴蝶風箏，掛在竹叢裡了。」寶玉出去看，認得這風爭是賈赦新買的妾嫣紅平日放的。黛玉、寶釵、探春一時興起，也要丫頭們去準備風箏，放放連日來府裡的晦氣。寶玉也打發了丫頭去取一個美人風箏來放。

寶琴的蝙蝠、寶釵的大雁等都放起來了，飄飄搖搖好不威風，只有寶玉的美人兒說什麼也不飛上天。寶玉急得滿頭大汗，恨恨的把風箏摔在地上，道：「若不是個美人兒，我一腳就把它踩得稀爛！」

頓時風大了起來，風箏越飛越高。黛玉沒留意風箏線已經放完，嘩啦一聲，風箏便自由自在的扶搖上九重天去。寶釵笑道：「林妹妹的病根兒隨風箏飛走了。」湘雲拍手，說：「我們大家也都把風箏放了吧！」一時間，所有的風箏都失了根，憑借好風力，扶搖上青雲，剩下一個個芝麻大的黑點兒，消失在衆人的眼睛裡。

36

一入八月，賈府上下便爲賈母的八旬大壽沸沸湯湯，自七月二十八日至八月初五，寧榮兩府齊開筵席，日日宴客，打自七月上旬起，送壽禮者便絡繹於途，宮中及各親王家皆有綵禮，夜夜笙歌，忙壞了賈府裡頭的管家、婆子們。鳳姐打點裡外，最是勞心勞力。偏偏她婆婆邢夫人因上次爲賈赦討鴛鴦做小老婆，卻自討了沒趣，受幾個婆子拿瑣事撩撥，早想把怨氣倒在鳳姐身上，適逢壽辰裡兩個榮府婆子出言得罪尤氏，鳳姐下令周媽將她們綑起來待罪。第二天，兩個婆子的親戚向邢夫人求情，邢夫人便當著衆人的面，說起媳婦來：

「昨晚，聽見二奶奶妳生了氣，要周媽綑了兩個婆子，不知她們犯了什麼罪？論理，我不該和妳討人情，不過，今兒可是老太太的好日子，咱們還要捨錢捨米、濟老周貧，怎麼倒先折磨起家裡的老奴才來了……就是不看我的面子，也要看老太太的臉，放了她們！」

鳳姐在下人面前向來威風，這下子卻在下人面前被婆婆訓了一頓，又羞又氣，卻不能回嘴，一張臉憋得紫脹，瞪著眼睛，目送邢夫人離去。把個月前，鳳姐已犯了老毛病，行經後，經血仍淅淅瀝瀝沒有止住，身子已逐日耗弱下來，這麼一氣，更是雪上加霜。只因她生性好強，爲了讓賈母過個風風光光的生日，暫且隱瞞病情，不敢怠忽。這病症，唯有平兒知道，平兒問她：「身子覺得怎麼樣？」她還罵平兒有意咒她死。平兒雖爲她憂心，卻不敢關心。

受了邢夫人的閒氣，更加影響了生理，鳳姐隱然支撐不住，但事事卻仍少不了她操持。風風光光的八旬壽誕背後，家裡是屋漏偏逢連夜雨。賈府裡寶玉和諸姐妹們日日嘻笑遊耍，哪裡知道世道艱難，民生凋蔽？外頭已接近兩年的旱災，穀物欠收，佃農交不出租銀，賈府的財庫已漸漸拮据。元春在宮裡封爲貴妃，人人皆以爲賈府被及恩澤，誰知宮內夏太監、周太監等，不時來賈府「暫借」銀兩，有借無還，一開口便是數百兩，一年又要來打草數次，稍有怠慢，即得罪他們。府庫漸絀，鳳姐與賈璉早已開始變賣家裡值錢的東西。此次賈母壽誕，又花去兩三千兩銀子，家道更加艱難，有苦無處說，只得向鴛鴦求救，將賈母目前用不著、查不到的金銀寶器拿出去質押，支騰過去。

探春因鳳姐病時管過家務，已略知家裡豪奢無度，人人都以爲這兩府是個掏之不盡的聚寶盆，其實已破綻叢生。但其他的姐妹們，哪裡知道這些俗務？寶玉尤爲富貴閒人，常笑她：「三妹妹多心多事，我勸妳少聽俗話，少想俗事，只管安享富貴尊榮！人間可沒幾年清福可享！」尤氏笑寶玉：「誰像你一樣心無罣礙，一心只想和姊妹們玩笑？餓了吃，睏了睡，從不管明天風往哪裡吹！」

寶玉心口如一，坦然答道：「我能和姊妹們過一日算一日，死了就完了，管什麼後來的事！」人人說，寶玉空長了好胚子，卻是個沒出息的傻東西，只會說獃話。沒想寶玉的話，卻冥冥然說中賈府的後事——人沒幾年清福好想，誰知道明天又怎麼樣？

爲忙賈母壽誕，賈政自奉旨巡察返家後，沒空抽查寶玉唸書，因而衆人雖然忙碌，寶玉倒樂得悠游自在。忙完近把個月的大壽，寶玉仍渾渾噩噩，也沒想到何時父親會來盤查。這個晚上，才要安歇，趙姨娘房裡的丫頭小鵲卻來通風報信，道：「方才我們奶奶在老爺跟前咕咕噥噥，寶玉來，寶玉去的，可不知告了你什麼狀哩，小心明天老爺找你麻煩！」

寶玉一聽，像孫悟空聽了緊箍咒兒般，五臟六腑全都燥熱起來，生怕明天父親的杖落到身上來。想來想去，父親必是要問書盤考。這數月間，只知遊戲嬉耍，肚子裡的四書已經早已一乾二淨，這晚怎麼樣也睡不著，乾脆披衣起來臨時抱佛腳。

偏偏經書浩瀚，豈是一時溫習得了的？賈政早先交代下來命他熟讀的十多篇八股文，又是他平日最深痛惡絕的「沽名釣譽之階」，越看越是焦躁。自己讀書不打緊，還累得一屋子丫鬟都不能睡。襲人、麝月、晴雯，在旁剪燭斟茶，在外間伺候的小丫頭，再睏也不敢躺到床上，一打瞌睡，晴雯便罵人。

寶玉才剛安下片刻心來，就聽得外間咕咚一聲。原來有個小丫頭坐著打盹，一頭撞到牆壁上，恍惚從夢中驚醒，還以為晴雯打她，哭著央求：「好姐姐，我不敢了！」衆丫頭都哈哈大笑起來。寶玉連忙跑出去看，勸晴雯讓小丫頭們先睡了。襲人說：「小祖宗，你只顧你的吧，讓她們陪著熬一夜也沒什麼，你費什麼心思？」

寶玉又將注意力轉到麝月的衣服上：「晚上這麼冷，妳該多穿一件衣服才是。」

麝月笑道：「你難道不能將我們暫時忘了，把心擱在書上嚒？」

話猶未了，只聽見春燕、秋紋從後頭房裡慌張跑來，驚呼：「不得了，有人從我們後頭牆上跳下來！」一語驅走衆人的睡魔，全都出去尋人。

這小小驚嚇卻給晴雯一個好主意。她笑盈盈的向寶玉獻計：「你不如趁這個機會裝病，就說是嚇著了！」此語正中寶玉下懷，樂得裝病，免去明日之災。不久她們找巡夜的人來查偷兒，晴雯故意說，寶玉給跳下牆的夜賊「嚇得臉色都變了，滿身發熱！」秋紋等又故意出去為寶玉取藥，半夜裡驚醒王夫人，第二日，賈母也知道寶玉給嚇病了，細問原由，將沒抓到賊的守夜人罵了一頓，想想又疑心道：「敢情……守夜的人自己就是賊？」

眾人默然，明察秋毫的探春便出來說話：「近日因二奶奶身子不好，園裡的人便放肆了，以前為了熬睏，坐更時偶爾玩玩小牌，無傷大雅，據說如今卻有人做了大頭家開了賭局，大輸大贏，半個月前還有人為此相鬥！」

賈母一聽，責怪探春不早相報。因鳳姐已臥病在床，賈母便下令林媽等四個總管的老婆查出實情。園裡的婆子僕役們吵鬧了一回，揪出兩個大頭家。一個是廚房柳媽的妹妹，一個是迎春的乳母，湊合聚賭的人則有二、三十人。賈母震怒，下令將為首兩人打四十大板攆了出去，聚賭者打二十大板，革三個月的月錢。

賈母發落賭頭時，黛玉、寶釵、探春等都在座，見迎春為乳母受罰一臉羞澀，都起身向賈母求情，要賈母看在迎春面子上，饒過這次，賈母在氣頭上，說，這些奶媽們仗著養過公子小姐，比別人更為可惡，非得教訓教訓不可！寶釵等人聽了，只得不再言語。

此事讓邢夫人也覺丟臉。她雖非迎春親生的娘，名義上好歹是她母親，當日趕到迎春房裡問罪。迎春向來不頂嘴，只是低頭撫弄衣帶，說：「這事我老早知道，說了她兩句，她不聽，我有什麼法子？平日只有她說我，沒有我說她的分。」

邢夫人聞言大怒：「胡說！妳說她不聽，早該向我稟報才是，現在弄得我們都跟著沒臉，有什麼意思？妳這丫頭，從來面薄心軟，讓人欺負，也不吭一聲！」又拿起探春做比較：「妳親生的娘，比那趙姨娘強十倍，妳也該比她強才是！恐怕妳奶媽拿了妳的東西去典當了，妳還不知道！」

邢夫人罵完，人走了以後，迎春的丫頭繡橘才對迎春重提舊事：「姑娘上回不見了的金鳳頭飾，可不是被奶媽拿去當了？」迎春只想息事寧人，裝沒聽見，輕言淡語說：「寧可不見了東西，也不要惹事。」一連丫頭繡橘都生起氣來，說：「姑娘怎麼這樣軟弱！我幫妳向二奶奶說去！」

偏巧迎春乳母的媳婦玉柱兒家的，正前來央求迎春去說情，聽到繡橘要向鳳姐告狀，一驚之下非同小可，趕緊跑進迎春房裡來，說：「姑娘！妳若肯爲我們老奶奶討個人情，我們一定贖回金鳳頭飾奉還姑娘。」迎春想了一會兒說：「好嫂子，寶姐姐林妹妹說情，尚且不依，我就是說到了明年，也沒用處，勸妳打消了這主意！」

繡橘還在旁邊，氣呼呼插嘴道：「偷了東西就該還，和說情是兩回事，妳先把金鳳贖回來再說！」

玉柱兒媳婦無話可答，但明知迎春素來不生氣，便把話頭對準繡橘，指桑罵槐，說自邢岫烟借住到迎春處，這兒沒有添銀子，反而還少了一兩銀子，「平常短了這個，少了那個，還不是我們拿出來貼？這麼久來，少說也貼了三十兩銀子！錢丟到水裡還會咚隆一聲響！」

繡橘又氣又急：「這眞是沒王法了！你們把姑娘的東西偷了，還賴姑娘白用了你們的錢！」一邊說，一邊氣得哭了，迎春卻也不理論，拿了一本〈太上感應篇〉的書，氣定神閒的倚在床上看。

可巧探春、寶釵、寶琴、黛玉都來安慰迎春，玉柱兒媳婦趁機溜了。探春彷彿聽見屋子裡有人吵鬧，坐下來便問：「剛剛誰在這裡拌嘴。」迎春木頭人似的，回了一句：「沒什麼，丫頭們小題大作。」其實探春已把方才的話聽了大半，問司棋和繡橘：「誰說姐姐讓奴才白貼錢來著？妳叫她進來，我替妳問一問。」迎春連忙阻止：「明明跟你們沒關係，何必如此？」

探春卻不依她，笑道：「姐姐的事，就是我的事，我倒想替妳問問金鳳去了哪裡？」於是要繡橘叫了玉柱兒媳婦來，說了一頓，又說：「短少了錢，跟二奶奶說去，到姑娘房裡鬧什麼？」一方面使眼色給自己的丫頭侍書，要侍書稟明鳳姐，侍書才剛到門口，平兒正拎了裙角跨進門檻來。寶琴笑道：「姐姐敢是有驅神召將的符數？還沒叫人，人就自己來了。」探春一見平兒，便說：「妳奶奶身子可好多了？她一病，我們便受委屈。」

平兒忙問：「誰敢給姑娘氣受，儘管吩咐我！」

玉柱兒媳婦已慌得手忙腳亂，想上前向平兒細說原由，還未說出理由，平兒即板起臉來打斷她的話：「姑娘們沒叫妳，妳也有插嘴的餘地？你若知禮數，就該知道，外頭伺候的人，豈可無緣無故到姑娘屋裡來？」

繡橘對玉柱兒媳婦銜恨在心，忙說：「三姑娘不知道，我們這屋子是沒禮數的，誰愛進來就進來。」

平兒瞪著繡橘道：「這就是妳們的不是了，姑娘好性子不管，妳們也該爲她打了出去，再去回太太！」

玉柱兒媳婦碰了一鼻子灰，只得姍姍退出。平兒即將來意向迎春說明，問道：「姑娘的奶媽就要攆了，姑娘可有什麼話要說？」

迎春專心致志的看著〈太上感應篇〉，平兒連問了兩聲，她才抬起頭來，笑道：「她們自作自受，與我無干，私下拿走的東西，若不送還，我也不要了。只要不叫太太們生氣，還是省點事好。」

大家聽了她這番「啥也不管」的理論，都暗自好笑。黛玉忍不住問：「若二姐姐是個男人，如何理家，對付這些人？」

迎春笑答：「就是男人也一樣。〈太上感應篇〉有云：救人急難才能積陰德，我雖不能救人，何苦白白和人結仇，做那種無益有損的事？」

誰想到，這麼一個不管事的柔弱姑娘，不久，卻被父親賈赦許給了個性如貪狼猛虎的孫紹祖。

37

人言可畏，在大觀園裡尤爲如此。

賈璉不過才向鴛鴦調了頭寸出來周轉救急，不知爲什麼，母親邢夫人竟聽說了，立即遣人向賈璉及鳳姐要二百兩銀子過節。鳳姐怎麼也想不到是誰走漏了風聲，環顧四周，屋子裡的丫頭早已跪了一地，都賭誓自己沒講，鳳姐沒辦法，只得先當了自己的金飾，打發了婆婆再說。

才應付完死愛錢的邢夫人，又來了氣沖沖的王夫人。王夫人一來，便令所有的丫頭都出去，只留鳳姐一個人，然後，從袖子裡掏出一個香袋來，丟到鳳姐面前，鳳姐細看，也嚇了一跳，原來上頭繡著赤條條的一男一女，正是坊間私藏的春宮香袋！忙問：「太太從哪裡得來的？」

王夫人顫抖說道：「是老太太房裡的傻丫頭拾到的，被妳婆婆看見，先攔下來，否則早就送到老祖宗面前！妳婆婆把這事交給我辦！」接著又問：「妳爲何將這東西丟在園裡頭？」

鳳姐聽了，大吃一驚，問：「太太……怎說是我的？」王夫人道：「我們這一家子，獨妳和璉兒是對小夫妻，必是賈璉那不長進的下流胚子從哪兒弄來的……妳別和我耍賴！」

鳳姐一時無法分說，急怒攻心，挨著炕雙膝跪下，含淚辯說，她沒有這樣的東西：「就是有，怎可能帶東西到處逛去？這院子裡的丫頭、姨娘、小廝衆多，怎說是我的呢？」

王夫人覺得有理，便不再爲難鳳姐。只要鳳姐將家裡管事的幾個婆子叫了進來。碰巧邢夫人得力心腹王媽正在此處，爲了向邢夫人交代，王夫人便要王媽徹查這件事。王媽在園裡工作幾十年，從沒被人看中過，這一得王夫人青睞，便趁這個機會參奏了園裡丫頭們，過去她因事被晴雯罵過，頭一個便拿晴雯開刀，先說了許多壞話：「那個丫頭仗著模樣兒比別人標緻，又長了一張巧嘴，天天打扮得西施一樣，一句話不投機，她就妖妖嬈嬈的罵人，不成體統！這個鬼怪東西，想必是她丟的！」

王夫人已在氣頭上，此話更觸動王夫人先前對晴雯的不滿：「是不是一個水蛇腰、削肩膀，長得有些神似林姑娘的？前不久我看過她在罵小丫頭，確是一副輕狂樣子……我生平最討厭這種女人！寶玉房裡的襲人、麝月，這兩個笨笨的，還合我的意——若寶玉叫這蹄子勾引壞了，可是大大不好！」於是要王媽喚了晴雯到鳳姐房裡來。

晴雯最近一直纏綿病床上，急急被喚來見王夫人，未免釵橫鬢亂，一副西施捧心的姿態。王夫人看在眼裡，更不舒服，罵道：「妳天天裝這輕狂樣給誰看？明兒我可要揭你的皮！」又冷笑問：「寶玉最近可好？」

晴雯聽王夫人無緣無故傳她來，心知自己必遭人暗算，忍氣吞聲答道：「平日我不大到二爺房裡——二爺身邊的事，都由襲人和麝月料理，太太可以問她們去！若太太怪我不經心，從此我多爲二爺留點心就是。」

王夫人信以爲實，忙說：「阿彌陀佛！寶玉不勞妳費心！」又向王媽等說道：「妳們可得幫我防著她，別讓她進寶玉房裡睡覺！」晴雯才要出去，她還罵道：「以後別給我裝這種花紅柳綠的浪樣兒！」

晴雯畢生沒這麼丟過臉，一氣之下，拿著絹子搗臉，一直哭回怡紅院。晴雯一走，王媽又獻計：「有了這個香袋的人，自然還有別的壞東西。太太儘管把這等小事交給奴才辦，咱們趁晚上關起門來，措手不及，搜丫頭們的房，讓她們防不勝防！」氣頭下的王夫人，點頭道：「這個主意倒好，否則，一年也查不出來！」鳳姐見王夫人如此斬釘截鐵，不敢說話，只有點頭稱是。此夜，王媽即耀武揚威的搜起大觀園。對王媽來說，這一輩子，哪有如今夜之春風得意？

第一個先搜怡紅院。寶玉不肯讓婆子進來，便請人叫鳳姐來問分明。鳳姐怕出事，只得過來陪著說明因由。說是丟了一件要緊的東西，不得不查贓。

襲人看王媽等人來勢洶洶，知其中必有異事，自己先打開箱匣讓他們搜了，又要小丫頭們自己開了箱，以免來人費事，唯有晴雯臥病在床，還未開箱。王媽橫眉冷笑問：「這是誰的？怎麼不打開？」

襲人蹲下身子，正要替晴雯打開，只見晴雯一頭亂髮，氣呼呼的闖進來，哐啷一聲，將箱子掀了，把裡頭的東西全倒在王媽眼前。王媽自討了沒趣，漲紅了臉，說：「姑娘，妳別生氣，我們是奉太太的命來搜查的，哪用對我們這個樣子？」

晴雯一聽更爲氣惱，三吋長的纖纖指甲直指王媽，哼了一聲，道：「原來是太太打發來的——我還以爲是老太太打發來的呢？太太那邊的人，我都見過，唯獨沒看過你這麼有頭有臉的管事大奶奶！」

鳳姐見晴雯說話尖酸，表面上喝住晴雯，其實心中暗喜。這王媽是她婆婆邢夫人身邊的人，素愛挑撥離間，搬弄是非，鳳姐早想給她顏色瞧瞧，只是礙於婆婆的面，沒法施招。王媽還要發作，鳳姐笑勸：「媽媽，妳且搜妳的，何必和丫頭們一般見識？萬一在這兒鬧開來，走漏了風聲，可不礙了妳的任務？」

王媽只得咬緊牙根忍住了。細翻晴雯箱子，都是舊東西，雖有男人的物件，看來卻是寶玉的舊東西，只有悻悻然離開怡紅院。

鳳姐知道，王夫人用這三姑六婆般的婆子，史無前例的大肆搜園，必將惹出更大風波，只好緊跟著王媽到別的院裡去，又叮嚀：「薛大姑娘是親戚，萬萬抄撿不得。」一邊說著，前頭已是瀟湘館。

黛玉已入睡，鳳姐要丫頭們別打擾她。王媽帶人進丫頭房裡翻箱倒櫃，在紫鵑房裡搜出許多寶玉的東西，王媽自以爲發了贓，忙請鳳姐過來驗視。鳳姐別別嘴笑道：「這是寶玉從前用的扇子和束腰！寶玉和林姑娘從小一塊兒長大，這自然是寶玉送林姑娘丫頭的東西，從前人人都見過。媽媽不信，儘管拿去獻給太太。」

王媽聞言雖然沮喪，也陪笑道：「二奶奶這麼說就算數。」

大批人馬在瀟湘館內搜索，早有人報給探春知道。探春心知其中必有蹊蹺，才引出如此窘況來，命令丫頭們秉燭開門以待。待他們一來，探春便給了下馬威：「我們的丫頭若是賊，恐怕我就是賊窩窩主！妳們且先搜我的箱櫃，看我有沒有收著她們的贓物！」一聲令下，丫頭們將大小箱子一齊打開，請鳳姐抄閱。鳳姐尷尬陪笑：「我不過是奉太太的命陪著來，三妹妹別錯怪我。」趕緊喝令丫頭們把探春的箱盒都關了。

探春又冷笑道：「搜我的東西容易，想搜我丫頭的東西，恐不能讓妳們如願！舉凡丫頭們的東西，就是一針一線，我也知道她們往哪裡擱。妳們只管回太太說，我的心比衆人歹毒，要怎麼處治，我會自己去領罰！妳們別急著自己抄家，想抄家的話，恐怕指日可待！江南甄家不是已經抄了嚒？俗話說，百足之蟲，死而不僵，什麼東西都是從裡頭爛起的！這下子，沒人來抄我們家，我們就自己抄了起來！」說著說著，淚水無聲，簌簌而落。

鳳姐只得冷眼看衆婆子們，問：「妳們這下子可搜明白了？」衆婆子知道探春與衆不同，唯唯諾諾陪笑。探春又問了一次：「搜明白了吧？明兒再來，我可不依？」

獨獨王媽不知厲害，仗著王夫人、邢夫人爲她撐腰，心想，探春不過是個庶出的姑娘，何必怕她？便趁機擺起老大來，走向前去，故意掀起探春的衣襟，嬉皮笑臉道：「連姑娘身上我都翻了，果然沒什麼！」

鳳姐已捏了把冷汗，才要勸阻，只聽得啪啦一聲，王媽臉上早已挨了一巴掌。探春厲聲罵道：

「妳是什麼東西，敢來拉我的衣服？我看在太太面子上，喊妳一聲媽媽，妳就狗仗人勢，動手動腳，以為姑娘們都好性子，由著妳們這些奴才欺負！」說完，瞪著鳳姐道：「是不是要我把衣服脫了，省得妳叫奴才來搜身？」

衆人嚇得鴉雀無聲。鳳姐一邊安慰探春，一邊罵起王媽來：「媽媽吃了兩口酒，怎麼就瘋瘋癲癲起來？快出去，別在這裡丟人現眼！」

探春又冷笑道：「奴才敢到主子身上搜賊贓，我倒是頭一回聽見！明兒先回了老太太去！」

王媽連忙躲到窗外，喃喃說道：「這還是我生平頭一遭挨打哩……我不如回家去算了，在這裡賠老命做什麼！」不巧探春又聽見了，喝命丫鬟：「你們悶不吭聲，難道要我和她拌嘴不成？」

侍書馬上出去，說道：「媽媽，妳還是省句話講吧。妳若懂得回家去，倒是我們的造化，只怕妳捨不得走！妳要走了，我們的主子沒人調唆，豈不可惜！」

鳳姐聞言笑道：「眞是有其主必有其僕！」

探春冷笑一聲，答道：「我們做賊的人，難免伶牙俐嘴，只不會在背地裡向主子進讒言！」

一行人氣勢大減，靜悄悄走到李紈和惜春住處。李紈的丫頭們別無長物，惜春年紀小，膽子也小，不知有何大事，一臉慌張。婆子們在惜春的丫頭入畫的箱子裡，竟搜出一大包銀兩、和男人的靴襪來。鳳姐板起臉問入畫，入畫說，是賈珍賞給她在寧府當差的哥哥，她只是爲哥哥收著而已。入畫雙膝跪地，哭道：「奶奶只管問珍大爺去！若不是賞的，就將我和哥哥一起打死也無妨！」

鳳姐說：「這自然要問清楚——不過，是誰幫妳私傳東西進來的？」

惜春說：「想必是後門的張媽，她常和這些丫頭鬼鬼祟祟的。」張媽曾與王媽鬥過嘴，從此不相往來，王媽一聽此事，又慫恿鳳姐：「這傳東西的人罪嫌重大，不可不查。」

鳳姐冷冷的白了她一眼：「妳不用說，我也知道。」

紫菱洲裡，迎春也已入睡，鳳姐等人便往丫頭房裡來。丫頭司棋恰好是王媽的外孫女兒，鳳姐偏要看看王媽藏不藏私，就特別留神看。王媽掏了兩下就要關箱，鳳姐卻暗中要周媽去看看。周媽一抓，即掏出一雙男子的錦襪和緞鞋，又找到一個同心意結和一封信帖。鳳姐雖未讀書，但也認得幾個字，便將信上所云朗朗唸出，原來是一封情書，由她表哥潘又安寫的。情意纏綿，文末又云：「特寄香袋一個，略表我心，千萬收好！」當下鳳姐笑出聲來，朗聲道：「妳要拿的人，可不是妳的外孫女兒！這下明明白白，沒話可說了！」

原來司棋從小與表哥一起長大，私訂終身，她進園子裡來做丫頭，她表哥也爲榮府打雜役，數日前趁著夜深人靜，人約假山後，正卿卿我我之際，曾經給鴛鴦看見了，鴛鴦反爲她開脫，半句話沒說，不料她這多事的外祖母反來發贓，拿住了自己的外孫女，成了現世報。

這回抄撿大觀園，攆了司棋，原本沒話可說，惜春卻也叫人將入畫攆出。惜春的親嫂子尤氏，從寧府過來，勸惜春道：「那些東西，明明是妳哥哥給的，何必跟丫頭過不去？」惜春說，丫頭讓她丟了臉，她就不要，嫂子帶她走，要打要殺要賣，她都不管，斷斷不要玷汚她的藕香榭：「我只求自保就夠了……你們有什麼事，都別連累我！」

尤氏又好氣又好笑，向跪了一地求情的奶媽丫頭們說：「人家都說四姑娘年輕糊塗我倒不信，妳們聽聽這些話，眞叫人寒心！」

惜春冷笑，說：「我雖年輕，心卻不年輕！妳們這些人，不讀書，不識字，呆子一般，反說我糊塗！眞是莫名其妙！」

尤氏嘆道：「我看，妳還眞是個冷心冷嘴的人！」

惜春還嘴：「我淸淸白白，怎會不冷心冷嘴？妳們可別來弄髒了我的地方！」

尤氏只好賭氣將入畫帶進寧府去。

至於這調唆搜園反而自作孽的王媽，給鳳姐叫人打了一頓，從此畏頭畏尾過日子，再也不敢囂張。

轉眼到了中秋，榮寧二府衆人，依然熱熱鬧鬧承歡賈母膝下，月明燈彩，人氣煙香，一會兒說話笑，一會兒行酒令，姐妹們則連韻作集錦詩。桂花香，醇酒暖，天空地靜中，笛聲嗚咽悠揚，誰曉得這是鳳姐賣了首飾，才湊出酒席錢來？外頭仍是連年乾旱，財庫左支右絀，寧府裡卻由賈珍做起東，與家人們開起大賭局來，連薛蟠也拎著幾個男妓前去湊熱鬧，只賈母被瞞在鼓裡。

百足之蟲，死而不僵——除非從裡頭壞起！探春的話，還在大觀園中相傳，人人賞心悅目看明月，誰知不久將來會如何？

38

抄撿大觀園是日，鳳姐的老毛病加劇，下體流血不止，躺在床上動彈不得，中秋賞月，連身子也撐不起來，只得向賈母告假。雖有衆姑娘和婆子丫頭們陪賈母賞月，但缺了鳳姐笑語，賈母猶嘆人少。寶玉因晴雯病情不妙，眼裡看的是中秋圓月，心裡卻全是晴雯的病容。原來晴雯把王夫人罵她的話，全放在心頭，病勢如炭助燃，一發不可收拾，成日咳血，卻不敢將緣由說給寶玉知道。

這天，寶玉從外頭回來，看見周媽帶了司棋，拉拉扯扯的出去，後頭又有人抱著箱箱櫃櫃跟著出去，趕忙攔住，問：「哪裡去？」周媽知他平日對丫頭們好，怕嘮叨誤事，陪笑道：「不關你事，快唸書去吧！」

司棋以為救星來了，拉住寶玉，哭訴：「二爺……你好歹幫我求太太去！」寶玉才想起抄撿大觀園的事，看著司棋，不禁傷心落淚，待要去說情，周媽卻說：「太太吩咐，不許耽擱，看到少爺就要拉扯，像什麼話？再不走，我就打妳一頓！」不由分說，拉著司棋便出去了。

寶玉呆站原地，愣愣看著她們走遠，因為遣走司棋是王夫人命令，也不敢攔阻。過了不久，自言自語說道：「奇怪，這些人一嫁了漢子，染了男人的氣味，就變得混帳起來，比男人更加可憎！」

守門的一個婆子聽了，覺得好笑，問道：「這麼說來，女孩個個是好的，婆子個個是壞的了？」

寶玉怒火攻心，恨恨的說：「正是這樣！」還在原地怔忡，幾個婆子吱吱喳喳的走過來，談論著王夫人正在怡紅院攆晴雯的事，一個笑道：「老天有眼，這個禍害妖精若走了，咱們也清淨些！」寶玉一聽，大驚失色，飛也似的跑回怡紅院，一進門便看見一大群人。王夫人一臉怒色的坐著，看了寶玉，理也不理，要人將病榻上的晴雯拉下來，攆出去，還要婆子們留下她的好衣服，只准帶貼身的走。又把院裡的大小丫頭全叫來，親自看了一遍，問：

「誰是和寶玉同年同日生的？」

四兒應聲而出。王夫人將她端詳了一會兒，見四兒面貌雖不如晴雯一半，但也有幾分水秀，觀其行止，又聰明外露，打扮也未免太經心，便冷笑道：「這也是個沒廉恥的貨色！背地裡說什麼同年同日生的就是夫妻？這是妳說的，對吧？別以為我住得遠，什麼都聽不到！我總共只有一個寶玉，哪裡能放心讓妳們勾引！」

四兒見平日與寶玉的玩笑話給王夫人公然說了出來，紅了臉，低頭垂淚。王夫人又叫：「芳官呢？」芳官悶著臉走過來，王夫人又指著芳官說：「唱戲的女孩子全是狐狸精，天天調唆寶玉，不知羞恥！」

芳官頂嘴道：「我哪敢調唆他？」

王夫人瞪了她一眼，說：「妳還敢頂嘴！妳連妳乾娘都敢欺負，何況別人！叫她乾娘領去！」一念之間，又波及其他梨香院的女孩，都不許她們留著園裡，叫各人的乾娘帶出去，自行聘嫁。那些婆子們素來恨這些戲子，今日如願以償，全來給王夫人磕頭謝恩。王夫人又一一搜檢寶玉的東西，凡不是眼熟的，全命人收了起來，末了吩咐襲人、麝月：「妳們小心看著寶玉，往後有什麼差池，我一概不饒！明年我便要將寶玉遷出園外去，省得在這兒給這些小蹄子們帶壞了！」

寶玉沒想到王夫人這一來，如此雷嗔電怒，他知母親心意決斷，盛怒之下，事事不能挽回。送過王夫人，一串眼淚便掉了下來，心想晴雯一去，怡紅院裡已無第一等人。襲人過來安慰他：

「你哭也沒用，且讓晴雯回家靜養幾天，等太太氣消了，求老太太再叫她進來也不難。」

寶玉賭氣道：「我倒不知道晴雯犯了什麼滔天大罪，竟然要攆她！」又想到四兒、芳官一起被攆，更是淚如雨下。

「太太嫌她生得太好了，又聽了些閒話，所以嫌她，」襲人嘆了口氣道：「像我們這些粗粗笨笨的，別人倒無話可說……」

寶玉兩隻眼睛正視襲人，眉頭一皺，說：「那我問妳，我們私下開玩笑的話，又沒外人走露風聲，太太如何知道？」

「你怎知沒有婆子聽去？」襲人反怪寶玉：「你一時高興，哪裡管旁邊有人沒人？」

寶玉心下狐疑，兩隻眼睛硬是瞪得牛眼大，問：「怎麼人人的不是，太太全都知道，單單挑不出妳和麝月、秋紋的？」

襲人聞言驚心低頭半晌，無話可答，過了一會兒才說：「誰知道哪天太太會不會又聽見了什麼，要打發我們呢！」

「妳是出了名的至善至賢，她們兩個又是妳陶冶教育的，哪裡有什麼可罰之處？」寶玉冷笑一聲，忽又想到病容憔悴的晴雯：「我對芳官和四兒好，衆人看不過去，也就罷了。晴雯和妳們一樣，從小就從老太太屋裡過來服侍，雖然生得好，又伶牙俐齒，也沒礙著誰的去處，爲什麼攆她！」

襲人細細揣測此話，知道寶玉有心疑她，卻也沒話可勸解，只聽寶玉又說道：「晴雯自小也是嬌生慣養的，我何曾讓她受一天委屈？她沒爹沒娘，如今送回她那糊塗表哥家裡，就像一盆才鑽出頭的蘭花蕊送到豬圈裡去！我恐怕再見不到她一兩面！」

襲人還陪笑：「既有今日！你又何必咒她？」

寶玉說：「不是我咒她！今年春天，我們階下那盆海棠無緣無故死了一半，就是個壞兆頭，果然應驗到她身上！」又說了一籮筐癡話。襲人看寶玉如此在乎晴雯，心裡頭酸溜溜的不是滋味，表面上卻得好聲好氣的哄著寶玉，說：「待晚上沒人瞧見，我便叫人把她昔日的衣物和我們攢下的幾吊錢，拿出去給她養病。」寶玉這才不發議論。過了幾天，寶玉趁沒人瞧見，跑到園子後門，拿了一些錢央求一個老婆子帶他到晴雯家去，千求百求，婆子才肯了。

到了晴雯家，寶玉命婆子到外頭守著，自己走進屋裡，掀開布簾，一眼就瞧見晴雯睡在草蓆上，蓋著一床破被，寶玉心一酸，伸手輕拍晴雯，叫了她名字兩聲。晴雯才剛睡著，朦朧中聽見有人喚她，勉強睜開眼睛，看見寶玉，驚喜交織，說：「我以爲再也見不到你了。」

兩人相對哽咽一會兒，晴雯說：「你來得正好，把那邊的茶倒給我喝吧！剛才叫了半天，叫不到半個人！」寶玉好不容易找到一個讓黑垢堵住了嘴的壺子，又找到一個髒碗，洗了兩遍，用自己的絹子擦乾淨，倒了茶，先嚐了一口，才遞給晴雯。只見晴雯如獲甘露般，把淡而無味的茶全灌進喉嚨裡。寶玉看了，眼淚直流。問晴雯有沒有話要對他說。

晴雯嗚咽道：「如今我挨一天算一天，也待不了太久了。只有一件事，我死也不甘心，就算我生得比別人好些，我也沒勾引你什麼，怎麼一口咬定我是狐狸精！早知白擔了虛名，我當日……」說到這兒，氣煞住咽喉，不能言語。寶玉又是心痛又是害怕，一手握住晴雯枯瘦如柴的手，一手忙幫她搥背。

喘了一陣子，晴雯忽而將手抽回，擱在嘴邊狠命一咬，硬把兩根蔥管般的指甲咬下來，放在寶玉手裡，又掙扎著，在被窩裡將貼身穿著的紅綾小襖脫下，遞給寶玉。這一番折騰，已喘得上氣不接下氣。寶玉將她的指甲裝進荷包裡，又把外衣解開，脫下自己的小襖，披在晴雯身上。晴雯笑道：「你走罷，這裡髒，你哪裡受得了！你這樣對我，我就是死了，也不枉擔了虛名。」

一語未了，晴雯的嫂子笑咪咪進房裡來，對寶玉說：「你一個做主子的，跑到下人屋裡來做什麼？難不成看我年輕俊俏，來調戲我？」

因晴雯表哥膽小怯懦，老婆嫌他無能，便成日花枝招展，與園裡僕役盡情風流，見了寶玉，彷彿餓虎遇肥羊，兩隻水汪汪的眼睛，將他從上打量到下。寶玉聽她這麼說，嚇了一跳，軟言軟言央求道：「好姐姐，妳別嚷嚷，她好歹服侍我一場，所以我私下來探她。」

她嫂子說：「你倒是個有情有義的人！要我不叫嚷也容易，只消依我一件事便成……」說著，便把寶玉拉進內室，自己坐在炕沿上，將寶玉扯進懷中，兩腿緊緊夾住他的身子。

寶玉急得滿臉紅脹，全身發抖，說：「好姐姐，妳別跟我鬧！」

晴雯的嫂子斜眼睨他，笑道：「我常聽說你喜歡在女孩子身上下功夫，今兒怎麼就不會了？你要不依我，我就叫嚷起來，讓太太知道你私下來這兒！」又說：「你們剛剛說的話，我都聽見了，我可不像晴雯那麼傻，服侍你那麼久，什麼都沒有！」

說著，就動手扯寶玉的衣服，寶玉死命掙脫，急得滿頭大汗，幸好柳五兒和她媽正受襲人之命給晴雯送錢來，解了寶玉的危。

寶玉捧著一顆突突亂跳的心，回到大觀園裡，告訴襲人自己是到薛姨媽那邊去。當夜睡到五更，只見晴雯從外面走來，說著：「你們且好好過日子，我先走一步！」說著，轉身便走，喚也喚不回。

「你怎麼了？」襲人推醒寶玉，以爲他只是做噩夢隨口亂叫，點了燈過去看，卻見寶玉哭得涕流滿面，說：「晴雯死了！」

天一亮，寶玉遣人問信，晴雯果然已不在人間。一樣被攆的芳官、藕官、蕊官，不甘被婆子們發嫁，成日鬧著，茶飯不思，嚷著要做尼姑。她們的乾娘本以爲撿了便宜，卻吃足苦頭，只好稟明王夫人，讓她們隨水月庵和地藏庵的尼姑出家去。

第二天，有個伶俐的小丫頭知道寶玉傷心，告訴寶玉，她夢見晴雯含笑託夢，說是天上神仙來請她做了芙蓉花神，日後只管供養芙蓉便好了。寶玉於是悄悄帶了四種晴雯素日喜歡吃的點心，到芙蓉池畔，寫了長篇弔文。

眉黛烟青，昨猶我畫；指環玉冷，今倩誰溫？……紅綃帳裡，公子情深，黃土隴中，女兒命薄。

只剩兩根白玉般的指甲，還依依留在他最貼身的荷包。

39

司棋被逐，晴雯已死，寶釵又因哥哥娶了嫂子，搬出大觀園，回家料理，迎春也要出閣，又有四個丫頭陪嫁出去，一事比一事掃興。寶玉天天在大觀園徘徊，只覺百無聊賴，走到迎春昔日住的紫菱洲附近，目睹其軒窗寂寞，庭園蕭索，心裡更有說不出的滋味，撫胸嘆息道：「這世上又少了五個清淨人！」

沒精打采，連睡都睡不安穩，一日病甚一日，竟臥床不起。不久，聽得薛蟠娶了夏家的女兒做正室，長得俊俏，也讀過書，新婚喜宴擺酒唱戲，熱鬧非凡，奈何賈母和王夫人都不許他出門，他只好日日留在怡紅院和丫頭們玩耍。心裡對晴雯、芳官、四兒被攆之事猶存芥蒂，一發起脾氣，更鬧得無法無天，只差沒把怡紅院掀了。

香菱本以為薛蟠娶了正妻，這下該沒自己的事了，大可樂得成天在大觀園串門子，和衆姐妹論詩學藝。薛蟠迎娶的夏金桂，今年才十七歲，但她自幼喪父，是家中獨生女，雖然讀過書也生得俏麗非凡，卻是個把自己尊為菩薩，視他人如糞土的嬌嬌女。在家裡，一不順心，動輒打罵丫頭，一嫁到薛家來，便拿出凜凜威風，先壓住薛蟠這紈褲子弟，看薛蟠早有香菱這麼一個才貌雙全的愛妾，彷彿眼皮裡裝了一顆石子般，如不除去，日日難安。

薛蟠是個喜新棄舊的人，剛娶了妻子，正在興頭上，多少讓她一些，過了幾個月，夏金桂已穩穩站在薛蟠頭上，非要他百依百順不可。第一次兩人吵嘴，薛蟠賭氣不理，金桂便日日在家哭鬧，茶湯不進，裝起病來。薛姨媽雖然不知道發生何事，但素知兒子向來倒行逆施、無法無天，便替媳婦說話：

「如今你已娶了親，眼看就要抱兒子了，還是這麼胡鬧，折磨人家女兒，像什麼話！」

薛蟠不得已，對金桂更是好言相哄，倍加小心，在外頭像隻老虎，在妻子面前卻像一隻羊。夏金桂看丈夫傲氣漸消，婆婆又良善軟弱，漸漸倚嬌作媚起來，除了陪嫁的寶蟾外，家中丫頭們見她如遇猛虎。全家上下都怕她三分，唯不敢欺負不苟言笑的寶釵。

新婚之後，薛蟠又看上寶蟾輕浮可愛，每每有意撩撥。夏金桂想，反正寶蟾是自己的人，為了將薛蟠的注意力從香菱身上全轉過來，打定主意，要薛蟠收寶蟾為妾。這一招，倒與鳳姐要賈璉收平兒有異曲同工之妙。

這晚，薛蟠喝得醉醺醺的回來，叫寶蟾倒茶來吃，接碗時，偷捏寶蟾手，寶蟾笑著躲他，手一縮，茶碗落地，潑了薛蟠一身茶，薛蟠怪寶蟾不好好拿，寶蟾怪薛蟠不好好接，就在旁邊的夏金桂是個明白人，冷笑道：「你們兩個，可別當我是傻子！」寶蟾紅著臉溜了出去。到晚上，金桂笑問醉醺醺的枕邊人：「你這隻饞貓，想貪吃，儘早跟我說，別跟我偷偷摸摸！」

薛蟠心領神會，仗著幾分酒意，趁勢跪在地上，親著金桂的腳，說：「好姐姐，妳就把寶蟾賞給我吧！妳要什麼，我都弄來給妳！」

金桂笑道：「你愛誰，只要明說了，就收在房裡，總比別人看咱們家出醜強！」薛蟠一聽這話，知道是應允了，拚命磕頭稱謝，當夜，又拿出當家本事來，將金桂擺弄得服服貼貼，一直到第二日清晨，仍在枕榻上纏綿，浪蕩之聲盈室，將寶釵吵得不得安眠，只得叫鶯兒拿棉花將窗縫塞了。

鬧過一夜之後，第二日，金桂故意回夏家看她娘，將寶蟾留在薛家，讓他倆得空相歡。寶蟾也知道金桂的意思，但總得一半兒推一半兒肯，兩人在金桂房裡拉拉扯扯，眼看薛蟠已將身上衣物脫光，寶蟾雪白肌膚，也大半落入他的眼底。金桂卻算準時機，遣了個小丫頭回來，命香菱爲她到房裡取一條手帕。乖巧的香菱豈敢慢了手腳？見門沒掩，一頭撞進金桂房裡，只看到薛蟠赤身露體，正和寶蟾上下其手。香菱想走避時，已被寶蟾瞧見。寶蟾羞得無地自容，趕緊推開薛蟠，抱著零散衣物跑了，嘴裡罵薛蟠強姦力逼！薛蟠正像一塊熱炭，冷不妨被香菱潑了冰水，一股惡氣全出在香菱身上，不由分手，狠狠踢了香菱兩下，罵道：「死娼婦，妳這會兒做什麼來撞屍遊魂？」

香菱半句話沒說，哀哀切切，默默走開。

當天夜裡，夏金桂面帶喜色，示意薛蟠借香菱的房間和寶蟾過夜，命香菱過來服侍自己。起先香菱不肯，夏金桂就指桑罵槐：「他霸佔我的丫頭，又不叫妳來服侍，存心想把我氣死！」薛蟠心裡只有一個色字，著急得不得了，在旁聽了，也趕來罵香菱：「妳再不識抬舉，我就揍妳！」

香菱沒法子，只好抱了被子睡在地下，夏金桂一會兒叫她倒茶，一會兒要她搥腳，一夜折騰她七八次，她一入夢就把她踢醒。一連半個月，薛蟠晚上全和寶蟾膩著，把夏金桂和香菱一起忘得一乾二淨。夏金桂雖然暗自發恨，還是忍了下來，篤定先將香菱這根刺徹底除去，再來想下一招。不久，金桂從枕頭裡扯出一個紙人來，上頭寫著她的生辰八字，竟還有五根釘刺在紙人身上各要害處。夏金桂一鬧，薛姨媽慌了，薛蟠更是暴跳如雷。金桂一口咬定，除了香菱外，誰會這麼狠心短命？薛蟠一聽，順手抓起一根門閂，找到香菱，劈頭就打。薛姨媽忙來阻止，夏金桂厲聲厲氣哭道：

「你們合起來想咒死我，好再娶個更標緻富貴的來！」

連日來惡聲惡氣的連串吵嚷嚇壞了薛姨媽，打何時起，霸氣十足的兒子在媳婦面前，竟像一團軟泥，怎麼搓怎麼揉，隨人擺弄呢？賭氣罵薛蟠：「就是狗也比你體面些！誰准你連陪房丫頭也摸上？香菱服侍你這幾年，就是不好，你也不該隨便打她，我這就帶她走，替你拔去肉中刺、眼中釘！」

金桂聽了這話，隔窗應道：「她是誰的刺、誰的釘？妳老人家說話不用拉拉扯扯，我們哪裡是容不得下人的人？把寶蟾給他，正是我的主意！」

薛姨媽氣得渾身打顫，說：「虧妳還是大戶人家出來的女兒！我從沒聽過，有婆婆說話，媳婦隔窗大呼小叫的道理！這可是妳家的規矩？」

薛蟠急得跺腳，小聲勸金桂：「別再說了，人家會看笑話！」金桂一不做，二不休，索性叫喊起來：「我可不怕人家看笑話！分明是你的小老婆想害我，我怕人家看什麼笑話？你們薛家仗著有錢，就可以拿錢來壓人嚒？」又哼了一聲：「嫌我不好？誰叫你們瞎了眼，跑到我們家三媒六聘！」一面哭喊，一面揪打自己，怨嘆命薄。薛蟠兩邊不是人，自己哀聲怨氣，嘆運氣不好。

到底還是寶釵出來，將香菱收在房裡使喚，使香菱一邊心痛不已，一邊卻感激不盡。

此事過後，金桂和薛蟠越吵越是凶悍，幾次薛蟠仗酒膽，動手要打金桂，金桂也還以顏色！這邊持刀欲殺，那邊伸著頸項，薛蟠也無可奈何。寶蟾自與薛蟠情投意合之後，也受不得金桂的氣。金桂一打罵她，她即沒日沒夜的撒潑，尋死覓活，一會要自刎，一會兒要上吊，無所不鬧，薛家從此再無寧日。薛蟠後來乾脆逃家在外鬼混，金桂則在家聚衆賭博作樂。薛家醜事，早早傳進大觀園內，上下皆知，寶玉聽說此事，心中納悶：「長得鮮花一樣的人，怎麼有這等性情？」還到廟中問道士，可否有「療妒湯」可吃？正替香菱擔心，又聽見嫁到孫家的迎春，天天在孫家以淚度日，更爲這位姐姐憂心忡忡。

王夫人聽說迎春處境，打發了人請迎春回家做客幾天。好端端一個斯文女孩，一進門便嗚嗚咽咽，說孫紹祖一味酗酒，又好賭好色，家裡所有的丫頭和僕人的老婆，他沒有不姦淫過的。「他又說，我爹收了他五千兩銀子，才把我賣了他，別想到他家做夫人！」

王夫人陪著哭，但嫁出去的女兒是潑出去的水，卻也只能婉言勸道：「想當初，妳叔叔也曾勸過妳爹，這門親事不美，妳爹執意不聽，果然……唉，我的兒，妳既然出了閣，這也是妳的命，我們又能如何！」

迎春又聲淚俱下：「我不信我的命就這麼苦！從小沒了娘，如今又是這樣！」

寶玉在一旁，早已哭得呆了，王夫人叮嚀：「不許在老太太面前走露一點風聲！」寶玉雖不敢稟明祖母，心頭卻放了把利刃似的，實在爲迎春難過，連著兩天，怎麼樣也不能入睡。

怡紅院前的白海棠，原本半枯半榮，這年春，原本枝葉茂繁的那半，偏又突然凋零了一半，枝乾葉枯，硬撐著枝椏，猶不入土為泥，而剩下的四分之一，鮮花在枝頭綻放得妖妖嬈嬈。

丫頭婆子們莫不來看海棠花，嘖嘖稱奇，王夫人聽聞，心裡覺得不祥，想命人砍了。賈母卻說，這徵兆是異象，砍了它，逆了天意，更落得不吉利。偌大的大觀府，數代豐功偉績，還怕一株海棠花嚒？何必在意！

過不久，果然賈政被調至工部郎中，賈府勳業又添一層光彩。衆人正為這喜事歡欣鼓舞，黛玉卻在瀟湘館中纏綿病榻。

起先，只是一個恍恍惚惚的夢。

夢見自己站在江頭，鳳姐同王夫人、邢夫人及寶釵都來送行，臉上一味浮著笑意說：「林姑娘，可喜可賀，可喜可賀！」

黛玉愣愣的問：「妳們說些什麼話，我一點也不懂？」

鳳姐推她的肩，笑道：「妳裝什麼傻！妳爹已經託了賈雨村作媒，已經把妳許了人家做續絃夫人，璉二哥正要帶妳回家待聘！」

黛玉一時沒想到父親早已死了，心一急，說道：「哪有這回事？妳又貧嘴賤舌起來，跟我瞎鬧！」

衆人卻冷笑看著她，輕飄飄的拂拂衣袖走了。黛玉失神落魄，正不知何處投訴，眼前一黑，差點昏了過去，模模糊糊中定睛一看，又發現自己置身賈母房裡，於是雙膝一軟，抱住外祖母的腿：

「老太太救我，我是狠了心，寧死也不走！」

賈母卻置若罔聞，嘴巴笑得像木頭刻的一樣，振振有辭的說：「做續絃也好，到底還算是正室夫人！女孩子養大了，還是要有人家！」

黛玉嚇得涕淚縱橫，求道：「我寧願爲奴爲婢，也要待在這裡，求老太太爲我作主！」

賈母卻說：「這是妳爹的意思，不關我們賈家的事！」黛玉還要撞到外祖母懷裡哭鬧，卻聽見賈母叫鴛鴦：「妳送姑娘走吧，我被她鬧累了。」不一會兒，賈母已經不見人影，眼前站著的，是寶玉。她才要問寶玉，可有法子讓她不要走？未開口，寶玉即笑嘻嘻的說：「妹妹大喜啊！」

黛玉更氣急敗壞，脫口罵道：「好，好，我……我如今才知道你是個無情無義的人！」

寶玉仍然一張笑臉：「妹妹怎麼這樣說話？男大當婚，女大當嫁，妳既然有了人家，就跟人家去吧，我好歹是好好待過妳一場的，不算辜負妳。」

黛玉急道：「我打定主意，不去就是不去。你這個狠心短命的東西，素日天天要我瞧你的心，如今你的心到底在哪裡？」

寶玉微笑間，用小刀剖開衣襟，鮮血直流，又拿手往裡頭掏。黛玉一身冷汗，忙向前護住他心窩，說：「你怎做出這樣的事來？你要死，先殺了我吧！」

寶玉卻一點也不覺得痛似的，木然說：「不怕，不怕，我拿心給妳看。」一逕往剖開處亂抓，任她哭得顫顫危危，理也不理，過一會兒，卻一手空搖頭嘆道：「不好了，不好了，我的心早沒了！」一翻眼，整個人往她身上倒了下來，巨柱壓頂一般。黛玉放聲大哭，忽聽紫鵑叫道：「姑娘可是做噩夢了？」

黛玉猛然睜開眼睛，只覺心頭怦怦亂跳，冷汗溼了背脊，枕頭上都是淚漬，醒來又哭了一回。再躺下去，翻來覆去，哪裡睡得著？外頭蕭蕭颯颯下起一陣雨，冷風刮得竹林疏疏作響，又從窗縫裡吹進來，她掏心掏肺的咳嗽。想止都止不住。

紫鵑又在夢中被黛玉咳嗽聲驚醒，忙捧痰盆給她，一看，痰盆子中竟有點點血腥，心裡一驚，差點把痰盆摔倒在地。忙叫雪雁進來給姑娘撫背。雪雁輕輕一撫，黛玉卻又從胸中咳出一口紫血在掌中。紫鵑、雪雁都嚇白了臉。

當日，探春和湘雲聽到雪雁傳的消息，都趕來看黛玉。探春知道黛玉向來心比別人重些，款款安慰她，要她凡事往好處想，等身子好了，大家依舊結社做詩。黛玉懷著心事說不出，只管長吁短嘆，一刻比一刻煩躁。湘雲一見痰中有血，心知大大的不好，平日雖愛說話，此時卻一句話也吐不出來，只在一邊陪著流淚。

從此，一日比一日瘦下來，請大夫開藥方，也於事無補。因賈政望子成龍心切，要寶玉參加明年科考，於是寶玉和弟弟賈環、姪子賈蘭收拾了東西跟著賈代儒唸書，被勒令不得在園中鬼混，也不能陪在黛玉旁邊。黛玉剛病的那兩天，寶玉還不知道，只襲人聽聞了，自行過來探病，問黛玉情況。

紫鵑只能搖頭，襲人卻也嘆氣：「眞是天生一對冤家！林姑娘病發那一夜，我們那個也口口聲聲嚷起心疼來，嘴裡說，有人偷了他的心！這兩天也不能上學，請大夫開藥方吃，還躺著呢！」又輕笑道：「老爺愛子心切，沒想到我們二爺是一認眞讀書，便要請大夫！」

賈母一聽，兩個寶貝孫子都生病，心頭無限煩悶，偏偏宮中又有人傳消息來，說王妃近來氣色不似往昔，似有微恙，賈母更是著急。

過了兩天，寶玉才剛回復元氣，賈政又要問書，拿四書五經總目要他做八股文，使得寶玉更不得空看黛玉。在這衆人煩心的時刻，偏有張知縣、王知府的人上賈府爲自家姑娘向寶玉說親來。園裡一有風吹草動，丫頭們便像痲雀一般吱吱喳喳起來，連續兩家來提親，已傳成滿城風雨，人人猜測，賈母到底看中了哪家姑娘？

「模樣兒端正，脾氣好的就好。」提起愛孫的終身大事，賈母總是含含糊糊的應承著，不知心下做何打算。雖然從前有個道士說寶玉不宜早娶，眼見寶玉一天比一天大了，轉眼十九歲，賈政這邊逼著他早立功名，賈母也急著想爲他娶一房好妻室，讓他安下心性來，好好讀書。

這天，賈母吃完飯後，和邢夫人、王夫人聊起近日來提親的兩家，都不甚滿意，鳳姐剛巧走進來，插嘴道：「老祖宗可糊塗了……咱們家放著現成的天配姻緣不做，還往外頭找做什麼？」

賈母笑問：「妳倒告訴我，現成的在哪裡？」

鳳姐說：「一個有寶玉，一個有金鎖，這可不是天賜姻緣嚒？老祖宗這麼明白的人，竟然忘了？」

賈母低頭一想，鳳姐的話確有幾分道理。金玉良緣，她何曾沒想過？寶釵這個女孩兒，模樣雍容，個性也好，做人做事都有氣度，誰能不疼她？但又顧慮到寶玉的痴心任性。他自小和黛玉一塊長大，比別人親，心眼裡，黛玉是第一等人，上回紫鵑不過跟寶玉講了兩句玩笑話，寶玉幾乎得了失心瘋——兩個小冤家的親厚，老人家哪裡看不出來？黛玉又是自己的親外孫女，自己沒有理由不疼愛，本來有意親上加親——偏偏黛玉身子單薄，心又比別人細，一和寶玉拌起嘴來，只弄得兩人成日哀聲嘆氣，傷春悲秋，哪裡能和寶玉百年好合？數年來，寶玉婚事懸疑未決，都因這個心事。

近日，聽大夫說，黛玉病已成癆，恐怕是難好的了。此事固然讓人傷心，卻也使賈母打定主意：黛玉到底薄命，不能做賈家的媳婦！內孫到底比外孫女親一層，寶玉才是她心頭一塊肉，終身大事說不得。賈母心想，待黛玉若有起色，再爲她尋個好人家，也不算不疼那孩子，若黛玉不知分，就枉她白疼一場！

「到底是鳳丫頭明白我的心。」賈母對王夫人說：「改日我就跟妳妹妹提。」

王夫人亦有此意，未多言語，當日便說給襲人知道，要襲人不得走露。襲人退出去後，喜色寫在臉上。這幾年來，她一心想做姨娘，也成日憂心，誰是自己的當頭奶奶？近來聽聞薛蟠娶了夏金桂，整得香菱不成人樣，將彼比此，不免為未來憂心忡忡，心想外頭的不如裡頭，林姑娘又不如寶姑娘；林姑娘嘴巴利、心眼尖，將來一當了奶奶，自己未嘗沒苦頭吃，寶姑娘和自己一樣，大寶玉兩歲，性子溫和又識大體，必然可以做好姐妹。

王夫人這一透露，倒使襲人鬆了口氣，但又於心不忍，便走到瀟湘館裡頭，藉著看紫鵑之名，看看黛玉的動靜。只見黛玉躺在炕上，拿了本書看，精神雖然不差，但人已瘦了一圈，襲人笑道：「姑娘還是不要太勞神，一起來就看書！我們二爺若能像姑娘這麼用功，老爺可就歡喜了。」

紫鵑笑道：「妳們二爺才剛來過，怎後妳也來了？」原來方才黛玉才和寶玉研讀琴譜，兩人說得興頭頭的，黛玉的精神也好了許多。怕寶玉第二天還要上學，起不來，才千方百計哄他回去，好好睡覺。

好風如水，好月清圓，送走襲人後黛玉又讀了好一會兒心經。恍恍惚惚之間，精力又有些不濟，眼前的字朦朧起來。轉瞬間便要入夢，忽然聽見一個人急促促的腳步聲，屋外的軟簾兒忽而被風吹得窸窸窣窣，雪雁的低語滑進黛玉耳裡。

「姐姐，不好了！我剛剛聽見一件事！可是大大的事兒——妳可知道，寶二爺已定了親！」

紫鵑一聽，嚇了一跳，向裡頭一望，以為黛玉睡著，稍稍安下心來，拉住雪雁的手，問：「這是哪兒的話？」

雪雁道，園子裡的丫頭人人傳說，寶二爺定了王知府家小姐，唯獨不給瀟湘館的人明白。「她們要我千萬別露出口風！」說著，向裡頭努一努嘴，說：「妳可也別在她面前提！」

正說到此處，廊前鸚鵡忽而又嘆了一口氣，聲音便是黛玉平日嘆氣的模樣兒。紫鵑、雪雁吃了一驚。雪雁四顧，不見有人，罵了鸚鵡一聲。紫鵑心裡千頭萬緒，站在當地出神，聽到黛玉在裡頭喘氣，才趕緊過去，裝做沒事人樣的，問黛玉要不要喝茶？見黛玉不言不語神色如常，還以為黛玉並未聽到她們方才的話。

黛玉已全然將雪雁的話收在耳邊，身子如落葉入河水，人早就呆了。心想，不久前的夢，難道真是個預兆？寶玉寶玉，畢竟一個無心無情的人！千愁萬恨湧上來，又咳出兩口腥血，偷偷吐在帕子裡，怕紫鵑瞧見了，又要大呼小叫，驚動四方。這一回，淚水卻落不下來，氣也嘆不出口，整個人只是痴痴坐著，木木然然像一座石觀音。

第二天起，任紫鵑怎麼哄，茶也不想喝，粥也不願吃，寶玉放學來探視，她也不言不語；寶玉竟以爲她病得身子乏了，也不敢像從前一樣死纏亂磨，只巴望她快快好轉。不料黛玉心病一生，日間聽見的話都似乎在討論寶玉娶親的事，夜裡做的夢，也是寶玉娶親的事，新娘子模糊著面孔，全身鳳冠霞披好刺眼，與寶玉笑盈盈而去。病心加上病體，更使黛玉覺活著沒意思，只求一死，索性連藥也不吃。

紫鵑是個伶俐的人，暗暗猜測，黛玉必是聽到了什麼，所以有心尋死，又出門打探了兩圈，明白雪雁所說不過是流言，又把新來的流言說給黛玉知道：「有人聽二奶奶說，寶二爺的事，是老太太有意要親上加親！不久前外人來說親，都不中用！寶二爺最親的，除了林姑娘還有誰？她們傳得可熱鬧呢！」一面喜孜孜的瞅著黛玉瞧。黛玉臉一紅，忽然像從奈何橋中走回頭路來，忽然直起身子，笑道：「妳可別胡說！」

一句話掉了魂，一句話又救了命，過幾天，黛玉的生氣又漸漸回來，寶玉來探問，雖含羞帶怯，也有了笑語歡言。自知爲多心所苦，反而有些不好意思。寶玉見她手裡拿了佛經，精神又好了，一放學便來和她打禪語鬥嘴兒，兩人胡說八道，你來我往，眼裡心中，都沒有別人。

黛玉趁此機會，還是要探一探寶玉的心，說道：「我可要問你一句話，看你如何回答。」

寶玉盤腿坐著，得意的要她考。黛玉說：「你寶姐姐若和你好，你將如何？不和你好，你又將如何？寶姐姐前頭跟你好，後來不和你好，你又如何？你對她好，她卻不對你好，你又該如何……」

這可不是打禪語！寶玉心頭明白，想了一會兒，低聲道：「任憑弱水三千，我只取一瓢飲。」

黛玉會意，微微一笑，又問：「瓢隨水漂，又奈何？」

寶玉笑答：「我的瓢不隨水漂，有如禪心。」忽想起唸過的詩來，說道：「禪心已作沾泥絮，莫向春風舞鷓鴣。」

黛玉愣了半晌，說：「你可知道，禪門第一戒是不打誑語的？」

寶玉才說：「我的話比那些禪門祖師爺還當眞……」話未說完，簾外忽有鴉啼，呱呱叫了兩聲，叫寶玉分了神，探頭出去看，見那鴉飛回東南方去了，嘴裡說：「這不知是吉是凶？」

「人有吉凶事，不在鳥音中！」黛玉方才聽了寶玉的誓，神清氣爽，如此回答。而不知是否巧合，過了不久，寶玉無緣無故丟了他的通靈寶玉，有時清明，有時便瘋傻昏沉，賈府人人正爲之雞飛狗跳，又傳來元春在宮中因病暴卒的訊息！

41

薛姨媽打從賈府回來，問寶釵，可願答應這門婚事？寶釵正色道：「女孩子家的婚事，哪有自己做主的道理？媽媽如果不能做主，也該由哥哥定奪。」又低頭做女紅，一句話也不說。薛姨媽知道，寶釵並沒有不肯的意思，大大安了心，這事當然不用問那個糊塗兒子薛蟠去。

才想起薛蟠，家僕來報，兩名衙役已到了門口，大呼小叫，金桂嚎聲震天，如雷貫耳；薛姨媽和寶釵趕了出去，只聽外面的衙役說，薛蟠打死人！金桂抓著香菱哭道：「他從前也為妳打死過人，不是一點事也沒有嗎？你們有錢有勢有好親戚，平常仗勢欺負人，現在可好了，我看，他嚇得手忙腳亂！我這輩子，可該怎麼過才好？」

薛姨媽氣得發昏，但也不知如何是好，給人差役幾兩銀子，把他們打發走了，趕緊到賈府求王夫人和鳳姐。照鳳姐的老方法，有錢能使鬼推磨，薛姨媽先籌幾千兩銀子，買通知縣。平日她不管家事，根本不知道家庫裡還有多少銀子，這一盤查，才明白丈夫積聚的萬貫家財，沒幾年間，已給不肖家人和兒子敗得所剩無幾。

原本是薛蟠酒醉後鬧事，用酒碗把掌櫃的打死了，在薛蝌斡旋下，知縣收了銀兩把殺人罪改爲誤殺，關在監裡，待事情平息後，再花點銀子把人贖出來就沒事。薛姨媽才停止以淚洗面。元妃暴斃的消息，也在此時傳進賈府裡。大前天晚上，賈母明明睜著眼睛，卻看到了元妃前來告辭，說：「榮華易退，該是退步抽身時。」

衆人以爲老人家糊塗了，安慰一番，並未當眞。沒想到，竟成眞實，賈妃死時四十三歲，並無所出，謚爲賢淑貴妃。大家爲處理喪事忙得不可開交，一時沒能把心放在丟了玉的寶玉身上，不以爲有何大害。寶玉丟了玉後，卻變成瘋瘋傻傻，失魂喪魄，連姐姐死了，他都無動於衷，一滴眼淚也不掉，襲人等人以爲他病昏頭了，進知他一日比一日奇怪，偶爾清明，多半渾沌，襲人扶他坐就坐，要他睡就睡，叫他說什麼，他就說什麼。賈母心想，他那通靈寶玉，大概是被人偷了，只得做主幫他尋玉。這一日，賈政辦完長女喪事回家，在車內聽到外頭的人說話：「人要發財，也容易得很，今兒我看見榮府貼了告示出來，說他們哥兒丟了玉，有人撿了，送一萬兩銀子，通風報信的，也有五千兩！」

賈政知是母親主意，嘆氣道：「家道該衰！偏生出一個孽障，這回大張旗鼓的找玉，成何體統！」

沒過多久，果然有人到榮府門前，聲稱找到了那塊玉，大小式樣果然不差，但色澤卻不對。拿給寶玉，寶玉看也不看便扔在一旁，說：「你們又來哄我了！」

打從娘胎帶來的玉，和他的血氣肌膚脈理相通，尋常東西，瞞得了別人，怎瞞得了自己？丟了玉，再也沒能找回來。它來，不由他，它去，也不由他，眞有人打開他的胸膛，恐怕怎樣也找不到心了。

看他這痴病久久不癒，賈母請人到外頭找算命先生，算命先生說：非得找個命中帶「金」的人沖喜不可，更驗應賈母看中寶釵當孫媳婦的宿願！於是賈母找賈政、王夫人、薛姨媽和鳳姐商量，挑個娶親的日子，拜堂坐床，看寶玉會不會好。賈母又擔心沖了黛玉的病，說：「咱們還在爲貴妃服喪，蟠兒也還獄裡，論道理，這時不宜娶親，但爲救寶玉的命，只好凡事將就些，除了行禮照舊外，其他不可鋪張，不請親友，也不排筵席，等寶玉好了再請客。寶丫頭心地一向明白，應該能體諒。」

賈政聽母親這麼說，心裡雖不願意，也不敢違命，勉強陪笑道：「老太太想的極是，只需當心吩咐家人，不可吵得裡外皆知。」此時賈政受命發放江西糧道，即刻便要出京，顧不得家中人口不寧，只求別再惹出災禍來便好。

王夫人領了命，喚襲人來吩咐，要她好好爲寶玉打點。襲人聽要娶寶釵，雖然歡喜，卻也有另一層憂心，在王夫人面前跪下來哭了，說：「這話奴才不該說，卻不得不說。」

王夫人忙拉了襲人的手，要她坐著，慢慢說。襲人道：「寶玉的親事定了寶姑娘，自然是一件極好的事，只是，依奴才之見──太太可想到，寶玉是和寶姑娘好，還是林姑娘好？」

王夫人想也不想：「寶玉黛玉兩人從小在一塊兒，自然好些。」

襲人說：「他兩次爲林姑娘砸玉，又爲紫鵑的玩笑話哭得失了心，如今若要叫寶玉娶寶姑娘，硬把林姑娘擱開，恐怕不但不能沖喜，反而是催命了！奴才再不把話說明白，豈不一次害了三個人！」

王夫人恍然明白，到賈母房裡，見鳳姐也在，便和兩人商議。賈母聽了，老半天不說話，許久才嘆道：「別的事都好說，林丫頭倒顧不得了，但寶玉要眞是這樣，可叫人爲難！」

鳳姐眼珠兒一轉，獻了計策，說，「依我看來，只有一個主意，不知老太太、太太肯不肯？」

「妳有主意，儘管說來，大家商量著辦。」

「依我想，這件事，只有一個『掉包兒』的方法！跟寶兄弟說是老爺作主，把林姑娘配給他，試試他怎麼樣？」

說著，細細解釋給賈母聽。賈母笑道：「這麼做也好，只是苦了寶丫頭……但他吵嚷出來，我們對林丫頭怎交代？」

「這個話只許說給寶玉聽，」鳳姐道：「外頭一概不許提起，尤其不能給林妹妹的人知道，不就神不知鬼不覺了？」

三人商量妥當，以為此事萬無一失，賈母便命賈璉為寶玉準備新房。偏偏這天黛玉精神稍好，吃過早飯，便要往賈母這裡請安，出了瀟湘館，要紫鵑回去拿手絹來，自己慢慢走著等她，才剛走到沁芳橋，聽見昔日葬花的那個山坡有人嗚嗚咽咽，走過去一看，是賈母房裡那個丫頭傻大姐。那個丫頭見了黛玉來，不敢再哭，搖搖蹭蹭站起來，用袖子拭淚。黛玉問：「妳為什麼在這裡傷心。」

傻大姐說：「珍珠姐姐為我說錯一句話，就打了我兩巴掌！林姑娘為我評評理，她打我應當嚒？」

黛玉看她傻得可愛，笑了一笑，問：「那妳說錯了什麼話？」

傻大姐說：「我只不過說，我們寶二爺要娶寶姑娘，又可以看熱鬧了……」

黛玉心一縮，險些摔了身子，扶住山石，定了定神。又聽傻大姐說：「這事我們老太太、太太跟二奶奶都商量好的事，就是眞的，爲什麼我說眞話也打我？他們還說，這次是給寶二爺沖喜的，趕明兒還要給林姑娘說婆家！」

黛玉心裡，油兒醬兒糖兒醋兒全倒在一起，竟說不出是什麼滋味！轉身要回瀟湘館，身子彷彿有千百斤重，兩腳又彷彿踏在棉花裡，搖搖蕩蕩走到沁芳橋，紫鵑正在那兒等她，問：「姑娘，妳往哪裡去？」黛玉模糊聽見了，迷迷痴痴的答道：「我問寶玉去。」

紫鵑只得扶她走進怡紅院。才要問黛玉方才發生了什麼事，黛玉的步子卻越走越穩，不再那麼恍恍惚惚，自己掀了簾子就踏進寶玉屋裡。襲人笑迎：「林姑娘，屋裡坐吧。」黛玉卻像沒聽見似的，自己走進內室，見寶玉坐在炕上，便瞅著寶玉傻笑。寶玉也不問好，淨對黛玉傻笑了起來。

襲人、紫鵑只得愣愣站在兩旁，忽聽黛玉問：「寶玉，你爲什麼病了。」

寶玉笑答：「我爲林姑娘病了。」

兩人又不說話，對坐傻笑起來，笑了好半刻，目光不移。襲人看情況不妙，忙要秋紋同紫鵑扶林姑娘回去。黛玉看著襲人：「不用送，我這就回去了。」一起身，飛快的走了，燕子一般，紫鵑、秋紋都還跟不上。

一到瀟湘館門口，黛玉的身子往前一栽，哇的一大口血，吐得滿地。秋紋趕緊回報賈母，賈母同王夫人來看黛玉時，黛玉臉上已無血色，神氣昏沉，氣息微細，旁邊一個痰盆，全是痰中帶血。黛玉微睜眼看見賈母，喘吁吁的說：「老太太，妳白疼我了！」

賈母一聞此言，又心酸又心虛，十分難受，摸摸黛玉額頭說：「好孩子，妳好好養身體吧，別怕別怕！」

黛玉微微一笑，又閉了眼睛。大夫進來診脈，賈母便在外廳盤問眾人，可說了什麼話給黛玉聽？對鳳姐說：「我看這孩子的病，不是我咒她，只怕難好了，妳可得替她預備預備！」又自己嘆息道：「孩子小時候在一起玩是常有的，長大了，就要知男女有別，不可痴心妄想，才是女孩兒本分，我才打心裡疼她，如果自己有別的想頭，我可眞的白疼她了！這心病——斷斷不能有的！」

鳳姐又奉命去試寶玉，走到怡紅院，看見寶玉慘慘笑著，劈頭便說：「寶兄弟大喜！老爺已經擇了良辰吉日，要給你取親，你喜不喜歡？」

寶玉瞅著她點了點頭，一淨傻笑。

鳳姐又問：「娶了林妹妹過來，好不好？」

寶玉大笑起來。鳳姐給他弄糊塗了，又問：「老爺說，你要是還這麼傻，就不讓你娶林妹妹！」

寶玉忽而板著臉，說：「我不傻，妳才傻呢？」說著便站起來要往外走：「我去跟林妹妹說，要她放心。」

鳳姐連忙拉住他：「林妹妹老早就知道了。她如今要做新媳婦，自然害臊，不肯見你了。」「那娶她過來以後，她到底見我不見？」

鳳姐心想，他雖然神智不清，但提到林妹妹，人還是清楚的。又好氣，又好笑，只得對寶玉說：「你好好的，林妹妹才見你，你若是瘋瘋癲癲的，她就不見你了。」

寶玉道：「我本來有一顆心，已經交給林妹妹收著，妳叫她順便幫我帶過來，放進我肚子裡頭！」

這偷天換日的計策，就要趁夜裡進行，跟薛姨媽商量了。薛姨媽心裡也願意，只怕寶釵受委屈，嘴裡說：「恐怕還要從長計議才好。」賈母和王夫人卻急得像熱鍋上螞蟻：「我們家裡都有事，不如先娶過來，互相沖個喜，也可早放一天心！」又因薛蟠在獄花了不少銀子，薛家的富貴氣象也大不如前，賈母叫薛姨媽省了粧奩，一切從簡，薛姨媽在王夫人、鳳姐的游說之下，只好應承。寶釵知道此事，始終低頭不語，暗自垂淚。薛姨媽知道女兒向來孝順守禮，心頭雖不願意，也願意爲大家委屈，並沒勸說什麼，當下收了賈家的聘。

寶玉還以爲自己就要娶黛玉了，看過聘禮，興沖沖的說：「你何必麻煩呢？送來送去還不都在我們的園子裡，自己的人送，自己的人收，多此一舉。只要林妹妹過來便是了。」

大觀園中喜氣融融，瀟湘館裡卻一片蕭瑟，黛玉的病，一日比一日重，紫鵑再苦勸都解不開黛玉的心。剛開始，從賈母到姊妹們的丫頭婆子都常來問候，到如今，大家忙著喜事，賈母的心也冷落了黛玉，便不過來了。黛玉雖病，心裡卻明白。這一天半夜，忽而坐起，掙扎著叫紫鵑：「妹妹，你是我最知心的人，我一直……把妳當我的親妹妹看……」說到這裡，已是上氣不接下氣，紫鵑過來扶她，要她好好躺著，黛玉卻說：「我的詩本子——」

雪雁將她前不久寫的詩稿送到黛玉面前，黛玉卻猛搖頭，兩眼直瞪著一只箱子。紫鵑料想她要裡面的東西，便打開箱子來。黛玉猛然又吐了一口血，使勁的說：「有字的！」

紫鵑這才明白，黛玉是要寶玉從前叫人送來的那塊舊帕子！黛玉曾在上頭題過詩。黛玉顫顫危危伸出手來接過帕子，狠命的撕，氣如游絲，手如枯枝，哪裡撕得動？紫鵑知道她恨寶玉，卻也不敢說破，只道：「姑娘，何苦自己生氣？」

黛玉不理，叫雪雁拿火盆子來。黛玉將剛才拿在手中的絹子往火盆子上一擱，看著絹子著了火。紫鵑想搶又不敢，呆呆看著黛玉拿起詩稿，一同撂在火上。等不到燒化，閉著眼昏厥過去了。

紫鵑知道不好了，叫雪雁守著，自己來回賈母。哪知賈母房裡靜悄悄的，只有一兩個做粗活的丫頭守著，丫頭們看到他都詫異，紫鵑問什麼，都推說不知道。紫鵑無奈，只好走到寶玉屋裡，寶玉屋裡留守的丫頭也一問三不知。她倒也明白八九分，想必寶玉眞的娶了親，搬新屋子去了。心想：「當年我才說一句玩笑話，寶玉就急成那個樣子，如今林姑娘病著，他竟做出這種事來，可知天下男人的心，都是冰寒雪冷，令人切齒！」

人還沒回到瀟湘館，已聽得兩個小丫頭就大叫：不好了！黛玉的奶媽王嬤嬤，只知在一旁大哭，被紫鵑喝止了。園裡園外找不到一個人來幫忙，紫鵑忽而想到了李紈：李紈是寡婦，結親的日子自然迴避，當然請得到！

李紈早知原委，三兩步走進屋子，看黛玉的眼睛已睜不開來了，一時心酸，叫了她兩聲，黛玉的眼皮和嘴唇稍微動了一下。李紈看紫鵑眼淚像斷線珍珠般，只曉得哭，忙拍她的肩：「傻丫頭，別只顧哭妳的！還不趕快把林姑娘的衣衾換上！」

這時，門外卻衝進兩個人，一個是平兒，一個是管家林媽。林之孝說：「二奶奶同老太太商量好了，那邊要叫紫鵑姑娘去使喚。」話未說完，紫鵑已明其意，哼了一聲，說：「林姑娘還有氣呢！」李紈、平兒忙打圓場，叫她帶了雪雁去：「就回老太太說，是我們的主意！」

雪雁便跟著林媽換了新衣服，到新房子去，心裡存的是看熱鬧的興致。雖然想起自家姑娘的情景，未免傷心，但也不敢在賈母和鳳姐跟前哭，心想：「姑娘好時，寶玉每天來看姑娘，嘴巴像蜜裡調油似的，這時候，竟然不理我們姑娘的病，娶寶姑娘！」

雪雁跟在新娘身旁，打量身穿大紅袍的寶玉，只見到他一副暢心滿意的樣子，手舞足蹈，只知他爲娶親而樂，殊不知寶玉根本不知道：那遮了臉的不是林妹妹！寶玉看見雪雁，竟如見黛玉一般歡喜，傻呼呼的拜了天地父母，送入洞房。坐了床，便要揭蓋頭。

一邊伸手，嘴裡一邊說：「妹妹，幾天不見，身上可好？」此時雪雁已走開，由鶯兒上來服侍。寶玉睜眼一看，眼前鳳冠霞披的美人兒，哪裡是黛玉？發了一回愣，又看見鶯兒，直以爲自己身在夢中，兩眼失了神，半句話不說。賈母親自扶他上床。

寶玉定一定神，才看見滿屋子人，輕輕問襲人：「我可是在做夢嚒？」

襲人道：「今兒是你的大好日子，別亂說話！」

寶玉悄悄用手指著新娘子：「如果不是夢中，這一位美人兒是誰？」

襲人說：「是新娶的二奶奶。」衆人忍不住都笑了，獨寶玉不笑，正經八百問：「妳別說傻話！這二奶奶到底是誰？」

襲人說是寶姑娘。寶玉一急，口口聲聲要找林姑娘，「我剛剛看見林姑娘和雪雁，怎麼說是寶姑娘呢？」掙扎著便要走，衆人攔都攔不住，賈母只好叫人點起安息香來，讓寶玉睡下，於是，昏昏憒憒的睡了，一夜無夢。

安息香嬝嬝點起時，黛玉正說了最後一句話。黛玉握著紫鵑的手，哽咽說：「妹妹，我在這裡並沒親人，我的身子是乾淨的，妳好歹叫他們送我回去吧。」

探春此時趕了進來，只聽黛玉唸道：「寶玉，寶玉，你好——」

聽到好字，黛玉氣息已絕，身子漸漸冷了。

薛寶釵從聽見母親答允親事，低頭不語的那一刻起，一直到進了洞房，心窩裡臉頰上，都沒有再笑過。當鶯兒換成了雪雁來攙扶她這新嫁娘時，她恍然明白，自己只是一枚棋子，當寶玉口口聲聲說，娶的是林姑娘，坐在那裡的美人兒是誰？寶釵的心淌血。

她不是個沒脾氣的人，只不過不肯讓人家看到。她到底也會皺眉頭，也會爲自己抱屈。她是個順命的人。就像棋子離了棋譜就失去意義一樣；她離不開她的命；她也是個好強的人，既來之，則安之，不讓別人看出一絲不對勁，她不哭。

這個「二奶奶」是一個繁華的句點，薛寶釵無半句怨悱，接受被安排的命運。噩耗一一傳來，並沒有動搖她。

大喜之日，又傳來舅舅王子騰過世的消息。王子騰是王夫人與薛姨媽的胞弟，節度使任內被遠派他鄉，偶一回京，卻死於途中。王家本為金陵豪富，在王子騰死後，卻與薛家同一命運：祖宗積聚的家財，已給不肖家奴與子弟們敗得一乾二淨。如同一個外頭富麗堂皇的大糧倉，裡頭已給老鼠搬個精光。

賈府的景況何嘗不是如此？她靈敏的鼻子早早嗅到一種訊息，腐葉般的氣味，瀰漫了整個園子，早在她從蘅蕪院裡搬回家前，寶釵便已察覺不可抵擋的凋敗。

可是，冥冥之中的宿命，使她走入編排好的一齣戲中，戲碼便是金玉良緣。她看見每個老婦人的眼睛裡，都有一雙溺水者的手，把她的軀體當成繩子，她們想藉著她的命運拯救。那一雙雙手之下，懸著一個千斤萬重的錘，全要擱在她身上。

金玉良緣。金玉良緣。寶玉婚後，非但不加清明，反而一日比一日昏憒，從前還能吃能睡，如今形同活屍，誰也不認識。

寶釵哪裡不知道緣由？他要找林妹妹，他魂不守舍——恐怕魂兒魄兒都跟林妹妹去了。她心裡怨母親，這樁婚事配得糊塗，但又何能多言？母親為舅舅去世、為哥哥坐牢，已多了不少白髮，家裡又有一個嫂子荒唐鬧著，哪能再多添她的憂愁？

寶釵只好笑。笑在皮肉上，寬慰許多老婦人的心。

薛姨媽爲了薛蟠的官司，變賣僅餘的家產，不知花了多少銀兩，才將罪名改爲誤殺，正要將祖傳當鋪再賣人折現弄些銀兩贖罪時，案子上了刑部又被反駁回來，依舊定了薛蟠死罪，等候秋天大審。薛姨媽又生氣又心疼，日夜啼哭，寶釵只好把自己的憂心擱著，先回娘家安慰母親。要薛姨媽別擔憂薛蟠事，銀錢家產還有薛蝌料理。

正說著，只聽見裡頭的門撞得砰砰亂響，夏金桂披頭散髮的哭嚷了出來：「我的男人如今是別想活命了，我的命也不値錢，不如大家鬧一鬧，到法場上拼一拼！」又拿頭撞隔門木板。薛姨媽氣得說不出話來，光瞪著兩隻眼睛看。寶釵嫂子長、嫂子短的勸了兩句，金桂吼道：「姑奶奶，妳如今嫁到別人家裡去，是別家的人了。你們兩口子日子過得安穩，哪裡知道我形單影隻的苦！」說著，便衝到街上去，嘶喊著要回娘家，幾個丫頭上去把她拉住了，吵了半天方休。寶釵嚇得不敢再勸。

薛蟠久不在家，薛蝌又住進薛家幫忙料理家務，夏金桂看這門親戚比薛蟠的人品、文材都高出不知凡幾，便把心眼放在薛蝌身上。若薛蝌在家，她便刻意塗脂抹粉，打扮出異樣風情，打從薛蝌房裡過，也故意咳嗽一聲，遇見薛蝌，妖妖嬈嬈的噓寒問暖；薛蝌沒法子，只有躲著她，有事只敢交代香菱，弄得金桂又把一層恨意加在香菱身上，舊恨新怨湧上心頭。寶蟾老早看出金桂的心意，在旁慫恿，想要金桂把薛蝌弄上手，自己也與有榮焉。

這晚，薛蝌喝了喜酒回來，還沒走到房門前，就給寶蟾攔住。

「二爺，你不是跟咱們說不會喝酒的嚒，怎麼一臉紅燙燙的回來？」

金桂在房裡聽見寶蟾的話，趕緊掀了簾子出來，聽薛蝌說是有人強迫他喝了喜酒，接口道：「人家的酒，當然比咱們自家人的酒有趣！」

薛蝌臉紅，陪笑道：「嫂子這是哪兒的話！」薛蝌一時訥訥不知如何以對，手足無措，看在夏金桂眼裡，那含羞帶怯的樣子更加可憐可愛，笑道：「這麼說，是要硬逼你才肯喝？不喝也好，不像你哥哥，喝出亂子來，讓我在這裡守活寡受孤單！」

說著兩頰暈紅，兩眼含醉，便拉著薛蝌。薛蝌急了，全身發抖，說：「嫂子，放尊重些！」金桂早已豁出去了，硬扯不放，說：「你儘管進我房裡來，我跟你說句要緊的話！」

兩人正拉拉扯扯，忽聽寶蟾叫了一聲：「香菱來了！」金桂一瞧，在廊間那頭悄悄走來的，可不是香菱那個殺千刀的？香菱聽寶蟾一嚷，雖嚇得心頭亂跳，不知該往回轉，還是像沒事人一般往前走？正猶豫時，薛蝌已趁著金桂怔忡之際，脫身溜走了。金桂恨恨嘟起嘴，掃興回房，將這筆帳又記在香菱身上。

沒過幾天，薛姨媽又派人進來找寶釵，說是金桂忽然暴死！寶釵大吃一驚，王夫人則請賈璉和她一起回家處理，賈璉又找了周媽等婆子同來料理。薛姨媽見到女兒時，淚水已哭乾：「那天，她硬要香菱和她作伴，我沒辦法，只得叫香菱去了，誰知她反而待香菱好了起來，親姐妹似的。昨兒晚上，她叫寶蟾做了兩碗湯，說自己要同香菱一塊兒喝，隔一會兒，兩個人便在屋子裡亂嚷，我去一看，只見金桂的鼻子眼睛裡都流出血來，在地下亂滾，兩隻手捧著胸口，不一會兒就斷氣了。寶蟾就過來揪香菱，說她毒死了奶奶，我只得叫人把香菱綑了，交給寶蟾，現在她們兩人都反扣在屋子裡！」

寶釵說：「綑香菱就不合情理了。媽媽說湯是寶蟾做的，就該綑起寶蟾問她呀。一面打發人報夏家去，一面報官才是。」

薛姨媽說：「倒不是我要綑香菱，實在是怕她病中受冤，一時委屈，便要尋死，才將她綁著。」開門一看，香菱已哭得死去活來，寶蟾得意洋洋的坐守著，忽然看見有人進來綑她，便亂叫亂嚷起來。不多久金桂的母親帶著姪子來了，一樣大吼大叫：「你們毒死了我的女孩兒，我和你們拚命！」

幾個人吵，一堆人勸，差點掀了薛家屋頂。金桂的母親一時著急，賴誰都賴不成，便賴到金桂的陪嫁丫頭寶蟾頭上來，說是寶蟾毒死的。寶蟾氣急亂嚷：「別人賴我也就罷了，怎麼你們也賴起我來！你們不是常和奶奶說，叫她別受委屈，先鬧個他們家破人亡，再捲包袱一走了之，另配一個好姑爺？」

金桂的母親氣得咬牙切齒，罵道：「平日我待妳不薄，妳怎麼反咬自己人來？等官爺來了，我就說妳毒死姑娘！」

寶蟾也氣得不得了，說：「既然如此，不用白害別人，先放了香菱，我見了官爺，自有話說。」

寶釵聽出玄機，叫人放開寶蟾，說：「妳是個爽快的人，何苦不說眞話？索性把原因說了，也免得自己受罪！」

寶蟾也豁出去了，說道：「我們奶奶天天抱怨她娘，說，我娘瞎了眼，憑什麼把我配給這混帳東西？奶奶說，如果配的是蝌二爺那樣人品，她死了都不怨！後來她就把氣記在香菱身上，這幾天，好不容易和香菱好了，我倒覺得奇怪，沒想到就在湯裡下毒！」

金桂母親斥道：「胡說！若要毒香菱，怎會毒了自己？」

寶釵示意寶蟾說下去，寶蟾一口氣說完：「昨兒奶奶叫我做兩碗湯，說是要和香菱一起喝，我氣不過，心想：香菱哪裡配喝我做的湯？我故意把其中一碗多放一把鹽，做了記號，想讓香菱喝鹹湯！又做了些事，轉頭回來，發現鹽多的這碗竟在奶奶跟前，我怕奶奶鹹到了舌頭，又要罵我，便趁奶奶沒瞧見時，把湯換過來。料是奶奶在先前把砒霜洒上了，卻不知我後來又換了碗，自己毒死了自己！」

一聽此話，金桂的母親也狡辯不得，大家只好把香菱鬆綁了，讓她躺在床上。寶蟾又說，前幾天金桂表哥偷偷摸摸遞了一包東西給金桂，不讓她知道，恐怕就是砒霜。

待刑部的人來了，反是夏家的人怕惹上官司，不要他們驗屍，只說是病死誤報。

原來夏金桂叫寶蟾做湯，待毒死香菱，便要寶蟾擔罪，如此一石二鳥，將薛蟠兩個愛妾全部攆走，眼看再三勾引薛蝌無效，自己也打算收了東西和她表哥逃到天涯海角。哪裡知道忙來忙去反倒害了自己？

在寶釵陪著母親著急的當兒，看遍太醫罔效、日益變得痴傻的寶玉，得了城外破廟裡窮醫生的藥，意外挽回片刻清明。

人才清楚，睜開眼睛，看見襲人，便拉著襲人的手問道：「寶姐姐是怎麼過來的？我明明記得娶的是林妹妹，為什麼寶姐姐偏偏霸住這裡，林妹妹到底怎麼樣了？」

襲人不敢明說黛玉已死，怕又刺激了寶玉，只說：「林姑娘病著，不能來看你！」寶玉說：「我瞧瞧她去。」說著就要起身，但連日沒吃東西，一站起來，頭冒金星，哪裡負擔得了身子的重量，哭嚷著：「我要病死了，妳就替我把心裡的話回老太太吧：橫豎林妹妹也會哭死，我們都要死了，不如騰出一間空房子，把我和妹妹抬在那裡，活著一同醫治，死了也好一處停放，你依我的話說，也不枉我們幾年情分！」

襲人聞言哽咽，不知該說什麼，寶釵在外頭聽見了，四平八穩走了進來，兩眼炯炯的看著寶玉，說：「你放著病不保養，說這些不吉利的話做什麼？老太太如今八十多歲的人了，苦心養你長大，你還要氣她？太太也只有你一個兒子，你若死了，太太將來託附誰？我雖薄命，到底才剛過門來，容不得你死！」

寶玉無話可答，嬉皮笑臉道：「妳不是好些日子不跟我說話了？這會子說大道理給誰聽？」

寶釵見他搬出無賴臉色來，更正色道：「我和你說實話吧，林妹妹在你不醒人事時，已經亡故了。」

「……真的死了？」寶玉面如白紙，整個人坐了起來。寶釵道：「如果沒死，我會紅口白舌的咒人嚒？」

寶玉放聲大哭，眼前一黑，倒在床上，身子如斷根的蓮花，漂在一汪黑水裡，悠悠游游隨著冥冥中的牽扯向前走。不久，一個黑影子飄了過來，寶玉茫然問道：「借問此處是何處？」

黑影子說，這是陰司黃泉路，你陽壽未盡，來這裡做什麼？

寶玉答，我來找一個人，迷了路，請你指引我，往何方尋訪？那人是姑蘇林黛玉。

黑影子哈哈大笑，忽而散去，半空中聽見一個細微的喘聲，道：「黛玉生不同人，死不同鬼，無魂無魄，你哪裡找得到她？回去罷。」寶玉胸口硬生生的給撞了一下，嚇出一身冷汗，只想要回頭尋歸家的路，正在躊躇時，忽聽見有人叫他。俄而睜開眼睛，只見自己仍躺在床上，賈母、王夫人、寶釵、襲人等圍著哭泣。那一道黑色的水流已經不見了。桌上燈火爍然，窗前明月窺人，他依舊在錦繡叢中，繁華世界。

黛玉和他如此親，她死了，他竟渾然不覺。她生前、她死後，世界一樣沒變，昏憒的是他，痴傻的是他，渾渾噩噩的也是他。寶玉想著，怔怔出神。

既知黛玉已死，又能如何？

好好的一個人，只剩一座棺材，寄放在外頭尼姑庵裡。一來，他知黛玉好潔淨，也不會要他看見她失了魂魄的軀體，也沒再過去看。二來，賈母早叫人封了瀟湘館，誰也不許讓寶玉過去。

襲人心裡原來怪寶釵，不該告訴寶玉實情，後來看寶玉的病反而好了，則深服寶釵明智。寶釵已打定主意，任人誹謗，她是非說不可的。他是夫婿，他胡鬧他的，她做夫人，該勸的不能不勸。昔日，他自可當紈褲子弟，無法無天，今日，她不許他裝瘋賣傻！

賈政任江西糧道內，應允了探春婚事，沒多久，探春即將遠嫁海疆，而寶琴和湘雲也在近日內出閣，一萬八千里外，寶玉又哭得說不出話來，撒潑哭喊著：「這些姐姐妹妹，一個都不留在家？單留我做什麼？」

看他吵得不像話，襲人苦口婆心勸也無效果，寶釵一喝就讓他住了口：「難道天下人就只有你一個是愛姐姐妹妹的？如果天下人都像你，連我們都不能陪你了！大凡人唸書，總是越唸越明理，怎麼你越唸越糊塗？」她句句有理，寶玉句句無話可答。知道黛玉亡故以來，寶玉倒比從前乖巧得多，言語裡雖還有些瘋言傻語，但比從前願意看書習字，多了一番沉穩氣象。

人人只知他與從前不同，沒有人看得他少了什麼。

在失魂落魄的黃泉一夢中，胸口那一痛，有些放在心裡的東西，風吹雲散，再也找不回來……

43

鳳姐才要往探春的秋爽齋，和探春商量些事情，一走上幢幢樹影的這條小路，已覺得不對勁。陡然一陣涼風吹得落葉刺刺作響，寒鴉驚飛，枝頭上青翠的葉子竟如散落銅錢般打下來，鳳姐凍得全身抖嗦，要豐兒回去拿她的銀鼠披肩：「我先到三姑娘那裡等妳！」豐兒應了一聲，往回頭跑了，只剩鳳姐獨行。

沒走多遠，先給一隻不知打哪兒來的大黑狗嚇得心驚肉跳，急急向秋爽齋走來，眼看拐過假山就要走到門口，迎面忽有個人影飄了過來。

鳳姐尖聲問：「是誰？」連問兩聲，沒人應。背後恍恍惚惚有人說道：「嬸娘，連我也不認得了？」鳳姐回頭猛一看，那女子模樣俊俏，十分眼熟，卻想不起她是誰。那人笑道：「嬸娘，妳只顧想富貴榮華，把我那年說的話都付江洋大海！」

鳳姐才想起來，她是賈蓉的先妻秦可卿！當下冷汗直流、顫聲道：「噯呀，妳不是死了嗎？怎麼跑到這裡來？」一急忙往前跑，被石頭絆了一跤，跌在地上，全身毛髮悚然，動也不能動，待豐兒和小紅兩個人趕來，才將她扶起。鳳姐說什麼也不肯往秋爽齋去了，口口聲聲說要回家。回到房裡，老半天不言語。平兒問怎麼回事，鳳姐嘆了一口氣道：「我早明白，自己撐不久了，雖然只活了二十五年，人家沒見的我都見了，沒吃的我都吃了，氣賭盡了，強也掙足了，就是『壽』字上缺一點也，也沒什麼。」

平兒聽她沒頭沒腦的這麼說，也沒來由一陣心酸，紅了眼圈。鳳姐卻冷笑道：「妳也不用假慈悲了！我死了，你們不就可以和和氣氣過日子，省得我這人像刺一樣，天天扎著你們。我只有一件事不放心——你們疼疼我那孩子吧。」

平兒淚水掉了下來，卻被鳳姐罵道：「我還沒死，這麼早就哭了起來！我不死，都叫你哭死了呢。」

嘴裡還逞強，心裡卻彷彿有什麼一點一滴的流散。鳳姐成日憂心惶惶等著什麼事發生似的，無一刻得安寧。舊病加上新愁，原本尖削的臉，又日日少了光澤。

賈政才從江西糧道替當朝辦完濟災回來，家裡張燈結綵設宴，正杯光爵影，歡聲笑語之時，抄家的大批人馬已開進榮寧兩府！

外面亂烘烘的一團，在屋裡擺家宴的賈母，還以為大家高興得沒分寸了。誰知，平兒披頭散髮拉著巧姐，哭哭啼啼的進來：「不好了，有官爺來抄家！」又對鳳姐說：「我正要進房拿要緊的東西，就被一夥強盜般的人推趕出來！」

衆人一聽，不知如何是好，都嚇得愣坐當地，或涕淚縱橫，或板著臉不發一語，獨獨寶玉像個沒事人似的，喝他的酒，吃他的肉，寶釵杏眼圓睜瞪著他，他也像沒看見似的，嘴角裡竟還有一抹笑。平兒才剛止住了哭，鳳姐便咚一聲，往後栽倒，婆子們忙將她扶在炕上急救。

查封的人馬已進內眷屋裡，賈璉捎來賈赦已被兩個親王拿下的消息，又對賈母說：「親王們的心是向我們家的……不過是奉旨帶了錦衣府的人來搜檢，請老太太別急！」

賈母活了八十幾歲，卻也沒見過家裡這般亂糟糟的景況，一急之下，胸口疼痛，一口氣比一口氣急，待賈政到了母親身邊，賈母已奄奄一息，說：「我的兒，沒想到還能見著你！」話未說完，嚎啕大哭，滿屋子的人都陪著掉淚？嗚咽聲不絕。

只見錦衣軍抄出一大堆物件來，一一陳報，封箱沒收，房地契紙和家人的往來文書也一併封裏。賈璉和鳳姐房裡，更搜出一堆放高利貸的借據。北靜王和西平王問賈政：「這是違法之物，請政老據實回答。」賈政說他不曾理過家務，全然不知此事，賈璉乖乖出來認了罪。

薛蝌從刑部打聽了消息，才知道賈府獲抄家原因，一是賈珍引誘世家子弟賭博，二是賈赦爲貪人財物，將人陷害致死，還有尤二姐的原來夫家的親人，控告賈府奪人妻害人命之事。後者本與賈雨村有關，賈雨村本依賈政才得了官，但見有人參奏賈府，罪證淵藪，元妃又已亡故，在朝也失了庇蔭，乾脆擺出青天大老爺的姿態來，更參奏了賈府一本，以示他大公無私，與賈府全無瓜葛。

鳳姐聽說有人抄家，心裡一急，昏了過去，就是怕屋裡那些多年來攢下來的借據見了天日，沒想到賈璉卻因此被押！後來雖有北靜王和平西王代爲求情，皇上又念著元妃去世未久，不忍加罪，將賈赦所有財產違法物充公後，放了賈璉，又把榮國公的世襲職位從賈赦轉到賈政身上，但鳳姐處心積慮了那麼多年，卻換得一無所有，徒然給大家怪罪，慚愧加上心痛，已想求死。賈母卻一聲也沒罵她，只要她好好休養。

賈母從嫁入賈家後，打從姑娘家活到了曾祖母，卻也沒歷經家道如此衰微的時期。賈政清點家務後據實回報，家裡的銀子，早已耗光，外頭還有虧空；該收的地租，早已寅吃卯糧。賈赦和賈珍被發配偏遠地方爲國家辦事，竟須典當女眷的衣服、首飾才能變出盤纏。

此時金陵四大族，王、薛、史、賈，都已是空架子，雖有聯姻關係，卻是誰也救不了誰，賈母只得叫鴛鴦開箱倒櫃把自己一生積攢的東西全拿出來，典當銀兩，分派大家，給賈赦夫婦三千兩，賈珍夫婦三千兩，賈璉鳳姐三千兩，又拿了五百兩，要賈璉把黛玉的棺材送回南方去。

「給了你們，我所剩的東西也有限了，剩下的，等我死了，也不需花你們的錢，再有剩的，全給服侍我的丫頭們。」賈母交代完了，子子孫孫傷感下跪，賈母又嘆道：「這幾年看你們轟轟烈烈，我樂得都不管，說說笑笑，只顧養自己身子，誰知家運敗到這種地步！」

迎春的夫婿孫紹祖，偏在此時叫人來討賈赦欠他的五千兩銀子，把賈政氣得說不出話，賈母也爲迎春命苦哽咽落淚。

連日來的好消息，只有跟探春的人從南方捎信來，說是姑爺待姑娘很好，請家人放心。但畢竟寬解不了賈母的滿腹愁雲。賈母正思念著迎春近況，不料又有人捎來迎春已在孫家身亡的書信！打發人找湘雲來陪，來人卻說，湘雲嫁的夫婿，人好端端的，忽而得了暴病，史姑娘正分身乏術，不能過來請安。

內憂外患紛至，這年熱夏，賈母一病不起。當賈母一臉和平的嚥下最後一口氣，鳳姐雖也病著，卻知這喪事非自己打理不可，強自振作起來總理萬機。哪知賈府上下奴僕，因抄家之故，剩不到四十人，剩下的也都是走不動聽不清的，見賈府已失勢，叫也叫不應。

鴛鴦跪求鳳姐，務求她辦得風光一些，將賈母生前僅剩的銀兩全拿出來，鳳姐應允，鴛鴦千恩萬謝。鳳姐含悲忍氣，手上銀兩短缺，還要聽婆婆邢夫人的閒言閒語，喪事才處理完，咽喉裡一腥，鮮血一口接著一口吐個不停。

而鴛鴦竟在此時上吊自盡，陪賈母走了，遂了她當初說的，老太太一有三長兩短，她也跟著去的誓。王夫人和邢夫人只得叫鴛鴦的嫂子來替鴛鴦入殮，賞了一百兩銀子，又把鴛鴦的東西領去。她嫂子喜不自勝，再三磕頭說：「我們姑娘眞眞是個有志氣的，有造化的，得了好聲名，又替我們掙了這麼些錢！」

旁邊一個婆子看不過去，冷笑道：「嫂子，這會兒妳把一個死姑娘賣了一百兩，就這麼歡喜，早知當日，應該賣給大老爺，不知能多得多少銀兩呢？」這話戳進鴛鴦嫂子的心頭要害，只得假嚎幾聲以示傷心。賈政知她爲自己母親而死，要了香來，爲她作了個揖。寶玉這回神智倒清楚，聽父親說，不必把鴛鴦當作丫頭看，小一輩的可以行禮，走上前爲鴛鴦恭恭敬敬的磕了幾個頭。

再下來，是出殯安靈，靈柩出了門，雖也風風光光，浩浩蕩蕩，卻反不如多年前寧府孫媳婦秦可卿出殯的光景。賈政率家人盡孝道，留病得不能動彈的鳳姐和惜春看家。櫳翠庵的妙玉，近日來唯和惜春談得來，知道惜春看家寂寞，便到惜春那兒陪她。兩人對弈到四更，天空地闊，萬籟無聲，妙玉便說：「我到五更須打坐，妳先去歇息。」惜春才剛合上眼，猛然聽到東邊屋裡有人聲喊起：「賊來了，賊來了！」

原來是榮府從前的家僕，知道此時人人忙著葬禮，府中男丁空虛，便來打劫，把各間屋子裡值錢的東西搶去。幾個賊闖到惜春房裡，嚇得惜春不知所措，妙玉坐禪，險些岔了氣，虧得一個新來的莽漢，奉賈政令看守園子的包勇，單槍匹馬衝出來，打死了其中一人，把賊人嚇住，賊人既已得手，攜贓而逃。

賊人一時被打走，卻也看見在惜春房中坐禪的妙玉。有個大膽一點的說：「那個帶髮修行的姑子，長得實在好看，我實在捨不得。」這些賊本來是家賊，有人認出是大觀園中櫳翠庵的妙玉：「去年裡頭的婆子們傳說，這姑子爲寶玉鬧相思病，打禪打到走火入魔，還請大夫來看病吃藥！」那個大膽的聽了，笑道：「這可不是六根不淨嚒，讓我來度她一度！」

走火入魔，是去年春天黛玉病逝前的事了。妙玉在惜春處下棋，寶玉忽而來訪，妙玉問他：「從何處來？」寶玉貪看妙玉的美貌，眼睛瞅著妙玉瞧。妙玉素來對寶玉有好感，當夜回去打禪，走火入魔，病得頭昏眼花。多嘴的尼姑們便傳說，像妙玉自恃甚高的人，竟也會爲寶玉害了相思病！傳得滿園風雨，唯寶玉和妙玉不知道。

雖說出家多年，妙玉仍不肯剪去一頭青絲，挑吃揀用，比富家小姐難伺候，和衆尼姑原本不和，她一走火入魔，就有流言謠傳她六根不淨。盜匪打劫後的第二日，妙玉回到櫳翠庵，夜裡一人對著禪燈打坐，免不了唉聲嘆氣：「我從江南來此，原想留個好聲名，沒想到棲在這裡，又是樹倒鳥飛盡，眼看這裡一日將比一日凋零！我好心去瞧四姑娘，反而還在她那裡受了大驚。」

一時蒲團又坐不穩，心驚肉跳，到了五更，全身起寒顫，聽得有人推門，一股迷香衝入她腦門，她口裡叫不出聲，身子也痳木了，唯有心裡還明白，耳能聽，目能視，就是不能動！俄而看見有人拿著亮晃晃的刀子進來。那人走到自己面前，卻收了刀子，騰出手，將妙玉輕輕抱起，上下其手，左撫右摸輕薄了一會兒。吸了迷香的妙玉只覺如醉如痴，任賊人將她背在背上走了。從此，再也沒人見過妙玉，不知她是死是活。賈府裡人人自顧不暇，一個噩訊接著一個噩訊來，哪裡有閒去管一個尼姑？

鳳姐彌留之際，只覺得身子越來越輕，就要走了，忽有人傳劉姥姥進來請安，人彷彿從半空中跌下來，又醒了，拉著劉姥姥的手，沒頭沒腦的笑道：「巧姐兒的名字是妳取的，妳就跟巧姐的乾媽一樣，帶了她去吧。」

劉姥姥以為鳳姐在說笑話：「姑娘這麼千金貴體，是綾羅綢緞包裹大的，到我們那裡，我們拿什麼給她吃，哄她玩呢？」只笑著要給巧兒做媒，說給村裡的大富人家。鳳姐竟一口應承：「妳替咱們說去，我願意給。」

平兒沒把鳳姐的話當話，以為她病得已失了神智，胡言亂語。沒想到鳳姐死後不到一年，她的親哥哥王仁和賈環，為了貪圖銀兩，趁賈璉不在，說服了貪財昏庸的邢夫人，想把巧姐兒賣給藩王，幸好劉姥姥適時伸援手，將平兒和巧姐接到鄉下躲，才逃過此一劫難。

一生享盡榮華富貴，掙足面子的王熙鳳，生死之際，到底替自己的女兒謀了後路，精打細算，竟不如死前這一胡言亂語清楚！

後來賈璉知平兒死心護住自己的女兒，感激不盡，將平兒扶了正。當初夥同鳳姐害死尤二姐的秋桐，再無賈赦撐腰，只落得當賈璉的出氣筒而已。

繁華事散逐香塵。賈府的光景，已連尋常一個大戶人家都不如了。趙姨娘得了怪疾，蓬頭赤腳死在炕上，只能草草入葬；妙玉被刼後，惜春執意出家，紫鵑堅持陪伴，侯門之女，到頭來長伴青燈古佛，人人掉淚，依依不捨，只寶玉拍手大笑：「去得好，去得好！」

襲人和寶釵只覺得寶玉越來越瘋了，處處擔心，卻又擔不了心。賈母死時，寶玉雖然大哭一場，口裡喃喃自語的竟是：「林妹妹，林妹妹，是我害了妳，是他們作弄，不是我負心！」襲人挨得他近些，聽見此言，忙掩他的嘴。沒料到，惜春一決定做尼姑，寶玉拍手大笑，之後，瘋病竟也去得好，忽然間變了一個人。賈政要他參加這年的秋試，他竟恭恭敬敬的點頭答允，回書房乖乖唸起四書五經，搖頭晃腦做起八股文來。

本來夜裡非得拉著襲人作伴，才肯與寶釵共處內室，所以成親以來，不曾圓房，這幾日來，夜裡卻也不纏著襲人陪伴。襲人見時機已到，把鋪蓋收到外頭去，讓她的二爺和二奶奶共臥一室，喜孜孜向王夫人交差：「等抱了孫子，寶玉的病一定大好！」

寶釵和襲人盡心對待寶玉。但他昏昧時，她們倒以爲他醒了；他醒時，她們卻以爲他瘋了。

他徘徊在渾渾噩噩與清清楚楚之間，像一支擺錘，邊尋夢境與現實之際，她們抓不住他，他也抓不住自己。

他常常飄飄蕩蕩的走入瀟湘館的竹林小徑，石上苔痕，無邊無限的黑，吞噬他身旁所有的空間。冥冥間聽見黛玉淒惻的哭聲。

寶玉，寶玉，你好——

你好狠……餘音迴盪不絕，如有鷹爪撕裂他的心，撕成落英片片，恰如那天三月，他們葬在埋香塚裡的桃花瓣，點點都沾血。

不是我負妳。他咆哮道。是他們戲弄我！她是我不願的，我連心都給妳，難道妳不明白嚒？

那個聲音悠悠長嘆：你到底還是不記得木石前盟！還是要金玉良緣……

我不要什麼金玉良緣！連玉都丟了，還有什麼金玉良緣！妹妹——他向冷寂的黑暗啜泣

——妹妹，妳且出來見我一見！

但黛玉始終沒有出現，他只看見，黑暗中，她的衣袂翻飛。

他在夢裡見到的，通常是金釧兒饅頭般浮腫的臉。像一尾死魚，瞪大白眼，與他同在一座井裡，載浮載沉。忽然間有隻手，要將被水溺沒的他，往光明處上拉，一見，卻是寶釵，寶釵搧動嘴唇，告訴他，你有光宗耀祖責任，可不能死！我雖薄命，還沒到一過門便死了夫婿的地步！

他一鬆手，又到了另一個地方。似曾相識的所在，太虛幻境牌坊仍在，但已不見雍容華麗的樓閣亭台，舉目望去，一片灰敗景象，斷井殘垣處，只見敗葉枯枝，涼風吹來，令他寒毛直豎。

忽有跛足道士緩緩行來問他，你從何處來？

他張開了嘴，吐不出答案。

道士笑道：罷了，你只是一塊頑石，既無力補天，所以只能被丟在青梗峯下，偏你多事，日日灌溉絳珠仙草，又連累她誤下凡塵，還你一缽無情淚！如今她還完債，一了百了，你還在此處，徘徊什麼？我問你，你要往何處去？

寶玉茫茫然，搖頭以對。

道士擺手說：等你知道你要往何處去，咱們後會有期！

他用盡力氣，叫出這一句話，睜開眼睛，王夫人、寶釵、襲人都在旁邊望著他，驚喜交集。

「我的肉呀，你終於醒了。你看看，這一塊玉是不是你的？」

寶玉一瞧，正是他的玉，聽說是個破腳道士送來的，即坐起身來，搖搖晃晃走到外頭去，要見那道士。果然是方才夢中的那一位，即作揖道：「弟子請問師父，可是從幻境來？」

道士咧嘴笑道：「哪有什麼幻境不幻境？我從來處來，去處去，從不知來的是哪裡，去的是哪裡？我是誰，而你又是誰？」

寶玉無言以對。正愕然時，只見跛腳道士頓足道：「一萬兩銀子拿來！」

王夫人急得不得了，趕了出來，說：「師父不用急，我們這就準備來了。」

原來道士拿了這塊玉，來要昔日的一萬兩賞銀！賈家家業已凋零，要籌一萬兩銀子，談何容易？王夫人只得叫人偷偷把自己的東西全送到當鋪換銀兩。寶玉聞言，將玉交給和尚，說：「我不用這東西，心就是了！」

襲人在旁拉住，說：「這萬萬使不得這玉是你的命根子，若他拿去了，你又要病著！」

寶玉硬要將玉還道士，襲人叫道：「沒了玉，你活不成，我也活不成了！」

寶玉偏說：「你死也要還，你不死，我也還！」寶玉氣急，掰開襲人的手，襲人忍痛不放，紫鵑、寶釵都來幫忙，一群人哭哭嚷嚷。寶玉甩甩袖子，冷笑，「你們這些人，原來是重玉不重人的，我乾脆跟了他，讓妳們守著這塊玉一輩子，如何！」

寶釵只得叫大家放手，任寶玉將玉交給道士，跛足道士喃喃的唸著歌，揚長而去。

寶玉方知自己才從一場生死大病中清醒。在襲人、寶釵看來，人是清明了，卻也更無情了。對丫頭、家眷皆不苟言笑，見父母也如木頭人一般，鎮日關在書房裡，寶釵偷偷打發襲人去看他做什麼，寶玉口中讀的，卻是他平日最不屑讀的聖賢書。寶釵以爲他的瘋病全好了，大大放心，自認爲從此終身有靠。

沒想到，這年秋試，寶玉乖乖巧巧的和賈蘭應試去了，兩人雙雙名登金榜，一場試考完後，寶玉不見蹤跡，再也沒進過榮府大門。眾人怎麼尋他都沒有用。當一個人不想被找到，用什麼方式，都找不到。因爲他已經不是本來的他，還這俗世的已還盡，再不與人世浮沉。

襲人因無名分，由哥哥花自芳作主，嫁給當年唱小旦的琪官——蔣玉函。襲人數年大夢成空，本欲在新婚之夜自盡，蔣府的丫鬟東一口奶奶西一口奶奶，將她哄得沒了主意，蔣玉函又是溫柔款款，腰上繫的竟是當年自己給寶玉的松花綠巾！襲人拿出妝奩中的大紅汗巾一問，始知是蔣玉函與寶玉的贈物，如此，她只好相信姻緣前定，再無求死的意思。寶釵守著肚子裡頭已成形的胎兒，以及賈家破敗的產業，像李紈一樣，默默過日。依然是事不干己不張口，一問搖頭三不知。她有她的世界，她的世界自有不能侵犯的尊嚴。

已經不叫寶玉的寶玉望著山下紅塵莽莽的金陵城。金陵城，忽然化做一條混沌的河，向前滾滾流去，從前我說，女兒是水，男兒是泥，現在知道，泥水原來一氣，清濁本相依。

一張又一張熟悉的臉孔，在濁流中，被浪濤推向前去。秦可卿的臉、秦鐘的臉、晴雯的臉、黛玉的臉、金釧兒的臉、鳳姐的臉、寶釵的臉、襲人的臉、賈政的臉……他們或笑或哭，或平靜或掙扎，但他都聽不見了！一切喜，一切哀，都隨著滔滔流水，漸行漸遠……

而他，只如一尾蛇，悠悠脫去了舊殼。他也看見自己的舊殼，隨泥水湍湍漂去。

一切不足留，因留不勝留，留不得，留得也無益！

飛鳥各投林，一片白茫茫大地真乾淨！

國立中央圖書館出版品預行編目資料

吳淡如紅樓夢/吳淡如作. --初版. --臺北市
：麥田，民 84
面；　公分
ISBN 957-708-325-0(平裝)

1. 紅樓夢－通俗作品

857.49　　　84010486

麥田出版有限公司

臺北市新生南路二段82號6樓之5
TEL: (02)396-5698
FAX: (02)341-0054, 357-0954
郵撥帳號：1600884-9
戶　名：麥田出版有限公司

【麥田文學】

L1001	想我眷村的兄弟們	朱天心	著	140元
L1002	我的帝王生涯	蘇　童	著	150元
L1003	相思子花	鄭清文	著	160元
L1004	燃燒之後	鍾曉陽	著	180元
L1005	薩伐旅	劉大任	著	130元
L1006	美國・美國	張北海	著	140元
L1007	下午茶話題	朱天文、朱天心、朱天衣	著	130元
L1008	企鵝爸爸	小　野	著	130元
L1009	綠色陷阱	葉兆言	著	130元
L1010	逐鹿中街	王安憶	著	130元
L1011	青春小鳥：王洛賓傳奇	吳淡如	著	130元
L1012	我是你爸爸	王　朔	著	180元
L1013	一個朋友在路上	蘇　童	著	150元
L1014	後青春期症候群	朱　衣	著	130元
L1015	初旅	東　年	著	130元
L1016	悲情布拉姆斯	雷　驤	著	130元
L1017	少年之城	王宣一	著	130元
L1018	殤逝的英雄	葉兆言	著	140元
L1019	藍色玫瑰	林宜澐	著	140元
L1020	家庭之旅	陳　黎	著	140元
L1021	夢的攝影機	路寒袖	著	130元
L1022	戲夢人生：電影分鏡劇本	侯孝賢、吳念眞、朱天文	著	150元
L1023	離婚指南	蘇　童	著	140元
L1024	走過蛻變的中國	劉大任	著	120元
L1025	南方青春物語	童　雲	著	140元
L1026	食妻時代	羅位育	著	140元
L1027	眼耳鼻舌	許悔之	著	130元
L1028	薛理陽大夫	張貴興	著	130元
L1029	斷掌順娘	彭小妍	著	140元
L1030	武則天	蘇　童	著	150元
L1031	詩生活	侯吉諒	著	150元
L1032	枕頭邊的音樂會	陳樂融	著	140元

＊本書目所列書價如與該書版權頁不符，則以該書版權頁定價爲準。

L1033	帶隻杯子出門	喻麗清 著	140元
L1034	公開的情書	路寒袖 編	140元
L1035	是誰在唱歌	林俊穎 著	130元
L1036	光之留顏	羅任玲 著	130元
L1037	滄桑男子	張 錯 著	140元
L1038	活著	余 華 著	150元
L1039	雁行千山	楊 明 著	130元
L1040	X小姐・重新開始	姚一葦 著	130元
L1041	不談愛情	池 莉 著	150元
L1042	可愛的女人	小 野 著	140元
L1043	威尼斯日記	阿 城 著	130元
L1044	多桑：吳念眞電影劇本	吳念眞 著	150元
L1045	紅房子酒店	葉兆言 著	140元
L1046	十一擊	蘇 童 著	140元
L1047	采集陽光與閒情	劉靜娟 著	140元
L1048	香港情與愛	王安憶 著	130元
L1049	她是女子，我也是女子	黃碧雲 著	140元
L1050	青銅小子	小 野 著	150元
L1051	輕少女薄皮書	小 野 著	150元
L1052	相思月娘	李 潼 著	140元
L1053	天生好男人	羅位育 著	140元
L1054	刺靑時代	蘇 童 著	140元
L1055	風景明信片	路寒袖 編	150元
L1056	航向愛琴海	陳少聰 著	150元
L1057	旅行的顏色	黃雅歆 著	150元
L1058	桃花燦爛	方 方 著	130元
L1059	向日葵海域	楊 明 著	140元
L1060	今夜星光燦爛	葉兆言 著	220元
L1061	天空線下	張北海 著	160元
L1062	好男好女：侯孝賢拍片筆記，分場、分鏡劇本	朱天文 編著	150元
L1063	心事	童 雲 著	150元
L1064	城北地帶	蘇 童 著	190元

【麥田人文】

H1001	小說中國	王德威 著	320元
H1002	知識的考掘　米歇・傅柯 著	王德威 譯	350元
H1003	回顧現代	廖炳惠 著	320元
H1004	否定的美學	楊小濱 著	280元
H1005	千古文人俠客夢	陳平原 著	300元
H1006	對話的喧聲	劉 康 著	330元
H1007	後殖民理論與文化認同	張京媛 編	380元

＊本書目所列書價如與該書版權頁不符，則以該書版權頁定價爲準。

【馮內果作品集】

N1101	第五號屠宰場	洛　夫　譯	160元
N1102	藍鬍子	陳佩君　譯	180元
N1103	自動鋼琴	陳佩君　譯	220元
N1104	槍手狄克	吳安蘭　譯	180元
N1105	金錢之河	譚　天　譯	160元
N1106	加拉巴哥群島	張佩傑　譯	200元
N1107	泰坦星的海妖	張佩傑　譯	220元
N1108	冠軍的早餐	王祥芸　譯	180元
N1109	貓的搖籃	謝瑤玲　譯	200元
N1110	囚犯	吳怡慧　譯	200元
N1111	夜母	謝瑤玲　譯	160元
N1112	鬧劇	卓世盟　譯	160元
N1113	歡迎到猴子籠來	謝瑤玲　譯	240元
N1114	此心不移	劉麗眞　譯	160元
N1115	聖棕樹節	陳佩君　譯	200元
N1116	祝妳生日快樂	吳曉芬　譯	160元
N1117	生不如死	張定綺　譯	200元
N1116	戲法	陳襲予　譯	240元

【日本女性小說】

N1201	寒椿		陳寶蓮　譯	150元
N1202	人偶姊妹	宮尾登美子　著	陳寶蓮　譯	150元
N1203	青燈綺夢(上)	圓地文子　著	陳寶蓮　譯	170元
N1204	青燈綺夢(下)	瀨戶內晴美　著	陳寶蓮　譯	170元
N1205	代嫁公主	有吉佐和子　著	陳寶蓮　譯	190元

【映象傳眞】

I1001	少年吔，安啦	吳淡如　著	150元
I1002	母雞帶小鴨	丁牧群　著	150元
I1003	無言的山丘	吳淡如　著	150元
I1004	浮世戀曲	周　妮　著	130元
I1005	小鬼當家——紐約迷途記	劉麗眞　譯	150元
I1007	新樂園	老　瓊　著	120元
I1008	最後魔鬼英雄	謝瑤玲　譯	170元
I1009	吱喳少女在一班	王幼嘉設計工作室　製作	130元

＊本書目所列書價如與該書版權頁不符，則以該書版權頁定價爲準。

【小說天地】

N1001	大河戀	Norman Maclean 著	180元
N1002	中國北方來的情人	瑪格麗特・莒哈絲 著	160元
N1003	傑克少年	丹・馬寇 著	140元
N1004	秋之傳奇	吉姆・哈雷遜 著	180元
N1005	小天才智多星	艾倫・奇威貝爾 著	160元
N1006	童年往事(Paddy Clarke Ha Ha Ha)	Roddy Doyle 著	260元
N1011	芮尼克探案系列——寂寞芳心	譚 天 譯	180元
N1012	芮尼克探案系列——狂亂人生	譚 天 譯	220元
N1013	芮尼克探案系列——刀鋒邊緣	陳佩君 譯	240元
N1014	芮尼克探案系列——迷蹤記	維 亞 譯	240元
N1017	守靈夜的訪客	井上靖 著 劉慕沙 譯	180元
N1018	山國峽恩仇記	菊池寬 著 劉慕沙 譯	180元
N1019	活著的兵士	石川達三 著 劉慕沙 譯	160元
N1021	絕命追殺令	J. M. Dillard 著	170元
N1022	吸血鬼	Fred Saberhagen & James V. Hart著 謝瑤玲 譯	200元

【文學叢書】

L9001	張愛玲小說的時代感	盧正珩 著	180元
L9002	楊逵及其作品研究	黃惠禎 著	180元
L9003	台灣新文學觀念的萌芽與實踐	莊淑芝 著	180元
L9004	生命情結的反思	林幸謙 著	220元

【大人物】

C1001	李登輝的一千天	周玉蔻 著	250元
C1002	蔣方良與蔣經國	周玉蔻 著	280元
C1003	誰殺了章亞若	周玉蔻 著	150元
C1004	甘迺迪之死(上)	伊斯曼 譯	300元
C1005	甘迺迪之死(下)	伊斯曼 譯	300元
C1006	毛澤東大傳(上)	文 林 譯	280元
C1007	毛澤東大傳(下)	文 林 譯	280元
C1008	短暫的春秋	師東兵 著	450元
C1009	廬山眞面目	師東兵 著	450元

*本書目所列書價如與該書版權頁不符，則以該書版權頁定價爲準。

【Guide 新學習手冊】

〔單元一：生涯之路〕	G1001	企畫一生	160元
	G1002	好的開始	160元
	G1003	相得益彰	160元
	G1004	進退有據	160元
〔單元二：個人成長〕	G1005	尋找標竿	160元
	G1006	自信自尊	160元
	G1007	人生態度	160元
	G1008	自我改善	160元
〔單元三：自我學習〕	G1009	創造力	160元
	G1010	塑造風格	160元
	G1011	全神貫注	160元
	G1012	記憶力	160元
〔單元四：溝通藝術〕	G1013	溝通力	160元
	G1014	如何簡報	160元
	G1015	怎樣傾聽	160元
	G1016	溝通要領	160元
〔單元五：人際關係〕	G1017	贏在人際間	160元
	G1018	兩性夥伴	160元
	G1019	批評的學問	160元
	G1020	說服策略	160元
〔單元六：決策智慧〕	G1021	展現果斷力	160元
	G1022	創意決策	160元
	G1023	掌握風險	160元
	G1024	怎樣解決問題	160元
〔單元七：領導激勵〕	G1025	領袖非天生	160元
	G1026	激勵士氣	160元
	G1027	授權之道	160元
	G1028	建立團隊	160元
〔單元八：工作動力〕	G1029	企畫力	160元
	G1030	自發向上	160元
	G1031	笑轉乾坤	160元
	G1032	建立默契	160元
〔單元九：應變挑戰〕	G1033	衝突管理	160元
	G1034	潮流擋不住	160元
	G1035	未雨綢繆	160元
	G1036	自我挑戰	160元
〔單元十：理財規劃〕	G1037	理出財運來	160元
	G1038	認識財務報表	160元
	G1039	開創新事業	160元
	G1040	信用就是力量	160元

＊本書目所列書價如與該書版權頁不符，則以該書版權頁定價爲準。

〔單元十一：身心調適〕	G1041	打擊倦勤	160元
	G1042	克服焦慮	160元
	G1043	追求健康	160元
	G1044	活力再現	160元
〔單元十二：管理技能〕	G1045	管理挑戰	160元
	G1046	談出成功	160元
	G1047	會議的藝術	160元
	G1048	時來運轉	160元

【企畫叢書】

P1001	彈指乾坤：蓋茲微軟傳奇	陳正平	譯	300元
P1002	歐洲大趨勢	李宛蓉	譯	250元
P1003	創業家	陳輝吉	著	280元
P1004	行銷大師法則	蕭富峰	譯	200元
P1005	談判大師手冊	劉麗眞	譯	320元
P1006	打開成功的心門	劉麗眞	譯	250元
P1007	組織的盛衰	呂美女／吳國禎	譯	280元
P1008	大決策的智慧	沈雲驄	譯	280元
P1009	品牌行銷	李宛蓉	譯	280元
P1010	游擊廣告	文　林	譯	350元
P1011	松下人才學	林忠發	譯	200元

＊本書目所列書價如與該書版權頁不符，則以該書版權頁定價爲準。

【軍事叢書】

MI001	身先士卒——史瓦茲柯夫將軍自傳(上)	譚　天　譯	280元
MI002	身先士卒——史瓦茲柯夫將軍自傳(下)	譚　天　譯	280元
MI003	飛堡戰紀	譚　天　譯	320元
MI004	中途島之戰	黃文範　譯	280元
MI005	刀鋒飛行	伊斯曼　譯	280元
MI006	山本五十六	陳寶蓮　譯	280元
MI007	戰車指揮官	譚　天　譯	300元
MI008	最長的一日	黃文範　譯	220元
MI009	奪橋遺恨	黃文範　譯	380元
MI010	最後一役	黃文範　譯	400元
MI011	希特勒征俄之役	鈕先鍾　譯	240元
MI012	圖說偷襲珍珠港	林光餘　譯	280元
MI013	少年布希的戰時歲月	林光餘　譯	280元
MI014	鵬搏萬里	黃文範　譯	320元
MI015	隆美爾傳(上)	譚　天　譯	260元
MI016	隆美爾傳(下)	譚　天　譯	260元
M2015	隆美爾傳(套)	譚　天　譯	520元
MI017	島嶼浴血戰	鈕先鍾　譯	390元
MI018	福克蘭戰爭一百天	曾祥穎　譯	290元
MI019	十九顆星	蘇維文　譯	340元
MI020	二戰紀事	舒孝煌、耿直編著	260元
MI021	第二次世界大戰戰史㈠	鈕先鍾　譯	320元
MI022	第二次世界大戰戰史㈡	鈕先鍾　譯	360元
MI023	第二次世界大戰戰史㈢	鈕先鍾　譯	320元
MI024	七海雄風	王鼎鈞　譯	300元
MI025	長空戰士	王鼎鈞　譯	190元
MI026	將軍之戰	林光餘　譯	280元
MI027	坦克大決戰	程嘉文　譯	280元
MI028	以色列空軍	曾祥穎　譯	350元
MI029	超級空中堡壘	林光餘　譯	220元
MI030	戰爭心理學	劉麗眞　譯	160元
MI031	偉大的時刻(上)	黃文範　譯	280元
MI032	偉大的時刻(下)	黃文範　譯	280元
MI033	美軍特戰奇兵秘辛	章　柱　譯	260元
MI034	巴頓將軍	譚　天　譯	280元

＊本書目所列書價如與該書版權頁不符，則以該書版權頁定價爲準。

【運動家】

A1001	亞洲巨炮呂明賜	呂明賜、陳錦輝	著	200元
A1002	金臂人黃平洋	黃平洋、陳正益	著	200元
A1003	火車涂鴻欽	涂鴻欽、羅吉甫	著	200元
A1004	鬥魂林仲秋	林仲秋、黃麗華	著	200元
A1005	東方超特急郭泰源	黃承富	著	160元
A1007	空中飛人：麥可．喬丹	Bill Gutman	著	150元
A1008	無法無天：查爾斯．巴克萊	Charles Barkley	著	150元
A1009	點石成金的手指：魔術強生	Earvin "Magic" Johnson	著	150元
A1010	白色守護神：大鳥勃德	Lee Daniel Levine	著	160元
A1011	空中火力：大衛．羅賓遜	Jim Savage	著	150元
A1012	郭李建夫阪神日記	黃承富	著	130元
A1013	完美的籃球機器：天鈎賈霸	Kareem Abdul-Jabbar	著	150元
A1014	唐諾看NBA	唐　諾	著	150元
A1015	美式足球觀賞入門	陳國亮	著	130元
A1016	信不信由你：籃球篇1	Bruce Nash and Allan Zullo	著	130元
A1017	信不信由你：籃球篇2	Bruce Nash and Allan Zullo	著	130元
A1018	棒球經	瘦菊子	著	130元
A1019	諾蘭．萊恩　投手聖經	Nolan Ryan & Tom House	著	150元
A1020	棒球王子廖敏雄	廖敏雄、黃麗華	著	150元
A1021	鷹雄　時報鷹球迷手冊	李克、陳偉之	編著	150元
A1022	洛基　林明佳	黃承富	著	130元
A1023	永恆的飛人：麥可．喬丹自述	Michael Jordan	著	350元
A1024	俠客出擊　歐尼爾自傳	Shaquille O'Neal	著	160元
A1025	世界盃足球大賽	Glen Phillips & Tim Oldham	著	220元
A1026	葉國輝開講棒球	葉國輝	著	150元
A1027	不滅的鬥志　莊勝雄	黃承富	著	150元
A1028	信不信由你　棒球篇1	Bruce Nash and Allan Zullo	著	130元
A1029	信不信由你　棒球篇2	Bruce Nash and Allan Zullo	著	130元
A1030	萬人迷：王光輝	陳芸英	著	170元
A1031	網球場上的百萬女孩	Michael Mewshaw	著	250元
A1032	古田敦也：瀟灑自在的智慧野球	古田敦也	著	180元
A1033	球迷唐諾看球	唐　諾	著	170元
A1034	郭源治：100勝的軌跡	黃承富	著	200元
A1035	強悍而美麗：劉大任運動文學集	劉大任	著	170元
A1036	不奪冠軍誓不回：曲自立談NBA	曲自立	著	170元
A1037	力學棒球：變化球如何投？如何打？	小岩利夫	著	170元
A1038	美式足球趣聞	陳國亮	著	150元
A1039	桑田眞澄的獨白	認同桑田是巨人王牌投手的記者群	著	170元
A1040	清原和博的直球對決	永谷　脩	著	200元

＊本書目所列書價如與該書版權頁不符，則以該書版權頁定價爲準。